mtb

Zum Buch:

Seit er Elle kennt, will Archer Hunt nur, dass sie glücklich ist. Für sie hat er seine Karriere aufs Spiel gesetzt. Dass er das Gefühl hat, dass niemand gut genug für Elle ist, behält Archer für sich. Und auch die Anziehungskraft zwischen ihnen, die so stark ist, dass sie das nächste Erdbeben in San Francisco auslösen könnte, versucht er zu ignorieren. Doch Elle dabei zuzusehen, wie sie sich mit anderen Männern trifft, stellt Archers Geduld auf eine harte Probe. Bis er beschließt, ihre Dates zu sabotieren und ihr zu beweisen, dass sie den Richtigen eigentlich längst gefunden hat …

»Ein absoluter Gewinner. Die Leserinnen werden bei diesem Pageturner nicht mehr aus dem Lachen herauskommen.«

RT Book Reviews

Zur Autorin:

New-York-Times-Bestsellerautorin Jill Shalvis lebt in einer Kleinstadt in Sierras voller verschrobener Mitmenschen. Jegliche Ähnlichkeit mit den witzigen Charakteren in ihren Büchern ist, na ja, meistens zufällig. Besuchen Sie sie auf ihrer Website www.jillshalvis.com, um mehr über Jills Bücher und ihre Abenteuer als Berge erklimmendes Stadtkind zu lesen.

Lieferbare Titel:

Lügen und andere Liebeserklärungen
Lebkuchenmänner und andere Versuchungen

Jill Shalvis

Traummänner und andere Wundertüten

Roman

Aus dem Amerikanischen von
Nikolas Schmidt

MIRA® TASCHENBUCH
Band 26137

1. Auflage: Mai 2018
Deutsche Erstausgabe

Originaltitel: »Accidentally on Purpose«
erschienen bei: AVON BOOKS,
an imprint of HarperCollins *Publishers*, US

Published by arrangement with
HarperCollins *Publishers* L.L.C., New York

Umschlaggestaltung: büropecher, Köln
Umschlagabbildung: gpointstudio, Archvadze Paata / shutterstock
Redaktion: Susann Harring
Satz: GGP Media GmbH, Pößneck
Printed in Germany
Dieses Buch wurde auf FSC®-zertifiziertem Papier gedruckt.
ISBN 978-3-95649-812-1

www.mira-taschenbuch.de

1. Kapitel

#BringtMichZuEuremBoss

Zum Glück liebte Elle Wheaton es, das Sagen zu haben und Leute herumzukommandieren. Genau das war es, was sie an ihrem Job so spannend fand. Wäre das nicht der Fall, würde sie definitiv zu wenig Geld verdienen, um sich mit all den Idioten abzugeben, die ihr das Leben schwer machten. »Die letzte Nacht war eine Katastrophe«, sagte sie.

Ihr Boss sah nicht einmal ansatzweise so besorgt aus wie sie und zuckte nur mit den Schultern. Seine Geschäfte waren vielfältig, unter anderem war er der Besitzer des *Pacific Pier Building* mitten in San Franciscos Cow Hollow District, in dem sie gerade standen. Ein Umstand, den Spence lieber für sich behielt. Um genau zu sein, wusste außer Elle nur eine einzige Person davon. Als Hauptverwalterin des Gebäudes war es Elle, die sich um alle anfallenden Aufgaben kümmerte und immer die erste Ansprechpartnerin war – eine in ihren Augen stets souveräne und fantastische Ansprechpartnerin. Auch wenn das, was in der letzten Nacht passiert war, ihre Beherrschung etwas ins Wanken gebracht hatte.

»Ich vertraue dir«, sagte er.

Sie warf ihm einen finsteren Blick zu. »Mit anderen Worten: ›Bring das in Ordnung, Elle. Ich habe keine Lust, mich darum zu kümmern.‹«

»Na gut, das auch«, antwortete er lächelnd und rückte seine Brille zurecht.

Sie versperrte sich gegen seinen Charme. Er war einer von

diesen übermäßig intelligenten Nerds, die auf eine total unbewusste Art und Weise sexy waren, doch auch wenn er ihr bester Freund war und sie ihn liebte, gab es gewisse Grenzen. »Lass mich das Desaster noch mal kurz für dich zusammenfassen«, sagte sie. »Zuerst sind um Mitternacht im ganzen Gebäude die Lichter in den Notausgangsschildern ausgefallen. Deshalb konnte Mrs. Winslowe aus Apartment 3D die Stufen nicht sehen, als sie mit ihrem halbblinden Hund nach draußen wollte. Szenenwechsel zu Mr. Nottingham aus 4A, der – das sollte nicht unerwähnt bleiben – sich gerade unbemerkt aus dem Apartment seiner heimlichen Freundin schleichen wollte und dabei ausgerutscht und in einem Hundehaufen gelandet ist.«

»Besser als jeder Film«, kommentierte Spence lachend.

Vorwurfsvoll verschränkte Elle die Arme. »Mr. Nottingham hat sich den Knöchel gebrochen, und damit sind wir noch gut davongekommen. Er wurde mit dem Krankenwagen in die Klinik gebracht und wird uns sicher verklagen. Und du findest das witzig.«

»Komm schon, Elle. Wir wissen doch beide, wie hart das Leben sein kann, wenn man es lässt. Man muss die Dinge auch mal von der anderen Seite betrachten. Wir zahlen die Krankenhausrechnung und eine neue Hose für Mr. Nottingham, und dann lasse ich noch einen Wochenendausflug springen. Er kann seine Freundin mitnehmen – oder seine Frau. Oder sogar beide, falls er will. Wir kriegen das schon wieder hin.« Er grinste, als er ihren skeptischen Gesichtsausdruck bemerkte. »Besorg dir erst mal irgendwas mit Koffein. Du siehst aus, als könntest du das gebrauchen.«

»Wieso kann ich nicht einfach ein normales Leben haben?«, fragte Elle kopfschüttelnd.

»Vergiss ›normal‹. ›Normal‹ wird überbewertet. Und jetzt trink dieses widerliche grüne Zeug, ohne das du anscheinend nicht leben kannst.«

»Das ist einfach nur Tee, du Spinner. Und ich könnte problemlos ohne ihn leben, wenn ich müsste.« Sie machte eine kurze Pause. »Ich kann nur nicht garantieren, dass die Leute um mich herum das auch von sich behaupten könnten.«

»Eben, wozu also ein Risiko eingehen?«

Sie verdrehte die Augen. Es nagte immer noch an ihr, was letzte Nacht vorgefallen war. Hier im Gebäude kannte sie jeden. Jede Firma in der ersten und zweiten Etage. Jeden Bewohner in der dritten und vierten. Und sie fühlte sich für jeden von ihnen verantwortlich.

Dass jemand unter ihrer Aufsicht verletzt worden war, war nicht akzeptabel. »Dir ist doch klar, dass für das Notausgang-System die Sicherheitsfirma zuständig ist, oder? Das bedeutet, dass die Firma, die du engagiert hast, versagt hat.«

Spence verstand sofort, worauf sie hinauswollte, und sah auf einmal überhaupt nicht mehr belustigt aus. Er stellte seinen Kaffeebecher ab. »Elle, nein.«

»Spence, du bist vor einem Jahr zu mir gekommen und wolltest, dass ich die Geschäftsführung übernehme. Du wolltest, dass ich dir den Rücken freihalte, und wir beide wissen, dass ich darin ziemlich gut bin. Deshalb werde ich auch mit Archer, deinem Sicherheitschef, über diesen Zwischenfall reden.«

Er verzog das Gesicht. »Dann lass mich wenigstens noch das Gebäude evakuieren, bevor ihr aufeinander losgeht.«

»Es wird keinen Streit geben.« Zumindest keinen, von dem sie ihm erzählen würde. »Ich mache nur meinen Job, und dazu gehört es nun mal auch, Archer Hunt zu beaufsichtigen.«

»Theoretisch schon«, gab Spence zu. »Aber du weißt genauso gut wie ich, dass er sich von niemandem etwas sagen lässt und dass er dich ganz sicher nicht als seine Chefin betrachtet. Er betrachtet niemanden als seinen Chef.«

Elle grinste und trank noch einen Schluck Tee – den Nektar der Götter. »Das ist sein Problem, nicht meins.«

Mit schmerzverzerrtem Gesicht stand er auf. »Es wird ihm gar nicht gefallen, wenn du ihm um diese Uhrzeit vorschnell irgendwelche Vorwürfe machst.«

»Sehe ich so aus, als würde mich das interessieren?«

»Mich interessiert es«, erwiderte Spence. »Es ist noch zu früh, um dir dabei zu helfen, seine Leiche zu vergraben.«

Sie lachte auf. Es war kein Geheimnis, dass sie und Archer nicht die besten Freunde waren. Das Problem mit Archer war, dass er dachte, die Welt, sie selbst eingeschlossen, drehe sich nur um ihn.

Aber ihre Welt drehte sich nicht um ihn. Wenn überhaupt, dann nur um sie selbst. »Wenn jeder einfach nur seinen Job machen und mir aus dem Weg gehen würde …«, sagte sie, verstummte aber, weil Spence ihr ohnehin nicht mehr zuhörte. Stattdessen starrte er aus dem Fenster, und auf einmal war jeder Muskel seines drahtigen Körpers angespannt. Er winkte sie zu sich heran, damit sie sehen konnte, was seine Aufmerksamkeit auf sich gezogen hatte.

Eine Frau verließ gerade das Café unten, und Spence fixierte sie mit seinem Blick. Es war seine Ex-Freundin, die ihr Möglichstes getan hatte, um ihm das Herz herauszureißen.

»Soll ich ihr Hausverbot erteilen?«, fragte Elle. »Ich könnte auch dafür sorgen, dass sie wegen irgendeines Verbrechens angeklagt wird.« Sie machte natürlich nur Witze. Oder zumindest größtenteils.

»Du musst dich nicht auch noch um meine verdammten Dates kümmern.«

Wenn man bedachte, dass er mehrere Millionen schwer war und wie übel ihm mitgespielt worden war, wären ein paar Nachforschungen über seine Dates in der Tat besser, aber Elle wollte nicht mit ihm streiten. Mit Spence zu diskutieren, war, wie eine Wand anzuschreien. Nichtsdestotrotz hatte er sich seit der Trennung von seiner Ex-Freundin mit keiner anderen Frau mehr getroffen, und das war inzwischen Monate her. Es tat ihr im Herzen weh, wie eingeschüchtert er jetzt war.

»Hey, nur für den Fall, dass du das noch nicht bemerkt hast: Heiße, superintelligente Nerds sind gerade ziemlich angesagt. Du findest eine Bessere.« Eine viel Bessere …

Er antwortete nicht, und Elle verdrehte die Augen. »Wieso sind eigentlich alle Männer solche Idioten?«

»Weil Frauen keine Gebrauchsanweisung beiliegt.« Er wandte den Blick vom Fenster ab. »Ich muss jetzt los. Keine Toten heute, Elle.«

»Schon klar.«

Spence wartete und warf ihr einen bedeutungsvollen Blick zu.

Sie seufzte. »Schön. Ich werde Archer nicht umbringen.«

Nachdem er sie allein gelassen hatte, trug sie etwas Lipgloss auf – für sich selbst natürlich, nicht für Archer – und verließ ihr Büro. Langsam ging sie den Flur hinunter. Sie liebte dieses Gebäude und konnte sich auch nach all der Zeit nicht an der einzigartigen Architektur sattsehen. Die verzierten Backsteinwände, die offen liegenden Stahlträger, die riesigen Panoramafenster auf jeder Etage. Und natürlich der gepflasterte Hof mit dem riesigen Brunnen, zu dem abergläubische Trottel aus ganz San Francisco strömten, um ihr Geld hineinzuwerfen und sich etwas zu wünschen.

Ihr Büro befand sich im zweiten Stock am nördlichen Ende des Gebäudes. An Tagen mit klarem Himmel konnte sie bis zum Marina Green Park und der Bucht sehen und mit etwas Glück sogar noch ein winziges Stückchen der Golden Gate Bridge erkennen.

Sie würde es zwar nie zugeben, aber sogar nach einem Jahr fand sie es noch aufregend, mitten im Herzen der Stadt zu wohnen. Obwohl sie nicht weit von hier entfernt aufgewachsen war, war es doch eine ganz andere Welt gewesen. Und gesellschaftlich mindestens zehn Stufen weiter unten.

Es war noch immer früh am Morgen, sodass ihr im Gebäude kaum jemand begegnete. Als sie an einem Fahrstuhl vorbeiging, öffneten sich die Türen, und eine der Haushälterinnen schob einen mit Putzmitteln beladenen Rollwagen heraus.

»Hallo, Schätzchen«, sagte Trudy mit einer Stimme, die Zeugin von drei Jahrzehnten Zigarettenkonsums war. »Brauchst du irgendetwas?«

»Nein, alles bestens.« Das war natürlich gelogen, aber sosehr sie Trudy auch mochte, sie könnte nicht einmal dann etwas für sich behalten, wenn ihr Leben davon abhinge. »Ich genieße nur den wundervollen Morgen«, erklärte sie und nippte an ihrem Tee.

»Oh, wie schade«, entgegnete Trudy. »Ich dachte, dass Sie vielleicht nach diesem heißen Typen mit dem beachtlichen Gerät suchen, der diese Sicherheitsfirma hat.«

Beinahe wäre Elle am Tee erstickt. »Beachtliches Gerät?«

»Tja, ich bin alt, nicht tot.« Trudy zwinkerte ihr kurz zu und schob dann ihren Rollwagen den Gang hinunter.

Es stimmte schon, Archer war geradezu unverschämt heiß – nicht dass sie das irgendwie kümmerte. Mit »heiß« konnte sie nichts anfangen. Mittlerweile suchte sie eher nach den Dingen, die ihr für den größten Teil ihres Lebens gefehlt hatten – Sicherheit, Geborgenheit … Beständigkeit. Drei Dinge, die selten in einem Atemzug mit Archer Hunt genannt wurden.

Sie hatte das Ende des Ganges erreicht und stand vor einer Tür, auf der ein dezenter Schriftzug verkündete: HUNT ERMITTLUNGEN

Der Erfolg der Firma basierte einzig und allein auf Archers Reputation. Werbung oder Marketing waren überflüssig. Die Männer, die für ihn arbeiteten, lösten im Grunde Probleme aller Art, sie waren unabhängige Angestellte, die sich nicht zwangsläufig den gleichen Einschränkungen unterwarfen wie die Behörden. Was Archer ziemlich gut passte. Regeln und Einschränkungen waren nie so wirklich sein Ding gewesen.

Elle öffnete die Tür und betrat den Empfangsbereich, der viel größer war als ihr eigener. Der Raum wurde von klaren, maskulinen Linien, ausladenden Möbeln und viel freier Fläche bestimmt. Eine gläserne Wand trennte den Empfangsbereich von den Büroräumen im Inneren.

Der Tisch war leer. Es war wohl noch zu früh für Mollie, die Empfangsdame. Nicht aber für die anderen Angestellten. Durch die gläserne Wand konnte sie in eins der Büros spähen und sehen, wie eine Gruppe von fünf Männern durch einen separaten Eingang hereinkam. Offensichtlich kehrten sie gerade von einem Einsatz der etwas riskanteren Art zurück, denn sie waren ausgerüstet wie Mitglieder einer Spezialeinheit.

Elle hielt inne. Sogar ihr Herzschlag setzte einen Moment aus, denn – heilige Mutter Gottes – der Trupp stand da und legte nach und nach Waffen und Kleidung ab. Alles, was sie sah, war eine Masse von muskelbepackten Körpern in sämtlichen Hauttönen, die vor Schweiß glänzten und von zahlreichen Tattoos verziert wurden.

Sie konnte den Blick nicht lösen; um genau zu sein, konnte sie nicht einmal reden, denn ihre Kinnlade war gefühlt bis auf den Boden hinuntergesackt. Ihre Füße nutzten den Umstand, dass ihr Gehirn wie eingefroren war, und bewegten sich eigenmächtig in Richtung Glastür, wo Elle am liebsten das Gesicht gegen die Scheibe gepresst hätte.

Glücklicherweise betätigte jemand den elektrischen Türöffner, bevor das geschah. Die Männer kannten sie. Es war schließlich ein Teil von Elles Job, eng mit der Sicherheitsfirma zusammenzuarbeiten, und das war auch ihr größtes und ärgstes Problem.

Eng mit Archer Hunt zusammenzuarbeiten, war auf viele, *viele* Arten gefährlich, nicht zuletzt wegen ihrer gemeinsamen

Vorgeschichte, die sie nur mühsam aus ihrem Bewusstsein verdrängte.

Ihr schlugen verschiedene Varianten von »Hey, Elle« und »Guten Morgen« entgegen, und dann war sie auf einmal allein mit dem furchtlosen Anführer der Gruppe.

Archer.

Es war schon eine ganze Weile her, dass die beiden allein in einem Raum gewesen waren. Und das war kein Zufall, denn Elle hatte immer versucht, genau das zu vermeiden, und gemessen daran, wie erfolgreich sie damit gewesen war, hatte sie den Verdacht, dass er dasselbe getan hatte.

Archer erwiderte ihren Blick. Diese unerwartete Entwicklung schien ihn nicht besonders zu stören. Er hatte bisher weder seine Waffen noch sein Shirt abgelegt, sodass er in voller Kampfausrüstung vor ihr stand, eine Glock an einer Hüfte und einen Taser an der anderen. Eine weitere Pistole hatte er sich ans Bein geschnallt, und der Griff eines Klappmessers ragte aus einer seiner Taschen. Das alles in Verbindung mit der schusssicheren Weste und den Handschellen an seinem Gürtel verriet ihr, dass er gerade nicht in Disneyland gewesen war.

Irgendwie schaffte sie es, gleichzeitig verstört und erregt zu sein. Aber wenn sie im Leben eins gelernt hatte, dann, wie sie ihre Gedanken und Empfindungen verbergen konnte. Also riss sie sich zusammen und hob ihre Kinnlade wieder vom Boden auf. Ihre Teetasse stellte sie auf dem Tisch ab.

Der Anflug eines Grinsens schlich sich auf Archers Gesicht, so als hätte er ihre Gedanken gelesen. Aber er sagte kein Wort und schien völlig zufrieden damit, einfach dazustehen und darauf zu warten, dass sie den ersten Schritt machte. Und sie wusste aus Erfahrung, dass sie das früher oder später tun würde.

Deshalb schluckte sie schließlich ihren Stolz hinunter. »Langer Morgen?«

»Lange Nacht«, entgegnete er.

Mit ihm zu reden, war aus einer Vielzahl von Gründen unfassbar frustrierend, nicht zuletzt wegen seiner Anziehungskraft auf sie, die eine unangenehme Kombination mit dem Umstand bildete, dass sie ihm ihr Leben verdankte.

Unbeeindruckt von all dem begann Archer, seine Waffen zu entladen. Die meisten seiner Aufträge waren Routinejobs: Ermittlungen zu Versicherungs- und Betrugsfällen, dazu einige profitable Wachschutzverträge und hier und da mal ein paar Hintergrundrecherchen. Aber einige fielen auch aus der Routine heraus. Kopfgeldjagden und Regierungsaufträge, immer mit dem Risiko verbunden, verletzt oder gar getötet zu werden.

Im Vergleich dazu war seine Arbeit hier im Gebäude ungefährlich und harmlos, und Elle wusste, dass er es nur Spence zuliebe tat.

»Wir haben ein Problem«, setzte sie an.

Er hob eine Braue, womit er genauso viel ausdrücken konnte wie andere nur in stundenlangen Befragungen. Elle verdrehte die Augen und ertappte sich dabei, wie sie instinktiv eine defensive Haltung einnahm und die Hände in die Hüften stemmte. »Die Notausgang-Schilder …«

»Schon erledigt«, fiel er ihr ins Wort.

»Okay, aber Mr. Nottingham …«

»Auch erledigt.«

Sie atmete tief ein und versuchte, ruhig zu bleiben. Es war nicht leicht, ihm direkt in die Augen zu sehen, weil er so viel größer war als sie. Mit über einem Meter siebzig war sie selbst nicht gerade klein, dennoch reichte sie ihm kaum bis zur Schulter. Sie hasste es, dass er bei ihren Streits diesen Größenvorteil hatte. Und das hier war ein Streit.

»Also, was ist passiert?«, wollte Elle wissen. »Wieso sind alle Lichter auf einmal ausgegangen?«

»Eichhörnchen.«

»Wie bitte?«, fragte sie scharf.

Ihr Tonfall schien Archer nicht zu gefallen, denn seine Augen, deren Farbe ein schwer zu erfassender Mix aus Haselnussbraun und einem Hauch von Grün war, durchbohrten sie geradezu, und sie sah, dass er dem Tod ins Auge geblickt und ihn mit bloßen Händen abgewehrt hatte. Ihr war klar, dass diese Aura der Gefahr, die ihn umgab, das andere Geschlecht anzog wie Motten das Licht, aber in diesem Moment wäre sie ihm am liebsten mit voller Kraft auf die riesigen Stiefel getreten.

Als er weiterhin nicht antwortete, hatte sie genug von seinem Machogehabe und stieß ihm mit dem Zeigefinger gegen die Brust. Sie gab keinen Millimeter nach. Dämlicher Muskelprotz!

»Jetzt hör mal zu«, begann sie. »Ich habe aufgebrachte Bewohner, einen Mann, der im Krankenhaus liegt, und einen von dir unterschriebenen Vertrag, der die Sicherheit der Menschen in diesem Gebäude garantiert. Deshalb musst du jetzt ein bisschen mehr tun, als einfach nur groß und bedrohlich dazustehen, Archer, und mir, verdammt noch mal, erklären, was los ist. Wenn's geht, mit mehr als einem Wort.«

»Du solltest etwas mehr achtgeben, wie du mit mir sprichst, Elle«, erwiderte er.

Dieser Mann war einfach durch und durch stur. Und es gefiel ihm nicht, sich vor irgendjemandem rechtfertigen zu müssen, das wusste sie. Aber sie wusste auch, dass der einzige Weg, ihm beizukommen, war, nicht nachzugeben. Für Feiglinge hatte er nichts übrig.

»Schön«, sagte sie. »Würdest du mir bitte sagen, was, verdammt noch mal, los ist?«

Jetzt wirkte er leicht belustigt, vermutlich, weil sie die Einzige war, die es je gewagt hatte, ihn anzufassen. »Letzten Herbst habe ich dir gesagt, dass sich auf dem Dach eine Eichhörnchenkolonie angesiedelt hat«, antwortete er. »Ich habe gesagt, dass du jemanden engagieren musst, der die Löcher verschließt, die die Spechte im Jahr zuvor verursacht haben, wenn du Probleme vermeiden willst. Du hast mir versichert, dass du dich darum gekümmert hast.«

»Weil die Gärtner mir gesagt haben, dass sie es erledigt haben.«

Er zuckte mit seinen breiten Schultern. »Entweder haben sie dich angelogen, oder sie haben es nicht richtig gemacht. Eine komplette Eichhörnchenkolonie ist in die Wände eingezogen und hat eine Party gefeiert. Letzte Nacht haben sie es dann bis in den Verteilerraum geschafft, wo sie ein paar Kabel durchgenagt haben.«

Tja, Mist. Kein Wunder, dass er sauer war. Er hatte recht. Das hier ging nicht auf seine Kappe. Es ging auf ihre.

»Was ist jetzt mit den Eichhörnchen?«

»Wahrscheinlich tot in den Wänden.«

Sie blinzelte. »Willst du damit sagen, dass ich einen Haufen kleiner Eichhörnchen umgebracht habe?«

Er grinste sie schief an. »Was glaubst du denn, was die Gärtner gemacht hätten? Sie in den Urlaub auf die Bahamas geschickt?«

»Na gut«, sagte sie und atmete tief durch. »Danke für die Erklärung.« Dann drehte sie sich um, um zu gehen.

Doch in diesem Moment schlossen sich seine Finger um ihren Ellbogen und lösten alle möglichen, ausnahmslos unerwünschten, Gefühle in ihr aus, als er sie wieder zu sich herumdrehte.

»Was?«, fragte Elle.

»Ich warte noch auf meine Entschuldigung.«

»Klar«, fing sie in versöhnlichem Tonfall an. »Die bekommst du, wenn die Hölle zufriert.«

Sie hob trotzig das Kinn und war dankbar für ihre hohen Absätze, durch die sie beinahe, wenn auch nicht ganz, auf

Augenhöhe mit ihm war. »Ich bin für dieses Gebäude zuständig, Archer, was bedeutet, dass ich für alles zuständig bin, was hier drinnen passiert. Und auch, dass ich für jeden zuständig bin, der für dieses Gebäude arbeitet.«

Belustigt legte er den Kopf schräg. »Du denkst also, du kannst mein Boss sein, Elle?«, fragte er ruhig.

»Ich bin dein Boss.«

Jetzt grinste er über das ganze Gesicht, und ihr stockte der Atem. Dieses verdammte sexy Lächeln.

»Und wenn du morgen nicht ziemlich lustig gehen willst, dann lässt du besser sofort meinen Arm los.«

Das war nichts weiter als ein Bluff, und sie beide wussten es. Sie arbeitete hier erst seit einem Jahr und war mehr als überrascht gewesen, ihn ebenfalls hier vorzufinden. Eine unangenehme Überraschung. Sie hatten davor jahrelang keinen Kontakt gehabt, aber sie kannte ihn immer noch gut genug, um zu wissen, dass niemand es mit ihm aufnehmen konnte.

Er war blitzschnell und wendig, dazu noch unglaublich stark. Aber das war es nicht, was ihn für sie so gefährlich machte. Es war sein messerscharfer Verstand und seine Bereitschaft, alles Nötige für das zu tun, was er für richtig hielt. Und dann war da noch das größte Problem: dass sie sich durch ihn lebendig fühlte wie nie zuvor.

Er tat wie geheißen und trat von ihr zurück, nicht jedoch, ohne vorher lang genug zu zögern, um deutlich zu machen, wer in dieser Situation die Kontrolle hatte. Und das war nicht sie.

Niemand war so eindrucksvoll wie Archer, vermutlich könnte er im Koma liegen und trotzdem noch jede einzelne Person im Raum einschüchtern. Obwohl er nur aus Muskeln zu bestehen schien, wirkte er nicht aufgepumpt, sondern schlank und geschmeidig. Seine Haut hatte einen Karamellton, der je nach Jahreszeit variierte und es schwer machte, seine Herkunft zu bestimmen.

Und ihn verdammt sexy aussehen ließ.

Es war in seinem Job wahrscheinlich ziemlich nützlich, sich in so gut wie jede Situation einfügen zu können, vermutete sie. Aber ihr gegenüber war er vorsichtig. Distanziert. Trotzdem war ihr nicht entgangen, wie er sie manchmal ansah. Oder wie seine Hand oft ein wenig länger auf ihrem Rücken verweilte, wenn er sie beispielsweise durch eine Tür geleitete. Es lag immer ein überraschendes und rätselhaftes Verlangen in seinen Blicken und Berührungen.

Vielleicht war das alles aber auch nur Wunschdenken.

Nicht dass das einen Unterschied gemacht hätte, schließlich war er in ihrer Gegenwart stets zurückhaltend. Das Problem lag darin, dass *sie* dieses Verlangen spürte. Das Verlangen danach, von ihm als Frau gesehen zu werden, die dazu in der Lage war, an seiner Seite zu stehen. Aber nach all dem, was zwischen ihnen passiert war, wusste sie, dass das niemals passieren würde. Sie drehte sich um und versuchte zu ignorieren, dass das Treffen mit ihm ihren Körper wie immer in absolute Alarmbereitschaft versetzt hatte und jede Zelle unter der Oberfläche zu vibrieren schien.

Sie hätte ihm einfach eine E-Mail schreiben sollen.

Er wartete, bis sie die Tür erreicht hatte, und begann dann zu sprechen. »Ich habe einen Job, bei dem ich deine Hilfe brauche.«

»Nein«, antwortete sie.

Wortlos sah er sie an.

Ihr Job war fordernd genug und nahm ohnehin schon den größten Teil des Tages ein. Den Rest ihrer Zeit investierte sie in Online-Kurse, durch die sie endlich ihren lang ersehnten Abschluss in Rechnungswesen bekommen wollte. Eines Tages würde sie ihre eigene Wirtschaftsprüfungsfirma leiten und genauso knallhart sein wie Archer, nur auf eine andere Weise. Sie würde knallhart, Respekt einflößend und zuverlässig sein –

und das alles in umwerfenden Schuhen. Aber bis dahin arbeitete sie sich halb tot, um genug Geld zum Überleben zu verdienen. Denn das Online-College war teuer, verdammt teuer sogar. Genau wie die Mieten in San Francisco. Und nicht zu vergessen die umwerfenden Schuhe. Dazu kam noch, dass gute Jobs nicht gerade an Bäumen wuchsen. Nach ihrem letzten Job, der ein absoluter Albtraum gewesen war, war sie froh, den Job als Hauptverwalterin bekommen zu haben. Und obwohl sie sehr anständig bezahlt wurde, trieben die Collegegebühren sie in den Ruin. Um sich einigermaßen über Wasser zu halten, übernahm sie ab und zu einen Job für Archer, wenn er eine Frau in seinem Team brauchte. Meistens diente sie als Ablenkung, aber manchmal benötigte er auch ihre anderen Fähigkeiten. Fähigkeiten, die sie sich vor einer gefühlten Ewigkeit angeeignet hatte.

»Das wird kein leichter Job«, sagte er. Dieser Mistkerl – er wusste genau, wie er ihr Interesse wecken konnte. »Wir brauchen eine Identifizierung, und falls das Ziel unser Mann ist, muss ihn jemand ablenken, während wir uns seinen Laptop … ausleihen. Den Laptop, den er für keine Sekunde aus den Augen lässt.«

Hmm. Das klang wirklich nicht leicht. »Ich schätze mal, er ist nicht die Art Mensch, zu dem man einfach hingehen und nach dem Namen fragen kann«, vermutete sie.

Archer lächelte leicht. »Sagen wir mal, ich bin niemand, für den er sich besonders interessieren würde.«

»Nicht? Für wen würde er sich denn interessieren?«

»Eine heiße Blondine mit endlos langen Beinen, am besten in einem kurzen Kleid.«

Sie spürte die Hitze in sich aufsteigen. Verdammt.

»Die dazu noch Finger hat, um deren Geschick sie jeder Taschendieb beneiden würde«, fügte er hinzu.

Sie lachte auf – Gott, gab es etwas Besseres als einen Mann, der einen in- und auswendig kannte? – und ging dann in Richtung Empfangsbereich. Genau in dem Moment, in dem sie nach der Klinke griff, schwang die Tür auf, und jemand rannte geradewegs in sie hinein.

Der Mann fing sie auf und bewahrte sie davor, zu Boden zu gehen. »Verzeihen Sie bitte! Geht es Ihnen gut?«

»Alles in Ordnung«, sagte sie. Der Mann war um die dreißig, etwa so groß wie sie und trug einen auffallend schönen Anzug. Er hatte auch ein sehr schönes, freundliches Lächeln, und in seinen Augen glaubte sie ein durchaus gesteigertes Interesse zu erkennen.

»Mike Penham«, sagte er und schüttelte ihr die Hand. »Ich bin ein Kunde von Archer.«

»Elle Wheaton.« Sie lächelte ihn an. »Keine Kundin.«

»Ah, eine geheimnisvolle Frau«, erwiderte er und grinste.

»Nein, nur eine sehr beschäftigte.« Sie warf Archer noch einen letzten Blick zu, was sich als Fehler herausstellte, denn seine Augen fixierten sie wie immer mit einem undefinierbaren Ausdruck und brachten ihr dämliches Herz dazu, dämliche Purzelbäume zu schlagen. Als er zu ihnen in den Empfangsbereich kam, bewegte er sich trotz seiner schweren Kampfausrüstung geschmeidig wie eine Raubkatze.

»Mike«, begrüßte er seinen Kunden. »Gehen wir nach hinten.« An Elle gerichtet fuhr er fort: »Dann heute Abend?«

Sie hatte immer noch nicht herausgefunden, wie sie Nein zu ihm sagen konnte. Also nickte sie, und für einen Augenblick fiel die regungslose Maske von Archers Gesicht ab, und ein warmer Glanz trat in seine braungrünen Augen, als er ebenfalls nickte.

Dann schloss sie die Tür zwischen den beiden.

2. Kapitel

#MitAbsichtAusVersehen

»Verdammt, die war ja heiß! Ist sie noch zu haben?«

Archer hörte zwar Mikes Frage, konnte den Blick aber nicht von Elle abwenden, während sie sein Büro verließ. »Nein.«

Mit einer dramatischen Geste fuhr Mike sich mit der Hand an die Brust. »Mitten ins Herz, Mann. Du hast mich mitten ins Herz getroffen. Die hat echt Feuer. Das liebe ich bei einer Frau.«

Ja, Elle hatte Feuer. Sie war wie die Sonne. Komm ihr zu nah – und du verbrennst dich … Mit einem nachdenklichen Kopfschütteln drehte Archer sich um und ging auf sein privates Büro zu.

»Mal im Ernst«, fing Mike, der ihm folgte, erneut an. »Ich kann es doch mal bei ihr versuchen, oder?«

»Nein.«

Mike lachte. Er war zwar ein guter Kunde und brachte eine Menge Geld ein, aber das bedeutete nicht, dass Archer ihn in Elles Nähe haben wollte.

Sicher, mit der verängstigten, einsamen und hilflosen 16-Jährigen, die er damals als Anfänger-Cop auf der Straße gefunden hatte, hatte sie nichts mehr gemein. Sie war weder verängstigt noch einsam, noch hilflos, sondern selbstsicher und eisenhart.

Aber sie war nicht »zu haben«. Ganz und gar nicht.

Nicht dass sie mit ihm zusammen war.

Er wollte sie. Mehr als alles andere. Aber sie hatte verflucht hart dafür gearbeitet, um dorthin zu kommen, wo sie heute war, und er wusste, dass er sie auf ewig an die lange vergangenen schlechten Zeiten erinnern würde. Deshalb würde er auf keinen Fall riskieren, dass sie durch ihn wieder abrutschte, oder ihr anderweitig schaden. Sie hatte auch ohne ihn schon genug durchgemacht. Also waren sie einfach nur Freunde. Wobei es zutreffender war zu sagen, dass sie *vorgaben*, Freunde zu sein.

Er betrat sein Büro und bedeutete Mike, sich zu setzen. »In deiner Nachricht stand, dass du ein Sicherheitsproblem hast.«

»Ein ziemlich großes«, erklärte er. »Ich glaube, dass unsere Technikabteilung ein Leck hat.«

»Wie kommst du darauf?«

»Wir arbeiten an zwei neuen Hightech-Kommunikationsgeräten, von denen noch niemand weiß. Es war geplant, die beiden Produkte einem exklusiven, vertraulichen Kunden zu präsentieren.«

»Wie exklusiv?«, fragte Archer. »Und wie vertraulich?«

Mike presste die Lippen aufeinander. »Wie gesagt, *äußerst* exklusiv und *äußerst* vertraulich.«

Also die Regierung, folgerte Archer. »Lass mich raten, jemand ist euch zuvorgekommen?«

»Unser größter Konkurrent«, bestätigte Mike grimmig. »Aber es ist unmöglich, dass die schneller waren als wir. Jemand muss ihnen technische Details verraten haben. Jemand aus unserem Team.«

»Das ist übel.«

»Allerdings. Und jetzt brauche ich dich, damit du diese Person findest. Machst du das?«

»Mache ich, aber …«

»Ich weiß, ich weiß«, unterbrach Mike ihn. »Keine Garantie, bla-bla. Ich kenne den Vortrag, Hunt, aber bis jetzt hast du es noch immer geschafft. Und ich zahle dir einen Haufen Kohle, damit du es auch dieses Mal wieder schaffst.«

Archer nickte knapp. »Ist erledigt.«

Nachdem Mike gegangen war, begann er mit den ersten Vorbereitungen für den Job, bevor er sich dem am Abend anstehenden Einsatz zuwandte.

Eine Versicherungsgesellschaft hatte ihn engagiert, nachdem sich einige ihrer Kunden darüber beschwert hatten, für Premium-Dienste bezahlt, diese aber nie erhalten zu haben. Es stellte sich heraus, dass die Versicherung diese Dienste nicht einmal anbot, geschweige denn Geld dafür bekommen hatte.

Auftritt »Hunt Ermittlungen«. Archer hatte ein wenig nachgeforscht und war auf einen freiberuflichen Versicherungsvertreter gestoßen, der einigen ausgesuchten – mit anderen Worten reichen – Kunden Sonderleistungen vorgestellt hatte. Alles, was sie dafür tun mussten, war, die zusätzlichen Gebühren zu zahlen. Diese Gebühren flossen dann geradewegs in die Tasche des Vertreters – natürlich ohne dass irgendwelche Leistungen dafür erbracht wurden.

Dank Joe, Archers Computerspezialisten, hatten sie den Mann ausfindig gemacht, der zahlreiche Decknamen hatte und sich momentan als Chuck Smithson ausgab. Weitere Untersuchungen hatten ergeben, dass Chuck ein Einzelgänger war und niemandem traute. Er zog von Hotelzimmer zu Hotelzimmer und trug zu jeder Zeit eine Umhängetasche bei sich, in der sich vermutlich sein Laptop befand. Durch sein nahezu paranoides Verhalten und dadurch, dass seine Daten nirgendwo gespeichert waren, wo sie sich hineinhacken konnten, waren Archer und sein Team gezwungen, sich den Laptop zu beschaffen, wenn sie Beweise haben wollten.

Während ihrer Recherche hatten sie ein weiteres Detail über den Hochstapler Chuck herausgefunden: Er trieb sich gern auf Online-Dating-Seiten herum. Nachdem Elle ihn per E-Mail informiert hatte, dass sie den Job übernehmen würde, hatte Archer umgehend ein Fake-Profil für sie erstellt. Chuck schluckte den Köder und ging jetzt davon aus, sich heute Abend mit »Candy Cunningham« zu treffen.

Alles, was Elle würde tun müssen, war, Chucks Identität zu bestätigen und ihn lange genug abzulenken, damit die anderen einen Blick in seine Tasche werfen und seine Festplatte kopieren konnten. Das wären zwar keine Beweise, die vor Gericht Bestand hätten, aber die Versicherungsgesellschaft wollte ohnehin nicht so weit gehen – nicht zuletzt, um die peinlichen Zwischenfälle nicht in den Fokus der Öffentlichkeit zu rücken. Sie wollte nur ihren Verdacht bestätigt wissen, bevor sie ihre nächsten Schritte plante.

Archer rief sein Team zusammen und wartete, während einer nach dem anderen langsam eintraf, frisch geduscht und mit dem Frühstück in den Händen.

Max war der Anführer der Truppe, und seitdem er vor zwei Monaten seine Freundin Rory kennengelernt hatte – ein persönlicher Rekord, was die Dauer einer Beziehung anging –, wirkte er unbestreitbar lebendiger und energiegeladener. Er saß am anderen Ende des Konferenztisches, neben ihm sein Dobermann Carl. Der Hund war normalerweise ein enormer Zugewinn für das Team, aber im Moment drehten sich seine Gedanken um nichts anderes als den riesigen Donut in der Hand seines Herrchens.

Max nahm einen gewaltigen Bissen von besagtem Donut. »Es ist alles vorbereitet für heute Abend, Boss«, sagte er zu Archer. »Wir überwachen die Ein- und Ausgänge, und Finn hält auch die Augen offen.«

Finn war der Besitzer und Barkeeper des »O'Riley's«, einem Pub im Erdgeschoss des Gebäudes, in dem die Aktion über die Bühne gehen sollte. Er war zufälligerweise auch ein guter Freund.

Archer vermied es normalerweise, eine Mission so nah an seiner Basis durchzuführen, aber wenn Elle involviert war, ging er kein Risiko ein.

Niemals.

Ihre Fähigkeit, einen Mann vollkommen um den Finger zu wickeln, machte sie für das Team unglaublich wertvoll. Auch er selbst war schon mehr als einmal Opfer dieser Fähigkeit geworden, und sie hatte ihm damit schon unzählige Male Informationen beschafft, an die er sonst nicht herangekommen wäre, ohne ein kleines Blutbad zu veranstalten.

Sie behauptete zwar, dass es ihr bei diesen Jobs nur ums Geld ging, aber er wusste, dass das nicht die ganze Wahrheit war. Sicher ging es ihr auch ums Geld, wie jedem, der ohne Geld aufgewachsen war, aber das war nicht der Hauptgrund. Sie arbeitete für ihn, wenn er sie darum bat, weil sie dachte, dass sie ihm etwas schuldig war.

Dabei war es in Wirklichkeit er, der ihr etwas schuldete.

Inzwischen war auch der Rest des Teams eingetroffen und machte es sich bequem. Joe, der nicht nur der Computerspezialist, sondern auch seine rechte Hand war, und dann waren da noch Lucas, Trev und Reyes. Das Besprechungszimmer war ziemlich groß, aber das waren die Männer auch, und mit jedem, der dazukam, schien es enger zu werden.

»Wieso riechst du so nach Speck und Sirup?«, wollte Joe von Max wissen.

»Weil ich einen Speck-und-Sirup-Donut esse«, antwortete der.

»Im Ernst?«

»Im Ernst.«

Joes Magen knurrte laut genug, dass es von den Wänden zurückhallte.

Mit einem resignierten Seufzen schubste Max eine weiße Papiertüte zu ihm hinüber. »Du musst aber mit Carl teilen – ich hab ihm auch einen versprochen.«

Carl bellte kurz als Bestätigung.

Die anderen Teammitglieder begannen lautstark zu protestieren.

»Warum kriege ich nichts?«

»Scheiße Mann, ich geb dir sogar Geld dafür.«

Doch Joe umklammerte die Tüte unnachgiebig und wehrte alle Angriffe der anderen ab. Als er sich in Sicherheit wägte, zog er den Donut aus der Tüte, brach ein Stück ab und warf es zu Carl hinüber, der es mit einem lauten Schnappen seiner gewaltigen Kiefer in der Luft fing.

»Junge«, tadelte Max seinen Hund. »Du hast das ja nicht mal richtig genossen.«

Carl leckte sich die Lefzen, wendete den Blick aber für keine Sekunde von seinem neuen besten Freund Joe ab.

Dieser biss in den Donut, lehnte sich mit geschlossenen Augen zurück und gab ein genussvolles Stöhnen von sich.

»Sollen wir dich und den Donut vielleicht kurz alleine lassen?«, fragte Archer trocken.

»Ja, bitte. *Mein Gott.*«

»Oder?«, grinste Max. »Ich will diesen Donut heiraten und einen Haufen Kinder mit ihm haben.«

Daraufhin entstand eine sehr bild- und lebhafte Diskussion darüber, wie das möglich wäre, bis Archer schließlich seinen Laptop aufklappte. Sofort erstarb das Gelächter, und alle wurden still.

Zeit, sich an die Arbeit zu machen.

Etwa eine halbe Stunde, bevor es losgehen sollte, hörte Archer, wie sich die Tür zum Empfangsbereich öffnete, und dann Stimmen.

Mollie, seine Empfangsdame, begrüßte jemanden.

Wenige Sekunden später das Klicken von hohen Absätzen, die seinem Büro immer näher kamen.

Mollie trug hohe Absätze. Ebenso einige seiner weiblichen Klienten. Aber dieses Klicken kannte er zu gut. Auch ohne die Energie, die in jedem Schritt mitschwang, hätte er Elles fließenden, selbstsicheren Gang wiedererkannt.

Eine SMS von Mollie kündigte Elle genau in dem Moment an, in dem sie höchstpersönlich an seine Tür klopfte. Sie stand im Türrahmen und sah ihn schweigend an.

Sie sah … atemberaubend aus. So war Elle, sie machte keine halben Sachen. Archer hatte in seinem Leben schon viele Frauen gehabt, und er wusste, wie viel Zeit und Arbeit sie investierten, um so auszusehen. Daher erstaunte es ihn umso mehr, wie Elle das jeden einzelnen Tag schaffte. Egal ob im Job oder in ihrer Freizeit, sie war zu jeder Zeit von Kopf bis Fuß durchgestylt, und keine Strähne ihres blonden Haares saß nicht dort, wo sie hingehörte. Tatsächlich fiel ihm nur ein einziger Zeitpunkt ein, zu dem sie nicht voll auf der Höhe gewesen war, und sie wäre ihm ganz sicher dankbar, nicht an diese schicksalhafte Nacht vor langer, langer Zeit erinnert zu werden.

Heute Morgen hatte sie noch einen knallroten Hosenanzug getragen, der selbst zu dieser Uhrzeit schon unbedingten Siegeswillen ausgestrahlt hatte. Jetzt hatte sie das berühmt-berüchtigte kleine Schwarze an. Mit Betonung auf klein. Ihre Schuhe waren mit kleinen Schleifchen verziert und ihre Absätze so hoch, dass für sie die Gesetze der Schwerkraft nicht zu gelten schienen. Sie sah aus wie eine Frau, die Männer verschlang, ohne mit der Wimper zu zucken.

Archer stockte der Atem, als er langsam aus seinem Stuhl aufstand und sie sich einmal um die eigene Achse drehte. »Heilige Scheiße, Elle.«

»›Heilige Scheiße‹ war eigentlich nicht mein Ziel. Ich wollte eher so in die Richtung ›sexy-elegant‹.«

»Ja, das auch«, erwiderte er. »Aber du bist auch die volle Ladung ›heilige Scheiße‹. Und dazu noch ein wandelnder Herzstillstand. Quasi das komplette Paket.«

»Gut. Ich hatte schon Angst, dass ich ein bisschen zu sehr aussehen würde, als gehörte ich in die Post Street.«

Er musterte sie noch einmal von oben bis unten und genoss den Anblick mehr, als ihm lieb war. »Also mir gefällt Post Street.«

»Dann kann ich dir nur die Ecke Post Street und ›Leck mich‹ empfehlen«, antwortete Elle und verdrehte die Augen.

Grinsend ging Archer zu ihr hinüber. Ihr Duft war überwältigend, und er musste seine ganze Willenskraft aufbieten, um sein Gesicht nicht in ihrem Haar zu vergraben und ihren Duft in sich aufzusaugen. Doch er riss sich zusammen und reichte ihr ein Mini-Headset. »Benutz das. Wir stehen ständig in Verbindung und haben dich immer im Blick. Die Jungs sind schon vor Ort. Unsere Zielperson ist nicht unbedingt bekannt dafür, besonders gefährlich zu sein, aber …«

»Du willst bei mir kein Risiko eingehen, jajaja «, unterbrach sie ihn ungeduldig und nahm ihm das Headset aus der Hand. »Die Leier habe ich schon zig Mal gehört. Ich bin kein empfindliches Mauerblümchen, Archer. Wenn ich das wäre, dann wäre ich nicht hier – dann würdest du mich nicht mitnehmen.«

All das stimmte. Trotzdem könnte er eher aufhören zu atmen, als seinen Beschützerinstinkt in Bezug auf Elle zu unterdrücken. So war es schon immer gewesen.

Sie setzte das Headset ein und nickte knapp.

»Okay«, setzte er an. »Also …«

»Ich habe die Akte gelesen, die du mir geschickt hast«, unterbrach sie ihn erneut. »Ich bin Candy Cunningham, die Chuck im Internet gefunden hat und für seine Eroberung des heutigen Tages hält. Ich gehe rein, identifiziere ihn, lenke ihn so lange ab, bis ihr euer Ding mit seinem Laptop durchgezogen habt, den er hoffentlich dabeihat, und verschwinde dann wieder.«

»Und zwar schnell, Elle. Ich will nicht, dass er merkt, dass du …«

»Nicht Candy bist«, sagte sie. »Ich glaube, ich weiß inzwischen ganz gut, wie das hier geht. Können wir loslegen, oder musst du dir noch die Nase pudern?«

Über sein Headset hörte Archer das Kichern und Schnauben seiner Männer. Das Mikro war schon eingeschaltet gewesen. Er machte sich nicht die Mühe, darauf einzugehen. Von seinen Männern erwartete er bedingungslosen Respekt, aber was Elle betraf, gab er sich nicht der Illusion hin, ihr irgendetwas vorschreiben zu können.

Schweigend betraten sie den Fahrstuhl. Elle starrte die Türen an. Archer starrte Elle an. Bei jeder noch so winzigen Bewegung schien ihr eng anliegendes Kleid kurz davor zu sein, zu reißen, und es war ihm schleierhaft, wieso es das nicht tat.

Nach einer gefühlten Ewigkeit öffneten sich die Fahrstuhltüren. Archer ergriff Elles Hand und wartete, bis sie ihm in die Augen sah. »Du hast fünfzehn Minuten. Dann hast du ihn entweder am Wickel, oder du verschwindest«, sagte er. »Dann gehen wir zu Plan B über.«

»Und der wäre?«

»Das ist einer, für den du keine Rolle spielst.«

»In diesem Outfit braucht sie höchstens eine Minute«, warf Joe über Funk ein. Er hatte schon im Innenhof Stellung bezogen.

»Ich wette, es sind nur fünfzehn Sekunden«, erwiderte Reyes.

»Schluss damit«, wies Archer sie zurecht, und sofort herrschte Ruhe.

Elle schnaubte und ging mit klickernden Absätzen am Brunnen vorbei in Richtung Pub.

Es dauerte einen Augenblick, bis Archer sich von ihrem Anblick losreißen konnte – so ging es ihm viel zu oft – und ihr folgte. Er würde mit ihr zusammen in den Pub gehen und auf ihren sexy Hintern aufpassen.

Das »O'Riley's« war zur einen Hälfte eine Bar und zur anderen ein Restaurant. Die dunklen, holzgetäfelten Wände verliehen dem Raum authentischen Charme, von der Decke hingen Kronleuchter aus Messing, und die rustikalen Holztische schienen einem ins Ohr zu flüstern: »Komm, setz dich hin, bestell dir etwas Gutes zu essen und einen Schnaps, und sei einfach glücklich.«

Es war nicht besonders schwierig, Elle im Blick zu behalten, während sie zur Bar ging. Sie teilte die Menge vor sich wie Moses das Rote Meer und nahm schließlich direkt neben Chuck Smithson an der Bar Platz. Dann nickte sie kurz dem Barkeeper zu. Finn.

»Kein Alkohol«, flüsterte Archer.

Finn, der ebenfalls ein Headset trug, nickte unauffällig, obwohl sie das alles längst durchgegangen waren. Im Job war Alkohol nie erlaubt.

Geduldig wartete Elle auf ihren Drink und nippte daran, ohne die Zielperson neben sich auch nur eines Blickes zu würdigen.

Chuck war knapp einen Meter siebzig groß und drahtig. Mit seiner zerknitterten Kleidung und der dicken Hornbrille hätte er entweder als Möchtegern-Hipster oder als Harry-Potter-Imitator durchgehen können. Seine Füße reichten nicht bis zum Boden, weswegen er sie um die Beine des Barhockers geschlungen hatte, und zwischen seinen Stiefeln stand seine Umhängetasche. Er tat so, als würde er sich in der Bar umsehen, um Elle anzuschauen, oder vielmehr anzustarren, und richtete sich dann auf, bevor er ihr ein hoffnungsvolles Grinsen zuwarf.

Sie antwortete mit einem zuckersüßen Lächeln, das Archer noch nie zuvor gesehen hatte und das Chuck beinahe von seinem Stuhl fallen ließ.

»Mann, die ist schon heiß«, hörte er Joe über Funk flüstern.

»Du sabberst«, sagte Max.

»Das tun wir doch alle«, warf Lucas ein. »Sie ist ein wandelnder Ständer.«

»Ruhe«, befahl Archer, und sofort kehrte Stille ein.

Als Elle sich zu Chuck hinüberlehnte, sah sie trotz ihres sexy Outfits auf seltsame Art und Weise etwas verklemmt aus. Archer beobachtete sie genau, wohlwissend, dass sie in der Lage war, direkt vor seinen Augen etwas aus Chucks Tasche zu stehlen, ohne dass er es sehen würde.

»Chuck?«, wisperte Elle.

Obwohl auf ihrem Profil auch ein Foto gewesen war, schluckte Chuck heftig und nickte. Seine Augen leuchteten wie die eines Kindes am Weihnachtsmorgen. »Candy?«

Elle biss sich auf die Unterlippe und setzte einen schüchternen Gesichtsausdruck auf. »Würde es dir etwas ausmachen, mir deinen Ausweis zu zeigen? Du glaubst gar nicht, wie viele Durchgeknallte ich so treffe.«

»Das kann ich mir gut vorstellen«, erwiderte Chuck verständnisvoll. »Bei so einer schönen Frau wie dir.«

Dieser Typ fraß ihr längst aus der Hand. Sie musste sich nicht einmal anstrengen. Archer erwischte sich dabei, wie er bewundernd den Kopf schüttelte. Er liebte es, sie bei der Arbeit zu beobachten, wozu er nicht allzu häufig Gelegenheit hatte.

Sie machte schließlich kein Geheimnis daraus, dass sie ihn nicht besonders mochte. Und wer konnte ihr das verdenken? Er war fest mit ihrer unangenehmen Vergangenheit verbunden. Noch dazu wusste er, dass sie ihn für herrisch und einen Kontrollfreak hielt – was beides der Wahrheit entsprach.

Andererseits war sie die Letzte, die ihm deswegen Vorwürfe machen konnte.

Chuck rutschte von seinem Barhocker hinunter und zog ein Portemonnaie aus der Gesäßtasche seiner Jeans.

Elle, die geistesgegenwärtig genug war, beim Aufstehen ihre High Heels abzustreifen, um Chuck nicht zu sehr zu überragen, schmiegte sich an ihn, um einen Blick auf seinen Ausweis werfen zu können. Ihr Haar fiel dabei in sein Gesicht, und Archer war ziemlich sicher, dass ihre Brust auch seinen Arm berührte.

Chuck blinzelte hektisch, als Elle den Blick hob und ihn mit strahlenden Augen ansah. »Freut mich, dich kennenzulernen, Chuck Smithson.«

»Identität bestätigt«, sagte Max, der ein paar Plätze weiter an der Bar saß und völlig in das Basketballspiel auf dem Fernseher versunken zu sein schien. »Ich bin bereit, einzugreifen.«

Jetzt musste Elle nur noch Chuck lange genug ablenken, damit Max unbemerkt an seine Tasche gelangen konnte.

»Wollen wir tanzen?«, fragte sie schüchtern, fast schon ängstlich.

Archer hatte kein festes Beuteschema bei Frauen, er mochte sie in fast allen Formen und Wesensarten. Aber »schüchtern und ängstlich« war nie so wirklich sein Typ gewesen ... bis zu diesem Augenblick. Obwohl er wusste, dass das alles nur Fassade und Elle nicht einmal ansatzweise schüchtern oder ängstlich war, wollte er nur noch zu ihr und sie fest in den Arm nehmen. Das Verlangen war so stark, dass er fast verpasste, was als Nächstes passierte.

»Ähm.« Chuck blinzelte zu Elle hinauf. Er war mehrere Zentimeter kleiner als sie, obwohl sie nicht einmal mehr Schuhe trug. »Ich bin kein besonders toller Tänzer ...«

»Mach dir keine Sorgen«, unterbrach sie ihn. »Jeder ist tief in seinem Inneren ein toller Tänzer.«

»Aber ...«

»Bitte.« Sie ließ nicht locker. Ein Blick aus ihren strahlend blauen Augen und ein gekonnter Wimpernschlag taten ihr Übriges.

Chuck stürzte seinen Drink hinunter. »Ein Schlückchen Mut«, sagte er und bedeutete Finn, ihm nachzuschenken.

»Gib ihm einen Doppelten«, sagte Archer über Funk.

»Ich führe«, versprach Elle, während Chuck auch den zweiten Drink in einem Zug leerte. Dann hakte sie sich bei ihm unter und zog ihn von der Bar weg.

»Warte, meine Sachen …« Er sträubte sich und sah zu seiner Umhängetasche auf dem Boden.

»Die sind hier sicher.« Elle sah Finn an, der hinter der Bar stand.

»Absolut«, antwortete er.

»Aber …«

Kein Aber. Dieser arme Teufel wusste nicht, wie ihm geschah. Als Elle ihn mit sich auf die Tanzfläche zog, nutzte Joe die Gelegenheit, schnappte sich Chucks Tasche und verschwand.

Auf der kleinen, gut besuchten Tanzfläche angekommen, begann Elle zur Musik zu tanzen und zog Chuck – und alle anderen Männer im Raum – völlig in ihren Bann.

Bis auf Archer. Er war kurz davor zu explodieren. Wenn sie nicht aufpasste, würde sie jeden Moment aus ihrem Kleid platzen.

»Joe, Statusbericht«, befahl er und rieb sein linkes Auge, dessen Lid auf einmal unkontrolliert zu zucken begonnen hatte.

»Wir sind nur eine falsche Bewegung von einem Nippelalarm entfernt«, hörte er Max ehrfürchtig und hoffnungsvoll zugleich flüstern.

Dafür würde er ihn später umbringen. *»Joe.«*

»Gib mir noch drei Minuten.«

Verdammt. Die Minuten zogen sich zäh dahin, während Chuck auf der Tanzfläche angefangen hatte, sich an Elle anzuschmiegen, und dabei bis über beide Ohren grinste.

»Erledigt«, sagte Joe endlich. Das waren die wohl längsten drei Minuten in Archers Leben gewesen.

»Ich hab die Festplatte kopiert«, bestätigte Joe, während er die Tasche in einer flüssigen Bewegung wieder unter Chucks Barhocker platzierte.

Und keine Sekunde zu früh. Im nächsten Moment sah Archer, wie Chuck sich auf der Tanzfläche umdrehte und seine Augen die Tasche suchten, in der sich sein halbes Leben befand.

»Alles erledigt, Boss. Der Kerl hat außer seinem Laptop auch noch einen Haufen gefälschter Ausweise bei sich. Ich hab sie alle abfotografiert.«

Volltreffer. »Elle«, sagte Archer. »Raus da.«

Im Pub war es laut, die Leute hatten eine Menge Spaß. Allen voran Chuck, dessen Schlückchen Mut eindeutig Wirkung zeigte. Etwas zu viel Wirkung, denn seine Hände waren überall auf Elles Körper, während sie sich zusammen im Rhythmus der Musik bewegten.

»Du bist so schön!«, schrie er Elle mitten ins Gesicht.

Sie lächelte.

»Ich meine, so richtig pornomäßig schön!« Er schrie noch immer. »Ich bin quasi Experte auf dem Gebiet, ich muss es also wissen! Hast du jemals darüber nachgedacht? Du würdest ein Vermögen verdienen!« Er grinste. »Ich rede immer ziemlich laut, wenn ich betrunken bin, also *wirklich* laut.«

»Wünschst du dir in solchen Momenten nicht manchmal, noch ein Cop zu sein?«, hörte Archer Max über Funk fragen. »Dann könntest du diesen Drecksack jetzt verhaften.«

Nein, Archer wünschte sich nicht, noch ein Cop zu sein. Er hatte mit allem, was er aus dieser Zeit vermisste – wie zum Beispiel seinen Dad –, abgeschlossen. Die einzige wichtige Frage war jetzt, wieso zum Teufel Elle immer noch tanzte. Er hatte ihr die Anweisung gegeben, die Bar zu verlassen. Er bahnte sich seinen Weg durch die Menge und klopfte Chuck auf die Schulter. Der drehte sich um, und sein Blick wanderte langsam immer weiter nach oben, bis er Archer schließlich ins Gesicht sehen konnte.

»Ähm«, presste er hervor. Dann schluckte er, riss die Hände von Elle zurück und verschwand, so schnell ihn seine Beine trugen. Aber nicht, ohne sich noch seine Tasche zu schnappen.

Elle bückte sich, um wieder in ihre High Heels zu schlüpfen, die sie neben die Tanzfläche gestellt hatte. Anscheinend brauchte sie die zusätzlichen Zentimeter, bevor sie sich mit Archer anlegte. Er legte ihr einen Arm um die Hüfte, um sie zu stützen, während sie die Schuhe anzog, und wartete, bis sie sich aufgerichtet hatte. »Was zur Hölle war da los?«

»Ich hab meinen Job gemacht«, erwiderte sie betont lässig.

»Seit wann ist es dein Job, dich an einem Verbrecher zu reiben?«

Jetzt kniff sie die Augen zusammen. »Du hast gesagt, dass ich nah an ihn ran soll. Du hast gesagt, ich soll seine Identität bestätigen und ihn dann ablenken, um jeden Preis.«

»Okay, stopp«, erwiderte er. »Ich habe definitiv nicht gesagt, um jeden Preis.«

Sie funkelte ihn wütend an.

»Was?«, fragte er.

»Nichts.« Ihr Tonfall war eisig.

»Oh Mann«, murmelte Joe in sein Mikro. »Wenn eine Frau ›Nichts‹ in diesem Ton sagt, dann meint sie ganz sicher nicht ›Nichts‹. Ich würde dir empfehlen, diese Unterhaltung nicht ohne Suspensorium zu führen. Ich mein ja nur.«

Archers Lid zuckte jetzt so stark, dass er Angst hatte, sein Augapfel würde ihm aus dem Schädel springen. »Ich habe gesagt, dass du abhauen sollst«, begann er in einem Tonfall, den er selbst für bemerkenswert ruhig hielt. Joes Kommentar ignorierte er, der war ohnehin ein toter Mann. »Wenn ich dir etwas sage, dann erwarte ich, dass du zuhörst, Elle.«

Durch sein Headset hörte er, wie seine gesamte Crew scharf einatmete. Er beschloss, auch das zu ignorieren.

»Wow«, sagte Elle schließlich.

»Okay«, mischte sich Max ein. »Ich hab jetzt auch eine Freundin, also kenne ich mich aus. Wenn Rory in diesem Tonfall ›Wow‹ sagt, dann meint sie das nicht im positiven Sinne. Es bedeutet eher, dass sie gerade angestrengt darüber nachdenkt, wie und wann sie mich für diese Dummheit bestrafen kann.«

»Stimmt«, pflichtete Joe ihm bei. »Sie will nur ihr Erstaunen darüber ausdrücken, dass man so ein riesiger Idiot sein kann. Mission abbrechen, Boss. Ich wiederhole: Mission. Abbrechen.«

Verdammt noch mal! Archer riss sich das Headset aus dem Ohr und tat dasselbe mit Elles, dann stopfte er beide in seine Tasche.

Sie zuckte bloß mit den Schultern und ging wortlos davon, während er auf der Tanzfläche stehen blieb. Ein seltsam beklemmendes Gefühl breitete sich in seiner Brust aus, als er ihr hinterhersah. Das war der Ärger, sagte er sich. Die Frustration. Diese Frau schaffte es besser als jeder andere, ihn komplett auf die Palme zu bringen.

Und trotzdem behielt er sie ständig im Auge, passte auf sie auf. Er konnte nicht genau erklären, wieso, aber vermutlich ließen alte Gewohnheiten sich nur schwer ablegen.

Ob sie jemals über diese Nacht nachdachte? Sie hatte niemals auch nur ein Wort darüber gesagt. Und auch er hatte sie nie erwähnt, um sie nicht unnötig an ihre schlimme Vergangenheit zu erinnern.

Als er zur Bar zurückging, fand er sie dort vor. Sie packte ihre Sachen zusammen, dabei rutschte etwas aus ihrer Tasche und fiel zu Boden.

Gleichzeitig bückten sie sich, um es aufzuheben, aber Archer war schneller. Als ihm klar wurde, was er da in der Hand hielt, hob er den Kopf und starrte Elle ungläubig an.

Es war das kleine Taschenmesser, das er ihr vor all diesen Jahren gegeben hatte.

Sie dachte also wirklich noch an diese Nacht.

3. Kapitel

#Zugunglück

Elle machte Anstalten, ihm das Messer aus der Hand zu reißen, aber Archer umklammerte es mit eisernem Griff. Sie lieferten sich einen kleinen Wettstreit, bis Elle sich daran erinnerte, dass sie niemals wieder Schwäche vor anderen zeigen wollte, und sich zwang, loszulassen.

Archer hingegen ließ nicht los. »Du hast es immer noch«, sagte er, mit einer Spur von Erstaunen in seiner Stimme. Der Mann, der unmöglich zu überraschen war, war es jetzt doch.

Und ja, natürlich hatte sie das Messer noch. Dachte er wirklich, sie würde es einfach wegwerfen? Es kam nicht oft vor, dass sie rot anlief, aber in diesem Moment spürte sie die Hitze in sich aufsteigen. Teilweise Bedauern – aber hauptsächlich totale Demütigung.

Sie hatte sich mühsam beigebracht, stark und entschlossen zu sein. Und nicht mehr zurückzublicken.

Nie mehr.

Sentimentalität hatte in ihrem Leben keinen Platz. Das redete sie sich zumindest ein. Aber wieso trug sie dann noch immer dieses Taschenmesser mit sich herum, das Archer ihr damals gegeben hatte? Besonders, wenn man bedachte, wie sie es ihm zurückzahlen wollte. Oh Gott, diese Erniedrigung, als sie ihm das Einzige angeboten hatte, was sie besaß – ihren Körper –, und er sie geradewegs hatte abblitzen lassen. Der Gedanke daran trieb ihr noch immer die Schamesröte ins Gesicht. Das Schlimmste an der ganzen Sache war, dass er danach einfach verschwunden war, als wäre nichts vorgefallen. Dabei hatte es für sie alles bedeutet.

Sie wusste nicht, wieso er sich so verhalten hatte, aber sie würde ganz bestimmt nicht ohne ihr Messer wieder gehen. Es war ein Abzeichen. Eine Erinnerung daran, wer sie einmal gewesen war und wer sie heute war.

Die beiden sahen sich noch immer regungslos an, während um sie herum das Treiben im Pub weiterging. Gelächter, Gespräche, tanzende Menschen – das alles spielte in diesem Moment keine Rolle für sie. Wie in einem Kokon schienen sie völlig von der Außenwelt abgeschnitten.

Archer lehnte sich zu ihr hinüber, nah genug, dass ihre Knie sich berührten. Nah genug, dass sie jeden goldenen Sprenkler in seinen haselnussbraunen Augen sehen konnte, und jede einzelne tiefschwarze Wimper, die diese Augen einrahmte. Sie bemerkte, dass ein Muskel in seinem Kiefer zuckte.

Ein seltener Ausrutscher von einem Mann, der die Mimik eines Steins haben konnte, wenn er wollte.

Der Rest von ihm war noch immer genauso beeindruckend und bedrohlich wie immer. Sein breites Kreuz verdeckte ihr die Sicht auf alles, was sich hinter ihm befand, doch obwohl er geradezu Furcht einflößend wirken konnte, tat er es nie, wenn er mit ihr redete. Dann war er vorsichtig. Wachsam.

Distanziert.

Das störte sie mehr als alles andere.

Als sie ein letztes Mal versuchte, das Messer aus seinem Griff zu winden, gab er schließlich nach, und sie stand auf.

»Sind wir hier fertig?«

Auch er erhob sich. Und sah sie wortlos an.

»Also?«, hakte sie nach.

»Wir sind niemals fertig«, erwiderte er.

Tatsache? Weil Elle darauf keine schlagfertige Antwort einfiel, machte sie auf dem Absatz kehrt und ging in Richtung Tür, durch die sie hinaus in die herrlich kalte Nacht entschwand. Sie schlenderte über den Innenhof, der von wunderschönen Lichterketten in den Bäumen entlang des Wegs beleuchtet wurde. San Francisco konnte im Februar so ziemlich alles sein: eiskalt, nass, knochentrocken, sogar warm war es ab und zu. Heute Abend war der Himmel von einem tiefen Schwarz, und die Sterne funkelten wie Diamanten. Die Luft war kalt und klar, sodass kleine Nebelschwaden von Elle aufstiegen, als sie tief ein- und ausatmete und hoffte, so wieder zur Ruhe zu kommen.

Vergeblich.

Als sie den Springbrunnen in der Mitte des Hofes erreicht hatte, hielt sie kurz inne, um eine Minute lang zu verschnaufen. Um ehrlich zu sein, brauchte sie wahrscheinlich mehr als nur eine Minute.

Sie hatte einen großen Teil ihres Lebens damit verbracht, den Dingen hinterherzujagen, die sie in ihrer Kindheit verpasst hatte, und das mit großer Leidenschaft und Zielstrebigkeit. Sie war ausgeglichen, hart im Nehmen und, das dachte sie zumindest gern über sich, absolut loyal. Und Archer gegenüber war sie auch loyal. Immerhin hatte er sie aus einer sehr schlimmen Situation befreit, und sie war ihm dankbar dafür. Er hatte ihr Leben verändert. Aber sie war sich selbst gegenüber auch ehrlich genug, um zu gestehen, dass es sie ein wenig störte, dass er nie mehr von ihr zu wollen schien. Nicht dass das eine große Überraschung wäre, wenn man bedachte, was er alles für sie aufgeben musste. Seinen alten Job.

Seine Familie …

Das Wasser im Brunnen floss in einem sanften Strom in das kupferne Becken, das voller Münzen war. Dieser Brunnen stand hier schon fünfzig Jahre länger als das Gebäude, welches erst 1928 erbaut worden war, und hatte noch Tage gesehen, in denen es in Cow Hollow wirklich Kühe gab. Seitdem rankte sich um ihn der Mythos, dass man die wahre Liebe finden würde, wenn man eine Münze in den Brunnen warf und es sich von ganzem Herzen wünschte.

Was für ein Unsinn. Elle erschauderte bei dem Gedanken daran.

Aber es hatte in der Vergangenheit immerhin oft genug funktioniert, dass die Leute wirklich daran glaubten. Sogar zwei gute Freunde von ihr hatten dank dieses Brunnens ihre große Liebe gefunden.

Wenn es nach Elle ging, würde sich nur ein Idiot wünschen, dass die Liebe in sein Leben trat. Liebe brachte nichts als Probleme, und Probleme hatte sie wahrlich schon genug.

»Willst du keine Münze hineinwerfen und dir wünschen, dass die wahre Liebe um die nächste Ecke kommt?«, riss eine raue Stimme sie aus ihren Gedanken. »Das tun alle, wenn sie hier sind.«

Es war der alte Eddie, der hier im Hof lebte. Aus freien Stücken. Viele der Bewohner, und auch sie selbst, hatten schon versucht, ihm zu helfen, aber Eddie sagte immer, dass er einen alternativen Lebensstil hatte und in Ruhe gelassen werden wollte. Er stand dort mit seinem weißen Haar, das sie unwillkürlich an Christopher Lloyd in *Zurück in die Zukunft* denken ließ, seinen Surfer-Shorts, Gummistiefeln und einem Berkeley-Sweatshirt, auf dem über einem Hanfblatt die Worte »Keine Panik, das ist organisch« aufgedruckt waren. Elle wusste, dass er in den Siebzigern wirklich in Berkeley gewesen war, nachdem er sich vorher in Woodstock einen Großteil seiner Gehirnzellen weggeschmort hatte, und erwiderte sein Grinsen. »Ich werde mir ganz bestimmt nicht die wahre Liebe herbeiwünschen«, sagte sie. Eine tropische Insel nur für sie allein vielleicht. Den Weltfrieden sicherlich.

Aber doch nicht die wahre Liebe.

»Pru hat Finn gefunden, nachdem sie es sich gewünscht hat«, erinnerte er sie. »Und Willa hat Keane genauso gefunden.«

»Und ich freue mich für sie. Aber ich werde mir nichts wünschen.«

»Was für ein Pech, meine Liebe. Ich hatte mir gedacht, wenn du sowieso schon vorhättest, Geld zum Fenster hinauszuschmeißen, dann würdest du dafür vielleicht eine bessere Verwendung finden.«

»Lass mich raten«, sagte sie. »Du würdest dich gerne bereit erklären, mich von diesem Problem zu befreien?«

»Ich selbst hätte es nicht besser formulieren können.«

»Nur fürs Protokoll, ich werfe niemals Geld zum Fenster raus«, stellte sie klar, während sie in ihrer Tasche nach dem Notfall-Zwanziger kramte, den sie immer dabeihatte. Der war in der Bar natürlich nicht herausgefallen. Nein, es musste ja ausgerechnet das Taschenmesser sein. Sie zog eine Grimasse, als sie Eddie den Geldschein hinhielt.

»Danke, Schätzchen.« Eilig verstaute er den Zwanziger, bevor er sie auf beide Wangen küsste. »Ich habe die Zeitung von heute, kann ich dir als Gegenleistung vielleicht dein Horoskop vorlesen?«

»Mach dir keine Umstände. Ich bin sicher, in meinem steht nur, dass ich heute niemanden umbringen soll.«

Er lachte. »Es ist wohl kein Geheimnis, wen du umbringen würdest. Er ist ein verdammt cleveres Bürschchen. Und dazu noch ein begabter Detektiv, der gut auf sich selbst aufpassen kann. Und er würde sich für dich eine Kugel einfangen, das wissen wir beide. Wenn es etwas gibt, worin er nicht gut ist, dann ist das, seine Gefühle zuzugeben.«

»Wer?«

Er antwortete nicht, sondern warf ihr nur einen Blick zu, der besagte: »Jetzt stell dich nicht dümmer, als du bist.«

»Archer?«, fragte sie.

»Gibt es noch mehr Leute, die dich so verrückt machen?«

Wo er recht hatte …

Dann tätschelte er ihren Arm. »Denk dran, in seinem Leben gibt es nicht viel Platz für Schwächen oder mögliche Angriffspunkte – was du definitiv bist. Er hat nicht die geringste Ahnung, wie er damit umgehen soll, und für einen Draufgänger wie ihn ist das ziemlich verwirrend. Also, vielleicht denkst du mal darüber nach, mit ihm etwas nachsichtiger zu sein.«

Sie seufzte mit geschlossenen Augen, und als sie sie wieder öffnete und ihm erklären wollte, dass Archer und sie niemals nachsichtig waren, war der alte Mann schon verschwunden und hatte sie allein in der Nacht zurückgelassen.

Allein in der Nacht. Ein guter Titel, falls ihr Leben jemals verfilmt werden sollte.

Sie wollte gerade ihr Handy hervorholen, um sich ein Taxi zu rufen, als ihr einfiel, dass sie es Spence gegeben hatte, damit er während des Ablenkungsmanövers darauf aufpasste. Dem Spence, der höchstwahrscheinlich noch immer drinnen an der Bar saß. »Verdammt.« Sie drehte um und ging zurück zum Pub.

Tatsächlich saß Spence noch am Ende der Bar in dem Bereich, den Finn immer für sie freihielt. Aber das war es nicht, was ihre Aufmerksamkeit anzog. Diese Ehre wurde Archer zuteil, der auf der anderen Seite des Raums saß und sich mit einer umwerfend schönen Frau unterhielt, deren Absichten mehr als offensichtlich waren. Sie lehnte sich an ihn, und eine ihrer perfekt manikürten Hände lag auf seinem Oberarm. Während sie sprach, lächelte sie immer wieder mit ihren strahlend weißen Zähnen, und ihr Haar war so kunstvoll verstrubbelt, dass es so aussah, als wäre sie gerade erst aus dem Bett aufgestanden … und als hätte sie nichts dagegen, sich wieder dorthin zurückbefördern zu lassen.

Elle verdrehte die Augen und ging zu Spence hinüber. Pru war bei ihm, genau wie Willa und Haley. Willa gehörte das *South Bark*, eine gut sortierte Zoohandlung auf der anderen Seite des Innenhofs. Haley hingegen arbeitete bei einem

Optiker im zweiten Stock des Gebäudes. Sie war zwar noch Single, flirtete aber schon seit Wochen mit einer von Finns Kellnerinnen, und die komplette Gruppe hoffte, dass sich daraus etwas entwickeln würde.

Spencer schob Elles Telefon zu ihr hinüber, dann sah er den Ausdruck auf ihrem Gesicht und schob auch noch sein Glas hinterher.

»Jameson?«, fragte sie.

»Für dich nur das Beste«, bestätigte er und sah amüsiert zu, wie sie den Whisky herunterstürzte, dann hüstelte er kurz. »Ganz ruhig, Tiger.«

Elle hatte Archer und der Frau, die jetzt völlig ungeniert flirteten, den Rücken zugekehrt und nickte Finn dankbar zu, als er ihr einen weiteren Drink hinstellte.

»Sie ist zu ihm gegangen, falls dir das irgendwie hilft«, sagte Willa, die die gute Seele der Gruppe war. Sie hatte das Herz einer Heiligen.

Elle hatte das nicht. »Das interessiert mich nicht im Geringsten.«

»Oh, oh«, sagte Spencer.

Wieso waren alle Männer solche Arschlöcher?

»Wisst ihr was?«, fragte sie, während sie ihr Glas absetzte. »Ich hau ab.«

»Ach, komm schon.« Spencer ergriff ihre Hand. »Bleib doch noch ein bisschen. Du darfst sogar versuchen, mich im Darts zu besiegen.«

Sie zeigte mit dem Finger auf ihn. »Ich würde dich vernichten. Nur nicht heute.«

»Aber es ist erst zehn Uhr.«

»Ich muss früh wieder raus, ich hab noch einen Kurs und muss arbeiten.«

»Erwachsen zu sein heißt doch, dass du machen kannst, was du willst«, warf Spence ein.

Er hatte gut reden. Seitdem er vor zwei Jahren sein Start-up für eine nicht genannte Summe – also verdammt viel – verkauft hatte, verbrachte er seine Zeit nur noch damit, sich aus Spaß Sachen zu kaufen, wie zum Beispiel dieses Gebäude, oder alles zu tun, worauf er gerade Lust hatte. In letzter Zeit war das, mit den Hunden aus Willas Zoohandlung spazieren zu gehen. Elle wusste genau, dass er das nur tat, weil Frauen auf Männer mit Hunden standen.

»Nein, erwachsen zu sein heißt« – sie suchte nach einer passenden Umschreibung –, »nach rechts und links zu gucken, bevor man über die Straße geht, und dann von einem Flugzeug zerquetscht zu werden.«

Er lachte, und sie machte Anstalten zu gehen, konnte sich aber im letzten Moment doch nicht zusammenreißen. Sie warf noch einen Blick hinüber zu Archer und der Frau, die sich lachend unterhielten, und wusste, dass sie nicht dazu in der Lage war, »nachsichtig zu sein« oder einfach abzuhauen.

»Elle«, hörte sie Willa hinter sich sagen, »Liebes, was auch immer du gerade planst zu tun – vielleicht ist das keine allzu gute Idee.«

Was sie nicht sagte. »Ich plane überhaupt nichts«, erwiderte Elle. »Ich bin nur … spontan.«

»Du bist niemals spontan«, warf Pru ein. »Du machst erst eine Mindmap, bevor du dir einen neuen Lippenstift kaufst.«

Mist. Sie hatte recht. »Hey, diese Mindmap war privat, und du durftest sie nur sehen, weil du die Farben vergleichen wolltest. Und ich weiß genau, was ich tue.«

»Bist du dir da sicher?«, fragte Spence.

Elle ignorierte sie und machte sich auf den Weg zu Archer, obwohl sie nicht einmal wusste, warum es sie so sehr störte, dass eine Frau ihn anbaggerte. Na gut, das war gelogen. Sie wusste ganz genau, warum es sie so störte. Weil er nie mit *ihr* flirtete. Es war absurd. Lächerlich. Total idiotisch …

Aber hielt sie das davon ab? Nein. Sie ging weiter geradewegs auf sie zu und drängte sich zwischen sie. Dann legte sie Archer eine Hand auf die Schulter und sagte in freundschaftlichem Ton: »Hey, schön, dich wieder in Aktion zu sehen. Dein Hautausschlag ist wohl inzwischen verheilt …?« Sie lehnte sich zurück und musterte Archer von Kopf bis Fuß, wobei ihr Blick etwas länger in seinem Schritt verweilte als geplant. Trudy hatte nicht übertrieben. Er hatte wirklich ein beachtliches Gerät.

Archer schüttelte langsam den Kopf, und der Anflug eines Lächelns umspielte seine Lippen. »Freut mich auch, dich zu sehen, Candy«, erwiderte er ruhig und gelassen. Dieser Staatskerl.

Sie warf ihm einen bitterbösen Blick zu, den er mit einem strahlenden Lächeln beantwortete. Zum Teufel mit ihm. Hätte sie doch bloß »Chlamydien« gesagt statt »Hautausschlag«. Ein Hautausschlag war nicht schlimm genug. Jetzt war sie wirklich wütend, also machte sie auf dem Absatz kehrt und stürmte aus der Bar. Dann rief sie sich ein Taxi und fuhr nach Hause, was eine winzige Doppelhaushälfte in Russian Hill war.

Obwohl sie sich darin kaum umdrehen konnte, ohne mit den Ellenbogen an die Wände zu stoßen, liebte sie ihr Häuschen fast noch mehr als ihre Schuhe. Hier war es gemütlich, behaglich, friedvoll … all die Dinge, die sie in ihrem Leben vorher vermisst hatte.

Sie kochte sich einen Tee, setzte sich an ihren winzigen Küchentisch in ihrer winzigen Küche und arbeitete bis spät in die Nacht an ihren Hausaufgaben für ihre Buchhaltungskurse.

Und ganz bestimmt dachte sie nicht an diesen lästigen, aufgeblasenen, selbstgefälligen Archer Hunt.

4. Kapitel

#AufDerPalme

Archer wohnte in einem ausgebauten alten Lagerhaus direkt am Hafen, in dessen Keller er ein Fitnessstudio eingerichtet hatte. Jeden Morgen ging er als Erstes dorthin, um auf einen Boxsack einzudreschen. Zum einen hielt er sich dadurch in Form, zum anderen half es ihm, den Kopf freizubekommen.

Aber heute half nicht einmal das.

Elle hatte sein Messer behalten. Sie trug gewissermaßen immer ein Stück von ihm bei sich, und er hatte keine Ahnung, wie er darüber denken sollte. Besonders weil sie seit langer Zeit alles tat, um ihm aus dem Weg zu gehen. Und wenn sie sich doch einmal trafen, behandelte sie ihn, als wäre er eine lästige Fliege.

Er hatte verstanden, dass sie etwas viel Besseres verdient hatte, als er ihr jemals bieten könnte. Noch dazu würde er niemals wollen, dass sie etwas mit ihm anfing, weil sie das Gefühl hatte, es ihm schuldig zu sein. Also fing er an, zu mauern und seine Gefühle für sie zu unterdrücken. Es war besser so für Elle.

Dennoch – sie hatte sein Messer behalten …

Gedankenverloren griff er in seine Tasche und zog einen Handschmeichler aus Achat hervor. Den Handschmeichler, den sie ihm für das Messer gegeben hatte. In dieser einen Nacht in dem heruntergekommenen Park, in der sie beide ganz unten angekommen waren. Er rief sich ins Gedächtnis, dass Elle sich verändert hatte, und schlug auf den Boxsack ein, bis er ein befriedigendes Brennen in seinen Muskeln spürte.

Sie beide hatten sich verändert. Und keiner von ihnen wollte wieder dahin zurück, wo sie hergekommen waren, davon war er überzeugt.

Dann verdrängte er diese Gedanken, ging duschen und machte sich auf den Weg zur Arbeit.

Der Innenhof des Pacific Pier Building wurde gerade vom ersten Licht des Tages gestreichelt, als er dort ankam, und die Pflastersteine unter seinen Füßen glänzten noch vom Dunst der vergangenen Nacht. Er passierte den Brunnen und nahm die Treppe in den zweiten Stock, wo sich sein Büro befand, doch anstatt rechts abzubiegen, ging er nach links ... und fand sich vor einer Tür wieder, auf der in großen Buchstaben *Elle Wheaton, Verwalterin* stand.

Spence kam gerade aus ihrem Büro und zog erstaunt die Brauen hoch, als er Archer sah.

Dann geschah etwas Seltsames. Archers Eingeweide zogen sich zusammen, als ein ihm bisher unbekanntes Gefühl ihn durchfuhr.

Er selbst war es gewesen, der Spence überredet hatte, sie einzustellen, aber dann war etwas passiert, womit er nicht gerechnet hatte: Das letzte Jahr über waren Elle und Spence immer vertrauter miteinander geworden.

Ihn hingegen hielt sie immer noch auf Abstand.

Es sollte ihn eigentlich nicht kümmern, aber das tat es. Er konnte es selbst kaum fassen, aber er war tatsächlich eifersüchtig. Sosehr er es auch hasste, er konnte es nicht mehr leugnen. Obwohl er sich sicher war, dass, falls zwischen Elle und Spence jemals etwas laufen sollte, es längst passiert wäre, konnte er das Gefühl nicht abschütteln.

»Was gibt's?«, fragte Spence.

»Nichts.«

Spence sah ihn einen Moment lang an und grinste. »Sie wird dich auffressen, durchkauen und wieder ausspucken.«

»Schwachsinn«, erwiderte Archer und zögerte kurz. »Aber selbst wenn, was wäre daran so lustig?«

Versöhnlich klopfte Spence ihm auf die Schulter. »Ich würde es nur zu gern sehen, sonst nichts.«

»Was würdest du gerne sehen?«

»Wie du auf dem Hintern landest.« Und mit diesen Worten schlenderte er davon, die Hände in den Taschen. Und er sah dabei immer noch belustigt aus, dieser Dreckskerl.

Archer schüttelte den Kopf und griff nach der Türklinke. Die Tür war verschlossen, aber da Spence gerade herausgekommen war, musste Elle da sein. Sie war immer früh da, sie war einer der am härtesten arbeitenden Menschen, die Archer kannte. Er war sich nicht sicher, was ihr großes Ziel war, aber er vermutete, dass es die Weltherrschaft war, und um das zu erreichen, nahm sie mehrere Tage pro Woche morgens an Online-Kursen teil. Sie kam dafür hierher, weil ihr Internet zu Hause öfter ausfiel.

Sie wäre wahrscheinlich stinksauer, wenn sie wüsste, wie viel er über sie wusste, aber er hatte nicht vor, ihr das zu sagen. Schließlich war er nicht lebensmüde.

»Elle«, rief er und klopfte.

Keine Antwort.

Nach der Aktion gestern Abend in der Bar war sie wohl vorsichtig. Kluges Mädchen. Als Sicherheitschef des Gebäudes hatte er zwar die Schlüssel zu jedem Raum, aber er war nicht so dumm, sie jetzt zu benutzen.

Elle war auf der anderen Seite der Tür – er konnte sie atmen hören – und würde ihn vermutlich sofort erschießen, wenn er jetzt den Generalschlüssel hervorzog und die Tür aufschloss. Und nach der »Hautausschlag«-Geschichte gestern Abend hatte er nicht übel Lust, dasselbe mit ihr zu tun. Auch wenn er eher seine Hände benutzen würde als eine Waffe. Er würde sie um ihren entzückenden Hals legen und zudrücken.

Dieses Verlangen hatte er nicht zum ersten Mal, aber er hatte ihm bisher widerstehen können, genau wie seinem anderen, deutlich verstörenderen Verlangen – sie an sich zu reißen und zu küssen.

Auch das war nicht neu für ihn, aber er hatte nicht die Absicht, ihm nachzugeben.

»Was willst du?«, hörte er Elle durch die Tür rufen.

»Willst du die kurze oder die lange Version?«

Wieder keine Antwort.

»Dich«, sagte er. »Ich muss mit dir reden.«

»Du bist sauer wegen gestern Abend.«

»Du meinst, als du vor allen Leuten angedeutet hast, ich hätte eine Geschlechtskrankheit?«

Er hörte ein Japsen hinter sich, und als er sich umdrehte, sah er Trudy mit ihrem Wagen dort stehen. Ihre Augen wanderten hinunter zu seinem Schritt, und er hätte sich am liebsten mit den Händen vor ihren Blicken geschützt.

»Die Klinik in der Post Street ist wirklich gut«, flüsterte sie ihm zu. »Und sehr … diskret.«

Durch die Tür ertönte Elles Lachen, und er biss die Zähne zusammen. »Das war nur ein Witz«, erklärte er.

»Natürlich war es das, Schätzchen«, antwortete Trudy und tätschelte seinen Arm. »Aber ich muss sagen, das ist ein ganz schön heftiger Schlag für meine abendlichen Fantasien.« Dann ging sie mit ihrem Wagen davon.

Fassungslos drehte Archer sich wieder zu der immer noch verschlossenen Tür um.

»Nur fürs Protokoll«, sagte Elle, und es klang, als würde sie ein Lachen unterdrücken. »Ich habe nie gesagt, dass es eine Geschlechtskrankheit sein soll. Nicht dass es mich überraschen würde, dass du zuerst daran denkst.«

Er schloss die Augen und atmete langsam ein und aus, um sich zu beruhigen.

Vergeblich.

»Na gut«, lenkte sie ein. »Entschuldigungen sind nicht gerade meine Stärke, aber ich schätze mal, ich hätte mich gestern Abend etwas besser verhalten können.«

»Du hast recht«, entgegnete er. »Entschuldigungen sind wirklich nicht deine Stärke.«

Archer konnte ihr Lächeln fast schon spüren. Genau wie er spürte, wie es verblasste und sie zögerte, ob sie die Tür öffnen sollte. Mit gutem Grund.

»Du weißt, dass du dafür noch bezahlen wirst«, sagte er mit sanfter Stimme. »Oder?«

»Was willst du machen? Mir Handschellen anlegen und mich zurück in die Bar zerren, damit ich vor allen Leuten verkünde, dass es nur ein Scherz war?«

Am liebsten hätte er erwidert, dass die Bar der letzte Ort wäre, wo er sie hinbringen würde, sollte er ihr je Handschellen anlegen. Aber er verkniff es sich. Zwecklos, es unnötig kompliziert zu machen. Das würde sowieso nie passieren.

»Du kannst dich nicht ewig verstecken, Elle. Ich werde dich finden.«

Er hörte einen dumpfen Aufprall und ein unterdrücktes Fluchen. »Verdammt, deinetwegen habe ich meinen Tee verschüttet!«

Aus irgendeinem Grund hob das seine Laune gewaltig, und er musste zum ersten Mal an diesem Tag grinsen. Dann drehte er sich um und ging zu seinem Büro.

»Hey, Boss«, grüßte ihn Mollie, seine Rezeptionistin und die kleine Schwester von Joe, freudig. »Ich hab gerade einen Haufen Zeug auf deinen Schreibtisch gelegt, unter anderem die Post von gestern, die du nicht aufgemacht hast.«

Archer war gut darin, merkwürdige Angelegenheiten aufzuklären und all die Arschlöcher dieser Welt ausfindig zu machen. Verdammt gut. Aber den ganzen Papierkram zu erledigen, den das mit sich brachte – darin war er deutlich weniger gut.

Widerstrebend ging er in sein Büro und starrte den Unterlagenstapel auf seinem Schreibtisch an, als wäre er eine tickende Zeitbombe. Ganz oben auf dem Stapel lag ein kleiner, von Hand beschrifteter Umschlag. Und leider kannte er diese Schrift. Als er den Umschlag hochnahm, fühlte er sich, als hätte sich auf einmal die Luft im Büro verändert. Oder als würde sein Vater, der Polizeichef, im Zimmer stehen und ihm zusehen.

Und ihn verurteilen.

Aus irgendeinem Grund spürte er auf einmal den Drang, sich aufzurichten und zu salutieren.

»Du bist zu einer Ruhestands-Party eingeladen«, sagte Mollie, die gerade ins Büro kam, um ihm noch mehr Papierkram zu bringen.

Er hob den Kopf und sah sie an. »Woher weißt du das?«

»Das ist schon die zweite Einladung«, antwortete sie schulterzuckend. »Du hast auf die erste wahrscheinlich nicht geantwortet, und als sie noch eine geschickt haben, bin ich neugierig geworden.«

»Du liest meine Post?«

»Das ist mein Job. Diesmal liegt auch ein kleiner Zettel dabei. ›Schaff deinen Arsch nach Hause‹, steht darauf.«

Archer warf den Umschlag auf seinen Tisch und ging hinüber zum Fenster. Er hatte sich dieses Büro bewusst ausgesucht, weil er von hier aus sowohl den Innenhof als auch die Straße sehen konnte. Er hatte gern alles im Blick. Und dass er über Cow Hollow hinweg direkt in die Bucht sehen konnte, war auch nicht übel.

»Soll ich für dich darauf antworten?«, fragte Mollie.

»Das Telefon klingelt.«

»Oh!« Sie erstarrte und spitzte die Ohren. »Oh, verdammt, du hast recht!« Damit stürmte sie aus dem Zimmer.

Und Archer beförderte den Umschlag in seinen Papierkorb.

Hinter sich hörte er jemanden den Raum betreten, der definitiv nicht Mollie war. Er drehte sich um und sah, wie Elle zum Papierkorb ging und den Umschlag herausfischte. Sie war nicht zum ersten Mal in seinem Büro, aber heute fühlte sie sich hier für seinen Geschmack etwas zu sehr zu Hause. »Du bist heute wohl besonders mutig?«, bemerkte er.

»Dein Vater geht in den Ruhestand?«, fragte sie, seinen Kommentar übergehend, nachdem sie die Einladung gelesen hatte.

Mit geschlossenen Augen widerstand Archer dem Drang, seinen Kopf gegen die Fensterscheibe zu schlagen. »Wieso musst du eine Frage immer mit einer Gegenfrage beantworten?«

»Du solltest da hingehen«, sagte sie sanft und sah ihm in die Augen.

Archer war sich sicher, dass das keine gute Idee war. Er war nicht mehr oft zu Hause. Es war einfacher, wenn er sich einfach fernhielt. Vor elf Jahren war er ein draufgängerischer junger Cop in einer Sondereinheit gewesen, und als es drunter und drüber ging und er entscheiden musste, ob er die gesamte Mission gefährden wollte, um ein unschuldiges Mädchen in Sicherheit zu bringen, hatte er keine Sekunde gezögert.

Das war nicht ungewöhnlich für ihn, er hörte immer auf seinen inneren Moralkodex, der ihm sagte, was falsch war und was richtig. Das Problem war, dass sein Moralkodex nicht immer im Einklang mit dem Gesetz war.

Das Mädchen war minderjährig gewesen und hatte etwas zurückbringen wollen, das ihre Schwester gestohlen hatte. Sie war zur falschen Zeit am falschen Ort gewesen. Was nicht bedeuten sollte, dass sie sich der Gefahr nicht bewusst gewesen war, in die sie sich gebracht hatte. Sie war sich darüber völlig im Klaren gewesen und hatte es trotzdem getan. Und damit hatte sie Mut und Loyalität bewiesen – und den Willen, das Richtige zu tun, womit sie geradewegs den Weg in Archers Herz gefunden hatte.

Damals, als er noch ein Herz gehabt hatte.

Er erwiderte Elles Blick. Ihre Augen strahlten immer noch so blau wie in dieser Nacht. Und sie waren auch immer noch genauso unergründlich und voller Geheimnisse.

»Wann hast du ihn zum letzten Mal gesehen?«, fragte sie.

»Weihnachten. Wir haben zusammen gegessen.«

Sie nickte. »Und davor?«

Sie gab nicht nach. Wie ein Terrier, dem man seinen Knochen wegnehmen wollte.

»Das Weihnachten davor«, gab er widerwillig zu.

Sie tadelte ihn nicht. Sie verurteilte Menschen nicht. Sie nickte nur und wandte den Blick ab. »Tut mir leid«, sagte sie leise.

»Muss es nicht.«

Elle schüttelte den Kopf. »Süß, dass du das sagst, aber ich weiß, dass das meine Schuld ist.«

Damit erwischte sie ihn auf dem falschen Fuß – etwas, was ihr mit erschreckender Regelmäßigkeit gelang.

»Zwei Dinge«, begann er. »Erstens, ich bin nicht süß. Ich habe absolut nichts Süßes in mir. Zweitens, das ist nicht deine Schuld. Es ist meine.«

Schweigend starrte sie ihn an und fesselte seinen Blick. Er wusste, dass sie sich selbst für undurchschaubar hielt. Und dass sie sich niemals eine Blöße gab. Aber er kannte sie, vielleicht besser als jeder andere, was bedeutete, dass er auch ihre Mimik deuten konnte. Sie machte sich Sorgen um ihn. Und das hasste er.

»Hör mal, vergiss es einfach, ja?«

»Nur, wenn du mir versprichst, zu der Ruhestands-Party zu gehen.«

Hatte er sie eben mit einem Terrier verglichen? Pitbull traf es eher.

»Versprich es mir«, wiederholte sie mit sanfter Stimme.

Er war ein Mensch, und er machte Fehler wie jeder andere. Aber er versuchte sein Möglichstes, um diese Fehler nur ein Mal zu machen. Einer passierte ihm jedoch immer wieder: Er sah ihr in die Augen und ließ sich von ihnen fesseln. Jedes einzelne Mal.

»Archer.«

Sie würde nicht aufhören, bis er es ihr versprach, das wusste er. Also könnte er zumindest noch einige Bedingungen stellen. »Gut. Wenn du mir im Gegenzug versprichst, nie wieder darüber zu reden, dann gehe ich hin.«

Elle nickte langsam, dann drehte sie sich um und verließ sein Büro.

»Hey«, rief er ihr hinterher. »Du hast mir immer noch nicht gesagt, was du hier willst.«

»Da ich vorhin deinetwegen meinen Tee verschüttet habe, hole ich mir etwas von eurem Kaffee.«

Kopfschüttelnd drehte Archer sich wieder zum Fenster um, aber er sah nicht, was dahinter lag. Stattdessen spielten sich vor seinem geistigen Auge noch einmal die Ereignisse jener schicksalhaften Nacht vor vielen Jahren ab – besonders das, was nach dem verpatzten Einsatz passiert war: Elle, die in ihrer zerrissenen Kleidung zusammengekauert dagesessen und aus unzähligen Wunden geblutet hatte, die Augen voller gespielter Tapferkeit. Sie war tiefer in den Park hineingerannt und hatte es ihm nicht leicht gemacht, sie zu finden. Sie hatte auf einer Schaukel gesessen, ganz allein und regungslos.

Er hatte versucht, sich einzureden, dass er schon genug für sie getan hatte, indem er sie einfach hatte weglaufen lassen, und dass er gehen könnte. Aber er hatte es nicht über sich gebracht, obwohl er selbst in gewaltigen Schwierigkeiten gesteckt hatte.

Er hatte gerade sein gesamtes Leben über den Haufen geworfen – und dennoch hatte er dagestanden und sich um das Mädchen gesorgt, das ihn erst dazu gebracht hatte.

Er hatte sie zu einem Arzt bringen wollen, aber sie hatte sich geweigert, mit ihm zu gehen. Also hatte er ihr sein Messer gegeben und ihr gesagt, dass sie sich damit gegen ihn verteidigen könnte, falls sie sich bedroht fühlte.

Dann hatte er sie in die Notaufnahme gebracht, wo sie untersucht worden war. Eine Platzwunde auf ihrer Wange hatte genäht werden müssen, aber das war zum Glück die schlimmste Verletzung gewesen, die sie davongetragen hatte. Danach hatte er sie mit nach Hause genommen, wo sie auf seinem Sofa geschlafen hatte wie ein Stein … oder wie ein Mädchen, das sich so lange nicht mehr hatte sicher fühlen können, dass es vergessen hatte, wie es sich anfühlte, wirklich zu schlafen.

Er wusste das, weil er stundenlang auf sie aufgepasst hatte, während sie schlief. Am Morgen dann hatte er ihr Frühstück gemacht, und als er aus der Dusche zurückgekommen war, war sie verschwunden gewesen. Von ihr war nichts bis auf den Handschmeichler aus Achat geblieben, der auf der sorgsam zusammengefalteten Decke gelegen hatte, die er ihr zum Schlafen gegeben hatte.

Vom Dienst war er suspendiert worden, und das zu Recht. Er hatte die Mission gefährdet, und sein Vater hatte alle Hände voll damit zu tun gehabt, seine Kündigung zu verhindern. Das hätte er sich sparen können, denn Archer hatte von sich aus gekündigt. Ihm war klar geworden, dass er deshalb suspendiert worden war, weil seine Vorstellungen von Richtig und Falsch nicht mit denen seiner Vorgesetzten übereinstimmten.

Sein Vater hatte dafür nicht gerade viel Verständnis gehabt und war darüber so wütend gewesen, dass sie jahrelang nicht miteinander gesprochen hatten. Und es hatte auch nicht geholfen, dass sie, seitdem zehn Jahre zuvor seine Mutter an Krebs gestorben war, ohnehin nie einer Meinung gewesen waren. Ohne die gute Seele der Familie fehlte jemand, der die Wogen zwischen ihnen glätten konnte.

Irgendwann waren sie dann zumindest wieder so weit gewesen, dass sie sich im gleichen Raum aufhalten konnten, ohne über Archers Angewohnheit, schlechte Entscheidungen zu treffen, zu streiten. Ab und zu sprachen sie sogar wieder miteinander. An Feiertagen. Geburtstagen. Oder als sein Vater vor einigen Jahren angeschossen worden war, als er den Job gemacht hatte, der noch immer sein ganzer Lebensinhalt war. Und das verstand Archer. Und er verstand auch, dass sein Vater, der durch und durch Polizist war, niemals begreifen würde, dass Archer getan hatte, was er tun musste.

Oder wieso er es getan hatte.

Und jetzt hatte er Elle versprochen, dass er zu der Ruhestands-Party gehen würde, wo er vermutlich fast die gesammelte Einheit wiedersehen würde.

Irgendwann würde er sich wirklich Gedanken darüber machen müssen, wie viel Macht Elle über ihn hatte.

Aber nicht heute.

5. Kapitel

#MitSchokoladeIstAllesBesser

Am nächsten Wochenende fuhr Archer mit einigen seiner Jungs zum Campen. Zusammen campen zu fahren war etwas, was sie alle paar Monate taten, wenn sie gleichzeitig einige Tage freihatten. Dann fuhren sie mit Quads durch den Wald, angelten, und für gewöhnlich taten sie auch noch irgendetwas Dummes, weil jeder von ihnen stets versuchte, die anderen zu übertreffen. Immerhin war bisher noch niemand gestorben, und sie hatten nur ein einziges Mal ins Krankenhaus fahren müssen, als irgendjemand mit Joe gewettet hatte, dass er es nicht schaffen würde, einen Baum bis in die Spitze hochzuklettern. Er hatte es tatsächlich nicht geschafft, war heruntergefallen und hatte sich das Schlüsselbein gebrochen.

Archer fuhr, Spencer saß neben ihm und Joe und Finn auf der Rückbank. Die Fahrt zum *Big Basin Redwoods State Park* dauerte etwa anderthalb Stunden, und sie hielten auf dem Weg, um die nötigen Vorräte zu besorgen.

Was in ihrem Fall bedeutete, Bier und Angelköder.

Als sie angekommen waren, stieg Archer aus dem Wagen und atmete tief ein. Von der Stadtluft war hier nichts mehr zu spüren, sie befanden sich in den Bergen, umringt von uralten, hundert Meter hohen Bäumen und genug Natur, um sogar den größten Stress zu vergessen.

Das hoffte Archer zumindest …

Den ersten Tag verbrachten sie hauptsächlich damit, zu wandern, zu fischen und lächerlich waghalsige Wetten abzuschließen, wie beispielsweise, dass derjenige, der am wenigsten Fische fing, ein Bad im Fluss nehmen musste. Es war Februar, und die Wassertemperatur lag knapp über dem Gefrierpunkt.

Da er gut darauf verzichten konnte, war Archer besonders motiviert und fing drei Fische, während bei Spence und Joe jeweils zweimal angebissen wurde. Finn hingegen fing nur einen einzigen und beschwerte sich ununterbrochen, während er sich auszog und sie dann mit ernsthafter Miene über die Risiken einer Unterkühlung aufklärte.

Die anderen sahen ihm nur grinsend zu und lobten sich für ihre Überlegenheit in den Himmel, während Finn in die eisigen Fluten sprang und sie auch in Rekordzeit wieder verließ.

»Vielleicht solltest du das mit dem Angeln noch ein bisschen üben«, schlug Spence dem zähneklappernden Finn vor.

Der schlüpfte hastig wieder in seine Kleidung und zeigte Spence mit einer unmissverständlichen Geste, was er von dessen Ratschlag hielt.

Archer warf mehr Holz auf das Lagerfeuer in ihrer Mitte und schob Finn näher daran. Es hatte ihm zwar Spaß gemacht, ihn verlieren zu sehen. Und noch mehr Spaß hatte es gemacht, zu beweisen, dass er der beste Angler von ihnen war, aber das hieß nicht, dass er Finn an Unterkühlung sterben lassen wollte.

Der wandte sich erneut an Spence und presste hervor: »Wenn du verloren hättest, hättest du nie den Mumm gehabt, da reinzuspringen.«

»Oh, ich hab Mumm«, erwiderte er. »Genug Mumm, um hinzugehen und die Algen an der Oberfläche zu sehen. Die giftigen Algen. Und dann zu entscheiden, dass es eine ziemlich dumme Idee ist, darin zu schwimmen.«

Finn blinzelte. »Das wusste ich nicht.«

Spence tippte sich mit einem Finger an die Stirn und sagte: »Tja, das hier ist nicht nur eine Hutablage.«

Die Sonne ging hier oben viel schneller unter als in der Stadt, es dauerte nur einen Augenblick, und das Tageslicht war der tiefschwarzen Nacht gewichen. Sie kümmerten sich jetzt etwas ernsthafter um das Feuer, während sie Bier tranken und Archer den Fisch zubereitete. Währenddessen durchwühlte Spence ihre Sachen und stieß auf einmal ein aufgebrachtes »Was zum Teufel« hervor.

Die Gruppe drehte sich geschlossen zu ihm um.

»Wo sind die Süßigkeiten?«, fragte er.

»In der grauen Kiste«, antwortete Finn. »Ich hab sie selber gepackt. Schokolade, Cracker … und ich habe extra Riesen-Marshmallows gekauft, nachdem ihr letztes Mal zwei Tage lang rumgejammert habt, weil ich die kleinen mitgebracht habe.«

»Da ist keine graue Kiste«, sagte Spence. »Wo ist die verdammte graue Kiste?«

»Mist. Ich muss vergessen haben, sie ins Auto zu tragen«, sagte Finn langsam.

»Wir können doch nicht ohne Marshmallows campen«, mischte sich Joe ein. Er sah am Boden zerstört aus. »Ich freue mich schon den ganzen Tag darauf.«

Archer stimmte ihm zu. Sie brauchten Marshmallows. Aber der nächste Laden war eine halbe Stunde Autofahrt entfernt, und sie hatten alle schon einige Bierflaschen geleert. »Zu blöd, dass Google Express hier draußen nicht liefert.«

»Wenn ich geahnt hätte, dass Finn es verbockt, hätte ich meine neueste Drohne so programmiert, dass sie uns die Vorräte einfach hierherbringt«, merkte Spence an.

»Es ist Finns Schuld, also sollte er sich auch darum kümmern«, fand Joe.

»Und wie soll ich das machen?«, fragte der zurück. »Was, zur Hölle, erwartest du, das ich jetzt tue?«

»Ruf doch Pru an«, schlug Spence vor.

»Und dann?«

»Sag ihr, dass sie herkommen und uns Marshmallows bringen soll.«

Finn lachte spöttisch. »Ja, na klar. Das kann ich nicht machen.«

»Aber letzte Woche konntest du sie noch aus dem Laden anrufen, um sicherzugehen, dass du ihr die richtigen Tampons mitbringst?«, hakte Archer nach.

»Hey!« Finn zeigte vorwurfsvoll mit dem Finger auf ihn. »Das sollte doch unser Geheimnis bleiben.«

»Ruf sie schon an«, sagte Spence.

»Sie wird mich nur auslachen und mir sagen, dass ich mich damit abfinden soll.«

»Siehst du, das ist doch die Sache«, begann Joe zu argumentieren. »Wir sind alle Singles. Wir haben niemanden, den wir anrufen können, ohne wie totale Weicheier zu wirken. Aber du – du hast doch schon Pru. Also wen kümmert's, ob sie dich auslacht?«

Spence und Archer pflichteten ihm bei.

»Okay«, sagte Finn kleinlaut. »Mich kümmert es.«

Argwöhnisch beobachtete er, wie Spence sein Telefon hervorzog, und fragte: »Was machst du da?«

»Das wirst du gleich sehen«, antwortete der und sprach gleich darauf ins Telefon. »Pru? Finn braucht dich hier.«

»Oh mein Gott, stopp«, protestierte Finn und versuchte vergeblich, Spence das Telefon aus der Hand zu reißen.

Spence hielt das Mikrofon mit einer Hand zu und wich Finn geschickt aus, wobei sein beeindruckender Bizeps hervortrat. »Ich hab viel trainiert«, flüsterte er stolz.

»Sag ihr wenigstens, dass ich nicht von einem Baum gefallen bin und mir das Schlüsselbein gebrochen habe«, verlangte Finn.

»Ein einziges Mal«, grummelte Joe. »Das ist mir nur ein einziges Mal passiert.«

»Finn will, dass du herkommst und Marshmallows bringst«, sagte Spence zu Pru. »Große Marshmallows. Die größten, die du finden kannst. Genug für …« – er sah die anderen drei an – »… acht Leute.«

Kollektives Nicken. Die doppelte Menge klang gut.

Mit Pru und Kylie hoch zum *Big Basin* zu fahren, um Finn irgendetwas zu bringen, was er unbedingt brauchte, war eigentlich das Letzte, was Elle an einem Samstagabend zu tun geplant hatte. Sie hatten versucht, Willa auch zu erreichen, aber sie und Keane hatten ihre Telefone ausgestellt.

Sie waren clever.

Und trieben es wahrscheinlich gerade wie die Karnickel.

Dafür machte Elle ihnen keinen Vorwurf. Um ehrlich zu sein, war sie sogar etwas neidisch.

»Danke, dass ihr mitkommt, Leute«, sagte Pru. »Ihr hattet ja wahrscheinlich schon etwas vor.«

Kylie lachte. »Falls du damit meinst, dass ich zu Hause rumsitzen und versuchen wollte, meine Lumosity-Punktzahl zu verbessern, dann ja.«

Elle fuhr Finns Wagen, weil Pru kein eigenes Auto hatte und außerdem ihre Brille nicht hatte finden können. Camping war nicht gerade etwas, wovon Elle besonders begeistert war. Genauer gesagt war sie noch nie in ihrem ganzen Leben campen gewesen. Sie sah keinerlei Reiz darin, auf dem Boden zu schlafen und das nächste Gebüsch als Badezimmer zu benutzen. Nein, da bevorzugte sie doch ein weiches Bett, Elektrizität und eine richtige Toilette.

Sie hatten die Grenzen der Stadt schon vor einiger Zeit hinter sich gelassen, und Elle hatte noch nie eine derartige Finsternis erlebt. Sie lehnte sich zur Windschutzscheibe vor und spähte hinaus in die Dunkelheit. Die Straße war in keinem guten Zustand, und sie wollte ihre Abbiegung nicht verpassen.

»Ich kann nicht glauben, dass wir das hier wirklich machen. Du bist uns dafür echt was schuldig. Was braucht Finn denn so dringend, dass wir mitten in der Nacht dafür zu ihm fahren müssen?«

»Es ... es ist kompliziert«, antwortete Pru ausweichend und sah kurz hinunter zu der großen braunen Tüte zu ihren Füßen.

»Inwiefern kompliziert?«

Prus Schweigen ließ Elle Böses ahnen. Sie warf ihr einen Blick zu. »Er campt doch alleine, oder? Das hast du uns schließlich erzählt. Auch wenn es dämlich und leichtsinnig ist, alleine campen zu gehen, und Finn keins von beidem ist.«

»Rechts abbiegen!«, rief Kylie von hinten. Sie hatte die Nase an das Display ihres Handys gepresst. »In zehn Metern.«

Elle bog ab, und der Bodenbelag ging von Asphalt in Schotter über. Holprigen, zerfahrenen Schotter, der für die nächste halbe Stunde ihre volle Aufmerksamkeit forderte, bis sie die Zeltplätze erreicht hatten.

»Ich glaube, von dem Geholper ist die Hälfte meiner Organe herausgefallen«, bemerkte Kylie.

»Zeltplatz 24«, sagte Pru.

Wenig später erreichten sie den genannten Zeltplatz, und Elle parkte, stellte den Motor aus und sah hinaus zu dem lodernden Lagerfeuer, wo sie eins, zwei, drei ... *vier* menschliche Umrisse erkennen konnte, von denen einer verdächtig nach Archer aussah. Sie spürte sofort diese Verärgerung, die sie in seiner Gegenwart immer befiel.

»Verdammt noch mal, Pru!«

»Es ist nicht so, wie du denkst«, sagte Pru hastig.

»Nein? Denn ich denke, dass du mich angeflunkert hast«, erwiderte Elle.

»Na gut, es ist ein bisschen so, wie du denkst«, lenkte Pru ein. »Aber vor allem wollte ich nicht alleine hier hochfahren. Ich wusste, dass du nicht mitkommen würdest, wenn ich dir sage, dass Archer hier ist, und ich musste unbedingt die Marshmallows herbringen. Die Jungs waren völlig verzweifelt.«

Genau in diesem Moment standen die Männer auf und kamen auf sie zu, wobei jeder einen anderen Gesichtsausdruck hatte. Finn grinste über beide Ohren, sichtlich erfreut, Pru zu sehen. Spence sah erwartungsvoll aus, was Sinn ergab, da Elle nun wusste, was sie hierher gebracht hatten. Sie kannte keine Süßigkeit, die Spence nicht liebte.

Archer war niemand, der sich seine Stimmung anmerken ließ, aber er sah entspannter aus, als Elle es je bei ihm gesehen hatte.

Die Wildnis schien ihm gutzutun.

Zumindest bis zu dem Moment, in dem er ins Innere des Wagens schaute – denn Kylie öffnete genau in diesem Augenblick ihre Tür und schaltete damit die Innenbeleuchtung ein, sodass sie da saßen wie in einem Aquarium.

Archer stockte für einen Moment, und sein Lächeln verblasste. Großartig. Jetzt hatte sie ihm den Abend ruiniert. Nachdem sie vor langer Zeit schon sein ganzes Leben ruiniert hatte, war es gut zu wissen, dass sie es immer noch draufhatte.

»Bringen wir es einfach hinter uns.« Ihr Tonfall klang zwar ruhig und gelassen, aber innerlich spürte sie Panik und Unsicherheit in sich hochsteigen. Sie fühlte sich wieder wie die sechzehnjährige Tochter dieser Betrügerin, die ihre Kinder, Elle und Morgan, immer wieder in scheinbar ausweglose Situationen hineinzog und sie alle zu einem Leben als Diebe zwang.

Finn und Joe stürmten auf sie zu und schnappten sich sofort die braune Tüte mit den Marshmallows. Gut, Joe schnappte sich die Tüte, und Finn schnappte sich Pru. Die beiden fingen sofort an, sich so hemmungslos zu küssen, als hätten sie sich jahrelang nicht gesehen.

Joe grinste Kylie und Elle an. »Willkommen, meine Damen. Kommt und setzt euch zu uns ans Feuer.«

»Wir bleiben nicht«, lehnte Elle ab.

»Nur für ein paar Minuten?«, bat Pru, nachdem sie sich von Finn gelöst hatte. »Bitte.«

Zweifelnd sah Elle an sich hinab zu ihren hochhackigen Schuhen. Es war zwar Samstagabend. Aber sie hatte noch gearbeitet und war direkt aus dem Büro losgefahren. Und weil sie davon ausgegangen war, dass sie nur kurz die Sachen abliefern und wieder umkehren würden, hatte sie sich nicht die Mühe gemacht, sich umzuziehen.

Dank seiner guten Auffassungsgabe hatte Joe den Grund ihres Zögerns schnell erkannt. »Warte kurz«, sagte er, rannte zum Feuer, wo er Spence die Tüte mit den Marshmallows in die Hände drückte, und kam wieder zurück zu Elle.

Ehe sie sich's versah, hatte er sie schon hochgehoben und trug sie hinüber zum Feuer. »Ich weiß, was du vom Campen hältst«, versicherte er ihr aufrichtig.

»Joe«, rief sie überrascht lachend. »Lass mich runter.«

»Muss ich wirklich?«

»Ja!« Unter anderen Umständen hätte ihr der Körperkontakt womöglich gefallen. Joe war groß und muskulös, hatte ein verführerisches, leicht anrüchiges Lächeln, das einer Frau eine Menge Spaß versprach, und sie hatte Gerüchte gehört, dass er dieses Versprechen durchaus halten konnte.

Aber im Moment konnte sie sich auf nichts anderes konzentrieren als auf Archer, dessen Blick sie auf sich spürte. Finster. Abschätzig.

»Es ist nicht so, dass Elle etwas gegen Camping hat oder gegen Bären«, bemerkte er trocken. »Sie hat nur etwas gegen Wanderstiefel. Und gegen Jacken, wie es scheint.« Mit diesen Worten legte er seinen Parka ab und kam auf sie zu.

Der anfängliche Hauch von Freude darüber, wie gut er sie kannte, verflog schnell, als ihr klar wurde, was er vorhatte. »Das ist nicht nötig«, wies sie ihn zurück, konnte den Blick jedoch nicht von seinem dunkelblauen Shirt abwenden, dass sich über seiner breiten Brust spannte.

»Deine Lippen sind schon ganz blau«, sagte er und wickelte sie in seine Jacke. Sosehr sie sich auch sträubte, sie genoss es, die Wärme seines Körpers darin zu spüren, und seinen Geruch, der an dem dicken Stoff haftete.

Sie öffnete den Mund, um etwas darauf zu erwidern, auch wenn sie noch nicht wusste, was das sein würde. Aber es machte ohnehin keinen Unterschied, denn kaum hatte er ihr seine Jacke gegeben, drehte er sich auch schon wieder um und ging zurück zu seinem Platz.

»Also, mir ist nicht kalt«, verkündete Pru. »Ich hab meine neuen Camping-Jeans an, die sind mit Fleece gefüttert.« Sie vollführte eine kleine Pirouette. »Und sie sind ziemlich dick, sodass ich mir auch keine Splitter einfange, wenn ich mich auf den Baumstamm da setze.« Dann hielt sie inne und verrenkte sich fast den Hals in dem Versuch, ihren Hintern zu sehen. »Wartet mal. Sind die *zu* dick? Sehe ich darin fett aus?«

Panik trat in Finns Augen, wodurch Elles Laune sich ein wenig besserte.

Pru starrte ihn mit weit aufgerissenen Augen an. »Tue ich das?«

»Nein.« Er sah ein wenig aus wie ein Reh, das vom Scheinwerferlicht eines Autos erfasst wurde. »*Nein*. Natürlich nicht.«

Joe stieß ihn mit dem Ellenbogen an. »Alter, wenn eine Frau dich fragt, ob sie fett aussieht, dann reicht es nicht, einfach nur ›Nein‹ zu sagen. Du musst so tun, als würde allein die Frage dich schon schockieren. Es schadet auch nicht, wenn du entrüstet aufspringst.«

Finn zog Pru auf seinen Schoß, legte eine Hand in ihren Nacken und sah ihr direkt in die Augen. »Du siehst nicht fett aus in diesen Jeans. Oder in irgendwelchen anderen Klamotten. Oder ganz ohne Klamotten. Ich liebe jeden Zentimeter von dir.«

Jetzt grinste Pru. »Danke, Baby. Ich liebe dich auch.«

»War das ein Test?«, fragte Finn mit zusammengekniffenen Augen.

»Allerdings.« Sie küsste ihn. »Aber mach dir keine Sorgen. Du hast bestanden.«

Wieder spürte Elle einen Anflug von Neid in sich aufsteigen und fragte sich, ob sie sich jemals einem anderen Menschen gegenüber so öffnen konnte, wie Pru es tat. Erst recht vor anderen Leuten, so als ob es ihr vollkommen egal wäre, ob die ganze Welt wusste, wie sehr sie Finn liebte. Sie hatte immer gedacht, dass diese Art von Liebe schwach und angreifbar machte. Aber nichts an dem, was Pru und Finn hatten, wirkte schwach oder angreifbar.

Während sie schließlich doch noch mit Marshmallows über dem Feuer grillten, versuchte Elle mit aller Macht, Pru nicht zu hetzen, obwohl sie eigentlich so schnell wie möglich hier wegwollte, bevor sie noch eine Dummheit machte ... zum Beispiel, sich wie Susi und Strolch einen Marshmallow mit Archer zu teilen.

»Wahrheit oder Pflicht!«, rief Joe plötzlich und drückte jedem ein frisches Bier in die Hand.

»Wie alt seid ihr, zwölf?«, fragte Elle genervt.

Joe grinste nur und sah völlig entspannt aus. Elle rief sich ins Gedächtnis, dass die Jungs einen kompletten Tag Vorsprung hatten, was das Biertrinken anging.

»Angst?«

Das kam von Archer, und seine tiefe sexy Stimme ließ ihr den Magen in die Kniekehlen sacken. Sie riskierte es, ihm einen Blick zuzuwerfen, und sah, wie ein angriffslustiges Grinsen seine Mundwinkel umspielte. Sie zuckte zusammen. War es hier auf einmal wärmer geworden? Oder war das nur die Hitze, die in ihrem Inneren emporstieg?

»Ich finde diese Spiele einfach dämlich.«

»Ich fange an!«, schrie Pru begeistert und klatschte in die Hände. »Spence! Wahrheit oder Pflicht?«

Spence dachte angestrengt darüber nach, bis Pru ihn aufforderte, sich endlich zu entscheiden.

»Gib mir noch einen Moment«, sagte er. »Ich überlege gerade, wie bösartig du sein wirst, wenn ich Pflicht nehme.«

Sie grinste nur vielsagend, und Spence fluchte. »Okay. *Sehr* bösartig. Wahrheit.«

»So macht das keinen Spaß«, protestierte sie.

»Weißt du, was auch keinen Spaß macht? Mitten im Februar im Fluss schwimmen zu gehen. Wahrheit«, wiederholte er entschlossen.

»Hmm.« Pru starrte ihn durchdringend an. »Was erwartest du vom Leben?«

Spence schob das Kinn vor und sagte mit ernster Miene: »Tacos.«

Pru verdrehte die Augen.

»Was denn? Wir haben nur Fisch gegessen, ich hab immer noch Hunger. Habt ihr noch etwas mitgebracht außer Marshmallows?«

Spence hatte eigentlich immer Hunger, also beschlossen die anderen, nicht weiter darauf einzugehen.

»Ich will als Nächste!« Kylie war so aufgeregt, dass sie auf ihrem Holzstamm auf und ab hüpfte. »Elle. Wahrheit oder Pflicht?«

Elles Augen verengten sich zu Schlitzen. »Wieso ich?«

»Wahrheit oder Pflicht?«, wiederholte Kylie.

Also ergab sich Elle ihrem Schicksal und seufzte. »Wahrheit. Aber nur, weil ich nicht aufstehen will, um irgendeine dämliche Pflicht zu erfüllen.«

»Okay«, sagte Kylie zufrieden – so zufrieden, dass Elle klar wurde, dass sie sich genau das erhofft hatte. Weshalb auch immer. »Du bist immer von Kopf bis Fuß durchgestylt.«

»Danke, aber das ist keine Frage«, erwiderte Elle.

»Hat dich jemals jemand zu Gesicht bekommen, wenn du nicht so … perfekt ausgesehen hast?«

Archer schnaubte, aber Elle funkelte ihn so wütend an, dass er anfing zu hüsteln.

»Nein«, sagte sie zu Kylie. »Ich bin dran.« Sie sah Archer an. »Wahrheit oder Pflicht?«

»Wahrheit«, antwortete er vorsichtig.

»Was war das größte Risiko, das du je eingegangen bist?«

»Dieses Spiel mit dir zu spielen.«

Alle lachten, bis auf Elle. Alles Idioten.

»Das zählt nicht«, schlug sich Pru auf ihre Seite. »Sie darf noch mal.«

»Okay«, sagte Elle und sah wieder zu Archer. »Wahrheit oder Pflicht?«

»Du gehst schon wieder auf mich los? ›Pflicht‹ würde übrigens nicht gut für dich ausgehen.«

»Wer ist jetzt der Feigling?«, fragte sie. Sie provozierte ihn nur. Sie alle wussten, dass Archer vieles war, aber ganz sicher kein Feigling.

»Also, um fair zu sein«, mischte sich Finn ein, »die letzte Person, die hier ein Spiel verloren hat, musste nackt im Fluss baden. Das weiß ich, weil ich das war.«

»Und das Wasser ist ziemlich kalt«, pflichtete Spence ihm bei.

»Woher willst du das denn wissen?«, fragte Finn ihn. »Du musstest doch nicht darin schwimmen.«

Spence hob eine Braue. »Es gab … gewisse Anzeichen.«

Jetzt kniff Finn die Augen zusammen. »Hey, kältebedingte Schrumpfung gibt es wirklich.«

»Wahrheit«, antwortete Archer endlich.

Sie knackte im Geiste mit den Knöcheln. »Was war der peinlichste Moment deines Lebens?«

Er antwortete nicht, sondern sah sie nur schweigend an.

»Komm schon«, stichelte sie weiter, auch wenn sie keine Ahnung hatte, wieso sie das tat. »Ich erzähl dir meinen, wenn du mir deinen erzählst.«

Seine Stimme fiel jetzt wieder in eine Tonlage, die sie erschauern ließ. »Deinen kenne ich schon.«

Eigentlich stimmte das nicht, aber das wollte sie nicht vor allen anderen herausposaunen. »Gut, dann passe ich die Frage an: Was war der größte Fehler deines Lebens?«

Wieder sah er sie schweigend an. Sehr gesprächig, der Gute.

»Weigerst du dich, darauf zu antworten?«, fragte sie. »Du weißt ja, was die Alternative ist.«

»Denk an die kältebedingte Schrumpfung«, murmelte Spence.

»Ja«, erwiderte Archer, ohne zu zögern und ohne den Blick von ihr abzuwenden. »Ich weigere mich zu antworten.«

Überzeugt, dass er seine Meinung ändern würde, wenn ihm klar wurde, dass er in das eiskalte Wasser würde springen müssen, zeigte Elle hinüber zum Fluss.

Sie hätte es besser wissen müssen. Wenn Archer einmal eine Entscheidung getroffen hatte, dann blieb er dabei. Wie damals, als er entschieden hatte, dass sie nur ein hilfloses Straßenkind war, das Schutz brauchte und sonst nichts, hatte er jetzt entschieden, dass er die Frage nicht beantworten würde. Stattdessen stand er wortlos auf und ging zum Ufer. Obwohl die Schatten ihn fast verschluckt hatten, konnte sie seine Umrisse noch erkennen. Und obwohl er sie regelmäßig in Rage brachte, konnte sie nicht leugnen, dass schon der Anblick seiner Silhouette genügte, um ihren Puls in die Höhe zu treiben.

Keine zehn Meter von ihnen entfernt begann er, sich auszuziehen, und es schien ihn nicht im Geringsten zu stören, dass er ein Publikum hatte. Schnell und effizient streifte er seine Stiefel und Socken ab, warf sein Shirt zu Boden und stieg aus seinen Jeans. Und das alles, ohne sich ein einziges Mal umzudrehen.

»Wo ist denn deine Kanone?«, rief Joe ihm zu.

»Im Wagen eingeschlossen«, lautete die Antwort. »Damit ich nicht in Versuchung gerate, heute noch jemanden umzubringen.«

Elle konnte den Blick nicht von Archer abwenden, sosehr sie es auch wollte.

Er trug inzwischen nichts mehr bis auf eine Boxershorts. Und im nächsten Moment war auch die verschwunden, und er ging einige Schritte ins Wasser, bevor er hineinsprang und in den schwarz glänzenden, eisigen Fluten verschwand.

6. Kapitel

#CarpeDiem

Elle starrte weiter auf die Stelle, wo Archer eben noch gestanden hatte. »Er ist im Wasser«, sagte sie voller Schrecken zu den anderen.

»Ja«, entgegnete Finn, der nicht einmal ansatzweise so schockiert war wie sie. »Das wolltest du doch.«

»Aber … das ist verrückt. Er wird sich total unterkühlen.«

»Ist mir nicht passiert«, sagte Finn.

»Nur kältebedingte Schrumpfung, hm?«, sagte Spence und zwinkerte ihm zu.

Finn warf eine leere Bierdose nach ihm, doch Spence wich mühelos aus.

Und Archer war noch immer nicht zurück an die Oberfläche gekommen.

Elle stand auf. Sie wartete noch einen Moment, aber als sie es nicht mehr länger aushielt, ging sie langsam auf das Flussufer zu.

»Gehst du jetzt auch nackt baden?«, fragte Joe hoffnungsvoll.

Elle drehte sich um und warf ihm einen so vernichtenden Blick zu, dass er blinzelte und auf Spence zeigte, als wolle er ihr weismachen, dass Spence gefragt hatte. Spence revanchierte sich dafür mit einem kräftigen Stoß, der ihn von seinem Baumstamm hinunterbeförderte.

»Hey, Alter«, sagte Joe, auf dem Boden sitzend. »Du hast ja wirklich trainiert.«

»Sage ich doch.«

Unterdessen ging Elle immer weiter auf das Ufer zu.

»Elle, er hat das im Griff. Bleib beim Feuer«, warnte Finn sie. Er erreichte damit zumindest, dass sie stehen blieb, aber zurückgehen und sich hinsetzen konnte sie nicht.

»Es ist alles in Ordnung, er ist ein hervorragender Schwimmer«, versicherte auch Joe ihr. »Ich hab mal gesehen, wie er während eines üblen Sturms von einer zehn Meter hohen Mauer in die Bucht gehechtet ist, um einen Springer zu retten. Ganz locker.«

Jetzt rührte sich etwas im Wasser, das unglaublich kalt sein musste. Ein Kopf tauchte auf, dann ein Körper. Und wie ein griechischer Gott kam Archer aus den Wellen hervor, als wäre nichts gewesen. Am Ufer angekommen, fuhr er sich mit den Händen über die Haut und streifte das kalte Wasser ab, bevor er sich bückte und seine Kleidung vom Boden aufhob. Dann ging er zurück zum Feuer und stellte sich, noch immer splitterfasernackt, davor, um sich trocknen zu lassen.

»Wahrheit«, sagte Finn zu Pru.

Doch Pru starrte Archer mit offenem Mund an. »Hm?«

»Wahrheit«, wiederholte Finn und winkte mit der Hand vor ihrem Gesicht auf und ab. »Hallo? Mädchen, ich habe Wahrheit gesagt.«

»Entschuldigung«, sagte Pru verlegen grinsend. »Ich war kurz abgelenkt durch die Michelangelo-Statue, die da vor dem Feuer steht.«

»Ich dachte, ich wäre deine Michelangelo-Statue.«

»Oh, das bist du.« Pru tätschelte Finns Bein, konnte die Augen aber immer noch nicht von Archer lassen.

Kylie schien dasselbe Problem zu haben, ihre Lippen formten ein stummes »Wow«.

Archer zog sich wieder an und setzte sich schließlich neben Elle auf den Baumstamm. Wassertropfen flogen aus seinem Haar in alle Richtungen, als er heftig den Kopf schüttelte.

»Hey«, sagte Elle zu ihm. »Wir sind nicht alle verrückt.« Sie warf ihm einen weiteren Blick zu, und ihr wurde klar, dass er in seinem Shirt frieren musste. »Warte, ich gebe dir deine Jacke zurück.«

»Es geht schon.«

Na gut. Wenn er unbedingt den Sturkopf spielen wollte, war das für sie okay, dann hatte sie es halt schön warm.

Pru lächelte Finn an. »Ich hatte gehofft, dass du Wahrheit nimmst. Wie kommt es, dass ausgerechnet du die arme Sau bist, die jemanden anrufen musste, damit er hier rauskommt und Marshmallows bringt? Wieso nicht Spence, Joe oder Archer?«

Finn lächelte zurück. »Weil keiner von ihnen so einen heißen Feger wie dich hat, den er anrufen könnte.«

Daraufhin lachte sie, und Finn wandte sich Archer zu. »Wahrheit oder Pflicht?«

»Pflicht«, sagte Archer.

»Ernsthaft? Bist du sicher, dass du nicht noch einmal darüber nachdenken und lieber Wahrheit nehmen willst, anstatt noch einmal tauchen zu gehen?«

»Na gut. Wahrheit.«

Damit war er geradewegs in Finns Falle getappt. »Also, was läuft da zwischen dir und Elle?«, fragte er auch prompt mit einem selbstzufriedenen Grinsen.

Elle schnappte nach Luft und tat ihr Bestes, um möglichst neutral auszusehen. Neutral wie die Schweiz.

Archer fixierte Finn mit seinem Blick. »Gar nichts.«

»Das ist nicht die Wahrheit«, widersprach Finn ihm.

Doch, ist es, dachte Elle. Zwischen ihr und Archer lief absolut nichts.

Und genau das war ihr Problem.

Sie wünschte sich, dass da etwas laufen würde. Sie hatte keine Ahnung, wieso, aber sie wünschte es sich mehr als alles andere. Na gut, sie hatte schon eine Ahnung. Es könnte daran liegen, dass er einst ihr Retter gewesen war und alles für sie geopfert hatte, nur weil er der Meinung gewesen war, das Richtige zu tun. Er hatte keine anderen Beweggründe gehabt, keine Gegenleistung von ihr verlangt.

Das war für sie ein Schock gewesen, und sie hatte es nie vergessen. Sie hätte nicht einmal gewusst, was ihn seine Tat gekostet hatte, wenn sie ihn nicht im Auge behalten hätte, so gut sie konnte. Was zugegebenermaßen nicht besonders gut war, denn sie hatte schon vor mehreren Jahren seine Spur verloren. Bis sie dann den Job im Pacific Pier Building bekommen hatte.

»Wenn du denkst, dass das nicht die Wahrheit ist, dann sag mir, was ich tun soll«, sagte Archer gelassen.

Finn grinste. »Okay, dann will ich, dass du Elle dazu bringst, dass sie mir bestätigt, dass zwischen euch nichts läuft.«

»Dann brauchen wir einen Augenblick, um darüber zu reden«, antwortete Archer seufzend.

»Nein, tun wir nicht«, fiel Elle ihm ins Wort.

Finn redete einfach weiter, als hätte sie gar nichts gesagt. »Nehmt euch so viel Zeit, wie ihr wollt.«

Archer zeigte mit dem Finger auf Finn und tat so, als würde er eine Pistole abfeuern, stand aber auf. Und bevor Elle sich dagegen wehren konnte, schlossen sich seine kräftigen Finger um ihre, und er zog sie mit sich, weg vom Feuer und geradewegs in den Wald.

»Hey«, protestierte sie. Sie musste rennen, um mit ihm Schritt zu halten. »Meine Schuhe …«

Er verlangsamte das Tempo, schloss, ohne sich umzudrehen, seine Arme um sie und warf sie quasi auf seinen Rücken, sodass er sie jetzt Huckepack trug.

Das machte sie für einen Moment lang sprachlos. Oder vielmehr, seinen muskulösen Rücken an ihrer Brust zu spüren, machte sie sprachlos. Und seine Arme zu spüren, die ihre Oberschenkel umklammert hielten. »Lass mich runter!«

»Der Boden ist uneben, und du wirst es nicht glauben, aber es ist tatsächlich auch ziemlich dreckig hier«, antwortete er. »Willst du dir wirklich deine Guccis ruinieren?«

»Die sind von Kate Spade.« Und, verdammt noch mal, nein, sie wollte sie nicht ruinieren. Also ergab sie sich ihrem Schicksal und ließ die Stirn mit einem Seufzer auf seine Schulter sinken.

Das war keine allzu gute Idee, denn jetzt waren ihre Lippen nur noch wenige Zentimeter von seinem Hals entfernt. Himmel, selbst nach einem ganzen Tag in den Wäldern mit Fischen, Wandern und was sie sonst noch so getrieben hatten, roch er unwiderstehlich.

»Ähm ... schnüffelst du etwa an mir?«, fragte er.

Sie erstarrte, die Nase noch immer an seinen Nacken gepresst. »Was? Nein!«

»Doch, tust du.« Er klang belustigt. »Du hast eben an mir gerochen, als wäre ich einer der Muffins aus Tinas Café ...«

Sollte sie diese Geschichte später jemandem erzählen, würde sie schwören, dass sie nicht wusste, was sie in diesem Moment überkam, aber sie biss ihn. Nicht besonders fest, es war ihrer Meinung nach mehr ein Knabbern.

»Was zum ...« Archer stoppte und ließ sie seinen Rücken hinuntergleiten.

Noch bevor sie wieder festen Stand hatte, war er herumgewirbelt und starrte sie mit unergründlichem Blick an. »Was sollte das?«, wollte er wissen.

Sie richtete sich auf und stemmte die Hände in die Hüften. Das war die einzige Art, wie man mit ihm reden konnte. Es war so, als würde man in der Wildnis einem Raubtier gegenüberstehen, man musste so groß und bedrohlich wie möglich wirken.

Trotzdem hatte sie noch immer keine Ahnung, weshalb sie das getan hatte. Vielleicht war es Wut gewesen, dass er sie so durchschaut hatte. Oder Wut, weil er sie so sehr an der Angel hatte, dass sie manchmal sogar von ihm träumte. Und, was am schwersten zuzugeben war, die Scham, dass sie diese Gefühle hatte. Sollte er das jemals herausfinden, wäre er völlig schockiert – und sie so erniedrigt, dass sie nach Timbuktu umsiedeln müsste.

»Ach, bitte«, höhnte sie und versuchte, ihre Unsicherheit zu überspielen, »jetzt tu doch nicht so, als hätte ich dir wehgetan. Dir kann nichts wehtun. Du bist wie ein Fels.«

»Du denkst wirklich, dass mich nichts verletzen kann?«, flüsterte er ungläubig.

»Ich denke, dass du es niemals zeigen würdest, wenn dich etwas verletzt.« Sie hatte gar nicht bemerkt, wie nah sie einander waren, bis sie tief einatmete und spürte, wie ihre Brust die seine streifte.

»Was weißt du denn darüber, wie ich mich fühle, Elle?«, fragte er mit sehr, sehr leiser Stimme, und sie spürte seinen warmen Atem über ihr Gesicht streichen.

Ein Beben durchfuhr sie. Ein Beben, das jede einzelne Faser ihres Körpers zu erfassen schien.

»Nichts«, antwortete sie. »Ich weiß nichts darüber, wie du dich fühlst, denn du bist wie eine einsame Insel.«

»Bin ich das? Na gut, du bist wie Sibirien.«

»Was zum Teufel soll das bedeuten? Willst du damit sagen, dass ich gefühlskalt bin?«

»Sogar eiskalt.«

Es war fast schon witzig, dass er das jetzt sagte, denn sie war so wütend, dass es sich anfühlte, als würde Lava in ihr brodeln wie in einem Vulkan, und sie kaum klar denken konnte, geschweige denn reden, also verschränkte sie einfach die Arme vor der Brust und schwieg. Womit sie natürlich seine Behauptung nur unterstützte. Aber tief im Inneren wollte sie wissen, wie er sich fühlte, wollte wissen, dass sie ihm etwas bedeutete und zu ihm durchdringen konnte. Und dass sie in der Lage war, ihn zu verletzen. Also stieß sie ihm einen Finger in die Brust.

Seine Hand umschloss ihren Arm. »Hör auf damit.«

Ja, das wäre das Beste gewesen. Aber wenn es um Archer ging, tat sie selten das, was am besten war, also nutzte sie ihre freie Hand, um weiterzumachen. »Nennst du das vielleicht eiskalt, du zu groß geratener, primitiver …«

Mit einem leisen Fluch packte Archer auch ihren anderen Arm und machte noch einen Schritt auf sie zu, was sie nicht nur dazu brachte, mitten im Satz abzubrechen, sondern auch dazu, einige Schritte zurückzuweichen. Sie spürte einen Baum in ihrem Rücken, und Archer nutzte seinen Vorteil, indem er sie mit all seiner Kraft dagegenpresste.

Sie schnappte nach Luft. Er hielt inne, und seine Augen begannen zu glühen, als sein Blick hinunter zu ihren Lippen wanderte. Dann stemmte er beide Hände gegen den Baumstamm, sodass sie zwischen seinen Armen gefangen war, und ihm entwich ein langer, tiefer Atemzug, als er sich über sie beugte und seine Wange an ihren Kopf legte. »Du machst mich wahnsinnig«, murmelte er, und sie spürte die Vibration seiner Stimme in seinem Brustkorb.

Seine Worte und seine Taten standen in so großem Widerspruch zueinander, dass sie einen Moment brauchte, um es zu begreifen. Sie brachte nichts weiter als ein »Tja, danke gleichfalls« hervor, noch immer überwältigt davon, wie mühelos er sie gegen den Baum drückte, so fest, dass sie sich keinen Millimeter rühren konnte.

Und das war noch nicht einmal das Schlimmste daran.

Dass Schlimmste war, dass es sie erregte.

»Geh weg.«

Er tat, was sie sagte, und was dann passierte, würde sie nicht einmal in einer Million Jahren logisch erklären können. Sie packte sein Shirt mit beiden Händen, hob den Kopf und – küsste ihn.

Sie spürte, wie sein ganzer Körper erstarrte, packte noch fester zu, und ihr entwich ein erschreckend bedürftiges Wimmern, auf das sie ganz und gar nicht stolz war. Im nächsten Moment schlang er seine Arme um sie und erwiderte ihren Kuss. Er küsste sie lang und innig, und sie konnte nicht verbergen, wie sehr sie es genoss.

Sie war noch immer wütend. Sehr wütend. Obwohl sie sich nicht einmal an den Grund dafür erinnern konnte. Das alles in Verbindung mit ihrer sexuellen Frustration und ihrem Verlangen ließ sie komplett aussetzen. Zumindest ihren Kopf.

Ihr Körper wusste genau, was er wollte.

Er reagierte, als wäre er jahrelang nicht von einem anderen Menschen berührt worden – was auch der Wahrheit entsprach. Immer enger presste sie sich an ihn und umklammerte seinen Hals mit den Armen. Als ihre Zungen sich berührten, erzeugten sie eine derartige Hitze, dass Elle befürchtete, jeden Moment in Flammen aufzugehen, und ihn mit den Beinen umklammerte.

Auch er zerrte sie jetzt näher und näher an sich. Es war, als würden sie jeden Zentimeter am Leib des anderen unter ihren Fingern spüren wollen. Elle konnte nicht genug von ihm bekommen, von der Wärme, die er ausstrahlte, von der überwältigenden Kraft seines Körpers. Sie standen nicht allzu weit vom Feuer entfernt, und jeden Moment könnte einer der anderen zu ihnen kommen, doch das war ihr egal.

Als sie sich schließlich voneinander lösten, um Luft zu holen, starrten sie sich einen langen Moment lang wortlos an. Was hätte Elle nicht alles dafür gegeben, wenigstens jetzt das letzte Wort zu haben, ihn einfach von sich zu stoßen und wegzugehen, als wäre nichts passiert. Doch sie konnte nicht. Sie war körperlich nicht in der Lage dazu – sie klammerte sich noch immer an Archer und traute ihren Füßen keine Sekunde lang zu, sie jetzt zu tragen.

»Versteh das jetzt nicht falsch«, stieß sie mit bebender Stimme hervor. »Ich bin nur etwas schwach auf den Beinen.«

Archer entfuhr ein heiseres Lachen, das sanft ihren Nacken kitzelte. Ihre Hände waren noch immer in sein Haar geklammert, also zog sie seinen Kopf wieder zu sich, und sie küssten sich erneut.

Es war verrückt, aber sie konnte einfach nicht anders. Und er offenbar auch nicht, denn während sie mit den Händen unter sein Shirt glitt und über seine muskulöse Brust strich, riss er seine Jacke von ihren Schultern und umfasste ihre Brüste.

Sie hätte gedacht, dass seine Haut noch kühl sein müsste, immerhin hatte er gerade erst ein Bad im eiskalten Wasser genommen, aber sie war heiß genug, um sich daran zu verbrennen. Ihre Finger lagen schon am Reißverschluss seiner Jeans, als er sich losriss und einen Schritt zurücktrat.

Zum Glück war der Baum direkt hinter ihr, sonst wäre sie wahrscheinlich kraftlos zu Boden gesunken.

Auch Archer stand noch nicht wieder ganz aufrecht, als er ihr mit einer Hand durch das blonde Haar fuhr. Er sah aus, als wüsste er nicht, wie ihm geschah.

Sie definitiv auch nicht. Sie war wie betäubt. Fassungslos. Und atemlos. Ihr Herz hämmerte so heftig in ihrer Brust, dass sie das Gefühl hatte, es müsste jeden Augenblick herausspringen.

»Nächstes Mal machen wir das, wenn wir nicht so viele potenzielle Zuschauer haben«, flüsterte sie.

Er sah sie mit einem Blick an, der ihr Herz erst langsamer schlagen und dann ganz aussetzen ließ. Dieser Blick besagte, dass es kein nächstes Mal geben würde.

»Okay, vergiss es.«

»Elle …«

»Nein, ist schon in Ordnung.«

»Wir sind … Freunde. Ich kenne dich, seit du ein Kind warst.«

Sie ahnte, wie diese Rede weitergehen würde, und sie wollte es ganz sicher nicht hören. Ja, sie war heimlich ein wenig in ihn verliebt, und ja, das war sie schon seit langer, langer Zeit, aber sie hatte gehofft, dass er in ihr das sehen könnte, was sie heute war. Eine starke, erfolgreiche Frau.

Aber das konnte er ganz offensichtlich nicht. Ihr wurde mit einem Schlag klar, dass niemals mehr passieren würde als das, was gerade passiert war, und sie würde jetzt nicht länger warten und sich vergebliche Hoffnungen machen. Das war nichts als traurig und verzweifelt, und sie war weder das eine noch das andere. Sie hatte jetzt ein Jahr lang gewartet, aber worauf denn überhaupt? Archer verkörperte nichts von dem, was sie suchte, wie Sicherheit und Beständigkeit.

Oder Liebe.

Denn das war es, was sie mehr als alles andere wollte. Das hatte sie inzwischen begriffen.

Vielleicht liebte er sie ja, auf seine eigene Art und Weise. Als eine Freundin. Als jemand, den er einmal beschützt hatte und immer beschützen würde. Das verstand sie, aber es war an der Zeit, dass sie selbst die Zügel in die Hand nahm. Und sie fing damit an, indem sie ihre Bluse wieder richtete, während sie sich fragte, wann genau er sie aufgeknöpft hatte. Dann sah sie sich vorsichtig um, um seinen Blick und das, was sie darin sehen würde, zu meiden. Es hätte ihr gutgetan, wenn er wenigstens halb so verwirrt gewesen wäre wie sie, aber sie ahnte, dass sie vor allem Reue in seinen Augen sehen würde, was sie nur noch wütender werden ließe. Trotzdem konnte sie nicht anders – und sah nur seinen üblichen Gesichtsausdruck, die Maske, die nichts darüber verriet, was in seinem Kopf vorging.

Er sagte nichts. Dieser verdammte Kerl war genauso dickköpfig wie … vermutlich wie sie selbst. Er könnte hier wahrscheinlich einfach nur stehen und warten, bis die Sonne aufging. Sie konnte das bedauerlicherweise nicht. Es war noch nie ihre große Stärke gewesen, auf etwas zu warten. Nicht auf die Kaffeemaschine, nicht auf ihr langsames Internet und ganz sicher nicht darauf, dass Archer endlich den Mund aufmachte.

Also ging sie selbst in die Offensive. »Hör mal, wir schieben das einfach auf …« Sie suchte nach einer logischen Ausrede, die erklärte, wieso sie über ihn hergefallen war, aber Logik war in diesem Moment das Letzte, wozu ihr Kopf imstande war. »… die Höhenluft.« Ja, das klang sehr logisch. »Die Höhenluft hier macht einen irre.«

Von Archer war kaum mehr als ein verschwommener Umriss zu sehen, obwohl er noch immer direkt vor ihr stand. »Wir sind nicht einmal besonders hoch.«

Ernsthaft? Hätte er ihr nicht einfach diese Rechtfertigung lassen können? Also ging sie in die Defensive. »Okay, ich gebe ja zu, dass ich dich geküsst habe, aber weißt du was? Du hast mich auch geküsst, mit Zunge! Du bist ins nächste Level gegangen, Mr. Eiszapfen. Also mach's besser und denk dir eine andere Erklärung aus.«

Wieder Schweigen. Sie machte ein paar Schritte zurück und fiel dabei fast hin, als ihre Absätze sich in den weichen Untergrund bohrten. Es kümmerte sie nicht. »Ich gehe wieder zurück zum Feuer, bevor die anderen noch auf dumme Gedanken kommen«, sagte sie. »Ich erzähle den anderen, dass zwischen uns absolut nichts läuft. Weniger als nichts …«

»Du bist es«, unterbrach er sie.

»Was bin ich?«

»Der größte Fehler meines Lebens. Das bist du.«

Moment … was?

Mit dieser Bemerkung drehte er sich um und ging zurück in Richtung Feuerstelle. Sie blinzelte und zögerte noch kurz, bevor sie sich beeilte, ihn einzuholen. Auch wenn sie seine verspätete Antwort erst mal verdauen musste, hatte sie nicht vor, als Bärenfutter zurückzubleiben. Nein, danke.

7. Kapitel

#ZewaWischUndWeg

Die Frauen blieben nicht über Nacht. Sie hatten darüber abgestimmt, und Pru war als Einzige dafür gewesen. Kylie und Elle waren viel vernünftiger.

»Ich brauche ein ordentliches Kissen zum Schlafen«, hatte Kylie argumentiert, als die drei sich unter einen Baum zurückgezogen hatten, um darüber zu diskutieren.

»Und ich brauche einen Schlafplatz, der nicht auf irgendeinem Berg ist«, fügte Elle hinzu. Auch wenn sie in Wahrheit meinte, dass sie einen Schlafplatz brauchte, der mindestens hundert Kilometer von Archer entfernt war.

»Okay, okay, schon verstanden«, gab Pru traurig seufzend nach. »Wirklich. Gebt mir nur noch eine Minute, damit ich mich von Finn verabschieden kann.«

Kylie beobachtete, wie sie ging und Finn beiseitezog. »Sie wird garantiert mehr brauchen als bloß eine Minute.«

»Jap«, stimmte Elle ihr zu, aber in Gedanken war sie ganz woanders. Sie war der größte Fehler in Archers Leben …? Was sollte das bedeuten?

»Wenn wir sowieso warten müssen, dann hole ich mir noch einen Marshmallow«, sagte Kylie und ging zurück zum Feuer.

Elle blieb unter dem Baum stehen, versuchte zu verbergen, dass sie noch immer etwas wacklig auf den Beinen war, und sah durch die Zweige hindurch in den wunderbar klaren Nachthimmel.

Dann spürte sie, wie Archer neben sie trat. Die Hitze und die Kraft, die von ihm ausgingen, ließen sie wie immer erstarren. »Wie hast du das gemeint?«, fragte sie ihn, während sie weiter in den Himmel hinaufblickte.

Er tat nicht einmal so, als wüsste er nicht, wovon sie redete. »In dieser Nacht«, antwortete er leise. »Ich habe es nicht geschafft, dich da rauszuholen, bevor du verletzt wurdest. Das war mein größter Fehler.«

Ihr stockte der Atem, als eine Flut von unliebsamen Erinnerungen sie überrollte. Sie und Morgan hatten ihr Zuhause etwa sechs Monate zuvor verlassen, und auch ihre betrügerische Mutter. Die beiden Schwestern hatten sich ein besseres Leben gewünscht, ein Leben ohne ständige Probleme. Zumindest Elle hatte das gewollt, aber Morgan, damals achtzehn und damit zwei Jahre älter als Elle, hatte Schwierigkeiten damit gehabt, ihr altes Leben hinter sich zu lassen.

Hinter Elles Rücken hatte sie zusammen mit ihrem nichtsnutzigen Freund Lars begonnen, denselben Geschäften nachzugehen, wegen denen sie ihre Mutter verlassen hatten. Als eines von Lars' Geschäften auf einmal den Überfall auf ein Juweliergeschäft voller unbezahlbarer russischer Antiquitäten beinhaltete, hatte Morgan Angst bekommen und Elle alles erzählt. Sie hatte aussteigen wollen, aber nicht gewusst, wie.

Elle hatte ihr versprochen, sich darum zu kümmern. Und sie hatte es wirklich versucht. Sie hatte Lars den Teil der Beute zurückgebracht, den Morgan mitgenommen hatte, und ihm klargemacht, dass er sie und ihre Schwester in Ruhe lassen sollte, oder er würde es bereuen. Sie hatte zwar nicht genau gewusst, weshalb er es bereuen sollte, aber ihr wäre schon etwas eingefallen.

Leider waren gleich zwei Dinge schiefgegangen. Zum einen hatte Lars ihre Worte nicht gerade gut aufgenommen. Um genau zu sein, hatte er sie gegen die Wand gepresst und war drauf und dran gewesen, sie bewusstlos zu prügeln, als die zweite Lücke in ihrem Plan ihm dazwischengekommen war.

Eine Razzia. Anscheinend hatte der tolle Freund ihrer Schwester nicht nur mit gestohlenen Antiquitäten, sondern auch mit Drogen gehandelt. Und sie hatte direkt neben ihm gestanden, die Beute in der Hand. Sie wäre wahrscheinlich einfach zusammen mit den anderen verhaftet worden, wenn sie nicht in dieser Nacht einen Schutzengel gehabt hätte, der über sie wachte.

Archer.

Er war ein verdeckter Ermittler gewesen und hatte seine Tarnung aufgegeben, um sie da rauszuholen. Das hatte ihn alles gekostet: seinen Job und seine Bindung zu seinem Vater.

Sie hatte keine Ahnung, wie er ihr das hatte verzeihen können. Aber vielleicht hatte er das auch gar nicht, wenn man bedachte, wie viele Jahre vergangen waren, ohne dass sie Kontakt zueinander gehabt hatten. Das hatte sich zwar im letzten Jahr geändert, als sie einen Job in demselben Gebäude bekommen hatte, in dem auch *Hunt Ermittlungen* untergebracht war, aber sie konnte nicht behaupten, dass sie sonderlich große Fortschritte gemacht hatten. Jedes Mal, wenn sie zur selben Zeit am gleichen Ort waren, stritten sie sich entweder wie kleine Kinder oder schwiegen sich gegenseitig an.

Und seit heute Abend konnte sie noch »oder fielen hemmungslos übereinander her« der Liste hinzufügen.

Woran sie sich deutlicher als an alles andere erinnern konnte, wenn sie an diese Nacht zurückdachte, war, wie allein sie sich gefühlt hatte. Allein, verängstigt und eingekesselt in diesem heruntergekommenen Park. Und das war alles, was Archer gesehen hatte. Kein Wunder, dass er kein gesteigertes Interesse an ihr hatte. Für ihn war sie noch immer dieses junge Mädchen. Egal, was sie seitdem alles erreicht hatte und wie sehr sie sich verändert hatte – es konnte diesen verstörenden ersten Eindruck nicht auslöschen.

Und wie jedes Mal, wenn sie darüber nachdachte, drehte sich ihr der Magen um. Sie schluckte heftig und schüttelte den Kopf. »Du warst nicht für mich verantwortlich, Archer. Ich war aus freien Stücken da, und was passiert ist, war meine eigene Schuld. *Alles,* was in dieser Nacht passiert ist, war meine Schuld.«

»Und trotzdem hast du es mir nie verziehen«, antwortete er.

Seine Worte wirkten wie ein Stich in ihr Herz, und sie musste die Augen schließen und einmal tief durchatmen, um sich zu sammeln. Sie konnte nicht glauben, dass er das wirklich dachte.

»Ich musste nicht dir verzeihen. Sondern mir selbst.«

Als er darauf nichts erwiderte, öffnete sie die Augen.

Aber genau wie in dieser einen, lange vergangenen Nacht war sie allein.

An einem Abend vier Tage später – vier lange, arbeitsreiche Tage später – hörte Elle auf ihren knurrenden Magen, der verlangte, sie solle in den Pub gehen und sich ein paar von Finns berühmten Chickenwings und ein großes Glas von irgendetwas mit einer Menge Umdrehungen holen.

Finn hatte ihr eine Nachricht geschrieben, dass heute »Country Night« war, also hatte sie, als Zugeständnis an dieses Motto, ihre High Heels gegen Cowboystiefel ausgetauscht und trug dazu noch den passenden Hut sowie einen Gürtel, dessen silberne Schnalle sie als Rebellin auswies.

Sie hatte seit der Kuss-Katastrophe nicht mehr mit Archer gesprochen. Aber obwohl sie ihm seitdem auch nicht mehr begegnet war, war er doch regelmäßig in ihren Träumen aufgetaucht. Und dort hatte er sie nicht einfach allein stehen lassen. Schon der Gedanke daran, was er in ihrer Fantasie mit ihr angestellt hatte, verursachte ihr Schweißausbrüche.

Nicht auszudenken, was passieren würde, wenn sie sich jemals wieder küssten. Wahrscheinlich würde ein Feuer zwischen ihren Beinen ausbrechen …

Aber so dumm würden sie nicht sein. Oder zumindest er würde es nicht sein. Immerhin war er es auch gewesen, der das Ganze beendet hatte. Und es wirkte nicht so, als würde er das bereuen.

Und das schon zum zweiten Mal, wenn sie die Nacht vor so vielen Jahren mit einrechnete. Sie zählte bei so etwas normalerweise nicht mit. Aber sie musste sich diese Tatsache dringend ins Gedächtnis rufen, wenn er das nächste Mal vor ihrem geistigen Auge erschien. Er war nicht der Richtige für sie. Und er würde es niemals sein.

Niemals.

Dieser Gedanke schmerzte, und sie unterdrückte ihn, so gut sie konnte. Und darin war sie wirklich gut, eine Meisterin. Sie hatte in ihrem Leben schon so viele schmerzliche Gedanken unterdrücken müssen, beispielsweise, dass sie niemals so etwas wie eine »normale Familie« haben würde. Ihren Vater hatte sie nie kennengelernt, und ihre Mutter hatte sie vor langer Zeit hinter sich gelassen. Das hatte sie auch mit ihrer Schwester tun müssen, obwohl es ihr sehr viel schwerer gefallen war und sie das noch immer von Zeit zu Zeit verfolgte.

Archer wollte sie also nicht? Damit kam sie klar.

Sie hatte schon den halben Weg zum Pub zurückgelegt, als sie Kylie am Springbrunnen stehen sah. Sie trug eine enge Jeans, die ihren schlanken, zierlichen Körper betonte und am linken Knie und rechten Oberschenkel aufgerissen war, dazu einen Werkzeuggürtel und eine fleecegefütterte Bomberjacke – das alles zusammen bildete einen umwerfenden Mix aus knallhart und zuckersüß.

Das Einzige, was ihrem Outfit Elles Ansicht nach noch fehlte, war ein wenig Lipgloss. Nicht um irgendwelchen

Männern aufzufallen oder Ähnliches, aber Elle fand, sie wirkte heute ein wenig blass und könnte etwas Farbe gebrauchen.

Kylie strich ihr welliges braunes Haar zurück, wobei sie eine Spur von Sägespänen darin hinterließ, und ihr lang gezogenes Seufzen ließ vermuten, dass sie einen harten Tag hinter sich hatte. Sie hatte Vinnie, den kleinen Welpen, den sie vor einiger Zeit gerettet hatte, an einer strahlend blauen Leine bei sich. Vor vier Monaten hatte Vinnie noch komplett aus Kopf und Ohren bestanden und hätte in ihre Jackentasche gepasst.

Und auch jetzt nahmen Kopf und Ohren einen ziemlich großen Teil seines Körpers ein, und man konnte unmöglich sagen, wie er einmal aussehen würde, wenn er ausgewachsen war. Von einer riesigen Ratte bis zu einer Französischen Bulldogge war alles möglich.

Heute trug Vinnie eine Bolotie, war also bestens gerüstet für die »Country Night« im Pub. In seinen tiefbraunen Augen sah sie diese besondere Art von Begeisterung, die eigentlich nur ein Hund haben konnte.

»Du siehst heute echt scharf aus, Cowboy«, sagte sie zu ihm.

Vinnie hechelte glücklich und warf sich auf den Rücken, um ihr zu zeigen, wo er gestreichelt werden wollte.

»Genau wie ein Mensch«, lachte Elle und beugte sich zu ihm hinunter, um ihn zu kraulen. Dann hob sie den Kopf und sah Kylie an.

»Du starrst das Wasser in diesem Brunnen an, als hätte es deine Eltern umgebracht. Was ist los?«

Kylie zuckte mit den Schultern. »Du findest es bestimmt blöd.«

»Lass es drauf ankommen.«

»Okay«, antwortete sie. »Ich überlege, ob ich der Liebe genug vertraue, um sie mir zu wünschen.« Dann zeigte sie Elle die Münze in ihrer Hand.

»Das machst du also hier draußen? Du versuchst, genug Mut zusammenzukratzen, um dir die einzig wahre Liebe zu wünschen?«

»Na ja, schon.« Kylie sah sie an. »Pru und Willa haben beide, direkt nachdem sie es sich gewünscht haben, jemanden gefunden.«

»Glaubst du das wirklich?«

Kylie biss sich auf die Lippe, als sie sah, wie Willa und Keane Händchen haltend aus dem Gebäude kamen und durch das schmiedeeiserne Tor verschwanden.

»Ich will es glauben.« Wieder sah sie Elle an. »Hast du noch nie mit dem Gedanken gespielt?«

Vielleicht für den Bruchteil einer Sekunde. Aber sie hatte es abgehakt. Das hieß aber nicht, dass sie es jemand anderem verderben wollte. »Ich weiß es nicht. Aber was ich weiß, ist, dass ich es mir nicht wünschen will. Wenn es passiert, dann soll es auf natürliche Art und Weise passieren.«

Damit hatte sie Kylie auf dem falschen Fuß erwischt. »Wow. Ich hätte nicht gedacht, dass das ausgerechnet von dir kommt. Du bist wohl eine heimliche Romantikerin.«

Elle selbst hätte das auch nicht gedacht, aber bedauerlicherweise stimmte es. Sie lachte kopfschüttelnd. »Im Endeffekt ist es eh egal, was ich denke. Es zählt nur, was du denkst.« Dann schnappte sie Kylie die Münze aus der Hand, warf sie ins Wasser und sagte: »Bring Kylie die wahre Liebe.« An Kylie gewandt fuhr sie fort: »So. Jetzt ist es passiert. Und du kannst nichts mehr dagegen machen.«

»Weil du es so entschieden hast?«, fragte Kylie grinsend.

»Ganz genau.«

Sie schüttelte den Kopf, noch immer grinsend. »Muss die ganze Welt immer genau das machen, was du von ihr willst?«

Diese Frage wurde ihr auffallend oft gestellt. »Wenn sie weiß, was gut für sie ist, dann ja«, scherzte sie.

»Und wirst du mich jetzt auslachen, wenn ich zugebe, dass ich wirklich daran glauben will?«

»Ach was, höchstens hinter deinem Rücken«, erwiderte Elle. »Hast du Hunger? Ich brauche jetzt nämlich unbedingt ein paar von Finns Chickenwings, und du kannst dir gar nicht vorstellen, wie sehr ich einen Drink dazu brauche.«

»Oh ja«, antwortete Kylie wie aus der Pistole geschossen.

»Sehr gut. Aber zuerst …« Elle zupfte so viele der Sägespäne aus Kylies Haar, wie sie konnte. Dann gingen sie los.

Der Pub war brechend voll, aber zu ihrem Glück hielt Finn immer einen Teil der Bar für die Leute frei, die im Gebäude wohnten oder arbeiteten. Pru, Haley, Willa und Keane waren schon dort. Sie hatten es mit ihrer Cowboy-Verkleidung unterschiedlich ernst genommen.

Kylie setzte sich hin, während sie ihre Chickenwings aßen, aber Elle blieb stehen. Sie hatte schon den ganzen Tag lang gesessen und fürchtete, davon einen platten Hintern zu bekommen. Sie war nicht dazu bereit, ihre Kurven aufzugeben, nur weil sie den ganzen Tag dasaß und schuftete, um sich ein besseres Leben zu ermöglichen.

Sie wollte ein besseres Leben *und* ihre Kurven. Das war ja wohl nicht zu viel verlangt.

»Der Cowboy da drüben sieht aber nicht sehr glücklich aus«, sagte Pru und zeigte hinüber zu einem Tisch, an dem eine Familie mit zwei kleinen Kindern saß. Die Kinder hatten mehr Barbecue-Sauce in den Gesichtern als auf ihrem Essen, und eins von ihnen weinte lautstark, während das andere bis über beide Ohren grinste.

Elle erschauderte. »Könntest du dir das vorstellen?«

»Ja«, antwortete Pru mit einem sanften Lächeln.

Auch Willa nickte und sah dabei geradezu rührselig aus. »Viel schwerer, als Haustiere zu haben, kann das ja nicht sein. Die Kinder lernen wenigstens irgendwann, eine Toilette zu benutzen.«

Keane, ihr Freund, lachte. »Sehr romantisch.«

»Du kennst mich doch«, entgegnete Willa. »Vielleicht sollten wir schon mal ein wenig üben.«

»Jederzeit.« Keane beugte sich vor und küsste sie.

»Wir könnten auch schon mal üben«, sagte Finn zu Pru. »Du musst nur Bescheid sagen, dann trainieren wir wie die Weltmeister.«

Elle beobachtete die Kinder noch eine Minute lang. Kleine Kinder neigten dazu, sie nervös zu machen. Sie waren wie tickende Zeitbomben, die jederzeit losgehen konnten. »Ich weiß nicht so recht, ob Kinder etwas für mich wären«, gab sie zu.

»Hey, du wärst eine tolle Mutter«, versicherte Pru ihr. »Du bist stark und klug. Und du stehst immer für die Leute ein, die dir wichtig sind. Ernsthaft, jedes Kind könnte sich glücklich schätzen, eine Mutter wie dich zu haben.«

»Aber da ist noch diese Sache mit dem Gebärvorgang«, warf Elle ein. »Das scheint mir keine besonders gute Lösung zu sein, oder?«

Dann klopfte ihr jemand von hinten auf die Schulter, und als sie sich umdrehte, stand vor ihr ein Mann in einem sehr schicken Anzug und lächelte sie an. Sie kannte ihn. Es war Mike, einer von Archers Kunden.

»Hey«, sagte er. »Was für ein Zufall, dass wir uns hier treffen.«

Nicht wirklich. »Sie wissen doch genau, dass ich in diesem Gebäude arbeite«, erwiderte sie.

Er rieb sich das Kinn und grinste schief. »Na gut, ich hatte gehofft, Sie hier zu treffen. Ich würde Sie zu gern bitten, mit mir zu tanzen, weil das meine Spezialität ist, aber Archer hat mir ziemlich deutlich zu verstehen gegeben, dass Sie vergeben sind.«

Elle stellte ihr Glas ab und atmete langsam tief ein und aus. »Er hat was?«

Mike nickte und nahm sich einige Nüsse aus einer Schale auf der Bar. »Ja. Das schien ihm sehr ernst zu sein.«

Archer, der Mann, der sie nicht haben wollte, sagte anderen Männern, dass sie nicht mehr zu haben war. Sie spürte fast schon den Rauch aus ihren Ohren kommen. Sie hatte nichts mehr mit einem Mann gehabt seit … na ja, einer Ewigkeit. Um genau zu sein, hatte sie seit zwei Jahren keinen Sex mehr gehabt, und ihr Körper war kurz davor zu rebellieren.

»Er hat gesagt, dass ich vergeben bin«, wiederholte sie langsam, denn sie wollte sich sicher sein, dass es kein Missverständnis war, bevor sie anfing, Archers Tod zu planen.

Einen sehr langsamen, qualvollen Tod.

»Hat er«, bestätigte Mike. »Ich glaube, sein genauer Wortlaut war ›tabu‹ und ›denk nicht einmal dran‹.«

Es wäre möglich, dass ihr ein zorniges Knurren entfuhr. Und es war absolut sicher, dass sie vor Wut schäumte. Aber wenn sie darüber nachdachte, war sie selbst schuld. Sie begriff es ja offensichtlich nicht. Archer würde nie aufhören, sich für sie verantwortlich zu fühlen, und sie war es sich selbst schuldig, damit abzuschließen und einen Mann zu finden, der in ihr mehr sah als ein ängstliches und hilfloses Mädchen.

»Ruhig Blut, du Rebellin«, hörte sie Spence hinter sich murmeln. Er musste während ihrer Unterhaltung dazugekommen sein. »Du willst doch niemanden umbringen, noch bevor du deinen ersten Drink hattest, oder?«

»Wieso nicht?«, fragte sie ihn. »Ich hätte gerade nicht übel Lust darauf.«

Er schüttelte den Kopf. »Aber ich habe keine Lust, dich morgen aus dem Gefängnis zu holen.«

»Also darf ich ihn morgen umbringen?«, hakte sie nach, aber sein strenger Gesichtsausdruck brachte sie von diesem Gedanken ab. »Ach, vergiss es. Ich hasse Orange, und Einteiler sind meiner Meinung nach eine Erfindung des Teufels.«

»Das ist mein Mädchen«, nickte Spence. »Immer bedacht.«
Mike, der ihre Unterhaltung interessiert verfolgt hatte, begann zu grinsen. »Also, Sie wollen damit sagen … dass Archer sich geirrt hat?«
Oh ja, er hatte sich geirrt. Und zwar in so vielen Dingen. Jetzt hatte sie genug. Es war wirklich an der Zeit, mit dem Ganzen abzuschließen und das Leben zu leben, das sie sich immer gewünscht hatte. Eigentlich war es sogar längst überfällig.
»Ich will damit sagen, dass Archer nicht für mich sprechen sollte«, sagte sie und betrachtete Mike etwas eingehender. Er war erfolgreich, stilvoll und dazu noch ziemlich ansehnlich. Sicher, er ließ ihren Puls nicht in die Umlaufbahn hochschießen, aber das konnte ja noch kommen.
»Ich hab gerade mit ein paar Kumpels da hinten gesessen und ein Bier getrunken«, erzählte Mike und zeigte hinter sich, wo drei Männer an einem Tisch saßen und sich das Spiel auf einem der großen Fernseher ansahen. »Sie haben mit mir gewettet, dass ich es nicht schaffen würde, die schönste Frau in dieser Bar anzusprechen.« Er grinste. »Würden Sie ihnen das Gegenteil beweisen und mit mir essen gehen? Auf ihre Kosten.«
Elle wollte eine zweite Meinung und warf einen Blick zu Spence hinüber, der langsam den Kopf schüttelte.
»Negativ«, sagte er. »Ich halte das für keine gute Idee.«
Okay, wozu eine zweite Meinung? Sie wandte sich wieder Mike zu. Zwar war sie noch nie besonders impulsiv gewesen, aber es gab ja für alles ein erstes Mal.
»Ja«, antwortete sie.
»Oh mein Gott«, grummelte Spence.
Mike grinste breit. »Großartig. Gehen wir?«
»Gehen?«, wiederholte sie verblüfft. Eigentlich hatte sie damit gerechnet, dass sie im Pub bleiben würden.
»Ja, mir schwebt etwas anderes vor als dieser, zugegebenermaßen ziemlich tolle, Pub. Vertrauen Sie mir?«

»Teufel, nein.«

»Eine ehrliche Frau«, sagte Mike lachend. »Das liebe ich. Und dazu auch noch klug. Wie wär's damit: Ich verspreche Ihnen, dass Sie Spaß haben werden. Und wenn Sie keinen haben, dann können Sie Archer schicken, damit er mir in den Arsch tritt. Wie klingt das?«

»Ich fechte meine Kämpfe lieber selbst aus.«

»Gut. Dann können *Sie* mir in den Arsch treten.«

Er lenkte sie mit einer Hand auf ihrem Rücken gerade in Richtung Ausgang, als Elle auf einmal das Gefühl überkam, beobachtet zu werden. Sie drehte sich um und sah Archer aus dem Billardzimmer kommen, den Queue noch in der Hand und den Blick fest auf sie geheftet.

Für einen Sekundenbruchteil zögerte sie und blieb an der Tür stehen, Mike an ihrer Seite und Archer noch immer am Rande ihres Sichtfelds. Seine Miene war wie immer völlig ausdruckslos. Er war wieder der kühle, gelassene, undurchschaubare Archer, und das war es, was schließlich den Ausschlag gab. Wenn er nicht wollte, dass sie mit jemand anderem ausging, dann hätte er sie eben selbst fragen müssen – das hieß, bevor sie ihre Meinung über ihn geändert hatte.

»Alles in Ordnung?«, fragte Mike, der Archer anscheinend nicht bemerkt hatte.

Wenn sie ehrlich war, wusste sie es selbst nicht. Vermutlich war nicht alles in Ordnung, aber das hatte sie noch nie davon abgehalten, zumindest so zu tun.

»Klar. Alles bestens«, antwortete sie und machte wieder einmal Gebrauch von ihrer speziellen Superkraft, die darin bestand, ihre Gefühle zu unterdrücken.

Eine halbe Stunde später fand sie sich in einem Helikopter wieder, der zu einem Rundflug über die Stadt startete. So etwas hatte sie noch nie zuvor gemacht, und sie spürte, wie ihr Puls vor Aufregung zu rasen begann, als sie hoch in die Luft stiegen.

Mike, der neben ihr saß, stellte sich als hervorragender Stadtführer heraus. Er zeigte ihr San Francisco aus einer völlig neuen Perspektive. Die Golden Gate Bridge, Alcatraz, Fisherman's Wharf … sie flogen sogar über Point Reyes, wo die Felswand in eine Decke aus Grün, Orange und Braun gehüllt war und das Sonnenlicht sich auf den Schaumkronen der heranrollenden Wellen brach.

Sie hatten gerade die Hälfte ihrer Flugzeit hinter sich, als der Pilot über Funk etwas zu Mike sagte.

»Stimmt irgendetwas nicht?«, wollte Elle wissen, als Mike sich wieder zurücklehnte.

Er lächelte sie vielsagend an. »Bist du dir ganz sicher, dass du nicht vergeben bist?«

»Natürlich bin ich das!«

Mike ergriff ihre Hand. »Der Helikopter hier gehört einem Geschäftspartner von mir. Einer, der Archers Firma als Sicherheitsdienst angeheuert hat.«

Sie ahnte, wo das hinführen würde. »Und?«

»Und jetzt wird dieser Helikopter auf einmal dringend woanders gebraucht. Ich glaube, dass Archer uns lahmlegen will.«

Jetzt hatte sie wirklich genug. Es sah ganz danach aus, als würde sie einen Weg finden müssen, sich mit einem orangefarbenen Einteiler anzufreunden, denn sie würde gleich einen gewissen Jemand umbringen.

Mike nahm es wie ein Mann und war weiterhin so charmant wie zuvor. Charmant genug, dass sie ihm einen Gutenachtkuss gestattete, nachdem er sie nach Hause gebracht hatte. Sie genoss die Berührung seiner Lippen auf ihren und versuchte, sich ganz dieser Verbindung zwischen ihnen hinzugeben. Er hatte durchaus Talent, andererseits hatten das die meisten Aufreißer. Und als sie eng aneinandergeschmiegt dastanden, spürte sie auch ein gewisses Knistern.

Aber kein loderndes Feuer.

Verdammt.

Als Mike sich von ihr löste, sah er nicht besonders enttäuscht aus. »Danke, dass du es zumindest versucht hast«, sagte er, und mit einem letzten flüchtigen Kuss auf die Wange verschwand er.

Elle sah zu, wie er ausparkte und davonfuhr, dann zog sie ihr Telefon hervor.

Archer lag gerade flach auf dem Dach eines vierstöckigen Hauses im Mission District, als sein Telefon klingelte. Er hielt sich ein Fernglas vor die Augen und beobachtete das Gebäude auf der gegenüberliegenden Straßenseite – dazu brauchte er ganz sicher nicht den Helikopter, den er zurückgerufen hatte.

Schon im Läuten seines Smartphones schwang so viel Wut mit, dass er gar nicht erst nachsehen musste, wer am anderen Ende war.

Elle.

Er ignorierte das Klingeln, während seine Gedanken zu ihr wanderten, wie so oft seit so langer Zeit. Über die Jahre hinweg hatte er versucht, sich die Fähigkeit anzutrainieren, *nicht* an sie zu denken, und fast hätte er es geschafft. Bis er im letzten Jahr erfahren hatte, dass sie ihren Job verloren hatte, weil sie nicht mit ihrem Boss schlafen wollte. Das war natürlich nicht der offizielle Grund. Offiziell war sie gefeuert worden, weil sie sich Zugang zu Daten außerhalb ihrer Berechtigung verschafft und die Geheimhaltungsvereinbarung verletzt hatte, als sie angeblich geschäftliche E-Mails an Personen außerhalb der Firma weitergeleitet hatte.

Genau genommen stimmte das sogar, aber Archer kannte die wahre Geschichte. Nachdem Elle sich geweigert hatte, mit ihrem Boss zu schlafen, hatte der gedroht, sie zu feuern. Elle, deren Vertrauen in Autoritätspersonen dadurch noch mehr erschüttert wurde, als es ohnehin schon war, beschloss, die Sache selbst in die Hand zu nehmen, anstatt zur Personalabteilung zu gehen. Um sich selbst zu schützen und ein Druckmittel zu haben, hatte sie E-Mails zwischen ihrem Chef und seiner Geliebten weitergeleitet. An seine Frau.

Woher Archer all das wusste? Weil er sie im Auge behalten hatte. Ja, er hatte ihre Privatsphäre verletzt, und ja, er war eindeutig ein schwer gestörter Mann. Aber das war ihm egal. Ihm war schon vor langer Zeit klar geworden, dass er einfach nicht anders konnte, wenn es um Elle ging.

Deswegen hatte er auch an sie gedacht, als Spence das Pacific Pier Building gekauft hatte. Es war nicht besonders schwer gewesen, ihn davon zu überzeugen, dass Elle die Richtige für den Job als Hauptverwalterin war. Trotz allem war sie verdammt gut in dem, was sie tat.

Natürlich hatte er ihr nie erzählt, welche Rolle er bei ihrer Einstellung gespielt hatte, und er hatte es auch nicht vor. Dafür hing er zu sehr an seinem Leben. Davon abgesehen war er sich sicher gewesen, dass es nach all diesen Jahren, in denen er auf Distanz zu ihr gegangen war, kein Problem für ihn wäre, im selben Gebäude zu arbeiten wie sie. Er redete sich ein, dass er ihr die Chance gab, ein erfülltes, glückliches Leben zu führen, mit einem Mann, bei dem sie sich geborgen fühlen konnte, einem Mann, der sie nicht in der schlimmsten Verfassung ihres Lebens gesehen hatte.

Die Wahrheit war, dass ihm noch nie etwas so schwergefallen war, wie sich so lange von ihr fernzuhalten. Er hasste sich dafür, dass er sie so sehr begehrte. Heute *und* damals. Sie war noch ein Kind gewesen, um Gottes willen. Sie war tabu für ihn gewesen. Das hatte ihn nur umso mehr angespornt, für ihre Sicherheit zu sorgen. Ihr Leben lang, das hatte er sich selbst geschworen. Das hatte sie nach einer so harten Kindheit verdient. Also hatte er sich mit der Illusion von Distanz angefreundet.

Zumindest bis zu dieser Nacht, als sie campen waren und Spence Pru angerufen hatte, damit sie ihnen Marshmallows brachte. Die Illusion hatte sich in der Sekunde in Luft aufgelöst, als Elles weiche Lippen seine berührten. Und sie zu schmecken hatte ihn völlig den Verstand verlieren lassen.

Mit einem hatte Elle recht gehabt – das durfte nicht noch einmal passieren.

Doch heute siegte seine Neugier, und er zog sein Telefon hervor, um Elles Nachricht zu lesen.

Elle: Ich werde dich küssen!
Archer: Mit Zunge?
Elle: Killen! Ich werde dich KILLEN. Dämliche Autokorrektur!

Archer bemerkte, dass er grinste wie ein Vollidiot. Er nahm sein Bluetooth-Headset und rief sie an. »Ich freue mich schon auf den Kuss«, sagte er, als sie den Anruf annahm, aber kein Wort sagte.

»Hast du mich wirklich angerufen, um mir das zu sagen?«, fragte sie mit eiskalter Stimme. »Man ruft nur an, wenn jemand *gestorben* ist, Archer. Und sogar dann reicht eigentlich eine SMS.«

Er hörte ein belustigtes Schnauben in seinem Headset, und ihm wurde klar, dass seine Jungs alles mit anhören konnten. »War es irgendetwas Wichtiges, Elle?«, fragte er seufzend.

»Ja, ich muss dringend wissen, wann du wieder zu Hause bist, damit ich dich killen kann«, antwortete sie. »Und ich meine *k-i-l-l-e-n*, nicht *k-ü-s-s-e-n*.«

Weiteres Gekicher über Funk.

»Okay, klingt fantastisch. Danke, dass du das noch mal klargestellt hast.«

Aber sie hatte schon aufgelegt.

Und weil sich ohnehin etwas im Gebäude gegenüber tat, tat er das, was er am besten konnte. Er schob sein Telefon wieder in die Tasche und konzentrierte sich auf seine Arbeit.

Währenddessen versuchte Elle, sich dazu zu überreden, einfach ins Bett zu gehen. Es war schon zehn Uhr abends, und sie konnte ein wenig Erholung gut gebrauchen. Sie zog die Cowboystiefel aus, aber anstatt sie behutsam zurück an ihren Platz im Schrank zu stellen, wie sie es sonst immer tat, ließ sie sie achtlos zu Boden fallen. Dann begann sie sich auszuziehen, aber als ihr Blick auf ihren Laptop fiel, kam ihr eine Idee.

Auch wenn Archer gerade bei der Arbeit war, konnte sie ihm doch trotzdem eine E-Mail schicken, in der sie ihm ganz genau erklärte, was sie davon hielt, wenn er seine Nase in ihre Angelegenheiten steckte und ihr erstes Date seit Ewigkeiten ruinierte. Sie klappte ihren Laptop auf und setzte sich davor. Ihre Finger flogen nur so über die Tastatur und beschrieben bis ins kleinste Detail, was für ein Dreckskerl Archer war.

Tief im Inneren war sie noch immer eine Geschäftsfrau. Sie wusste, wie wichtig es war, sich nicht zu sehr in die Karten schauen zu lassen. Schon vor langer Zeit hatte sie sich beigebracht, geduldig zu sein und besonnene, wohlüberlegte Entscheidungen zu treffen. So zog sie es beispielsweise vor, über eine schwierige Entscheidung erst mal eine Nacht zu schlafen, bevor sie reagierte. Normalerweise hätte sie diese E-Mail also erst morgen früh abgeschickt.

Aber nicht dieses Mal, sie konnte einfach nicht anders.

Sie drückte auf »Senden«.

Dann machte sie sich in aller Ruhe bettfertig, räumte die Stiefel weg, schminkte sich ab und cremte sich ein. Legte sich ins Bett und … starrte an die Decke, während sie im Geiste noch einmal jede vernichtende Zeile ihrer E-Mail durchging. Sie hatte ihm einige wenig schmeichelhafte Namen gegeben und das Ganze mit »Ruf mich nicht an, schreib mir keine E-Mail, komm nicht in mein Büro, tu gar nichts. Nie wieder« beendet.

Und sie hatte es so gemeint. Bestätigend nickte sie, dann drehte sie sich um und versuchte einzuschlafen.

Tu gar nichts. Nie wieder …

Die Worte ließen ihr keine Ruhe. Das bedeutete, dass sie nie wieder einen Job mit ihm zusammen erledigen würde, ihn vielleicht sogar nie wieder sehen würde, und auf einmal spürte sie einen Anflug von Reue. Sicher, die meiste Zeit würde sie ihn am liebsten umbringen, aber sonst … tja, sie wusste selbst nicht, was genau sie am liebsten mit ihm machen würde, aber sie war sich ziemlich sicher, dass sie es vermissen würde. Sie gab vielleicht die Hoffnung auf eine romantische Beziehung zwischen ihnen beiden auf, aber bedeutete das auch, dass sie ihre Freundschaft aufgeben konnte und sollte? Waren sie Freunde? Sie konnte es nicht mit Bestimmtheit sagen, aber etwas wusste sie – sie war noch nicht bereit, ihn komplett aus ihrem Leben zu streichen.

Nicht zuletzt musste sie auch an das Geld denken, das sie mit dem Gelegenheitsjob für sein Team verdiente. Geld, mit dem sie ihre kostspielige Leidenschaft für schöne Schuhe finanzierte. Und dann waren da natürlich auch noch die Jungs aus seinem Team, von denen sie jeden einzelnen mochte.

Tu gar nichts. Nie wieder …

Okay, Elle, rief sie sich selbst zur Vernunft. Sieh es mal aus seiner Perspektive. Was er heute Abend getan hat, war falsch. Er hat ohne Zweifel eine Grenze überschritten, aber, um ehrlich zu sein, hatte sie das auch getan, indem sie mit jemandem ausging, der zu seinen Kunden zählte.

Sie beide hatten sich falsch verhalten. Er noch mehr als sie, aber trotzdem konnte sie einen Teil der Schuld auch bei sich selbst sehen.

Tu gar nichts. Nie wieder …

In diesem Moment traf die Bedeutung ihrer Worte sie mit aller Macht, und sie riss die Augen auf.

Was hatte sie nur getan?

Tja, sie hatte sich von ihrer Wut dazu hinreißen lassen, etwas Unüberlegtes zu tun und ihn komplett aus ihrem Leben zu jagen, anstatt ihn einfach nur zu bestrafen. Verdammt. Ihn zu bestrafen wäre auch so viel befriedigender gewesen. Sie setzte sich im Bett auf und schickte eine Nachricht an Spence.

Elle: Gibt es irgendeine Möglichkeit, eine E-Mail zu löschen, nachdem man sie abgeschickt hat?
Spence: Was hast du angestellt?
Elle: Das war eine Ja-oder-Nein-Frage!
Spence: Nein. Nicht, wenn du keine Straftat begehen willst. Was hast du vor, Elle?

Sie beschloss, dass es besser wäre, seine Zeit nicht mit einer umfangreichen Erklärung zu verschwenden. Sie wusste auch so, was sie jetzt zu tun hatte. Sie musste in Archers Büro einbrechen und diese E-Mail löschen. Und hoffen, dass er sie nicht schon auf seinem Handy gesehen hatte – wovon sie nicht ausging, schließlich war er gerade bei einem Job.

Alles kein Problem. Nicht das geringste …

Spence: Elle?
Spence: Ernsthaft, Elle. Antworte mir, oder ich schicke ein SWAT-Team los.
Elle: Die Person, die Sie zu erreichen versuchen, macht Gebrauch von ihrem Recht, die Aussage zu verweigern …

Dann schaltete sie ihr Telefon aus, denn sie wusste genau, wie clever Spence war, und wollte verhindern, dass er sie irgendwie ortete und kam, um sie aufzuhalten. Niemand konnte sie jetzt noch aufhalten.

8. Kapitel

#GibNiemalsAuf

Elle schlug die Decke zurück und zog sich hastig an. Zum ersten Mal in ihrem Leben machte sie sich keine Gedanken darüber, was sie trug. Sie band ihr Haar zu einem losen Pferdeschwanz zusammen und rannte nach draußen.

Um auf einen Uber-Fahrer zu warten, war keine Zeit, also nahm sie ein Taxi, und als sie das Pacific Pier Building erreicht hatte, stürmte sie eilig über den Innenhof, der zu dieser Zeit menschenleer war.

Der Pub hingegen war noch brechend voll. Glücklicherweise sah sie Spence, der im Hinterzimmer mit Finn und Keane Billard spielte. Archer war nicht zu sehen, weswegen sie vermutete, dass er noch mit seinem Auftrag beschäftigt war. Aber er war ein gerissener Schweinehund, also musste sie auf Nummer sicher gehen. Sie tat so, als wäre sie nicht völlig aufgebracht und außer Atem, und schlenderte betont lässig auf den Billardtisch zu, wo sie Keane zur Begrüßung umarmte. Dann Finn. Spence hob sie sich für den Schluss auf, und er zog angesichts ihrer herzlichen Begrüßung eine Braue in die Höhe.

»Ich dachte, du hast gerade ein Date«, bemerkte er, »und verweigerst die Aussage.«

»Ich hatte. Also … wo ist der Vierte im Bunde?«

»Bei einem Job.« Er sah sie durchdringend an. »Was hast du vor, Elle?«

Verdammt. Das war das Problem, wenn der beste Freund ein

Genie war. Er merkte einfach alles. Er wusste einfach alles. Und er war ihr gedanklich immer zehn Schritte voraus.

»Nichts«, antwortete sie. »Absolut nichts.« Sie schenkte ihm ein strahlendes Lächeln. Denn sie wusste genau, was er nicht konnte. Dieser scharfsinnige, hyperintelligente Bursche hatte eine einzige, fatale Schwäche – er hatte so gut wie keine Erfahrung damit, wie er eine Frau überlisten und austricksen konnte. »Alles klar. Es war schön, euch zu sehen, aber ich muss jetzt los.«

Spence packte sie am Arm und hielt sie fest. »Ruf mich an, wenn du mich brauchst.«

»Mach ich.«

»Bevor die Polizei kommt.«

Sie lachte. »Ja, schon gut.« Dann umarmte sie ihn noch einmal. »Also, es ist schon spät. Ich sollte eigentlich längst im Bett sein. Nicht dass sich meine Kutsche wieder zurück in einen Kürbis verwandelt.« Mit diesen Worten verschwand sie in die Nacht.

Sie wagte es nicht zu atmen, bis sie im zweiten Stock vor der Tür zu Archers Büroräumen stand. Langsam öffnete sie ihre zur Faust geballte Hand und betrachtete noch einmal, was sie Spence eben aus der Tasche gezogen hatte.

Seinen Schlüsselbund, an dem auch der Generalschlüssel für das ganze Gebäude hing.

Ja, sie war heute Nacht ziemlich kriminell, aber es fiel ihr leichter, als sie gedacht hatte.

Ihr Plan war simpel. In Archers Büro gehen, auf seinen E-Mail-Account zugreifen und ihre E-Mail löschen – vorausgesetzt, er hatte sie noch nicht gelesen, und dann wieder verschwinden, ohne dass jemand sie bemerkte. Sie zögerte kurz bei dem Gedanken, dass sie all das in den Räumen einer professionellen Sicherheitsfirma machen würde, aber es ging hier um ihren Stolz und um die Möglichkeit, jemals wieder etwas mit

Archer zusammen zu machen. Nicht dass dieses »etwas« mehr sein würde als bloße Freundschaft.

Sie betrat das Büro, und schon fiel ihr die erste Lücke in ihrem Plan auf. Sie hatte keinen Schlüssel für die Tür zu den hinteren Büroräumen. Aber Moment mal … sie sah, dass in den Räumen noch Licht brannte.

»Elle?«

Ihr stockte der Atem, als Joe auf der anderen Seite der gläsernen Trennwand auftauchte und sie erstaunt ansah.

»Hi«, sagte sie und suchte fieberhaft nach einer guten Ausrede für ihre Anwesenheit. »Du arbeitest aber lange.«

»Ich muss noch so einen dämlichen Bericht über einen Zugriff fertig schreiben, der vorhin schiefgegangen ist.«

Elles Herz stockte. »Wie schief?«

»Unser Ziel hat es noch geschafft, ein Messer zu werfen, bevor wir ihm seine Waffen abnehmen konnten. Sagen wir mal, er hat gut gezielt«, erzählte Joe ihr.

»Oh mein Gott«, antwortete Elle, und ihr Magen zog sich zusammen. »Wen hat es erwischt?«

»Wir hatten Glück. Das Messer hätte eigentlich unseren Neuling getroffen, weil er sich nicht so schnell geduckt hat wie wir anderen. Aber du kennst ja unsere Truppe, irgendeiner spielt immer den Helden.«

Sie kannte die Truppe. Und sie hatte die Geschichten gehört. Diese Jungs hatten sich schon mehrmals gegenseitig das Leben gerettet. »Und wer hat das Messer für ihn abgefangen?«

»Was denkst du denn?«, erwiderte Joe. »Archer natürlich.«

Elle spürte, wie sämtliches Blut aus ihrem Kopf wich und die Bilder vor ihren Augen verschwammen.

»Hey. Hey, ganz vorsichtig …«, hörte sie Joe sagen, seine Stimme klang gedämpft, als wäre er kilometerweit entfernt. Dann spürte sie, wie er sie auffing und stützte. Er führte sie in die hinteren Büroräume und half ihr, sich hinzusetzen.

Na ja, sie hatte es zumindest geschafft, in die Büros zu kommen, sagte sie sich. »Wie schlimm ist es?«, flüsterte sie.

»Es hat ihn am Arm erwischt. Es ist nicht allzu schlimm. Den Sanitätern wollte er sogar weismachen, dass er nur einen Verband bräuchte, aber sie haben darauf bestanden, ihn zu nähen. Er ist wahrscheinlich schon wieder aus dem Krankenhaus raus und zu Hause im Bett.«

Elle nickte, und ihre Sicht wurde wieder klarer. »Das ist gut zu wissen. Danke.«

»Kein Problem.« Joe strich ihr mit einer Hand über den Arm, um sie zu trösten. »Aber wenn du gar nichts von dem Unfall wusstest, was machst du dann hier?«

Oh. Gute Frage. Sie stand auf und sah Joe mit Tränen in den Augen an, die nur zum Teil falsch waren. »Ich habe etwas hier vergessen.«

Als Joe die Tränen in ihren Augen sah, wurde er sichtlich panisch. »Wo ist es denn? Ich hole es für dich.«

Sie verschränkte die Hände ineinander, und eine Träne lief ihr die Wange hinunter. »Ich will dir keine Umstände machen.«

»Das sind doch keine Umstände!« Er preschte durch das Büro zu der Box mit Taschentüchern, die auf Mollies Schreibtisch stand.

Er riss ein Taschentuch nach dem anderen aus dem Kästchen und warf sie ihr entgegen. »Sag mir, was du brauchst.«

Sie schniefte und tupfte sich demonstrativ die Augen. »Es ist in Archers Büro.«

Joe blinzelte. »Ähm …«

Elle ging in die Richtung von Archers Büro und hatte gerade das Licht angestellt, als Joe sie eingeholt hatte.

»Elle …«

»Es ist auf seinem Computer«, sagte sie, klappte seinen Laptop auf und betete, dass er schnell hochfahren würde.

Doch Joe war schneller und schloss den Laptop sanft, aber

bestimmt. »Ich würde für dich fast alles tun, das weißt du, aber ich liebe meinen Job.«

Sie sah ihm in die Augen.

Sein Gesichtsausdruck war entschuldigend und bedauernd, aber auch fest entschlossen. »Ich habe meine Anweisungen.«

»Mich nicht hereinzulassen?«, fragte sie ungläubig.

»*Niemanden* in sein Büro zu lassen.«

»Aber ich bin doch schon drinnen.«

Er verzog das Gesicht. »Ich weiß, und wenn er das herausfindet, dann werde ich bald wieder genau hier stehen, aber nicht mit dir, sondern mit ihm. Nimm's nicht persönlich, du kannst ganz schön furchterregend sein, aber er ist furchterregender. Wenn ich dich an seinen Computer gehen lasse, dann bin ich gefeuert, und, wie gesagt, ich liebe diesen Job. Zwing mich nicht dazu, dich hier rauszuschleppen, Elle.«

Sie sah, dass er sich wirklich darauf vorbereitete, mit ihr zu kämpfen, aber sie mochte ihn viel zu sehr, als dass sie zugelassen hätte, dass er ihretwegen gefeuert wurde. »Bist du sicher, dass es Archer gut geht?«

»Er hat schon viel Schlimmeres überstanden.«

Sie wusste, dass er recht hatte, also gab sie seufzend nach und verließ das Büro. Während Joe ihr auf Schritt und Tritt folgte, verfluchte sie sich dafür, wie wenig sie sich selbst im Griff hatte, wenn es um diesen nervtötenden Archer Hunt ging. Dann würde er ihre E-Mail eben lesen, na und? Sie hatte jedes Wort so gemeint. Zumindest fast jedes.

Okay, sie hatte einen Teil so gemeint.

Verdammt, und das auch noch genau an dem Abend, an dem er im Einsatz verwundet wurde! Als sie die Haupttür erreichte, bemerkte sie, dass Joe nicht mehr direkt hinter ihr war. Sie hörte, wie er den Flur entlangkam, aber er konnte sie noch nicht sehen. Also reagierte sie blitzschnell, öffnete die Bürotür und schlug sie dann gut hörbar wieder zu.

Dann versteckte sie sich hinter der Couch, die im Empfangsbereich stand, und wartete mit klopfendem Herzen, bis er verschwunden war. Sie würde diese verdammte E-Mail löschen, und dann würde sie aufhören, Archer hinterherzurennen, egal, was passierte. Zu ihren eigenen Bedingungen – Bedingungen, die ihr erlaubten, ihn im Krankenhaus zu besuchen und nachzusehen, ob es ihm auch wirklich gut ging. Denn wenn er schon sterben sollte, dann, weil *sie* ihn umgebracht hatte, und nicht wegen irgendeines Kriminellen.

Archer hasste Krankenhäuser. Er hasste den Geruch, er hasste den Lärm der Geräte, die überall fiepten und zischten, und er hasste die kalten weißen Wände, die immer näher zu kommen schienen. Er hasste einfach alles an Krankenhäusern, seitdem seine Mutter damals nach einem langen, schmerzerfüllten Kampf gegen den Krebs in einem gestorben war.

Er wäre überglücklich, wenn er nie wieder in seinem Leben ein Krankenhaus betreten müsste.

Eine Schwester steckte den Kopf in sein Zimmer und lächelte ihn an. »Sie sehen aus, als wären sie bereit zu gehen.«

»Das war ich schon, bevor ich hier angekommen bin.«

»Dann sind das wohl gute Neuigkeiten«, erwiderte sie. »Ich warte nur noch, dass der Doktor Ihre Entlassungspapiere unterschreibt, und dann sind Sie frei.«

Archer biss die Zähne zusammen, als sie wieder verschwand, sah aber ein, dass er keine andere Möglichkeit hatte, als zu warten. Als er sein Telefon klingeln hörte, zog er es aus der Tasche und starrte ungläubig auf das Display. Jemand hatte gerade versucht, sich Zugang zu seinem Computer zu verschaffen. Seinem Arbeitscomputer. Jemand war in seinem Büro, und es war nicht er.

Dieser Meldung folgte umgehend eine Nachricht von Joe, die zwar erklärte, was passiert war, aber nicht, warum.

Joe: Elle ist hier. Sie wollte etwas von deinem Computer. Wie es das Protokoll vorschreibt, habe ich sie aus dem Büro geleitet. Sie hat so getan, als ob sie gegangen ist, versteckt sich aber im Empfangsbereich. Bitte um Anweisungen.
Archer: Benutz die ferngesteuerte Verriegelung, aber gib dich nicht zu erkennen.
Joe: Du meinst, ich soll sie einschließen? Ich wiederhole, einschließen??
Archer: Bestätigt. Meine Ankunftszeit ist in etwa zehn Minuten.

Er schüttelte den Kopf. Elle hatte versucht, an seinen Computer zu kommen. Er hatte zwar keine Ahnung, wonach sie suchte, aber sie tat nie etwas, ohne einen Grund dafür zu haben. Sie führte irgendetwas im Schilde – und das war sicher nichts Gutes.

Archer beschloss, auf die Unterschrift des Arztes zu verzichten und den stechenden Schmerz in seinem Arm zu ignorieren, als er sein Shirt überstreifte und aus der Notaufnahme verschwand.

Sechs Minuten später kam er bei seinem Büro an, wo Joe am Hintereingang auf ihn wartete, und in seinen Augen sah er die blanke Panik. Wenige Stunden zuvor hatte er noch einem Verbrecher mit einem Messer gegenübergestanden, ohne mit der Wimper zu zucken, aber Elle machte ihm Angst. Gut zu wissen. »Ab hier übernehme ich«, sagte Archer.

Joe atmete erleichtert aus, nickte und rannte dann schneller weg, als Archer ihn jemals zuvor hatte rennen sehen. Und wer konnte es ihm verdenken? Elle war wunderschön, gerissen, verschlagen und wirklich extrem Furcht einflößend.

Er versuchte nicht, sich zu verstecken, als er durch den Flur zu seinem Büro ging, machte aber auch keinen unnötigen Lärm. Der beißende Schmerz in seinem Arm hatte sich noch gesteigert, und er war vollkommen erschöpft. Archer wusste nicht, was er in seinem Büro vorfinden würde, aber eines wusste er genau.

Es würde bestimmt nicht einfach werden.

Das war es nie, wenn Elle im Spiel war.

Er war schon auf halbem Weg durch den Flur, als er ein Geräusch in der Abstellkammer hörte. Was in Gottes Namen hatte diese Frau bloß vor? Er versperrte die Tür und betätigte den Lichtschalter.

Und da war sie, die heißeste Einbrecherin, die er je gesehen hatte. Ganz in Schwarz, hockte sie halb hinter einem Regal, einen Tacker in der Hand, den sie offenbar gerade auf ihn hatte werfen wollen.

»Was zum Teufel, Archer?«, fuhr sie ihn an, während sie sich aufrichtete und die tödliche Waffe in ihrer Hand sinken ließ. »Du hast mich zu Tode erschreckt.«

»Was hattest du vor? Mich mit einem Tacker angreifen?«, fragte er belustigt. »Das würde nur funktionieren, wenn es ein großer, schwerer Industrie-Tacker ist. Und selbst dann würdest du ihn nicht werfen. Du holst ordentlich aus und schlägst dem Angreifer damit gegen den Kopf. Solange dieser Angreifer nicht *ich* bin.«

Halb genervt, halb peinlich berührt, verzog sie das Gesicht und stellte den Tacker wieder in das Regal. »Ich wusste nur, dass es nicht Joe war, der den Flur entlanggeht. Sein Gang ist schwerer, und er verlagert sein Gewicht immer noch ein bisschen auf seinen linken Fuß, seitdem er ihn sich letztes Jahr gebrochen hat. Ich habe schon gedacht, dass du es sein könntest, weil du gehst wie eine Raubkatze, die sich an ihre Beute heranschleicht. Aber ich war mir nicht sicher.«

Er sträubte sich vehement dagegen, von ihr beeindruckt zu sein. Schließlich wusste er schon länger, welche Fähigkeiten sie hatte, und hätte sie auch schon längst eingestellt, wenn sie nicht so unberechenbar gewesen wäre.

Nachher würde sie ihn im Schlaf ermorden.

Oder er sie.

Ihr Blick wanderte zu dem Verband um seinen Arm. »Geht es dir gut?«, fragte sie.

»Oh nein«, rief er und würgte ihre Sorge sofort ab. »Jetzt geht es erst mal um dich. Was bitte machst du hier, mitten in der Nacht?«

»Na ja, ich würde jetzt nicht unbedingt sagen, dass es mitten in der Nacht ist. Es ist noch nicht einmal zwölf Uhr.«

»Das beantwortet nicht meine Frage, Elle.«

Sie zögerte und wich seinem Blick aus. Ein seltenes verräterisches Zeichen von einer Frau, die meistens undurchschaubar war. Aber er war zu erschöpft, um weiter diese Spielchen zu spielen, bei denen er ständig das Gefühl hatte, nicht alle Regeln zu kennen. »Du bist in mein Büro eingebrochen.«

»Technisch gesehen nicht«, antwortete sie. »Ich bin nicht eingebrochen, das musste ich nicht.«

»Ja, weil du Joe mit deinen unwiderstehlichen blauen Augen den Kopf verdreht hast.«

»Gib nicht Joe die Schuld.«

»Das tue ich nicht. Ich gebe dir die Schuld.«

Die Augen noch immer auf seinen verletzten Arm geheftet, trat sie einen Schritt auf ihn zu. Todesmutig wie eh und je. Das war sie schon immer gewesen. Nur wenige Leute hatten sich ihm gegenüber auch nur die Hälfte von dem erlaubt, was sie sich herausnahm, aber aus irgendeinem Grund sah er es ihr immer wieder nach. Ganz eindeutig waren das die ersten Anzeichen von Wahnsinn wegen seines unerfüllten Verlangens, sagte er sich. »Was wolltest du in meinem Büro, Elle? Was ist da auf meinem Computer?«

»War die Wunde tief?«, fragte sie ihn und strich sanft mit einem Finger seinen Arm entlang. »Brauchtest du viele Stiche? Und gab es irgendwelche Komplikationen?«

Er umschloss ihre Hand mit den Fingern. »Nein, nein und nein.« Mit der anderen Hand hob er ihr Kinn, sodass sie ihm ins Gesicht sah. Die Geste fühlte sich erschreckend vertraut an, und vor seinem geistigen Auge flackerten wieder die Bilder von dieser Nacht in den Bergen auf.

Vielleicht hatte er sich ja bei dem Job eine Kopfverletzung zugezogen, ohne es zu merken. Das würde einiges erklären. »Es geht hier um dich, Elle. Was hast du vor?«

»Nichts.«

»Das ist eine Lüge«, erwiderte er. »Lass mich raten: Du warst sauer, weil ich deinen One-Night-Stand blockiert habe. Dann hast du mir eine E-Mail geschickt, die du ganz offensichtlich bereust, also bist du hier eingebrochen, um sie von meinem Computer zu löschen, bevor ich sie lesen kann. Wie schlage ich mich bisher?«

Sie war gut. Verdammt gut. Nicht mal das kleinste Zucken, obwohl ihr doch jetzt klar geworden sein musste, dass er die E-Mail bereits gelesen hatte. Sie atmete tief ein und sagte nur: »Es war kein One-Night-Stand. Es war ein Date.«

»Es war Mike«, entgegnete er. »Das war ein totaler One-Night-Stand. Du solltest den Unterschied lernen.«

Sie starrte ihn an, und er konnte sehen, wie sie diese Information verarbeitete und hin- und hergerissen war, ob sie ihm vertrauen oder weiter wütend auf ihn sein sollte.

»Er scheint ein netter Kerl zu sein«, sagte sie schließlich.

»Das ist er. Ein netter Kerl, der Frauen liebt. Alle Frauen.«

Auch das verarbeitete sie und schlang dann die Arme um ihren Oberkörper. Ein weiteres Zeichen.

»Ich bin Single. Das heißt, ich darf mich treffen, mit wem ich will, und darf mit ihnen machen, was ich will.«

Jetzt war er es, der langsam und tief einatmete, während er versuchte, das Bild, wie Elle mit Mike tat, »was sie wollte«, aus seiner Vorstellung zu verbannen.

Oder mit irgendeinem Mann außer ihm selbst.

Himmel Herrgott, es hatte ihn wirklich voll erwischt.

»Hör zu«, fuhr sie fort. »Es hat mich wütend gemacht, als du dich wie ein Neandertaler aufgeführt und mein Date ruiniert hast. Ich bin nicht dein Eigentum, Archer.«

Sie sahen sich wortlos in die Augen, während er über ihre Worte nachdachte. Er hatte sich nicht »aufgeführt«. Er konnte nicht anders.

»Sind wir hier fertig?«

Ihre Augen verengten sich bedrohlich. Ja, angesichts des Dampfes, der aus ihren Ohren aufstieg, konnte man wohl sagen, dass sie fertig waren.

Elle machte auf dem Absatz kehrt und wollte gerade aus dem Büro stürmen, als ihre Wut sie doch noch einmal herumfahren ließ. »Und nur zu deiner Information, ich kenne sehr wohl den Unterschied zwischen einem Date und einem One-Night-Stand. Ein Date ist, wenn zwei Personen zusammen ausgehen und die Gesellschaft des anderen genießen, anstatt sofort ins Bett zu hüpfen, wie du es vermutlich letzte Woche mit dieser Frau aus dem Pub gemacht hast. Denn das, Archer, *das* ist ein One-Night-Stand.«

»Wovon redest du überhaupt?«

Sie starrte ihn entgeistert an, nicht sicher, ob sie überrascht oder verärgert sein sollte. »Unglaublich. Du kannst dich nicht einmal daran erinnern. Ich hoffe, sie hat dir irgendetwas angehängt, was dir dein bestes Stück abfallen lässt.«

Einen Moment lang starrte auch er sie an, dann fing er an zu lachen.

Er lachte.

»Neulich hast du behauptet, dass ich einen Hautausschlag habe, und jetzt hoffst du, dass mein bestes Stück abfällt«, wiederholte er, noch immer grinsend. »Unbezahlbar.«

Bei diesen Worten sah sie rot. Er stand da direkt vor ihr, wie immer groß, stark und gerade abgekämpft genug, dass es sexy wirkte, und lachte. Also stieß sie ihn wütend von sich, beziehungsweise sie versuchte, ihn von sich zu stoßen, denn ihr Stoß zeigte keinerlei Wirkung. Natürlich tat er das nicht. Zum einen war sie wegen seines Arms etwas vorsichtiger als sonst, und zum anderen konnte nichts diesen sturen Bock dazu bringen, sich zu bewegen, wenn er es nicht wollte. Das hielt sie aber nicht davon ab, es noch mal zu versuchen.

»Hör auf«, sagte er, und seine Augen funkelten diesmal nicht vor Belustigung.

Sie hörte den drohenden Unterton in seiner Stimme, aber sie beachtete ihn nicht. Außer sich vor Wut, versetzte sie ihm einen weiteren Schlag, und bevor sie reagieren konnte, packte er sie an ihrem Pullover und riss sie an sich. Dann presste er sie gegen die Wand und fixierte sie mit seinem muskulösen Körper.

Was er dann sagte, machte sie fassungslos.

»Du hast mein Messer bei dir. Zu jeder Zeit.«

Er berührte sie nicht mit den Händen. Die eine war neben ihrem Gesicht gegen die Wand gestemmt, die andere hing an seiner Seite. Wahrscheinlich schmerzte es, den verletzten Arm zu heben. Wenn sie ihren Kopf nur ein winziges Stückchen zur Seite drehte, würden ihre Lippen seinen Unterarm berühren. Sie war selber schockiert davon, wie sehr es sie danach verlangte. »Es ist ein gutes Messer«, brachte sie hervor.

»Du hast es bei dir«, wiederholte er.

Ihr wurde klar, dass er überrascht war. Vielleicht sogar verblüfft.

»Ja«, sagte sie und versuchte, die Stimme in ihrem Inneren zu ignorieren. Sie hatte das ganze letzte verdammte Jahr lang darauf gewartet, dass er in ihr mehr sah als jemanden aus seiner Truppe. Dann hatte sie irgendwann den Verstand verloren und ihn oben in den Bergen geküsst. Und als er sich danach von ihr zurückgezogen hatte, hatte sie sich an etwas sehr Wichtiges erinnert. Daran, dass sie stärker war als das hier. Sie wollte nichts von einem Mann, der nicht auch etwas von ihr wollte, verdammt. Möglich, dass ihr Urteilsvermögen einen kleinen Aussetzer gehabt hatte, aber davon konnte sie sich erholen.

Sie erholte sich bereits davon.

Wie um es sich selbst zu beweisen, quetschte sie sich durch die kleine Lücke zwischen ihm und der Wand und ging hinüber zur Tür, denn sie wollte weg. Weit weg.

Und er ließ sie gehen.

9. Kapitel

#EinfachUnkaputtbar

Am nächsten Morgen hörte Elle ein Klopfen an ihrer Bürotür und runzelte die Stirn. Sie war gerade mit ihrem Online-Kurs fertig und ging von der Schule zum Arbeitsalltag über, verstaute ihre Bücher, holte sich noch einen Tee … und bereitete sich innerlich darauf vor, wieder ihr Ding durchzuziehen und einen gewissen Mann zu vergessen, der regelmäßig das Beste sowie das absolut Schlimmste in ihr zum Vorschein brachte.

Meistens war es das absolut Schlimmste.

Es war erst acht Uhr morgens, und sie hatte so früh noch keine Termine. Sie wollte sich erst in zwei Stunden mit einem potenziellen Mieter für die zwei verfügbaren Geschäftsräume im Erdgeschoss treffen.

Sie stand auf und stürzte schnell ihren Tee hinunter, um sich noch einen kleinen Koffeinschub zu verpassen, ehe sie zur Tür ging. Vermutlich war es entweder Trudy oder deren Mann Luis, der als Hausmeister im Gebäude arbeitete. Oder vielleicht Spence, der oft frühmorgens joggte und dann vorbeikam, um die Reste ihres Frühstücks zu verspeisen.

Es war nicht Trudy oder Luis.

Es war auch nicht Spence.

Es war jemand aus ihrer Vergangenheit, auf den sie gut hätte verzichten können.

»Überraschung!«, begrüßte ihre Besucherin sie.

Die Überraschung war ihr absolut gelungen.

»Was machst du denn hier?«

»Ich dachte, dass wir uns vielleicht mal wieder treffen sollten.« Morgan schenkte ihr ein bezauberndes Lächeln. »Schwesterherz.«

Elles Schwester hatte es irgendwie geschafft, dass sie einander seit Jahren nicht gesehen hatten, obwohl sie in derselben Stadt lebten und sich sogar gegenseitig auf Instagram folgten. Elle hatte versucht, mit ihr in Kontakt zu bleiben, und stets sichergestellt, dass Morgan immer wusste, wo sie sie finden konnte. Aber sie neigte dazu, nur dann aufzutauchen, wenn sie etwas von Elle wollte. Zweimal hatte sie Geld für eine Kaution benötigt und einmal, um Schulden bei diesem Typen zurückzuzahlen, den sie offenbar einfach nicht loslassen konnte – ihren Mal-ja-mal-nein-Freund Lars. Sie hatte sich Geld von ihm »geliehen«, ohne die ehrliche Absicht, es zurückzuzahlen. Aber auch die jahrelange Vorgeschichte der beiden hielt Lars nicht davon ab, ihr klarzumachen, dass er ihr die Kniescheiben zerschmettern würde, wenn sie ihn nicht ausbezahlte.

Das war inzwischen zwei Jahre her. Dieser Typ machte Elle eine Heidenangst – und das war nicht einfach. Sich mit ihm herumzuschlagen, erinnerte sie zu sehr an ihre Kindheit, und sie hatte sich geschworen, sich nie wieder in dieses Leben hineinziehen zu lassen, vor dem sie so weit davongelaufen war.

»Das nehme ich dir nicht ab«, sagte sie. »Du brauchst doch wieder irgendetwas.«

Morgan seufzte. »Ist es wirklich so schwer zu glauben, dass ich dich einfach gern wiedersehen wollte?«

»Ehrlich gesagt, ja.« Schon vor langer Zeit hatte Elle gelernt, ihren Instinkten zu trauen, denn damit lag sie fast immer richtig. »Tut mir leid«, fügte sie hinzu. Und das tat es wirklich. Es war schon lange her, dass sie sich das letzte Mal Hoffnungen auf eine Beziehung, wie *echte* Schwestern sie hatten, gemacht hatte. Aber die Tatsachen blieben nun mal bestehen: Wenn Morgan zu ihr kam, dann wollte sie etwas von ihr. Etwas, was Elle eine Menge kosten würde, und sie hatte schon genug bezahlt.

»Aber ich kann das im Moment einfach nicht.«

Morgans Lächeln erstarb. »Du kannst nicht? Oder du willst nicht?« Sie schüttelte den Kopf. »Weißt du was? Du musst nicht antworten, ich weiß es sowieso schon.« Und damit drehte sie sich um, und Elle warf die Tür hinter ihr zu.

Nach der unerwarteten Begegnung mit ihrer Schwester tigerte Elle in ihrem Büro auf und ab, alle möglichen Emotionen prasselten auf sie ein. Reue. Schuld. Und auch eine überwältigende Traurigkeit, denn immerhin war Morgan der letzte Rest Familie, der ihr geblieben war. Sie war eine schreckliche Schwester, aber ohne die Verbindung zwischen ihnen beiden fühlte sie sich … allein. Sie hasste sich selbst dafür, aber sie riss die Tür wieder auf. Zu spät. Morgan war schon weg.

Sie sah auch im Erdgeschoss nach, um sicherzugehen. Als aber auch dort keine Spur von Morgan zu finden war, ging sie hinüber zu Tinas Café und kaufte eine Tüte Muffins, mit der sie sich auf den Weg zu Willa machte.

Auch Pru war zufällig gerade bei Willa, und als sie Elle, und vor allem die Tüte in ihrer Hand, sahen, sprangen sie begeistert auf. Willa hatte Vinnie bei sich, wahrscheinlich passte sie für Kylie auf ihn auf, und der Welpe ließ sich sofort von ihrer Erregung anstecken. Er schien kurz davor, abzuheben und davonzufliegen, so erwartungsvoll bellte er sie an. Willa kam auf Elle zu und umarmte sie fest.

»Du bist die Beste«, sagte Willa, als sie sich lächelnd von ihr löste. »Du weißt immer genau, was ich gerade brauche.« Doch dann verblasste ihr Lächeln ein wenig. »Hey. Warte mal. Was ist passiert?«

»Nichts.«

»Sicher«, erwiderte Willa. »Dann reden wir eben einfach weiter darüber, wie heiß Chris Evans ist, oder darüber, dass es später zum tausendsten Mal in dieser Woche regnen wird. Oder noch besser, wir reden über diese Wahnsinnsschuhe, die du heute trägst. Aber dir ist doch klar, dass, sobald du gegangen bist, wir nur noch über dich reden werden.«

»Über mich?«

»Ja. Wir werden uns fragen, was los ist. Und ob du vielleicht Hilfe brauchst, aber zu dickköpfig bist, um danach zu fragen. Oder aber du ersparst uns die grauen Haare und erzählst einfach, was passiert ist.«

»Graue Haare? Ernsthaft?«

»Hey, in einer Familie sorgt man sich umeinander«, mischte sich Pru ein. »Und Familie sorgt auch dafür, dass man graue Haare bekommt.«

Die beiden liebten sie wirklich. Als ihr das klar wurde, sprudelte es aus ihr hervor. »Meine Schwester war bei mir«, hörte sie sich selbst sagen. »Und das bedeutet, dass irgendeine Katastrophe passieren wird, wie immer. Und damit meine ich so eine Katastrophe wie einen Kategorie-Fünf-Hurrikan. Ach ja, und ich werde niemals graue Haare bekommen, nicht mal für euch beide – zumindest keine, die irgendjemand zu Gesicht bekommen wird.«

Pru lächelte und nahm ihre Hand. »Wenn dieser Kategorie-Fünf-Hurrikan kommt, dann stehen deine echten Schwestern an deiner Seite. Das weißt du, oder?«

Willa nahm ihre andere Hand und nickte zustimmend. »Jederzeit. In guten wie in schlechten Zeiten, Baby.«

Darauf konnte Elle nichts erwidern, denn ihre Kehle war wie zugeschnürt. Sie war nicht allein. Ständig wünschte sie sich eine Familie, aber sie hatte bereits eine Familie. Ihre Freunde waren ihre Familie, mehr als es je ein echter Verwandter von ihr gewesen war.

Sie konnte nicht anders, als sich den ganzen Tag lang Vorwürfe zu machen, weil sie Morgan einfach weggeschickt hatte, ohne sich anzuhören, was für ein Problem sie hatte. Und sie war sich absolut sicher, dass sie ein Problem hatte. Sie fühlte sich furchtbar.

Und noch etwas anderes machte ihr zu schaffen: Sie musste sich bei Archer entschuldigen. Nicht für die E-Mail. Nein, für ihre Gefühle würde sie sich nicht entschuldigen, vor allem, weil sie mehr als gerechtfertigt waren. Aber sie hatte versucht, in sein Büro einzubrechen und einen seiner Männer dafür zu benutzen.

Das hätte sie nicht tun sollen.

Zu guter Letzt war da auch noch diese andere Sache – sie hatte den ganzen Tag lang sein Büro nicht aus den Augen gelassen und gehofft, einen Blick auf ihn zu erhaschen, um zu sehen, ob es ihm auch wirklich gut ging. Nur einen Blick. Nichts weiter. Es würde unter keinen Umständen mehr passieren als das.

Sie hatte damit abgeschlossen und blieb dabei.

Aber er war nicht im Büro gewesen. Das war nichts Außergewöhnliches, er verbrachte oft ganze Wochen bei Außeneinsätzen, für ihn war das Büro ohnehin nichts weiter als eine unliebsame Notwendigkeit. Also gab sie es auf und versuchte, etwas aus Mollie herauszukitzeln.

»Es geht ihm schon besser«, erzählte sie. »Nicht dass er jemals zugeben würde, dass er nicht in Topform ist.«

»Also ist er bei einem Einsatz.«

»Natürlich. Der Mann nimmt sich doch keine Auszeit wegen eines, ich zitiere, ›winzigen Kratzers‹. Zum Glück ist es bloß eine Überwachung.«

»Wo?«

»Tut mir leid, Schätzchen«, sagte Mollie kopfschüttelnd. »Ich kann dir seinen Aufenthaltsort nicht verraten.«

»Aber er sollte eigentlich nicht arbeiten, oder?«

»Nein. Der Arzt meinte, dass er sich eine Woche lang schonen sollte, was er natürlich für lächerlich hält. Die Jungs hätten die Überwachung auch ohne ihn hinbekommen, aber er wollte es unbedingt selbst machen. Er lässt nicht zu, dass irgendjemand sich um ihn kümmert, was totaler Schwachsinn ist. Schließlich kümmert er selbst sich um uns, als wären wir seine Familie.« Wieder schüttelte sie den Kopf. »Wie dem auch sei, ich würde dir wirklich gern sagen, wo er sich aufhält, weil du wahrscheinlich die Einzige bist, die seine Laune verbessern könnte, aber …«

»Oh, glaub mir«, unterbrach Elle sie, »ich würde seine Laune sicher nicht verbessern.«

Mollie sah sie vielsagend an. »Stehst du gerade wirklich in diesem atemberaubenden Rock – und ich möchte unbedingt wissen, wo du ihn gekauft hast – vor mir, siehst mir direkt in die Augen und sagst mir, dass du nicht weißt, welchen Einfluss du auf diesen Mann hast?«

Elle öffnete ihren Mund, dann schloss sie ihn wieder. Noch nie hatte sie sich über das Klingeln ihres Telefons so sehr gefreut wie in diesem Moment, immerhin verschaffte ihr dies eine Ausrede, um wieder hinaus in den Flur zu gehen.

Die Nummer auf dem Display kannte sie nicht, und als sie den Anruf annahm, ertönte eine Stimme, die sie noch nie gehört hatte.

»Morgan«, dröhnte eine tiefe Männerstimme.

Elle kniff die Augen zusammen. »Nein. Sie haben eine falsche Nummer.«

»Dann Elle.«

Sie erstarrte. »Wer ist da?«

Doch die Person am anderen Ende der Leitung hatte schon aufgelegt.

»Verdammter Mist.« Als sie sich umdrehte, wäre sie um ein Haar direkt in Joe hineingelaufen. »Hey«, sagte sie. »Genau der Mann, den ich treffen wollte.«

»Nein«, schnitt er ihr das Wort ab.

»Wie bitte?«

Er seufzte und fuhr sich mit einer Hand übers Gesicht. »Hör zu, Elle, ich mag dich wirklich gerne, aber der Boss hat heute echt miese Laune, okay? Klar, du würdest sie sicher verbessern, aber …«

»Okay, du bist jetzt schon die zweite Person, die mir das sagt. Aber es stimmt nicht.«

Joe schnaubte verächtlich. »Ja, natürlich nicht. Aber du musst dir heute trotzdem einen anderen Deppen für deine Spielchen suchen.«

»Nur zu deiner Information, ich spiele kein Spielchen«, rief sie ihm hinterher, als er in seinem Büro verschwand.

»Feigling.« Sie zog ihr Telefon hervor und rief Trev an.

»Oh nein«, antwortete er. »Du bist zwar echt furchteinflößend, aber Archer ist noch furchteinflößender.«

Ein furchteinflößender Mann, der anscheinend um jeden Preis verhindern wollte, dass man sich bei ihm entschuldigte! Dann rief sie Spence an.

»Ich wusste, dass du anrufen würdest«, sagte er – und klang dabei nicht besonders erfreut. »Danke, dass du meine Schlüssel zurückgebracht hast, nachdem du sie mir gestohlen und dazu benutzt hast, in Archers Büro einzubrechen.«

Sie hatte die Schlüssel auf seinen Küchentresen gelegt, bevor sie nach Hause gegangen war. »Woher weißt du, dass ich es war?«

»Weil ich zugelassen habe, dass du sie mir abnimmst.«

Entweder war sie über die Jahre schlechter geworden, oder er war einfach gut. Sie tippte auf Letzteres. »Ich muss wissen, wo Archer ist.«

»Na gut, aber ich sage dir das nur, weil ich denke, dass du tatsächlich seine Laune verbessern könntest.«

Sie starrte ihr Telefon an und schüttelte den Kopf. »Wieso sagt mir das heute jeder?«

Auch Spence schnaubte nur. »Warte. Ich schicke dir die Adresse.«

Und tatsächlich kam wenig später eine SMS mit der Adresse und einer Notiz dazu.

Spence: Er ist auf einer Überwachungsmission, nichts Gefährliches. Und er ist allein. Du schuldest mir etwas, Elle. Muffins. Eine Woche lang.

Dieser Job war einer der wenigen, bei denen Archer die meiste Zeit damit verbrachte, sich zu fragen, wieso er ihn überhaupt angenommen hatte. Er hatte es eigentlich gar nicht vorgehabt – er lehnte die meisten Anfragen von Privatpersonen ab. Sich zwischen zwei Eheleute zu stellen und einer Seite den Beweis für die Untreue der anderen zu liefern, machte nie Spaß. Ja, er war zynisch, abgestumpft und konnte ziemlich gefühlskalt sein. Das wusste er, und er kam damit klar. Trotzdem hasste er es, einer Ehe den Todesstoß zu versetzen.

Und dieser Fall beinhaltete genau das. Seine Kundin war die reiche Ehefrau eines Stadtrates von San Francisco, ein Mitglied der sozialen Elite der Stadt. Und sie vermutete, dass ihr Mann sie betrog.

Archer hatte den Fall nur angenommen, weil er dem Bürgermeister noch einen Gefallen schuldete und der ihn höchstpersönlich angerufen und gebeten hatte, einer »guten Freundin« zu helfen. Und weil es gut war, wieder quitt zu sein, hatte Archer zugestimmt. Ein weiterer Pluspunkt war, dass es ein Job war, den er mit nur einer Hand erledigen konnte, denn es würde wohl noch eine Woche dauern, bis er wieder in Topform war. Schlimm genug, dass er von einem Messer erwischt worden war, doch darüber hinaus hatten sich seine Männer in einen Haufen Kindermädchen verwandelt. Ständig sahen sie nach ihm und übernahmen die Jobs, von denen sie dachten, dass er sie noch nicht selbst machen konnte. Klar, er würde das Gleiche für jeden von ihnen machen, aber auf der anderen Seite zu stehen machte ihn wahnsinnig. Er war es gewohnt, das Sagen zu haben.

Jetzt stand er betont lässig gegen sein Auto gelehnt da, so als würde er auf jemanden warten, und beobachtete den Hauseingang seines Ziels. Auf einmal hörte er, wie sich jemand ihm näherte.

Es war nicht Elle.

Das war sein erster Gedanke. Der Gang war weder zielstrebig noch anmutig genug, aber er hörte, dass es eine fest entschlossene Frau war, die da auf ihn zukam.

Er drehte sich um und sah Maya, seine Kundin, auf sich zukommen. »Was machen Sie hier?«, fragte er.

Maya lächelte und stellte sich neben ihn, wobei sie seine Pose nachahmte. »Ich habe gerade herausgefunden, dass Kyle heute Nacht nicht in der Stadt ist, er musste kurzfristig weg. Ich dachte, dass Sie das vielleicht wissen sollten, nachdem ich Ihnen ja gesagt hatte, dass er heute mit seiner Schlampe hier ist.«

»Das hätten Sie mir auch am Telefon sagen können.«

Spielerisch stieß sie ihm mit der Schulter an. »Sicher, aber wo wäre da der Spaß geblieben?«

Während er darüber nachdachte, was sie damit meinte, hörte er erneut Schritte über den Gehweg auf sie zukommen. Und diese Schritte hatten alles, was Maya gefehlt hatte.

Elle.

In den Händen hielt sie eine braune Tüte, auf der er das Logo seines liebsten Thai-Restaurants erkannte und die ihm das Wasser im Mund zusammenlaufen ließ. Vielleicht war es aber auch

Elle in ihrer strahlend weißen Bluse und dem engen königsblauen Rock, der ihre Kurven auf einzigartige Weise betonte.

Er hatte nicht die geringste Ahnung, was sie vorhatte, und fand es auch sinnlos, sich das zu fragen. Elle war undurchschaubar. Die entscheidende Frage war – wie immer –, ob sie in Frieden kam oder um in die nächste Runde zu gehen.

Elle verlangsamte ihren Schritt, als sie Archer und eine fremde Frau bei seinem Auto stehen sah, sehr viel näher beieinander als nötig. Sie hatte schon früh gelernt, so selbstsicher und souverän zu sein wie möglich. Oder es zumindest vorzugeben, wenn sie es nicht sein konnte.

Manchmal jedoch kostete das etwas mehr Kraft als üblich, jetzt zum Beispiel, als gleich zwei Dinge ihr durch den Kopf schossen: Erstens, sie hätte nicht herkommen sollen, sie hatte ihn abgehakt und musste dabei bleiben. Zweitens hatte sie in ihrer Jugend nie mit Situationen umgehen müssen, die für andere Jugendliche ganz normal waren. Sie hatte ja nie eine echte Jugend gehabt. Bestimmte Gefühle waren immer von dem reinen Überlebenstrieb in den Hintergrund gedrängt worden, sodass sie sich nie mit ihnen hatte auseinandersetzen müssen.

Eifersucht war eines dieser Gefühle.

Und es war pure Eifersucht, die an ihr nagte, als sie Archer wieder mit einer anderen Frau sah, die sich an ihn schmiegte, wahrscheinlich völlig machtlos gegen seine Ausstrahlung.

Ja, es war gut, dass sie ihn aufgegeben hatte. Sie machte auf dem Absatz kehrt und wollte wieder weggehen, aber Archer war schneller.

Er war immer schneller.

Seine Finger schlossen sich um ihr Handgelenk, und er zog sie zärtlich an sich. Dann legte er die Arme um sie.

»Hey, Baby«, sagte er mit rauer Stimme, sein Mund nur Zentimeter von ihrem entfernt.

Sie erstarrte. Baby?

»Endlich bist du da«, fuhr er fort, und seinen Atem auf ihrer Haut zu spüren, ließ sie erbeben. »Wieso hast du so lange gebraucht?«

Sie war hin- und hergerissen, ob sie ihm ihr Knie in die Weichteile rammen oder über ihn herfallen sollte, aber er nahm ihr diese Entscheidung ab, indem er sie in die Luft hob, sodass ihre Füße den Kontakt zum Boden verloren.

Dann küsste er sie.

In der Sekunde, als seine Lippen ihre berührten, setzte ihr Gehirn aus. Ihr Körper allerdings nicht. Wie fremdgesteuert hob sie die Arme und umschlang Archers Körper, während pures Verlangen jede ihrer Zellen erfüllte.

Archer festigte seinen Griff, und sie spürte ein Zucken in ihrem Herzen. Irgendwo weit, weit weg nahm ihr Gehirn wieder seine Arbeit auf, und sie begriff, dass das hier nur Show war. Das hier war ein Ablenkungsmanöver, wofür auch immer, und das bedeutete auch, dass der Kuss nicht echt war. Was ihr sehr gelegen kam, denn mit seiner Zunge in ihrem Mund konnte sie nicht die Kraft aufbringen, Widerstand zu leisten. Stattdessen stürzte sie sich mit aller Macht in die Rolle als fürsorgliche, ein wenig besitzergreifende Freundin.

Sie lächelte, als er sich schließlich von ihr löste und sie mit glühenden Augen ansah, und hoffte, dass er nicht bemerkte, wie zittrig ihre Beine waren. »Ich habe dir Abendessen mitgebracht, Schätzchen.«

Verwundert zog er eine Braue hoch. Entweder lag es an ihrem aufgesetzten Südstaaten-Akzent oder an dem Kosenamen. Das tat sie manchmal bei Ablenkungsmanövern – eine ihrer Tarnidentitäten hervorholen. Und sie wusste genau, dass ihre Darstellungen oscarreif waren.

»Jetzt sieh dich mal an«, sagte er amüsiert. »So richtig fürsorglich und … süß.«

Oh, das würde ihm noch leidtun. Mit einer Hand reichte sie ihm die Papiertüte, während ihre andere von seinem Rücken nach unten glitt und ihn in den Hintern kniff.

Kräftig.

Er grinste sie an. »Riecht köstlich. Was schulde ich dir?«

»Wir werden schon eine Lösung finden.« Sie kniff ihn noch einmal, damit er verstand, dass das eine Drohung war und kein Versprechen. »Später.« Dann wandte sie sich der Frau zu. »Und wer ist das?«, säuselte sie.

»Maya Rodriguez«, antwortete Archer. »Eine Kundin. Maya, das hier ist …«

»Candy«, unterbrach Elle ihn. »Archers … Verlobte. Sie werden sich doch wohl nicht an den Verlobten einer anderen Frau heranmachen, oder, Maya?«

Archer verschluckte sich, als sie das sagte, und hilfsbereit, wie sie war, klopfte Elle ihm auf den Rücken. Fest genug, um ihm die Rippen zu brechen.

Maya schüttelte den Kopf. »Tut mir leid. Ich wusste nicht, dass er verlobt ist. Ich habe nur …« – sie warf Archer einen Blick zu – »etwas versucht, mehr nicht. Sie haben wirklich Glück, Candy. Archer ist das komplette Paket. Klug, ehrgeizig …«, sie lächelte, »heiß.«

Auch Archer lächelte, und »Candy« widerstand gerade so der Versuchung, ihn ein drittes Mal zu kneifen.

»Familie ist mir sehr wichtig«, fuhr Maya fort. »Wichtiger als alles andere, um genau zu sein.« Ihre Augen wurden ein wenig feucht. »Mein Vater hat meine Mutter jahrelang betrogen. Und jetzt macht mein Mistkerl von einem Ehemann das Gleiche mit mir. Und ich hätte fast auch …« Wieder sah sie zu Archer hinüber, diesmal reumütig. »Na ja, was soll's. Wir haben eine Tochter. Allein ihretwegen muss ich das hier klären.« Sie zog ihr Telefon hervor und zeigte ihnen ein Foto – ein bezauberndes kleines Mädchen mit einem hinreißenden Lächeln.

»Sie ist wunderschön«, flüsterte Elle.

Mayas Augen waren noch immer feucht. »Ja, oder? Sie ist das Beste, was ich je zustande gebracht habe. Ich weiß, das sagt jede Mutter, aber es stimmt. Das ist etwas, was man nicht verstehen kann, bis man seine eigene Familie hat. Eine so eng verbundene Familie wie ihr beide.« Ein bittersüßes Lächeln trat auf ihre Lippen. »Macht nicht die gleichen Fehler wie ich, okay? Genießt, was ihr habt, und kämpft dafür.« Sie trat einen Schritt zurück. »Ich muss jetzt los. Aber ich hoffe wirklich, dass das zwischen euch beiden etwas Echtes ist und dass der Fehler einer dummen, einsamen Frau es nicht kaputt machen kann.«

Dann ging sie, und Archer und Elle sahen ihr hinterher.

»Dir ist schon klar, dass jetzt innerhalb einer Stunde die komplette Stadt denken wird, dass ich verlobt bin, oder?«, fragte Archer, aber er klang nicht besonders verärgert darüber.

»Hey«, sagte Elle, nun wieder ohne Südstaaten-Akzent. »Du hast damit angefangen. Du hast mich geküsst. Was, nur mal so am Rande, ziemlich verwirrend ist. Du sagst, dass du nicht mit mir zusammen sein willst, aber du küsst mich, als könntest du gar nicht genug von mir bekommen. Ich bin darüber hinweg, Archer. Lass deine zugegebenermaßen ziemlich geschickten Lippen bei dir, bis du weißt, was du wirklich willst.«

Er drehte den Kopf und sah ihr in die Augen.

»Das ist mein Ernst«, sagte sie nachdrücklich, denn ihr gefiel der Ausdruck in seinem Gesicht nicht. »Ich habe etwas Besseres verdient als das. Ich verstehe dich ja, wirklich. Wenn du einmal jemanden so schützen musstest, wie du mich beschützt hast, dann wirst du … beschützend. Aber ich bin nicht mehr dieses sechzehnjährige Mädchen, Archer. Ich bin eine erwachsene Frau, und wo wir gerade dabei sind: Kein Problem, dass ich dich gerade gerettet habe. Wenn ich richtig mitgezählt habe, war das der fünfzehnte Auftrag, den ich für dich erledigt habe.«

Ein Hauch von – Elle hielt es kaum für möglich – Überraschung huschte über sein Gesicht. »Du zählst mit?«, fragte er.

»Natürlich zähle ich mit. Und denk nicht, dass ich nicht weiß, dass wir immer noch nicht quitt sind. Aber ich arbeite daran. Ich begleiche meine Schulden, Archer.« Ein kühler Wind war aufgetreten, und sie schlang die Arme um den Körper, um sich zu wärmen. »Alle.«

»Elle …« Jetzt war von Belustigung keine Spur mehr zu sehen. »Es gibt keine Schuld.«

»Doch, gibt es«, widersprach sie ihm nachdrücklich. Er musste es einfach verstehen. »Was du da vor all den Jahren für mich getan hast, das war unglaublich. Wir sind noch nicht mal ansatzweise quitt. Und um ehrlich zu sein, weiß ich nicht, wie ich diese Schuld jemals zurückzahlen soll. Du hast dich um mich gekümmert und mir etwas beigebracht, was ich nicht wusste – dass ich dieses Leben, das ich nicht wollte, hinter mir lassen kann. Dass ich mir ein neues Leben aufbauen kann, eines, das ich wirklich leben will. Und dass ich dafür nichts weiter tun musste als … na ja, es zu tun.«

Er rührte sich nicht. Sie war nicht einmal sicher, ob er atmete.

»Ich möchte, dass du mir jetzt genau zuhörst«, sagte er schließlich todernst. »Für nichts, was ich für dich tue, bist du mir etwas schuldig. Niemals.«

»Aber es hat dich so viel gekostet, mich da rauszuholen. Du hast mich zum Arzt gebracht, mir zu essen und einen Schlafplatz gegeben. Und die 200 Dollar, die du in der Tasche des Pullovers versteckt hattest, den du mir gegeben hast …«

»Jeder hätte so gehandelt, Elle.«

Nicht da, wo sie herkam. »Ich muss jetzt los. Ich hoffe, das Essen ist gut.«

»Du hast mir gar nicht gesagt, wieso du hergekommen bist«, sagte er, nachdem sie sich schon umgedreht hatte, um zu gehen.

»Oder welchen meiner Jungs ich fertigmachen muss, weil er dir verraten hat, wo ich bin.«

Der Wind wurde immer stärker, und mit ihm kamen auch dunkle Wolken, die hervorragend zu dem Sturm passten, der sich in ihrem Inneren zusammenbraute. Sie drehte sich zu ihm um. »Keiner von ihnen.«

Er lächelte. »Wer beschützt hier jetzt jemanden?« Aufmerksam sah er sie an. »Ich wette, es war Spence.«

»Woher weißt du das?«

»Joe ist raus. Er würde auf keinen Fall so kurz nach gestern Abend wieder auf dich hereinfallen. Mollie vergöttert dich zwar, aber sie liebt mich auch. Spence ist der Einzige, der gerade empfänglich genug für deinen Charme ist, um etwas auszuplaudern. Also kommen wir zum Punkt, Elle. Wieso bist du wirklich hier?«

Sie würde nie im Leben zugeben, dass sie sich Sorgen um ihn gemacht hatte. Das würde ihm nur zu Kopf steigen.

»Ich wollte mich eigentlich entschuldigen, aber jetzt ist mir nicht mehr danach.«

»Für den Einbruch oder dafür, dass du einen meiner Männer ausgenutzt hast?«

Sie seufzte. »Beides.«

Er sah ihr noch immer in die Augen. »Da ist noch etwas. Du hast dir Sorgen um mich gemacht.«

»Na ja, das wäre doch, als würde ich mir Sorgen um einen Löwen in Afrika machen, oder? Der König des Dschungels, immer bereit, zeigt niemals Schwäche …«

»Ja«, unterbrach er sie sanft. »Du hast dir Sorgen gemacht.«

Elle atmete tief ein und aus. »Ja, vielleicht. Nur dieses eine Mal.« Sie unternahm einen zweiten Versuch zu gehen, aber er holte sie wieder ein.

»Ich bin hier fertig«, sagte er. »Ich fahre dich nach Hause. Aber zuerst essen wir.«

Sie fuhren zum *Marina Green Park*, wo er sie dazu überredete, sich mit ihm auf eine Bank zu setzen, wo sie, vor dem Wind durch eine dichte Baumreihe geschützt, aßen. Sie sahen zu, wie der Wind langsam das Wasser aufwirbelte und die im letzten Sonnenlicht glänzenden Wellen gegen die Küste schleuderte.

Sie hatte vergessen, Gabeln mitzunehmen, also blieben ihnen nur Stäbchen. Für sie war das kein Problem, aber Archer war Rechtshänder, und das Messer hatte seinen rechten Arm getroffen. Ihm dabei zuzusehen, wie er versuchte, mit der linken Hand die Stäbchen zu benutzen, bereitete ihr mehr Freude, als sie gedacht hätte. Dreimal verfehlte seine Hand mit dem Essen seinen Mund um Welten, sodass sie sich ein Grinsen nicht mehr verkneifen konnte. Archer warf ihr einen bösen Blick zu.

»Ich verhungere hier, und du findest das auch noch lustig«, sagte er vorwurfsvoll.

»Ganz und gar nicht ... es ist nur schön zu sehen, dass du auch mal in etwas schlecht bist.« Sie stand auf und warf die Verpackungen in den Müll. Der Wind war inzwischen zu einem Sturm angeschwollen, und ab und zu konnte man auch schon ein Donnergrollen hören. Elles Haar wehte ihr ums Gesicht, als sie sich zurück zum Wagen kämpfte und einstieg.

Archer folgte ihr und setzte sich ans Steuer. »Danke«, sagte er, den Blick noch immer fest nach vorne gerichtet und das Haar vom Wind zerzaust. »Für heute Abend.«

»Dafür, dass ich dir geholfen habe, deine Klientin loszuwerden, oder dafür, dass ich dir Essen gebracht habe?«

Er sah sie an. »Weißt du, es gibt nicht viele Leute, die für mich all das tun würden, was du für mich tust.«

»Du meinst, dich anzuschreien?«

»Ich meine, für mich da zu sein«, sagte er ruhig und nicht bereit, sich in einen Streit verwickeln zu lassen.

Verblüfft starrte sie ihn an, während er losfuhr, bis sie den Blick endlich von ihm losreißen konnte und aus dem Fenster sah, wo die Lichter der Stadt an ihnen vorbeirasten.

Sie war für ihn da, aber er war ohne Zweifel auch für sie da. Er machte sich über sie lustig. Er provozierte sie. Er machte sie wahnsinnig. Aber sie wusste, dass sie ihn um alles bitten konnte und er einen Weg finden würde, um ihr zu helfen. Egal, was es war.

»Wohin?«, fragte er.

»Ich wollte eigentlich in den Pub und mich mit Willa, Pru und Haley treffen.«

Ihren Schwestern im Geiste. Mayas Worte schwirrten ihr im Kopf herum.

Familie ist wichtiger als alles andere …

Sie musste an ihre echte Schwester denken, wie sie da vor ihr auf der Türschwelle gestanden hatte, und an den Ausdruck auf ihrem Gesicht, bevor Elle die Tür zugeknallt hatte. Sie hatte bedauernd ausgesehen. Traurig.

Seufzend ließ Elle sich zurücksinken und schloss die Augen. Dieses Bild ließ sie einfach nicht los. Es kam nicht oft vor, dass sie eine Entscheidung im Nachhinein bereute, aber dieses Mal war es so. Wieso hatte sie sich nicht wenigstens angehört, was Morgan zu sagen hatte?

Sie merkte erst, dass sie angekommen waren, als sie spürte, wie Archer ihr eine Strähne ihres Haares hinter das linke Ohr strich.

Sie öffnete die Augen und sah, dass sie vor dem *Pacific Pier Building* standen.

»Hey«, flüsterte er.

»Denkst du, dass die Familie wichtiger ist als alles andere?«

Archer atmete einmal tief durch. »Wenn du damit die Familie meinst, die wir uns selbst schaffen, und nicht die, in die wir hineingeboren werden, dann ja.«

Es gab Momente, in denen er so tiefgründige Dinge sagte, dass sie glatt vergaß, wie sehr sie ihn eigentlich hassen wollte.

Nicht ganz, wisperte eine leise Stimme in ihr. *Manchmal willst du ihn auch einfach nur küssen …*

»Geht's dir gut?«, fragte er. »Du wirkst ein bisschen abwesend.«

Sie rang sich ein Lächeln ab und stieg aus. Die Temperatur war um mindestens zehn Grad gefallen. »Komm schon, Archer. Du solltest doch inzwischen wissen, dass es mir immer gut geht.«

10. Kapitel

#WieEinGuterNachbar

Elle schlief nicht besonders gut. Sie wälzte sich von einer Seite auf die andere, und als sie morgens duschte, musste sie sich mehrmals ins Gedächtnis rufen, dass sie sich nicht von ihren verwirrenden Gefühlen für Archer verrückt machen lassen wollte.

Als sie später im Büro an ihrem Online-Kurs teilnahm, konnte sie sich aber kaum auf den Professor konzentrieren. Stattdessen sah sie immer wieder zu dem gewaltigen Stapel an Arbeit hinüber, der heute auf sie wartete. Sie liebte ihren Job, aber an manchen Tagen kam sie nur wegen ihres unglaublich bequemen drehbaren Chefsessels her.

Trotzdem ging sie wie gewohnt langsam vom Unterricht zur Arbeit über, nur um dadurch gebremst zu werden, dass sie sich nicht in ihren Account einloggen konnte. Das Passwort musste zurückgesetzt werden, routinemäßige Sicherheitsmaßnahme, doch heute frustrierte sie das nur noch mehr, denn das neue Passwort musste scheinbar Groß- und Kleinbuchstaben, eine Zahl, ein Haiku und das Blut einer Jungfrau enthalten.

Sie stand auf. Sie brauchte dringend eine Pause, bevor sie noch ihren Computer aus dem Fenster warf. Also verließ sie ihr Büro, betrat den Fahrstuhl und starrte ihr Spiegelbild in den polierten Metalltüren an. Sie fühlte sich … einsam.

Das war lächerlich. Ihr Leben war völlig in Ordnung, eigentlich sogar ziemlich gut. Sie brauchte Archer nicht. Und auch keinen anderen Mann. Aber sie wollte einen, und wenn es nur für eine Nacht wäre. Sie wollte berührt werden. Begehrt werden.

Damit der Aufzug bis in den fünften Stock fuhr, brauchte man eine spezielle Schlüsselkarte. Jeder dachte, dass im fünften Stock mietbare Lagerräume waren, zu denen nur autorisiertes Personal Zutritt hatte.

Aber es waren keine Lagerräume.

Es war eine Penthouse-Wohnung, gigantisch groß und mit einem atemberaubenden 360-Grad-Blick über die Stadt.

Spence' Wohnung.

Er war nicht zu Hause, also ließ sie sich selbst hinein und ging zu einem der riesigen Fenster, um den Blick über die Häuser schweifen zu lassen, fest entschlossen, ihr Leben wieder in geregelte Bahnen zu bringen.

Sie stand noch immer dort, als Spence zurückkam, seinen Kumpel und früheren Geschäftspartner Caleb im Schlepptau. Sie trugen verschwitzte Sportkleidung und unterhielten sich über irgendein Computerprogramm für eine ihrer Drohnen.

Das Lächeln auf Spence' Gesicht erstarb, als er ihren Gesichtsausdruck sah. Normalerweise hatte sie ein unschlagbares Pokerface, aber sie fühlte sich momentan nicht in der Lage, es zu benutzen.

Weil sie Angst hatte, dass Caleb sie für verrückt halten könnte, ging sie in Spence' Küche. Sein Kühlschrank war stets prall gefüllt, denn er hatte eigentlich immer Hunger und ließ das auch jeden wissen. Die Frauen liebten es, für ihn zu kochen, und Trudy war die schlimmste von allen. Sie brachte ihm ständig neues Essen, sodass er keinen Finger krumm machen musste.

Elle öffnete die Kühlschranktür und fand eine Dose voller mundgerechter kleiner Quiches. Sie stellte die Dose auf den Tresen und fing an zu essen.

»Fühl dich ganz wie zu Hause«, kommentierte Spence die Szene trocken.

Sie antwortete nicht, sondern aß einfach weiter.

»Weißt du, ich hätte hier auch mit einer Frau zusammen sein können«, fuhr Spence fort. »In einer sehr intimen Situation.«

»Ach ja?«, fragte Caleb spöttisch. »Mit wem?«

»Darum geht es nicht«, sagte Spence und funkelte ihn an.

Caleb lächelte Elle freundlich an. Sie mochte ihn wirklich. Sie wusste nicht genau, was er an sich hatte, aber er schien nicht von ihr eingeschüchtert zu sein im Gegensatz zu den meisten anderen Menschen. Er sah auf eine raubeinige Art und Weise gut aus, war unglaublich klug und nahm sich immer die Zeit, um mit ihr zu reden. Er hatte sie auch schon einige Male um ein Date gebeten, aber sie war immer beschäftigt gewesen.

Vielleicht war es an der Zeit, das nachzuholen.

»Was ist?«, fragte er, als er bemerkte, dass sie ihn anstarrte.

Spence zuckte zusammen. »Caleb, was habe ich dir gesagt, Mann? Komm ihr nicht zu nahe, wenn sie wütend ist. Du musst warten, bis kein Dampf mehr aus ihren Ohren kommt. Und selbst dann brauchst du noch einen guten Plan. Nie, nie, nie darfst du ihr eine direkte Frage stellen.«

Elle verdrehte die Augen und nahm sich eine weitere Quiche.

Ihr fiel auf, dass Caleb nicht verunsichert war, und das gefiel ihr. Sehr sogar. Sie wusste, dass er mehrere ältere Schwestern hatte, vier oder fünf. Wahrscheinlich hatte ihn das immun gemacht.

»Ich bin nicht wütend«, sagte sie. Zumindest nicht in diesem Moment.

Caleb hielt ihrem Blick stand. »Aber irgendetwas bist du«, sagte er einfühlsam. »Also, du siehst wie immer toll aus, aber irgendetwas ist … anders.« In seinen warmen schokoladenbraunen Augen sah sie nichts als Aufrichtigkeit – er spielte keine Spielchen mit ihr. »Geht es dir gut?«

Sie hörte auf zu kauen und spürte, wie ihr Herz einen Schlag aussetzte, aber sie würde unter keinen Umständen zugeben, dass sie sich allein fühlte. Und einsam. Sie hatte in letzter Zeit schon genug von sich preisgegeben. Und was hatte es ihr gebracht?

»Es geht mir gut. Wirklich«, sagte sie, aber es war offensichtlich, dass er ihr kein Wort glaubte. »Weißt du was? Stell mir noch mal die Frage, die du mir schon so oft gestellt hast.«

Caleb sah verdutzt zu Spence hinüber und dann wieder zu ihr. *Männer.*

»Frag mich«, wiederholte sie.

Er blinzelte. »Du meinst …«

»Ja.«

Er schluckte heftig. »Willst du mit mir ausgehen?«

»Ja.«

Jetzt grinste er. »Spitze. Jetzt?«

»Na ja, du siehst etwas verschwitzt aus, also …«

»Ich kann in fünf Sekunden geduscht und wieder hier sein«, antwortete er wie aus der Pistole geschossen und war bereits auf dem Weg zur Tür. »Wir könnten frühstücken gehen.«

Sein Einsatzwille war zwar aller Ehren wert, aber trotzdem musste sie heute noch arbeiten. »Wie wäre es mit Abendessen?«, schlug sie vor. »Heute Abend.«

»Oh«, sagte er und lachte. »Ja. Das ist vielleicht besser.«

Spence öffnete den Mund, um etwas zu sagen, aber ein Blick von Elle brachte ihn wieder zum Schweigen.

Sie nahm sich noch eine Quiche, schenkte Caleb ein strahlendes Lächeln und ging guter Dinge wieder an die Arbeit.

Eine halbe Stunde später bekam sie eine Nachricht.

Spence: Ich hoffe, du weißt, was du da tust.
Elle: Natürlich weiß ich, was ich tue. Ich arbeite für dich.
Spence: Bist du immer so eine Besserwisserin?
Elle: Nein, manchmal schlafe ich auch.

Archer und einige seiner Männer gingen zum Mittagessen in den Pub. Der Arzt hatte ihm zwar verordnet, zu Hause zu bleiben, aber das kümmerte ihn nicht. Er brauchte die Ablenkung durch seine Arbeit. Über Jahre hinweg hatte er sein Verlangen nach Elle mühsam unterdrückt, oder es sich zumindest eingeredet, aber plötzlich hatte es begonnen, sich wieder an die Oberfläche zu kämpfen. Er hatte gedacht, dass er es wenigstens schaffen würde, die Hände von ihr zu lassen, aber nicht einmal das hatte er fertiggebracht.

Als Caleb an ihrem Tisch auftauchte, nickte Archer ihm zu und zeigte auf den Teller mit Chickenwings und Pommes frites. »Nimm dir, es ist reichlich da.«

»Danke, aber ich bleibe nicht.« Caleb war genauso klug wie Spence und damit klüger als jeder andere in diesem Raum, aber anders als Spence, der sich genauso wohl damit fühlte, zu einem versammelten Aufsichtsrat zu sprechen, wie mit einem Hund spazieren zu gehen, schien Caleb sich ganz und gar nicht wohlzufühlen – zumindest in diesem Moment.

»Ich wollte dir nur sagen, dass ich heute Abend mit Elle ausgehe.«

Sofort erstarben die Gespräche am Tisch, und alle starrten ihn an.

Calebs Blick ruhte noch immer auf Archer. »Ich wollte nur, dass du das weißt.«

»Wieso?«, fragte der.

»Ich schätze mal, wenn es andersherum wäre, würde ich es auch wissen wollen. Egal, lasst es euch schmecken.«

Und dann war er auch schon wieder weg.

»Wenn Caleb mit ihr ausgehen kann, dann kann ich das auch, oder?«, wollte Joe wissen.

»Nein«, erwiderte Archer.

»Aber …«

Trev schnappte sich einen Chickenwing und stopfte ihn Joe in den Mund, bevor der weiterreden konnte.

»Gern geschehen«, murmelte er. Falls sie noch weiter redeten, hörte Archer es nicht, denn sein Herzschlag wummerte überlaut in seinen Ohren.

Einerseits war er froh, dass Elle aktiv wurde und sich das Leben holte, das sie sich wünschte und mit Sicherheit auch verdiente. Andererseits fühlte es sich an wie ein Stich ins Herz und schmerzte mehr als die Schnittwunde an seinem Arm.

Caleb holte Elle nach der Arbeit ab. Sie gingen zusammen über den *Embarcadero*-Staudamm, was sie schon seit Ewigkeiten nicht mehr gemacht hatte. Es war lustig, und sie fand es irgendwie beruhigend zu wissen, dass Caleb regelmäßig auf diversen Dating-Seiten aktiv war. Das bedeutete, dass sie ihm nicht so leicht das Herz brechen konnte.

»Ich muss zugeben«, sagte er, als sie gerade am Wasser entlang in Richtung *Fisherman's Wharf* gingen, »dass ich schon etwas überrascht war, dass du heute mit mir ausgehen wolltest.«

»Und ich war überrascht, dass du überhaupt noch einen freien Termin in deinem Dating-Kalender gefunden hast.«

Er lachte und klang kein bisschen beleidigt. »Du darfst nicht alles glauben, was man sich so erzählt.«

»Wie viel Prozent davon darf ich denn glauben?«, fragte sie ihn und legte den Kopf schief.

Er grinste schelmisch. »Fünfzig. Allerhöchstens sechzig.«

Sie erreichten *Pier 39* und beobachteten die Robben und Seelöwen, die im Licht der untergehenden Sonne im Hafen dösten. »Es ist auf jeden Fall ziemlich angenehm, dich so oft zu sehen, seitdem Archer Spence dazu überredet hat, dich als Hauptverwalterin einzustellen«, sagte Caleb.

Ruckartig wandte Elle den Blick von den Seelöwen ab und starrte ihn an. »Was?«

Caleb lächelte. »Ja, wir alle haben dich gern bei uns. Sogar Archer ist durch dich etwas umgänglicher – auch wenn er das niemals zugeben würde.«

Sie konnte kaum klar denken, geschweige denn sprechen. »Ich habe den Job über einen Headhunter bekommen«, stellte sie klar. »Nicht über Archer.«

»Ähm …« Der Groschen schien nun auch bei Caleb endlich gefallen zu sein, und ihr Gesichtsausdruck verriet ihm, dass er gewaltig ins Fettnäpfchen getreten war. Er trat einen Schritt zurück und versuchte das Thema zu wechseln. »Wollen wir etwas essen? Wir könnten …«

»Caleb, was hatte Archer damit zu tun, dass ich den Job bekommen habe?«

»Ich weiß es nicht.«

»Caleb.«

»Mein Gott, Elle«, sagte er mit vor Verlegenheit verzerrtem Gesicht und fuhr sich mit den Fingern durchs Haar. »Können wir nicht einfach so tun, als hätte ich das nicht gesagt? Ich habe zufällig gehört, wie Spence und Archer darüber gesprochen haben, und jetzt wollte ich einfach irgendetwas zu der heißen Frau neben mir sagen, anstatt sie nur anzustarren wie ein Volltrottel.«

Sie versuchte, es zu vergessen, aber es gelang ihr nicht. Sie wusste, dass Spence und Archer sehr gut befreundet waren. Und Spence war der Besitzer des *Pacific Pier Building*. Es brauchte nicht viel, um jetzt eins und eins zusammenzuzählen. Archer hatte irgendwie herausgefunden, dass sie einen Job brauchte, und hatte seinen Kumpel Spence dazu gebracht, sie einzustellen. Für den Job, den sie sich so sorgfältig ausgesucht hatte und von dem sie dachte, ihn ganz allein an Land gezogen zu haben.

Caleb war jetzt merklich angespannt, und das tat ihr leid, schließlich war das nicht seine Schuld. Aber Archer war ein toter Mann. Sie legte eine Hand auf Calebs Arm und spürte, wie er zusammenzuckte.

Er lachte entschuldigend. »Weißt du, ich hatte eigentlich gedacht, dass ich mich freuen würde, wenn du mich anfasst. Aber jetzt habe ich eher ein wenig Angst.« Er drehte sich zu ihr um. »Ich hätte das mit deinem Job nicht sagen sollen. Ich habe nicht darüber nachgedacht.«

»Du hast es gesagt, weil du dachtest, dass ich es weiß«, sagte sie, denn sie war durchaus in der Lage, demjenigen die Schuld zu geben, der sie wirklich trug. Und das war nicht Caleb. »Es ist nicht deine Schuld.«

Er nickte, aber es machte nicht den Anschein, als würde er sich dadurch wirklich besser fühlen. Dann hörte sie sein Telefon klingeln.

»Mist«, fluchte er, als er die Nachricht las. »Das sollte eigentlich nicht passieren, aber Spence und ich arbeiten gerade an einem neuen Projekt, und er braucht meine Hilfe.«

»Ist schon gut«, sagte Elle, die die Ausrede erkannte. Eine liebenswerte, sexy-nerdige Ausrede namens Spence.

»Tut mir wirklich leid«, sagte Caleb mit ernsthaftem Bedauern. »Ich fahre dich noch nach Hause.«

Ihr Blick fiel über seine Schulter hinweg auf etwas hinter ihm, und sie biss die Zähne zusammen. »Nein, das musst du nicht. Ich bleibe noch hier. Mach dir keine Sorgen um mich, Caleb. Mir fällt sicher noch etwas ein, womit ich mir hier die Zeit vertreiben kann.«

Zum Beispiel, indem sie jemanden umbrachte.

Caleb umarmte sie kurz und gab ihr einen Kuss auf die Wange. »Wir holen das noch nach.«

Sie lächelte und sah ihm noch eine Weile hinterher, bevor sie sich zu Archer umdrehte, der auf der anderen Seite des Piers stand.

Er stieß sich von dem Geländer ab und kam auf sie zu.

»Zwei von zwei«, sagte sie. »Weißt du, wenn ich es nicht besser wüsste, würde ich sagen, dass du in mich verliebt bist.«

»Ich bin in dich verliebt«, sagte er.

»Jetzt, wo du mich auf einmal nicht mehr haben kannst und ich mit anderen ausgehe?«

»Wie gesagt, Mike ist ein Aufreißer. Ich habe dir einen Gefallen getan.«

»Und Caleb?«

»Ein guter Mann«, gab er zu. »Aber du bist tabu für ihn.«

Sie verschränkte die Arme. »Und wieso das? Und du sagst jetzt besser nicht, dass du das Gleiche mit mir machen möchtest wie sie.«

»Ich will nicht das Gleiche machen wie Mike oder Caleb.«

»Nicht?«, fragte sie.

Langsam schüttelte er den Kopf. »Nein. Denn ich will mehr mit dir machen, als nur auszugehen.«

Zornig funkelte sie ihn an. »Sag mir, wenn ich falschliege, Archer, aber du hattest ein ganzes Jahr Zeit, dich wie ein eifersüchtiger Idiot aufzuführen.«

»Na ja, ich lerne langsam, also …«

Sie war so wütend, dass ihr die Worte fehlten. »Du bist verrückt«, war das Beste, was ihr einfiel.

»Aber auf eine gute Art, oder?«

»Oh mein Gott.« Elle warf die Hände in die Höhe und drehte sich um, um zu gehen. Egal wohin, nur weg.

»Du wolltest heute Abend doch ein Date«, hörte sie ihn sagen. »Geh mit mir aus.«

Sie drehte sich um. »Nenn mir einen guten Grund, warum ich das tun sollte.«

»Weil wir noch nie ein Date hatten. Und das ist meine Schuld. Ich hätte dich schon längst bitten sollen.«

»Du gehst nicht auf Dates«, rief sie ihm ins Gedächtnis. »Du verführst Frauen – wenn du in der Stimmung dafür bist.

Du spielst Spielchen.« Und triefst vor Sexappeal. »Aber du datest nicht, zumindest nicht wie normale Männer.«

»Heute Abend schon«, erwiderte er. »Abendessen. Oder was immer du willst, Elle.«

Sie glaubte ihm zwar kein Wort, aber sie hatte Fragen, auf die sie eine Antwort wollte. Jetzt hatte sie die Gelegenheit, ihn in die Mangel zu nehmen – und sie hasste es, gute Gelegenheiten zu vergeuden.

»Gut«, willigte sie ein. »Ein Hotdog.«

»Was?«

Sie zeigte auf den Hotdog-Stand.

»Das willst du bei unserem ersten Date zu Abend essen? Einen Hotdog von einem Imbisswagen?«

»Ja. Hast du ein Problem damit?«

»Ganz und gar nicht«, antwortete er. »Aber damit lässt du mich ziemlich leicht davonkommen, und das ist eigentlich nicht deine Art. Wo ist der Haken?«

»Kein Haken.« *Lügnerin.* Sie ging hinüber zum Hotdog-Stand und bestellte zwei für sich selbst, auf die sie turmhoch Ketchup, Senf und Gewürzgurken stapelte. Dann beschloss sie, besonders gemein zu sein, und tat sich noch Zwiebeln obendrauf.

Archer sah ihr wortlos zu, obwohl sie sich ziemlich sicher war, dass es ihm beim Anblick ihres Tellers eiskalt den Rücken hinunterlief. Dann bestellte auch er sich zwei Hotdogs, nur mit Senf.

»Langweilig«, bemerkte sie.

Er sah überrascht aus. Wahrscheinlich hatte ihn noch nie zuvor eine Frau als langweilig bezeichnet.

Sie fanden eine leere Bank, von der aus sie auf die Bucht hinaussehen konnten, und Archer beobachtete, wie sie über ihre Hotdogs herfiel. Das wäre ihr vielleicht unangenehm gewesen, aber zum einen wurde sie hungrig, wenn sie wütend war, und zum anderen sah sie in seinen Augen nichts als Belustigung.

»Was?«, fragte sie herausfordernd.

»Ich bin bloß beeindruckt. Ich mag es, wenn eine Frau so genießen kann.«

»Hmm«, sagte sie und wartete, bis er einen großen Bissen von seinem Hotdog genommen hatte. »Also, du hast mir meinen Job besorgt?«

Äußerst zufrieden sah sie, wie er sich verschluckte. Sie klopfte ihm mehrmals auf den Rücken, möglicherweise etwas fester als unbedingt notwendig. »Du kannst es mir auch in Zeichensprache sagen, aber ich will eine Antwort haben.«

»Du selbst hast dir diesen Job besorgt«, hustete er. »Dank deiner Fähigkeiten. Ich habe dich empfohlen. Sonst nichts.«

Es stimmte also. Er hatte sich wirklich eingemischt. Sie wusste nicht, was sie sagen sollte. »Wow«, sagte sie schließlich. »Einfach nur wow.«

»Du kannst doch jetzt nicht wütend sein. Es war allein dein Verdienst.«

»Ich weiß«, setzte sie mit einer Gelassenheit, die in keinster Weise ihrer Stimmung gerecht wurde und eher die Ruhe vor dem Sturm war, an, »nicht mal, wo ich anfangen soll.«

»Vielleicht willst du lieber noch einmal darüber schlafen«, schlug er vor.

Sie öffnete den Mund, um etwas zu sagen, und schloss ihn dann wieder, denn zum ersten Mal in ihrem Leben hatte sie absolut keine Ahnung, was sie sagen sollte.

»Ich muss … ich weiß nicht, was ich muss.« Sie stand auf, und als er Anstalten machte, ihr zu folgen, schüttelte sie den Kopf.

»Okay, du brauchst eine Minute für dich«, sagte er. »Das verstehe ich.«

»Oh, ich brauche weit mehr als nur eine Minute.« Sie atmete tief ein. »Weißt du was, Archer? Ich will nicht viel. Alles, was ich je wollte, war, stark und unabhängig zu sein. Und ich dachte, dass ich gerade beides ganz gut hinkriege, aber du hast mir den Boden unter den Füßen weggezogen.«

Er verzog das Gesicht. »Elle, hör mir zu. Du bist stark und unabhängig. Mein Gott, du bist die stärkste und unabhängigste Frau, die ich kenne. Du bist unglaublich, und ich hoffe, das weißt du. Ich habe es dir nicht erzählt, weil es dafür keinen Grund gab. Du hast den Job deinetwegen bekommen. Nicht meinetwegen.«

Sie hatte genug von ihm und schüttelte den Kopf. »Denk nicht mal daran, mir zu folgen.« Dann ging sie weg und nahm das erstbeste Taxi nach Hause.

11. Kapitel

#DasHatSieAuchGesagt

Wie durch ein Wunder schaffte es Archer, rechtzeitig zu seinem Wagen zu gelangen und Elles Taxi bis zum *Pacific Pier Building* zu folgen. Als sie ausstieg, tat er dasselbe, und während sie noch ihre Brieftasche suchte, bezahlte er schon den Fahrer.

Zähneknirschend ließ sie es geschehen. Hauptsächlich, weil sie vor dem Fahrer keinen Streit anfangen wollte, das war ihm bewusst.

»Danke«, sagte sie widerwillig. »Aber nur um das klarzustellen, es geht mir gut. Du musst nicht auf mich aufpassen. Das hast du schon lang genug getan. Anscheinend das ganze Jahr lang. Ich schulde dir ohnehin schon mehr, als ich jemals zurückzahlen könnte, also hör bitte auf damit. Ich habe damit abgeschlossen, und das solltest du auch.«

Er sah ihr wortlos hinterher, als sie ihn stehen ließ. Aber sie ging nicht hinüber zum Pub, wie er es erwartet hätte. Stattdessen wurde sie langsamer, als sie den Springbrunnen erreichte, und starrte gedankenverloren in das dunkle Wasser, die Arme um den Körper geschlungen, als wäre ihr kalt. Er wartete, weil er sie nicht bedrängen wollte, aber er wollte auch nicht gehen, falls sie ihn doch noch brauchte – ein lächerlicher Gedanke, schließlich war sie mehr als deutlich gewesen. Sie brauchte niemanden, und ganz sicher nicht ihn.

Sie dachte also wirklich, dass sie ihm etwas schuldig war. Etwas Schlimmeres konnte er sich kaum vorstellen, denn solange sie dieser Meinung war, konnte er nicht einmal daran denken, etwas mit ihr anzufangen. Jedes Mal, wenn sie zusammen wären, würde er sich fragen, ob sie nur eine Schuld begleichen wollte.

Eine Schuld begleichen. Das erinnerte ihn an etwas anderes, etwas, was er bis zu diesem Moment völlig vergessen hatte, wofür er sich nun zutiefst schämte: Heute war die Ruhestands-Party seines Dads, und er hatte nicht einmal Bescheid gesagt, ob er kommen würde oder nicht. Er hatte nicht angerufen. Er hatte gar nichts getan. Schuldgefühle und Selbsthass brachen über ihn herein, als er sein Telefon hervorzog und die Nummer seines Vaters anstarrte.

Anrufen oder eine Nachricht schreiben? Nein, eine Nachricht zu schicken, wäre zu einfach und feige. Er schob das Telefon zurück in seine Tasche. Dann fluchte er und holte es wieder hervor, wählte die Nummer und … hörte die Stimme des Anrufbeantworters.

»Dad«, fing er nach dem Signalton an. »Hey. Also, ich weiß, das kommt ganz schön spät, und ich hätte dich schon längst anrufen sollen wegen deiner Ruhestands-Party heute Abend.« Er fuhr sich mit einer Hand übers Gesicht. »Das tut mir leid, aber ich würde trotzdem gerne kommen, wenn das für dich okay ist. Du kannst mir ja eine SMS schreiben, falls du lieber … Na ja, sag einfach Bescheid.« *Verdammt.* Er legte auf und stand da – unschlüssig, was er jetzt tun sollte. Schließlich fluchte er noch einmal und hob dann den Kopf, als er ein vertrautes Kribbeln im Nacken spürte.

Elle stand nicht mehr am Springbrunnen. Sie war zu ihm herübergekommen und beobachtete ihn schweigend.

»Hey«, sagte sie leise, und ihr Tonfall war viel sanfter, als er es von ihr gewohnt war. *Sie hatte Mitgefühl mit ihm.*

Und das hasste er.

»Tu es nicht«, unterbrach er sie, bevor sie etwas sagen konnte.

»Was soll ich nicht tun?«

Mich bemitleiden. Er konnte es nicht einmal laut aussprechen. »Ich muss los«, sagte er stattdessen und ging auf das Treppenhaus zu. Er hatte einen Anzug im Büro für den äußerst seltenen Fall, dass er ihn in einem Meeting brauchte. Jetzt musste er sich nur noch umziehen, zur Party seines Dads fahren und hoffen, dass an der Redewendung »Besser spät als nie« wirklich etwas dran war.

»Ach so, sind wir jetzt wieder beim wortlosen Brüten angekommen, weil ich mitbekommen habe, wie du deinen Dad angerufen hast?«, fragte Elle, die fröstelnd in der kalten Nachtluft stand. »Ganz schön unfreundlich, findest du nicht?«

»Geh in den Pub, Elle.« Er hätte es besser wissen sollen. Ihr vorzuschreiben, was sie tun sollte, hatte noch nie funktioniert, also schüttelte er einfach den Kopf. »Da drinnen ist es warm.«

Dann eilte er die Treppe hoch und betrat sein Büro. Keine fünf Minuten später kam er im Anzug wieder nach draußen. Wo Elle noch immer stand und auf ihn wartete. Tief in ihm zog sich etwas, von dem er nicht einmal wusste, was es war, zusammen. Obwohl er sich wie ein Vollidiot verhalten hatte, sorgte sie sich um ihn. Seit diesem verrückten Kuss zwischen ihnen hatte er sein Bestes gegeben, keine falschen Signale zu senden, aber wenn es um sie ging, konnte er zwischen Richtig und Falsch nicht mehr unterscheiden. Sie hatte sein Leben komplett auf den Kopf gestellt. Er schlüpfte aus seiner Jacke und legte sie ihr um die Schultern. »Ich hab dir doch gesagt, du sollst reingehen. Es ist zu kalt, um in so einem Kleid draußen herumzustehen.« Was nicht bedeuten sollte, dass ihm das Kleid nicht gefiel, ganz im Gegenteil.

»Du wirst nicht allein zur Ruhestands-Party von deinem Dad gehen«, sagte sie.

»Doch, das werde ich.« Abgesehen davon, dass diese Wiedervereinigung vermutlich sehr unangenehm werden würde und er niemanden dabeihaben wollte, hatte er das Gefühl, Buße tun zu müssen. Archer hasste solche emotionalen Situationen. Und dabei ein Publikum zu haben, machte es noch schlimmer.

»Ich habe Spence eine Nachricht geschrieben«, sagte sie. »Er ist schon auf dem Weg.«

Mist. »Ich nehme Spence nicht mit. Er redet viel zu viel.«

»Irgendjemanden musst du mitnehmen. Finn muss arbeiten. Was ist mit Willa?« Sie blieb beharrlich.

»Die redet noch mehr als Spence.«

»Okay, dann einer von deinen Jungs. Joe oder Trev.«

»Elle, lies es von meinen Lippen ab: *Nein!*«

Sie verschränkte die Arme, und er hatte den starrsinnigen Ausdruck auf ihrem Gesicht oft genug gesehen, um zu wissen, dass sie nicht lockerlassen würde. Er seufzte.

»Also gut. Wenn du unbedingt willst, dass jemand mich begleitet, dann fällt meine Wahl auf dich. Steig in den verdammten Wagen.«

Elle zog eine Braue hoch. »Von all den Leuten, die du kennst, willst du ausgerechnet die eine Person mitnehmen, die dich mehr in den Wahnsinn treibt als alle anderen? Die eine Person, die gerade wütend auf dich ist? Also *wirklich* wütend?«

»Ich will die eine Person, der ich wirklich zutraue, dort hinter mir zu stehen.«

Damit schien sie nicht gerechnet zu haben. Zumindest fiel ihr keine Antwort ein. Und darüber hinaus löste sich anscheinend auch ein Teil ihres Zorns in Luft auf.

Nicht alles natürlich. Es war immer noch Elle, um die es hier ging.

»Gut«, sagte sie und ging zu seinem Truck hinüber. Ihre Hüften schwangen dabei auf diese zugleich anmutige und verlockende Art und Weise, wie er es noch bei keiner anderen Frau gesehen hatte.

»Aber nicht vergessen – das hier ist *weder* ein Date *noch* ein One-Night-Stand.«

Er lachte. *Lachte*. Nur sie brachte es fertig, seine Laune so schlagartig zu heben. Seinen Tag zu retten. Und vielleicht würde er sich irgendwann einmal die Zeit nehmen, darüber nachzudenken, was das bedeutete. Aber nicht heute. »Können wir losfahren?«

»Oh bitte«, sagte sie. »Bringen wir es hinter uns.«

Er schüttelte den Kopf, aber insgeheim liebte er ihre schnippische Art. Er war verrückt, sie mitzunehmen. Jetzt unter Leute zu gehen, war keine gute Idee. Aber jetzt zusammen mit Elle, dem einen Menschen, bei dem er keine Kontrolle über sich hatte, unter Leute zu gehen? Das war Wahnsinn. Am Himmel braute sich wieder ein gewaltiger Sturm zusammen, was seine Stimmung ziemlich gut widerspiegelte. Ein heftiger Windstoß warf ihn beinahe um, als er die Beifahrertür für Elle öffnete. Sie schob ihren warmen Körper an ihm vorbei, und ein Prickeln durchfuhr ihn von Kopf bis Fuß. Er atmete einmal tief durch, während er um den Wagen herumging und sich hinter das Steuer setzte. »Bist du bereit?«

»Ich bin schon bereit geboren worden.«

Ja. Und genau das machte ihm Angst.

Elle beobachtete Archer, während sie fuhren, und sein Gesicht war genauso finster wie der Himmel über ihnen. Wenn so viel in einem vorging, dass man das Gefühl hatte, ein Sturm würde in seinem Inneren toben – das kannte sie nur zu gut.

»Ich kann nicht glauben, dass ich es fast vergessen hatte«, sagte er leise, fast als würde er mit sich selbst reden.

Diese paar Worte hätten eigentlich nicht ausreichen sollen, um ihren Archer-Schutzschild zu durchbrechen, aber sie taten es. Er war die meiste Zeit so zäh und unnahbar wie möglich. Das musste er sein. Aber in Momenten wie diesen wurde ihr klar, dass auch er ein Mensch aus Fleisch und Blut war, der Fehler machte wie jeder andere auch.

»Jeder vergisst einmal etwas«, versuchte sie ihn zu besänftigen. »Sogar wichtige Dinge. So etwas wie ›Ach ja, ich habe dir übrigens deinen Job besorgt, keine große Sache‹.«

Er warf ihr einen vernichtenden Blick zu. »Ich hätte einfach alleine fahren sollen.«

»Das hättest du gekonnt, ja. Aber gesollt? Nein. Glaub mir, du brauchst Rückendeckung, wenn du dich deiner Familie stellen willst.«

Das ließ seine Mundwinkel zucken. Fast schon ein Grinsen. »Du beschützt mich dann, Elle?«

»Hey, ich hab immerhin ein Messer.«

»Ja, das hast du.« Er zögerte. »Wirst du mir jemals verraten, wieso du es behältst?«

Tja, da war sie wohl direkt in die Falle getappt. »Sicher. Wenn du mir danach erzählst, wieso du mir den Job besorgt hast.«

»Das lässt dir wohl einfach keine Ruhe, oder?«

Gut, dass Blicke nicht töten konnten …

»Ich habe dir diesen verdammten Job nicht besorgt. Ich habe dich dafür empfohlen. Und das habe ich nur gemacht, weil ich wusste, dass du gut darin wärst. Nicht mehr und nicht weniger habe ich gemacht.«

Sie sah zu, wie er sich mit bewundernswerter Geschicklichkeit durch den dichten Verkehr schlängelte. »Und ich habe das Messer noch, weil es praktisch ist.«

»Das ist nicht der einzige Grund«, erwiderte Archer kopfschüttelnd.

»Da irrst du dich.«

»Du bist so eine unverschämte Lügnerin.« Er hielt an einer roten Ampel und sah sie an. »Willst du wissen, was ich denke, warum du das Messer nach all den Jahren noch hast?«

Auf gar keinen Fall.

»Vielleicht wolltest du etwas, das dich an mich erinnert«, sagte er.

Er wollte sie provozieren. Und natürlich hatte er recht, was sie nur noch wütender machte.

»Oder«, sagte sie, »ich wollte etwas haben, womit ich Leuten wehtun kann. Dich eingeschlossen, falls du mir zu nahe kommst. Denk nicht, dass ich das nicht tun würde.«

Er lächelte, als hätte er mit keiner anderen Antwort gerechnet. »Also bist du heute Abend meine Leibwächterin?«

»Für diesen Abend ja, danach herrscht wieder Krieg. Aber heute kannst du auf mich zählen, egal, was du brauchst.« Sie bemerkte ihren Fehler in der Sekunde, in der die Worte ihren Mund verließen.

Und auch Archer bemerkte ihn, denn er warf ihr einen so glühenden Blick zu, dass sie überrascht war, dass ihre Kleidung nicht in Flammen aufging. Himmel! Wieso war es auf einmal so heiß im Auto?

»Also«, stieß sie hervor, »solange es in einem angemessenen Rahmen bleibt, natürlich.«

»Typisch«, murmelte er. »Immer auf alles die passende Antwort.«

»Hab ich jemals ein Versprechen gebrochen, das ich dir gegeben habe?«, fragte sie.

»Nein. Niemals. Willst du mir damit irgendetwas sagen?«

Wollte sie das? Sie beschloss, lieber nicht weiterzureden, bevor ihr noch etwas Falsches rausrutschte.

Er kommentierte ihr Schweigen mit einem Kopfschütteln, und der Anflug eines Lächelns umspielte seine Lippen, während er sich weiter durch die überfüllten Straßen von Downtown San Francisco kämpfte.

»Da wir ja gerade einen Waffenstillstand haben«, sagte er irgendwann und durchbrach damit die Stille, »kann ich dir ja sagen, dass du heute umwerfend aussiehst.«

Sie sah ihn an, aber sein Blick war nach vorn auf die Straße gerichtet. »Willst du mir etwa schmeicheln?«

»Definitiv«, antwortete er. »Aber es ist trotzdem die Wahrheit.«

Elle trug eines ihrer Lieblings-Outfits, im Moment noch ergänzt durch Archers Jackett. Er selbst hatte die Ärmel seines Hemdes, das seine breiten Schultern optimal betonte, aufgekrempelt, und die Krawatte hing ihm locker um den Hals. Zusammen mit dem vom Wind leicht zerzausten Haar sah er noch atemberaubender aus als sonst.

Er machte es einer Frau wirklich schwer, sich nicht Hals über Kopf in ihn zu verlieben.

»Du siehst auch nicht übel aus«, gab sie widerstrebend zu und versuchte, nicht zu viel in seine Äußerung hineinzuinterpretieren. Ihrem Körper gelang das allerdings nicht, denn er bebte vor Erregung.

Sie schwiegen für den Rest des Weges. Hätte sie nicht vor einigen Tagen diese Einladung in seinem Büro gelesen, hätte sie nicht einmal von dieser Party gewusst. Und jetzt saß sie plötzlich neben ihm im Wagen, als sie kurz darauf in das Parkhaus eines wunderschönen Backsteingebäudes im Finanzbezirk der Stadt fuhren.

»Das Restaurant, in dem die Party stattfindet, ist im obersten Stockwerk«, sagte Archer und öffnete seine Tür. Doch bevor er ausstieg, drehte er sich zu ihr um, vielleicht um sie zu bitten, im Auto zu warten, bis er nachgesehen hatte, ob sie überhaupt willkommen waren. Doch Elle war schneller und stieg aus, noch bevor er etwas sagen konnte.

»Ich halte dir den Rücken frei«, erinnerte sie ihn.

»Aber nur in einem angemessenen Rahmen«, erwiderte er grinsend, nachdem er ausgestiegen war. Dann, was sie zutiefst überraschte, nahm er ihre Hand und zog sie mit sich.

Sie gestattete es, schließlich hatten sie einen Waffenstillstand vereinbart. Im Fahrstuhl war außer ihnen noch ein Pärchen, das den ganzen Weg bis nach oben nicht die Finger voneinander lassen konnte. Sie küssten sich ununterbrochen, und ihre Hände erforschten jeden Zentimeter am Körper des jeweils anderen. Sie stiegen ein Stockwerk unterhalb des Restaurants aus, und als sie endlich allein waren, konnte sich Elle das Lachen nicht länger verkneifen. Sie sah Archer an, der ebenfalls grinste, aber in seinen Augen sah sie noch etwas anderes. Etwas, das ein Prickeln tief in ihrer Brust aufsteigen ließ.

Und in anderen Regionen ihres Körpers.

Kurz bevor die Aufzugtüren sich wieder schlossen, stolperte das Pärchen zurück in den Lift und sah sich verlegen um.

»Verzeihung«, sagte die Frau. »Das war das falsche Stockwerk.«

Elle biss sich auf die Unterlippe, um nicht erneut zu lachen. Sie bewunderte es, wie die beiden sich so in ihrer Lust verlieren konnten. Und ein wenig beneidete sie sie darum, denn sie selbst hatte so etwas noch nie erlebt. Es war unvorstellbar für sie, sich so in einen Kuss zu vertiefen, dass sie alles um sich herum vergaß.

Trotzdem fühlte sie sich ein wenig wie in Trance, als die Türen sich wieder öffneten und Archer sie mit einer seiner großen, kräftigen Hände auf ihrem Rücken hinausführte. Er warf ihr einen Blick zu und bemerkte: »Du bist ja ganz rot. Neidisch?«

»Nein. Ich wette, er schnarcht und lässt immer die Klobrille oben.«

Für einen Moment sah er aus, als wolle er darauf etwas erwidern, aber die Empfangsdame unterbrach ihn, als sie ihn fragte, ob sie helfen könne.

»Ich bin wegen der Ruhestands-Party für Hunt hier«, sagte er.

Sie wischte über ihr iPad und sagte schließlich: »Es tut mir leid, aber die Party wurde abgesagt.«

Archer war nur schwer aus der Fassung zu bringen, aber jetzt starrte er sie verblüfft an. »Wissen Sie, wieso?«

»Ähm …« Sie wischte noch ein wenig weiter. »Hier ist nur eine kurze Anmerkung. Der Gastgeber hat sich anscheinend gegen eine große Veranstaltung entschieden und stattdessen letzte Woche eine Party im kleineren Kreis gegeben.«

Archer antwortete nicht, sondern stand bloß da wie versteinert.

»Vielen Dank«, sagte Elle zu der Empfangsdame und zog ihn an der Hand zur Seite, sodass die nächsten Gäste vortreten konnten.

»Es tut mir leid«, flüsterte Elle. »Er hat dir nicht Bescheid gesagt?«

»Nein. Ich vermute, dass er abgesagt hat, weil niemand aus seiner Familie zugesagt hat.« Er zögerte. »Weil ich alles bin, was er noch an Familie hat, und ich ein Arschloch bin.«

Sie schüttelte den Kopf. »Nein. Archer …«

Er brachte nur ein dumpfes Knurren hervor und ging dann zurück zum Fahrstuhl. Dieses Mal waren keine Turteltäubchen mit ihnen zusammen, und Archer sagte kein Wort. Also schwieg auch sie. Nach der unerwarteten Wendung war die Stimmung gekippt, und als sie beim Wagen ankamen, zog Archer sofort sein Telefon hervor und wählte eine Nummer. Die seines Vaters, vermutete Elle und lauschte dem schwachen Klingelzeichen.

Es klingelte weiter.

Dann ertönte das Piepen des Anrufbeantworters, und Archer kniff die Augen zusammen.

»Dad«, fing er an. »Es tut mir leid. Ich hätte Bescheid sagen sollen. Verdammt, ich hätte anrufen sollen. Aber ich rufe jetzt an, okay?« Er zögerte einen Moment lang, dann legte er auf und warf das Telefon beiseite.

Der Sturm wurde immer heftiger, als Archer sie zum *Pacific Pier Building* zurückfuhr, und die ersten Regentropfen zerplatzten auf der Windschutzscheibe. Er parkte vor dem Gebäude und stieg aus, um sie noch bis zum Pub zu begleiten, aber sie blieb auf halbem Weg durch den Innenhof stehen.

»Es ist nicht allein deine Schuld«, sagte sie.

»Doch, ist es.«

»Es gehören immer zwei dazu und …«

»Ich will nicht darüber reden.«

»Aber …«

»Nie wieder, Elle.«

Und dann brach mit einem ohrenbetäubenden Donnergrollen das Gewitter los, und der Regen prasselte auf sie herab. Zum allerersten Mal verschwendete Elle keinen einzigen Gedanken an ihre Schuhe. Alles, was im Moment zählte, war der stechende Schmerz in ihrer Brust.

»Das meintest du also, als du sagtest, dass ich immer für dich da sei«, sagte sie. »Und mit all dem anderen Zeug gestern Abend. Dass es keine Schuld zwischen uns gibt und so weiter.«

Archer starrte sie weiter wortlos an. Der Regen schien einfach an ihm abzuperlen. Genau wie ihre Worte.

»Nur damit ich das richtig verstehe. Es ist also nur in Ordnung, wenn ich Hilfe von dir brauche«, fuhr sie fort. »Aber wenn es einmal andersherum ist, willst du dir nicht von mir helfen lassen?« Sie schüttelte den Kopf, und alles, was schon so lange in ihr brodelte, brach hervor. »Es ist ja unvorstellbar, dass du einmal Schwäche zeigst oder zugibst, verwundbar zu sein, richtig? Wahrscheinlich hast du gestern nur so getan, als könntest du mit der linken Hand nicht mit Stäbchen essen, um mich in die Irre zu führen.«

»Elle«, sagte er mit fahriger Stimme. »Geh rein und wärm dich auf.«

»Nein.«

Als er seufzte, kniff sie wütend die Augen zusammen.

»Weißt du was, Archer? Geh du doch und wärm dich auf,

okay? Meinetwegen kannst du in der Hölle schmoren, da ist es schön warm.«

»Da bin ich schon längst.«

»Und daran bin ich schuld?«, fragte sie ungläubig und blinzelte, als der Regen ihr ins Gesicht tropfte.

»Ja. Verdammt. Nein.« Er fuhr sich mit der Hand durchs Haar. »Ich weiß es nicht. Deinetwegen weiß ich überhaupt nicht mehr, wo oben und unten ist.« Und auf einmal, nach diesem schockierend ehrlichen Bekenntnis, packte er sie, riss sie an sich und küsste sie.

Schwer atmend zog er sie mit sich in eine schmale Seitengasse.

Als sie sich schließlich voneinander lösten, um Luft zu holen, waren sie vom Regen völlig durchnässt, und Elle hatte ihren Schwur, die Finger von Archer zu lassen, verdrängt. Das Einzige, was sie beruhigte, war, dass auch er sich kaum noch zurückhalten konnte. Seine Hände umschlossen ihren Hintern und pressten ihr Becken eng an seins, wodurch sie deutlich spüren konnte, dass es ihm gefiel.

Und sie war keinen Deut besser. Sie klammerte sich an ihn, als hinge ihr Leben davon ab, und konnte nicht aufhören zu stöhnen, so unangenehm es ihr auch war. Sie waren noch nicht einmal nackt, sie standen hier draußen im Regen in einer Seitengasse, und trotzdem hätte sie schwören können, dass sie beide kurz vor dem Höhepunkt standen.

»Du bringst mich noch um«, sagte er mit rauer Stimme.

Sie war sich sicher, dass zumindest sie tatsächlich bald sterben würde, wenn sie nicht noch mehr von ihm spürte, aber irgendwie schaffte sie es, das vor ihm zu verbergen. »Dann geh doch einfach weg, Archer. Darin bist du ja ziemlich gut«, sagte sie.

Aber er ging nicht weg. Stattdessen blickte er an sich hinab. »Selbst wenn ich wollte, könnte ich jetzt nicht weggehen. Verdammt, in diesem Zustand könnte ich tatsächlich nirgendwo mehr hingehen.«

»Das hier wird kein One-Night-Stand, schon vergessen?«

Ihr rot angelaufenes Gesicht und ihr schwerer Atem verrieten sie offensichtlich, denn er legte den Kopf schief und sah sie vielsagend an. Sein Jackett rutschte langsam von ihren Schultern, und ihre durchnässte Bluse offenbarte mehr darüber, wie sie wirklich fühlte, als ihr lieb war. Hastig wickelte sie die Jacke wieder eng um sich.

Statt eines Kommentars dazu schockierte er sie ein weiteres Mal, als er sagte: »Elle, jetzt gerade würde ich sogar vor dir auf die Knie sinken und dich anbetteln.«

Sie war noch immer sprachlos, als auf einmal Eddie, der Obdachlose aus dem Innenhof, seinen Kopf um die Ecke streckte. »Hey, Kumpel. Und Kumpeline. Es liegt mir natürlich fern, eine solche Vereinigung der Seelen zu unterbrechen, aber …«

Der Blick, den Archer ihm zuwarf, ließ ihn verstummen, und er wich langsam zurück. »Wisst ihr was? Nehmt euch so viel Zeit, wie ihr braucht.«

Als er wieder verschwunden war, legte Elle fassungslos eine Hand auf den Mund und starrte Archer an. »Das stand heute Abend nicht auf meinem Plan«, sagte sie langsam. »*Du* stehst nicht auf meinem Plan.«

Seine Miene war wie immer unergründlich. »Dito. Das war nur eine Überreaktion nach einem aufwühlenden Abend.«

Die Enttäuschung traf sie wie ein Schlag, und sie starrte ihn noch einen Moment lang an. Dann schüttelte sie sein Jackett ab, schleuderte es ihm entgegen und stürmte aus der Seitengasse. Hinter sich hörte sie Eddie murmeln: »Nimm's nicht persönlich, mein Junge. Frauen sind von Geburt an verrückt.«

Durch den Regen klebten Rock und Bluse an ihr wie eine zweite Haut, als sie über den Hof hinweg zum Gebäude eilte. Nicht einmal die Kälte spürte sie noch. Sie nahm den Aufzug hoch zu ihrem Büro, sie brauchte jetzt dringend einen Moment für sich allein. Sofort. Sie hatte gerade mal den Schlüssel ins Schloss gesteckt, als sie hörte, wie sich hinter ihr jemand näherte.

Man musste kein Genie sein, um zu erraten, wer das sein könnte. »Überreaktion nach einem aufwühlenden Abend?«, wiederholte sie wütend, ohne sich zu ihm umzudrehen. »Ist das dein Ernst?«

»Ich habe mich geirrt.«

»Du gibst zu, dass du dich geirrt hast? Kannst du mir das vielleicht schriftlich geben? Das ist in etwa so selten, wie ein Einhorn zu sehen, und ich würde diesen Moment gerne festhalten.«

Eine kräftige Hand griff an ihr vorbei, drehte den Schlüssel im Schloss und öffnete die Tür. Dann schob Archer sie in den Raum, schaltete das Licht an und schloss die Tür mit einem Tritt, bevor er sie dagegendrückte. Da stand er vor ihr, groß, stark und von Kopf bis Fuß durchnässt.

»Weißt du was?«, fragte sie und war ziemlich stolz, wie bestimmt ihr Tonfall trotz ihrer weichen Knie klang. »Ich kann auf dein Höhlenmenschen-Getue verzichten und …«

Weiter kam sie nicht, denn sein Mund verschloss ihren, und ihre Lippen trafen sich zu einem Kuss, der jeden Zentimeter ihres Körpers, von den eisigen Zehenspitzen bis in die letzte, regennasse Haarsträhne, erfasste. Mhm. Es stellte sich heraus, dass sie sich ebenfalls geirrt hatte – sie war eigentlich überzeugt gewesen, ihm widerstehen zu können.

Ein Blitz erhellte ihr Büro, nahezu zeitgleich mit einem krachenden Donnerschlag. Ihre Deckenleuchte flackerte einmal, zweimal. Ein elektrischer Impuls, dachte sie, halb benommen von dem betörenden Duft, der von Archer ausging.

»Ich will dich, Elle.« Seine Stimme klang tief und rau. »Ich will dich so sehr, dass es wehtut. Hier und jetzt, so wie du vor mir stehst.«

»Ja.« Elle hatte keinerlei Kontrolle mehr über ihren Körper, als ihre Hände sein nasses T-Shirt hochschoben. Er zog es sich über den Kopf, warf es von sich und begann dann, ihre Bluse aufzuknöpfen. Er stieß einen leisen Fluch aus, als er sie schließlich einfach aufriss und das Licht erneut flackerte.

Dieses Mal blieb es aus.

Irgendwo tief in ihrem Bewusstsein sagte ihr eine Stimme, dass sie aufhören sollte, weil sie am Ende nur wieder verletzt werden würde. Aber ihr Körper gehorchte ihr nicht. Archer wollte sie. Und sie wollte ihn auch, so viel war sicher. Anscheinend kannte er ihr Büro genauso gut wie sie selbst, denn im nächsten Moment spürte sie, wie sie herumgerissen und auf das kleine Sofa geworfen wurde, dicht gefolgt von neunzig Kilogramm purem Testosteron.

Das Sofa, das eher aus dekorativen Gründen im Büro stand, brach krachend unter ihnen zusammen, und sie landeten auf dem Boden.

Sie sah Archers Zähne in der Dunkelheit aufblitzen, als er grinste und sich dann auf sie rollte, ihre Hände gefangen in seinen.

»Dein Arm«, keuchte sie.

»Das ist es wert.« Wieder küsste er sie, und sie vergaß alles um sich herum.

Beinahe.

Sie wehrte sich dagegen, denn sie würde sich jetzt nicht einfach nur treiben und von ihm führen lassen. Nicht in diesem Moment, wo sie sich zum ersten Mal seit viel zu langer Zeit … *lebendig* fühlte. Mit jeder Faser ihres Körpers. Sie befreite ihre Hände aus seiner Umklammerung, ließ sie langsam von seiner Brust aufwärts zu seinem Hals gleiten und zog ihn näher an sich. Sie konnte ohne Licht nicht allzu viel sehen, aber sie musste ihn spüren.

»Weiter«, forderte sie atemlos und ließ ihre Hand seinen muskulösen Rücken hinab in seine Hose gleiten. Tief in seiner

Kehle brummte er ihren Namen, als sie über seine Hüfte strich und, vorn angekommen, seine Erektion spürte. Zufrieden nahm sie wahr, dass auch er nach Luft rang. Auch seine Hände bewegten sich von ihrem Hintern nach vorn zwischen ihre Beine, und er stöhnte lustvoll auf, als er merkte, wie feucht sie war.

»Archer …«, setzte sie an, halb in Ekstase.

»Ich weiß. Mein Gott, Elle. Das fühlt sich so gut an.«

»Jetzt.« Sie erkannte ihre eigene Stimme kaum wieder. »Jetzt sofort.«

»Mein Büro«, stieß er hervor. »Mein Sofa ist größer und liegt nicht in Einzelteilen auf dem Boden.«

»Nein, hier. *Bitte* …«

Er lachte leise. Dieses Lachen ließ sie dahinschmelzen. Und das wusste er genau. »Das Betteln gefällt mir«, wisperte er, während er sie und sich auszog. »Mach ruhig weiter.«

»Archer, ich schwöre dir, wenn du es mir jetzt nicht besorgst, dann werde ich dir wehtun.«

»Mhmm, herrisch auch noch.« Sein Mund wanderte jetzt hinab zu ihren Brüsten, und was seine Zunge dort tat, ließ sie fast durchdrehen. »Als würde ein Traum wahr werden.« Seine Stimme triefte vor Lust, und mit seinen Händen sorgte er dafür, dass auch sie das Gefühl hatte, sich in einem Traum zu befinden. »Also gut, aber nicht, wenn du hier auf dem Fußboden liegst.«

»Nein?«

»Nein.«

Sie wollte widersprechen, aber er brachte sie mit einem weiteren atemberaubenden Kuss zum Schweigen, bevor er sich von ihr löste und mit einem Arm ihren Oberkörper hochzog, sodass sie jetzt vor ihm kniete. Dann drehte er sie um und fuhr mit der Hand langsam ihren Rücken hinunter, als wolle er ihr damit bedeuten, sich über den Couchtisch vor ihr zu beugen.

Bevor sie protestieren und vorschlagen konnte, dass *er* sich über den Tisch beugen solle und sie sahen, wie es *ihm* gefiel, waren seine Finger wieder zwischen ihren Beinen, und innerhalb von Sekunden hatte sie vergessen, was sie gerade tun oder sagen wollte.

Dann lehnte er sich, fast schon schützend, über sie, und sie spürte seine nackte Brust an ihrem Rücken. Seine Beine umschlossen ihre wie ein Käfig, und während seine rechte Hand zwischen ihren Beinen auf und ab glitt, umklammerte seine Linke ihre Brüste. »Gut so?«, flüsterte er ihr ins Ohr.

Sie nickte, und um sicherzugehen, dass er nicht aufhörte, umklammerte sie sein rechtes Handgelenk. Sie zuckte zusammen, als ein erneuter Blitz das Zimmer in strahlend helles Licht tauchte, aber er hielt sie fest. »Ich hab dich.«

Das hatte er wirklich. Sie öffnete ihre Schenkel, so weit es ihr möglich war, gefangen zwischen seinen langen, kraftvollen Beinen, während seine Finger sie weiterhin um den Verstand brachten. Es fühlte sich an, als wäre sie ein Teil seines Körpers geworden, während seine Lippen ihren Hals und ihre Schultern entlangwanderten. Sie warf den Kopf in den Nacken und atmete in kurzen, heftigen Zügen, während sie sich auf diesen einen Moment konzentrierte. Das Verlangen nach seinem Körper, seinen Lippen, seinen Fingern … Gott, diese Finger. »Archer …«

»Du bist kurz davor.« Sie spürte seinen heißen Atem an ihrem Ohr. »Das fühle ich.«

Sie öffnete gerade den Mund, um zu entgegnen, dass sie nicht so schnell zum Höhepunkt kam, als sie eines Besseren belehrt wurde. Ihr Körper wand sich vor Lust, als der Orgasmus sie durchzuckte. Aus dem Augenwinkel sah sie, wie er ein Kondom aus seiner Hosentasche zog, und das Nächste, was sie spürte, war, wie er in sie eindrang.

»Verdammt, Elle.« Seine Hände umklammerten ihre Hüfte,

als er noch tiefer in sie vordrang. »Du fühlst dich unglaublich an.«

Sie biss sich auf die Unterlippe, um keinen Lärm zu machen, aber sie konnte unmöglich still bleiben, wenn sie ihn in sich fühlte. Wieder und wieder drang er in sie ein, jeder Stoß tiefer und härter als der vorherige, und sie kam erneut. Der Sturm, der draußen vor dem Fenster tobte, der Umstand, dass sie auf den Knien vor ihm über einen Tisch gebeugt war und um mehr bettelte – das alles spielte keine Rolle mehr.

Er gab ihr alles, was sie wollte, und schließlich schrie sie seinen Namen, als auch er zitternd in ihr kam.

Ihr schossen Bilder des Pärchens im Aufzug durch den Kopf, das sie darum beneidet hatte, wie es alles um sich herum ausblenden konnte, und dass sie sich gewünscht hatte, das auch zu erleben.

Das konnte sie jetzt wohl von ihrer Liste streichen.

Für einige Minuten verharrten sie regungslos. Archer lag erschöpft und mit bebenden Muskeln auf ihr, während sie beide schwer atmeten. Dann rollte er sich von ihr hinunter und sie war sich fast sicher, dass er einfach aufstehen, seine Hose anziehen und verschwinden würde.

Doch das tat er nicht. Er lag einfach mit ihr da, in dieser kalten, stürmischen Nacht, die Arme um sie geschlungen, und sie spürte, wie sein Atem sanft über ihren Nacken strich.

Er kuschelte.

Archer Hunt kuschelte mit ihr.

Als er sich bewegte und seine Hand flüchtig über ihre Brust strich, zuckte ihr Körper zusammen und verlangte nach mehr. Aus irgendeinem Grund störte sie das so sehr, dass sie Archer einen Ellenbogen in die Seite stieß, um sich Platz zu schaffen, und aufsprang.

Sie kniff die Augen zusammen, als von irgendwo her ein Lichtstrahl kam. Dann sah sie, dass Archer, der inzwischen auch aufgestanden und gerade dabei war, seine Hose zuzuknöpfen, eine kleine Taschenlampe zwischen den Zähnen hielt. In der Tasche seines Jacketts vibrierte sein Telefon.

In aller Seelenruhe legte er die noch immer brennende Taschenlampe auf den Tisch. Denselben Tisch, auf dem er ihr gerade die besten Orgasmen ihres Lebens verschafft hatte.

Sie würde diesen Tisch nie wieder mit denselben Augen sehen können.

Ihr Blick wanderte weiter zu dem Sofa. Beziehungsweise zu dem, was davon übrig war. Archer lachte, als er sie ansah. »Ich bringe das für dich weg«, versprach er.

»Nein, ist schon okay.« Es war Freitagabend. Auch wenn draußen ein Sturm tobte, würde der Innenhof mit dem Pub und den anderen Geschäften sehr belebt sein. Sie konnte darauf verzichten, dass jeder sah, wie Archer ein kaputtes Sofa aus ihrem Büro trug, und darüber spekulierte, was wohl passiert war. Auch wenn die Wahrheit vermutlich alle Spekulationen in den Schatten stellte.

»Luis wird sich darum kümmern.«

Er hob den Kopf und sah sie prüfend an. Seine Miene wurde sanfter, und er lächelte. Dann machte er einen Schritt auf sie zu, strich ihr das verschwitzte Haar aus dem Gesicht und küsste sie auf die Stirn. »Geht es dir gut?«

Sie lachte. »Ich glaube, das weißt du. Ich hätte nicht gedacht, dass es so …« Sie schüttelte den Kopf, als ihr kein Wort einfiel, das dem gerecht wurde, was hier passiert war.

»Ich schon.«

Sie sah ihm in die Augen, und plötzlich krampfte sich ihr Magen zusammen. Sie wusste genau, was dieser Ausdruck auf seinem Gesicht bedeutete. Er bereute es. Einer der schönsten Momente ihres Lebens – und er bereute es.

»Versuchst du wieder, mich wütend zu machen, Archer?«, presste sie hervor.

»Wir wissen doch beide, dass ich mich dafür nicht anstrengen muss.«

Nicht wirklich eine befriedigende Antwort. Sie lachte freudlos.

»Falls du als Nächstes so etwas sagen wolltest wie ›Es tut mir leid‹ oder ›Das war ein Fehler‹ oder ›Ich hätte dich nicht ausnutzen dürfen‹, dann ist das ein klares Ja.«

Er sah sie schweigend an.

»Wow.« Es gab ihr keinerlei Genugtuung, dass sie recht hatte.

»Weißt du was?« Sie zeigte auf die Tür. »Ich will, dass du jetzt gehst.«

Er setzte gerade dazu an, etwas zu sagen, als ihr Finger zu seinem Mund herumschnellte.

»Ohne auch nur ein weiteres Wort zu sagen, sodass ich es möglicherweise noch ertragen kann, dich zu sehen.«

»Lass mich dich wenigstens nach Hause fahren.«

»Nein, danke, ich komme schon zurecht. Oh, und Archer?« Sie wartete, bis er ihr direkt in die Augen sah. »Halt dich, verdammt noch mal, von mir fern.« Dann, obwohl sie sich am liebsten sofort abgewendet hätte, zwang sie sich, ihm hinterherzusehen, als er durch die Tür verschwand.

12. Kapitel

#LebenderToterFreund

Archer tigerte in seinem Büro auf und ab. Es war gerade mal zwei Minuten her, dass Elle ihn rausgeworfen hatte. Und es war nur eine Minute her, dass er herausgefunden hatte, dass ein großer Fall, an dem er und seine Männer seit Längerem arbeiteten, zu platzen drohte, und er das komplette Team herbestellt hatte.

Er hatte maximal noch drei Minuten Zeit für sich, bevor sie hier waren, und er konnte an nichts anderes denken als an das, was soeben passiert war. Etwas hatte seine Welt aus den Angeln gehoben. Und er wusste ziemlich genau, was das war.

Oder zumindest wer.

Ihm war natürlich schon vor einem Jahr, als er dafür gesorgt hatte, dass Elle hier für Spence arbeiten würde, klar gewesen, dass sich dadurch etwas ändern würde. Aber den Großteil des Jahres war es ihm gelungen, die Distanz zu ihr zu wahren. Sowohl mental als auch körperlich.

Seine Welt hatte sich ganz normal um ihre eigene Achse gedreht, bis zu diesem einen Abend in den Bergen, als er zum ersten Mal ihre Lippen geschmeckt hatte.

Seitdem war seine Welt ins Wanken geraten.

Und nach dem, was gerade in ihrem Büro passiert war, war aus dem leichten Wanken ein unkontrolliertes Taumeln geworden. Es war faszinierend. Noch vor einem Jahr hätte er gesagt, dass seine Welt vollkommen war. Dass er alles hatte, was er brauchte. Er hatte ein Zuhause, das er liebte, und eine eigene

Firma, die er aus dem Nichts aufgebaut hatte und die jetzt sowohl wirtschaftlich erfolgreich als auch erfüllend war.

Aber irgendetwas hatte sich verändert. Er fühlte sich immer weniger erfüllt und immer … rastloser.

Unzufrieden.

Da er nicht hatte ergründen können, woran das lag, hatte er es ignoriert.

Doch dann war sie wieder in sein Leben getreten, und zum zweiten Mal in seinem Leben war er nicht mehr Herr der Lage gewesen. Bei ihr wusste er nie, was passieren würde und wie er reagieren musste.

Vielleicht lag es daran, dass schon ein Lächeln von ihr ausreichte, um einen schlechten Tag besser zu machen. Oder daran, wie aufopferungsvoll sie sich um die Menschen kümmerte, die ihr wichtig waren. Und er konnte sein Glück kaum fassen, dass auch er dazugehörte. Er fühlte sich unbesiegbar, wenn er sie zum Lachen brachte. Und wenn er sie zum Stöhnen brachte … Gott. Er konnte sie noch immer vor sich sehen, wie sie in ihrem Büro nach seiner Berührung verlangt hatte.

Als er ihr diesen Wunsch erfüllt hatte, hatte das etwas in ihm ausgelöst. Er konnte sich zwar einreden, dass dieses Erlebnis für sie beide bloß ein Ausbruch von angestauter Lust und Frustration gewesen war und sich damit erledigt hatte. Aber das war eine Lüge.

Es hatte sich nicht erledigt, und es war auch noch nicht vorbei. Schon seit dem Kuss in den Bergen sagte er sich ständig, dass es vorbei war. Dass er der Versuchung nicht noch einmal nachgeben würde und dass er nicht mit ihr spielen würde. Niemals.

Das Problem lag darin, dass es für ihn kein Spiel war. Es war ihm todernst.

Und mittlerweile machte ihm das keine Angst mehr, wie früher. Er wollte gar nicht, dass es vorbei war. Die Wahrheit war, dass sie das Beste war, was ihm je passiert war, und dass er ein kompletter Vollidiot wäre, wenn er sie einfach so gehen lassen würde.

Unglücklicherweise, oder vielleicht auch glücklicherweise, kamen genau in diesem Moment seine Jungs und rissen ihn aus seinen Gedanken. Der Fall, der sich um einen korrupten Anwalt, einen verschwundenen Zeugen und mehrere Vertuschungsversuche drehte, forderte ihre ganze Konzentration und zog sich bis über das Wochenende hinaus in die nächste Woche hinein, sodass es schon Donnerstagmorgen war, als Archer zum ersten Mal wieder einen Moment Zeit hatte, um sich mit irgendetwas anderem zu beschäftigen.

Er hatte Elle mehrere Nachrichten geschrieben, ohne eine Antwort zu erhalten. Und es war auf jeden Fall noch zu früh am Morgen, sie in ihrem Büro aufzusuchen, vermutlich würde er sie nur mitten in einem Online-Kurs stören. Also ging er in sein eigenes Büro und begann, den ständig wachsenden Papierstapel auf seinem Schreibtisch abzuarbeiten, während vor seinem geistigen Auge die Ereignisse jener Nacht in Dauerschleife liefen.

Er hatte es wirklich das ganze Jahr lang verbockt, indem er sie unnötig auf Abstand gehalten hatte. Aber dann hatte Elle auf einmal den Einsatz erhöht, indem sie für ihn da war … als wären sie einander wirklich wichtig. Und ihm war klar geworden, dass sie recht hatte – sie waren einander wichtig. Wichtiger als alles andere.

Halt dich, verdammt noch mal, von mir fern …

Schon vor langer Zeit hatte er sich geschworen, dass er sie niemals verletzen würde. Eher würde er sterben. Aber mit den Erinnerungen an diese Nacht, die ständig in seinem Gedächtnis aufblitzten – der tosende Sturm, das Gefühl von Elles nacktem Körper, der sich an seinen presste, ihr Stöhnen in seinem Ohr und wie sie nach ihm gegriffen hatte, als sie kam …

Er würde es nicht schaffen, sich von ihr fernzuhalten.

Diese Woche hatte er sie nicht gesehen, aber nur, weil er keine Wahl hatte. Doch jetzt war der Auftrag erledigt, und er wollte, nein, er musste sie sehen. Etwas an seinen Gefühlen hatte sich grundlegend geändert. Und er hatte genug davon, sie bloß aus der Ferne zu beobachten. Genug davon, sich den Kopf über ihre gemeinsame Vergangenheit zu zerbrechen, oder darüber, ob sie nur aus Dankbarkeit oder aufgrund von Schuldgefühlen mit ihm zusammen wäre.

Er würde alles tun, um sie endlich für sich zu gewinnen, und wenn er das geschafft hatte, würde er sie nicht wieder gehen lassen.

Ihm war klar, dass das nicht einfach werden würde, und er feilte gerade an einer Rede, um sie zu überzeugen, als Spence ihn anrief und bat, nach oben auf das Dach zu kommen. Nur wenige Leute wussten von diesem Platz, der eine Aussicht über San Francisco und die Bucht bot, wie man sie sonst nur von Postkarten kannte.

Spence hatte Frühstücks-Burritos mitgebracht, und so saßen sie da, die Beine über dem Rand des Daches baumelnd, und sahen dem geschäftigen Treiben der Stadt zu.

»Gibt es hierfür einen besonderen Anlass?«, fragte Archer.

»Diese Woche ist echt der Horror. Frühstücks-Burritos machen sie ein wenig besser.«

Archer sah zu ihm hinüber. Es stimmte zwar, dass Frühstücks-Burritos die Woche besser machten, denn sie machten einfach alles besser, aber er spürte, dass noch mehr dahintersteckte. Einen Moment lang fühlte er sich schuldig, weil er so mit sich selbst – und mit Elle – beschäftigt gewesen war, dass er seinen Freund vernachlässigt hatte.

»Arbeiten du und Caleb noch an diesem neuen Drohnen-Prototypen?«

»Den haben wir aus Versehen in die Luft gesprengt.«

Archer verzog das Gesicht. »Das tut mir leid, Mann. Und wie war dein Date am Wochenende? Du weißt schon, das geheime Date, von dem ich dir hoch und heilig schwören musste, niemandem zu erzählen …«

»Hat nicht funktioniert«, antwortete Spence mürrisch.

»Wieso nicht?«

»Sie war nur hinter meiner Kohle her.«

Mist. Das war leider nichts Außergewöhnliches. Sobald eine Frau mitbekam, wie reich Spence war, zog sie alle Register, um bei ihm zu landen.

»Ich hab dir gesagt, du sollst mich einen Hintergrundcheck machen lassen«, sagte er. Er – und Elle und alle anderen, denen Spence am Herzen lag – versuchten immer, die Frauen, mit denen Spence ausgehen wollte, vorher zu durchleuchten. Denn obwohl er ein absolutes Genie war, hatte er nicht das geringste Gespür dafür, diejenigen auszusieben, die sich bloß auf seine Kosten ein schönes Leben machen wollten.

»Sie wirkte so normal«, erzählte Spence weiter.

»Aber?«

»Aber sie meinte, dass es doch lustig wäre, wenn wir sofort heiraten. Ohne Ehevertrag.«

Das brachte Archer zum Lachen. »Beim ersten Date. Dafür verdient sie definitiv eine Auszeichnung als Goldgräberin des Monats.«

Spence stopfte sich noch einige Pommes frites in den Mund. Sein Schweigen verriet oft mehr über ihn als das, was er sagte. Er war nicht schüchtern oder zurückhaltend, aber meist sehr auf seine Arbeit fokussiert, und wirkte dadurch gelangweilt.

Elle nannte ihn einen »sexy Nerd«, aber Archer wusste, dass sein Liebesleben nicht besonders spektakulär war.

Und sein eigenes war es vor ihr auch nicht gewesen. Jetzt fühlte er sich wie der glücklichste Mensch auf dem ganzen Planeten und zugleich total eingeschüchtert durch die Macht, die sie über ihn hatte. Das war für ihn etwas völlig Neues.

»Warst du jemals richtig verliebt?«, fragte er Spence.

Der blinzelte überrascht. »Tut mir leid, hast du mir gerade eine Beziehungsfrage gestellt? Weil du eigentlich allergisch gegen Beziehungen bist, schon vergessen?«

Archer bereute es jetzt schon, dass er die Frage gestellt hatte, aber nun war es zu spät. »Na ja … warst du?«

»Unterhalten wir beide uns jetzt wirklich über … Liebe? Die beiden größten emotionalen Krüppel, die es gibt?«

»Nun sag schon«, forderte Archer ihn auf.

»Na gut, wenn du meinst …« Er zuckte mit den Schultern. »Ja. Also zumindest dachte ich es. Das weißt du doch schon.«

»Aber hattest du das Bedürfnis, sie zu beschützen, ganz egal, was passiert?«

»Na klar. Wieso?« Spence warf ihm einen Blick zu. »Bist du, ähm, in Elle verliebt? Warte. Nein. Antworte nicht. Ich will es gar nicht wissen.« Er fuhr sich mit einer Hand übers Gesicht. »Dann kann ich alles leugnen, sollte Elle mich fragen, ob wir darüber geredet haben.« Dann ließ er die Hände wieder sinken und sah Archer fast schon wütend an. »Aber das nächste Mal, wenn du eine Gefühlskrise hast, suchst du dir besser jemanden, der sich damit auskennt. Wie Willa oder Pru.«

»Ich habe keine Krise«, korrigierte Archer, aber Spence hörte ihn nicht mehr, denn er war schon aufgestanden und ging zur Treppe hinüber. »Zumindest keine schlimme.«

Er hatte kaum seine Büroräume betreten, als Mollie ihm Bescheid gab, dass jemand hier war, um mit ihm zu reden. Verwundert warf er einen Blick auf seinen Terminplan.

»Wer?«, wollte er wissen, denn er fand keinen Eintrag.

»Morgan Wheaton.«

Archer erstarrte. Sehr viel Zeit war vergangen, seitdem er das letzte Mal von Elles Schwester gehört oder an sie gedacht hatte. »Schick sie rein.«

Morgan kam in sein Büro marschiert, und er beobachtete an ihr die gleiche lockere, natürliche Selbstsicherheit, die auch ihre jüngere Schwester besaß. Allerdings mit einem kleinen Unterschied. Elles Anmut war echt. Morgans war nur aufgesetzt.

»Na, sieh mal einer an, wer sich da hochgearbeitet hat«, sagte sie, während sie sich in seinem Büro umsah. »Nette Bude.« Sie lächelte ihn an, aber ihre Augen blieben kalt. »Was macht das Leben, Officer Hunt?«

»Wir wissen beide, dass ich kein Cop mehr bin.«

»Was du nicht sagst.« Sie ging hinüber zum Fenster und sah hinaus. Obwohl es erst Februar war, trug sie lediglich ein leichtes Sommerkleid und eine dünne Jeansjacke darüber. Ihre nackten Beine schienen kein Ende zu nehmen, und sie trug dünne Sandalen, die bis zu den Knien hochgeschnürt waren. Alles nur, um möglichst umwerfend auszusehen, was mit Wheaton-Genen nicht allzu schwer war.

Sie sah Elle sehr ähnlich, aber ein entscheidendes Detail fehlte.

Dieser Hauch von Verletzlichkeit.

Auch wenn Elle sich Mühe gab, diese Verletzlichkeit ebenso gut vor dem Rest der Welt zu verstecken, wie sie es mit ihrer Schwester tat, hatte er nie Probleme gehabt, sie zu sehen.

Und er wusste, dass es genau das war, was sie hasste.

»Nette Aussicht«, sagte Morgan und ließ den Blick über den Hafen, die Bucht und den letzten Zipfel der *Golden Gate Bridge* schweifen. Während sie die Stadt betrachtete, lehnte er sich zurück und beobachtete sie. Zwischen den beiden Schwestern lagen nur zwei Jahre, aber Morgan hatte schon immer älter ausgesehen, als sie war.

Was sie nicht davon abhielt, sich zu benehmen, als wäre sie deutlich jünger.

Sie hatte etwas an sich, das verriet, dass ihr Leben bisher ziemlich übel gewesen war und dass sie nicht erwartete, dass es noch einmal besser werden würde. Das frustrierte ihn. Als er Elle damals gerettet hatte, hatte er sichergestellt, dass beide Schwestern davonkamen, ohne angezeigt zu werden, aber nur eine von ihnen hatte diese Gelegenheit genutzt und ihr Leben umgekrempelt. Und das war nicht diejenige, die hier vor ihm stand.

»Was ist los?«, fragte er. Denn irgendetwas war los, darauf wettete er. Sonst wäre sie niemals hergekommen. Sie wollte etwas, und anscheinend dachte sie – warum auch immer –, dass er es ihr geben könnte.

»Nichts Besonderes«, sagte sie schulterzuckend.

Sie konnten das hier auf die harte Tour machen oder auf die weiche. Aber da es um Morgan ging, vermutete er, dass es auf Ersteres hinauslaufen würde.

»Du brauchst irgendetwas.«

Wieder zuckte sie mit den Schultern.

Also die harte Tour, dachte er. »Weiß Elle, dass du hier bist?«

»Ich war letzten Donnerstag bei ihr. Hat sie dir das nicht erzählt? Sie hat mich gesehen und mir sofort die Tür vor der Nase zugeschlagen. Sie wollte nicht einmal hören, was ich zu sagen habe.«

Das überraschte ihn keineswegs. Elle war von ihrer Familie so oft und so schwer verletzt worden, dass es Spuren hinterlassen hatte. Tiefe Spuren.

»Als ich herausgefunden habe, dass ihr beide im selben Gebäude arbeitet«, fuhr Morgan fort, »dachte ich mir, dass du wahrscheinlich immer noch den Ritter in glänzender Rüstung für Elle spielst und sie beschützt.«

»Falsch gedacht.«

Sie lächelte ihn an, und er sah, dass sie ihm kein Wort glaubte.

»Komm auf den Punkt, Morgan.«

Als sie tief ein- und ausatmete, sah er zu seiner Überraschung, dass weder Tücke noch Unehrlichkeit in ihren Augen lag. »Ich bin jetzt seit zwölf Monaten trocken«, sagte sie. »Keine Drogen. Kein Alkohol.« Sie machte eine Pause und sah ihn an.

Er schwieg.

»Glaubst du mir nicht?«, fragte sie.

»Es macht keinen Unterschied, ob ich dir glaube.«

Morgan ließ sich unaufgefordert in einen Stuhl sinken, lehnte sich vor und sah ihm in die Augen. »Ich bin stolz auf das, was ich im letzten Jahr erreicht habe. Ich habe einen richtigen Job. Und ich habe ein Zimmer von einer alten Dame gemietet. Sie hat ziemlich viele Regeln aufgestellt, aber sie ist sehr nett. Sie weiß nicht, wie ich früher war, und sie mag mich.«

»Du bist liebenswert, Morgan. Und du verdienst es, Leute um dich zu haben, denen du etwas bedeutest. Das war noch nie das Problem«, antwortete Archer seufzend.

»Was ich sagen will, ist«, fuhr sie fort, »dass ich mich geändert habe. Und ich dachte, dass Elle mir vielleicht helfen kann, aber … sie hat es noch nicht vergessen. Oder verziehen.«

»Du bist ihre Familie«, sagte er. »Sie hat dir vergeben. Aber, ja, vergessen hat sie es wahrscheinlich noch nicht.« Er schwieg für einen Moment. »Auch sie hat eine Menge durchgemacht.«

»Du verteidigst sie also«, stellte Morgan überrascht fest und lächelte. »Das ist süß.«

Dann lachte sie, als er das Gesicht verzog. »Ich wollte damit nicht deine Männlichkeit infrage stellen. Musst du jetzt Gewichte stemmen gehen oder vielleicht an deinem Pick-up herumschrauben?«

»Immer noch genauso frech wie früher.« Er musste lachen.

»Das liegt bei uns in den Genen«, sagte sie. »Es ist wie ein Schutzschild, mit dem wir uns gegen unsere furchtbaren Eltern verteidigen. Wir werden schon so geboren. Du wirst mir doch nicht sagen, dass Elle nicht immer noch so eine unerträgliche Besserwisserin ist wie damals.«

Als er nicht antwortete, lachte sie erneut. »Ich schätze mal, ihr beide passt ziemlich gut zusammen, hm?«

Archer wusste, dass sie versuchte, ihn einzulullen, aber er und Elle waren mehr als gut zusammen, sie waren … unglaublich.

»Das war wohl eine ziemlich persönliche Frage«, fuhr Morgan fort. »Ich hatte ganz vergessen, dass du auf so etwas nicht antwortest.«

Sie versuchte, möglichst locker zu wirken. Gute Miene zum bösen Spiel zu machen. Aber da war etwas, was ihm Sorgen machte. Wenn er das Gefühl gehabt hätte, dass alles nur vorgegaukelt war, dann hätte er sie, ohne mit der Wimper zu zucken, rausgeschmissen.

Aber sie hatte Angst, auch wenn er keine Ahnung hatte, wovor. Es ging hier um Morgan, also war so gut wie alles denkbar. Und wenn sie Elle da mit hineinzog …

»Sag mir, was los ist, Morgan. Warum bist du hier?«

Ihr Lächeln verblasste, und obwohl sie schnell eine Hand vor ihren Mund legte, um die Schwäche zu verbergen, sah er, dass ihre Lippen bebten.

»Ach, weißt du, ich versuche immer noch, meiner Vergangenheit zu entkommen.«

»Wie meinst du das?«

»Du weißt ja, dass ich nach dieser Nacht damals nicht mit den krummen Geschäften aufgehört habe.«

Er nickte, und sie wandte den Blick ab. »Es war schwerer für mich, da rauszukommen, als für Elle.«

Schwachsinn. Aber er sagte nichts.

»Ich war ganz auf mich allein gestellt.«

Elle auch, dachte Archer, verkniff sich aber wieder eine Antwort.

»Ich bin leider immer wieder Risiken eingegangen. Große Risiken.«

»Manchmal zu groß«, entgegnete Archer. »Zwei Mal, wenn ich mich recht erinnere.«

Sie erwiderte seinen Blick. »Du weißt davon?«

»Dass du vor fünf Jahren im Gefängnis warst? Und noch einmal zwei Jahre später? Ja.«

»Wahrscheinlich glaubst du mir nicht, aber ich habe mein Leben wirklich wieder auf die Reihe bekommen. Ich trinke nicht mehr. Ich gehe aufs Community College, um meinen Abschluss nachzuholen. Und ich putze bei anderen Leuten, um Geld zu verdienen.«

»Aber?«, fragte er.

»Aber ich wollte noch etwas anderes, einen richtigen Job.« Sie lachte kurz auf. »Das klingt wahrscheinlich lächerlich aus meinem Mund, aber ich will Steuern zahlen. Ich will Geld sparen, um mir eine eigene Wohnung zu kaufen. Aber niemand stellt einen Ex-Sträfling ein. Ich brauche nur eine faire Chance, und ich werde es nicht vermasseln. Nicht schon wieder.« Sie sah ihn trotzig an, so als würde sie damit rechnen, dass er sie auslachte.

»Meinst du das ernst?«

»So ernst wie nie zuvor.«

»Also, was brauchst du?«

»Ein Empfehlungsschreiben«, sagte sie. »Das Café unten sucht einen Teilzeit-Barista für die Frühschicht. Und der Pub braucht auch noch eine Kellnerin.«

Nie im Leben würde er ihr so sehr vertrauen, dass er sie für einen seiner Freunde arbeiten ließ. Aber er würde einen Weg finden, ihr zu helfen. Wenn sie es wirklich ernst meinte. »Das ist alles, was du von mir willst? Ein Empfehlungsschreiben?«

Verlegen sah sie zur Seite. »Und eine Bürgschaft für die Wohnung, wenn ich eine finde.«

»Und …? Sag es einfach, Morgan.«

Sie lächelte. »Ehrlich und direkt wie eh und je.«
»Immer«, sagte er.
Dann sah sie ihm direkt in die Augen. »Ich will nicht, dass irgendjemand aus meiner Vergangenheit mich finden kann. Ich weiß, dass du Leuten helfen kannst, unsichtbar zu werden.«
»Du willst unsichtbar sein?«
»Ich will sicher sein«, antwortete sie. »Ich will einen Neuanfang. Ich hätte es am liebsten allein geschafft, aber anscheinend ist das nicht möglich.« Sie wirkte nicht besonders glücklich darüber. »Ich brauche Hilfe, Archer. So ungern ich es auch zugebe.«
Er atmete tief ein. »Jeder braucht irgendwann einmal Hilfe. Dafür muss man sich nicht schämen.«
»Heißt das, dass du es machst? Hilfst du mir?«, fragte sie, und ein Hoffnungsschimmer trat in ihre Augen.
Einer Wheaton hatte er noch nie etwas abschlagen können, egal, wie viele Schwierigkeiten es versprach, und dieses Mal war keine Ausnahme. »Aber ich werde es nicht vor Elle geheim halten.«
Morgan zog eine Braue hoch. »Das könnte interessant werden.«
Ja. Oder katastrophal.

Elle saß gerade in Willas Laden auf dem Tresen und genoss ihren Morgentee. In der Zoohandlung gab es immer irgendetwas zu sehen. Heute waren das eine riesige Siamkatze, die neben der Kasse lag und schlief, ein Kakadu, der mit einem Berg Vogelfutter beschäftigt war, und natürlich Vinnie, der Hundewelpe, der, alle viere von sich gestreckt, das einzige Fleckchen Sonne auf der Türschwelle nutzte, um ein Nickerchen zu machen.
Elle, Willa, Pru und Kylie aßen Muffins aus Tinas Café, während sie die Tiere beobachteten. Früher einmal war Tina noch

Tim gewesen. Tim hatte schon gute Muffins gemacht, aber Tina war glücklicher, als Tim es je gewesen war, und das schmeckte man auch an den Muffins. Leute kamen von überall aus der Gegend, um Tinas Muffins zu kaufen, und für Elle waren sie die besten der Welt.

Heute hatte sie sich für einen Blaubeer-Muffin entschieden, während Pru und Willa sich um den letzten Zitronen-Muffin stritten.

Pru fing an. »Ich hatte erst zwei Stück!«

»Ich doch auch«, erwiderte Willa daraufhin.

Jetzt mischte sich auch Kylie ein. »Ich hatte aber auch erst zwei.«

»Aber es waren doch zehn Stück in der Tüte«, sagte Pru und zählte die Muffins an ihren Fingern ab. »Wo sind dann die anderen drei?«

Sie drehten sich alle gleichzeitig um und starrten Elle an. Unbeeindruckt steckte sie sich den letzten Bissen ihres dritten Muffins in den Mund.

»Hey, es gibt die Schnellen, und es gibt die Hungrigen«, sagte sie und rutschte vom Tresen hinunter. »Ich muss jetzt zurück an die Arbeit.«

Aber Willa streckte einen Arm aus und versperrte ihr den Weg. »Nicht so schnell, Fräulein. Du hast dich schon die ganze Woche lang vor uns versteckt. Wir haben keinen Ton von dir gehört.«

»Ich hatte ziemlich viel zu tun.«

»Nein, nein, nein. So einfach kommst du uns nicht davon. Wir haben von deinem interessanten Date letztes Wochenende gehört.«

Elle versuchte, sich nichts anmerken zu lassen, denn sosehr sie ihre Freundinnen auch liebte, hatte sie nicht vor, jetzt mit ihnen darüber zu reden, was zwischen Archer und ihr passiert war.

Erst recht nicht, solange sie selbst noch nicht wusste, wie sie damit umgehen sollte.

Aber du wusstest ziemlich gut, wie du mit ihm umgehen solltest, schoss es ihr durch den Kopf. Und mit der fiesen Stimme kamen auch die Bilder jener Nacht. Sie, wie sie auf dem Boden kniete. Archer, der sie umklammerte und sie mit der Hitze und Stärke seines Körpers umschloss. Seine Hände, die genau wussten, was sie taten, und seine Finger, die sie schier in den Wahnsinn trieben.

Nur daran zu denken, ließ ihr Herz rasen. Und auch andere Stellen in ihrem Körper reagierten umgehend. Das sollte eigentlich nicht unter den forschenden Blicken ihrer Freundinnen passieren, die eine Lüge oder Ausrede aus einer Meile Entfernung riechen konnten. Aber besser als an alles andere konnte sie sich an ihre Worte erinnern. *Halt dich, verdammt noch mal, von mir fern.* Das Letzte, was sie zu ihm gesagt hatte.

»Da habt ihr falsch gehört«, sagte sie. »Das mit Archer und mir war kein Date, sondern …«

Ach, verdammt. Es war ein One-Night-Stand gewesen. Genau das, was sie eigentlich auf keinen Fall für ihn sein wollte. Aber wie auch immer, es war nun einmal passiert, und sie hatte es durchaus genossen. Es war nur ein kleiner Ausrutscher gewesen.

Pru zog die Brauen hoch. »Archer? Wir dachten eigentlich an Caleb. Aber erzähl uns mehr von dir und Archer.«

Na toll. »Er und ich hatten noch einige Dinge zu besprechen, das war's. Geschäftliche Dinge. Also sind wir in mein Büro gegangen. Ende der Geschichte.«

»Ich habe Keane auch einmal in meinem Büro vernascht, während ihr alle hier gesessen habt«, grinste Willa. »Und ich habe auch gesagt, dass wir ›einige Dinge zu besprechen‹ hatten.«

Jetzt riss Pru die Augen auf. »Warte mal«, sagte sie aufgeregt zu Elle. »Soll das heißen, dass du und Archer *Dinge besprochen* habt? Wow! Wir wussten ja alle, dass es nur eine Frage der Zeit war, aber ich hätte irgendwie gedacht, dass wir eine Explosion hören oder so etwas, wenn es dann wirklich passiert.«

»Sehr witzig«, sagte Elle und blinzelte dann verwundert. »Moment mal. Wie meinst du das, dass ihr alle wusstet, dass es nur eine Frage der Zeit war?«

Auf einmal waren sie alle sehr beschäftigt damit, in ihrem Kaffee zu rühren, ihre Muffin-Verpackungen zu entsorgen oder irgendetwas anderes zu tun, was sie davon abhielt, ihr eine Antwort zu geben.

»Hallo?«, fragte Elle, doch dann kam Spence herein und zog die Aufmerksamkeit auf sich. Elle hatte noch keine Gelegenheit gehabt, ihn darauf anzusprechen, dass er sie nur wegen Archer eingestellt hatte. Und sie war sich nicht sicher, ob sie für diese Unterhaltung schon bereit war.

Er trug eine große braune Tüte im Arm, aus der es nach Tinas Muffins duftete, und ihre Frage geriet in Vergessenheit, als die anderen sich auf ihn stürzten.

»Bleibt weg von mir«, sagte er und hob die Tüte hoch über seinen Kopf. »Meine.«

»Gib her«, sagte Willa und versuchte, die Tüte zu erreichen.

Spence legte ihr eine Hand an die Stirn und schob sie von sich. »Reiß dich zusammen, Weib.«

»Aber sie riechen so gut!«

»Dann hol dir selbst welche.«

»Wusstest du schon, dass Archer und Elle es getan haben?«

Wenn Archer so undurchschaubar wirken konnte wie ein Stein, dann war Spence eine kilometerlange, kilometerhohe Steinmauer. Eine Festung. Aber bei dieser Frage wirbelte er herum und starrte Elle an.

Sei ganz normal, sei ganz normal ... Sie nahm einen Schluck von ihrem Tee, um sich etwas Zeit zu verschaffen. Aber Spence war offensichtlich nicht auf sie hereingefallen, denn plötzlich warf er den Kopf in den Nacken und begann lauthals zu lachen.

Elle verschränkte die Arme. »Du bist ein Arsch.«

»Vielleicht.« Er grinste noch immer. »Aber komm schon, das war doch längst überfällig.«

»Das haben wir auch gesagt!«, rief Pru.

Spence strahlte Elle noch immer an, und ihr Unbehagen bereitete ihm sichtlich Freude.

»Also, was wissen wir?«, fragte er die anderen. »Nur die Fakten«, fügte er hinzu.

Sie überschlugen sich fast, als sie alle gleichzeitig drauflosredeten, und er hob eine Hand. Das brachte sie augenblicklich zum Schweigen, und Spence zeigte auf Willa.

»Sie haben sich gestritten«, fing sie eifrig an zu erzählen. »Draußen auf dem Innenhof. Und dann sind sie in eine Seitengasse gegangen.«

Elle starrte sie an. »Woher weißt du …«

Spence zeigte jetzt auf Pru, die dort weitermachte, wo Willa aufgehört hatte. »Da sind sie angeblich, gegen die Wand gepresst, übereinander hergefallen.«

»Das ist kein Fakt«, tadelte Spence. »Das ist reine Spekulation.«

»Na gut, das stimmt«, räumte Pru ein. »Aber sie sind auf jeden Fall in die Seitengasse gegangen.«

»Oh!«, fiel Willa ihr ins Wort. »Und sie haben Elles Couch kaputt gemacht! Ich habe gesehen, wie Luis sie heute Morgen zu den Mülleimern gebracht hat.«

Elle spürte, wie sie rot anlief.

»Hmmm«, grübelte Spence, rieb sich das Kinn und grinste sie an. Ihrem Genie von nebenan entging kaum etwas. Sicher, seitdem er letztes Jahr seine Firma verkauft hatte, ließ er sich ein wenig treiben und hatte noch keine neue Beschäftigung gefunden, aber er war trotzdem immer vor Ort. Soweit sie wusste, war sie die Einzige in ihrem Freundeskreis – abgesehen von Archer, ohne Zweifel –, die wusste, dass Spence das Gebäude gekauft hatte. Aber manchmal war Spence etwas schlauer, als gut für ihn war, und sie hatte keine Lust, sich damit zu beschäftigen, was er von Archer und ihr hielt, denn es machte ohnehin keinen Unterschied. Zwischen ihnen lief nichts. Sicher, es *war* etwas gelaufen, für einen wunderbaren Moment, aber das war jetzt vorbei. Endgültig. Zu einhundert Prozent.

Zumindest war sie sich ziemlich sicher, dass sie das gemeint hatte, als sie ihm gesagt hatte, er solle sich, *verdammt noch mal, von ihr fernhalten*. Und das hatte er auch getan. Er hatte sich gewissermaßen in Luft aufgelöst. Mit diesem bedrückenden Gedanken im Kopf ging sie zur Tür.

»Ich bin weg.«

»Seht ihr«, sagte Willa begeistert. »Es muss stimmen, sonst würde sie nicht abhauen.«

»Dass du jetzt gehst, hält uns nicht davon ab, weiter über dich zu reden!«, schrie Pru ihr hinterher.

Elle antwortete darauf mit einer Geste, die die anderen zum Lachen brachte. Dann stieß sie die Tür zum Innenhof auf, und ihr Blick wanderte automatisch nach oben zu den Fenstern, die zu *Hunt Ermittlungen* gehörten. Sie würde es nie zugeben, aber das war zu einer Angewohnheit von ihr geworden.

Sie sah, wie drinnen jemand aus Archers Büro ging, und erstarrte, denn es war nicht Archer.

Schlimmer. Es war ihre Schwester.

13. Kapitel

#EinsDieserDingeIstAndersAlsDieAnderen

Erstarrt sah Elle zu, wie Morgan den Flur entlangging und hinter den Aufzugtüren verschwand. Was zum Teufel? Wie von selbst trugen ihre Füße sie über den Innenhof, und sie erreichte den Fahrstuhl genau in dem Moment, als sich die Türen öffneten.

Morgan kam heraus und stutzte, als sie Elle dort stehen sah.

»Weißt du, ich bin überrascht, dich hier zu sehen. Aber ich weiß nicht, wieso du überrascht bist, mich zu sehen, schließlich arbeite ich hier«, sagte Elle und lachte trocken.

Es dauerte nicht lange, bis Morgan ihre Fassung wiedergewonnen hatte. »Sieh mal an, du kannst ja doch noch etwas anderes sagen als ›Nein‹ und ›Lebewohl‹. Gut zu wissen.«

»Sag mir einfach, was du hier willst, Morgan.«

Ihre Schwester schob den Henkel ihrer Handtasche etwas weiter über ihre Schulter, bevor sie antwortete. »Du kannst dir nicht vorstellen, dass ich zur Abwechslung mal nichts im Schilde führe, oder?«

Elle zögerte, als sie hörte, wie verletzt Morgan klang. Morgan war nie verletzlich. Morgan zeigte nie Schwäche.

Und Morgan scherte sich nicht um ihre Familie.

Wieso wirkte sie dann auf einmal so aufgebracht? Und wieso glänzten ihre Augen, als wäre sie kurz davor, in Tränen auszubrechen? Elle atmete einmal tief durch.

»Rede mit mir, Morgan.«

Ihre Schwester zog eine Braue hoch. »Bist du sicher, dass

du mir nicht erst mal die Tür vor der Nase zuschlagen willst? Noch einmal.«

»Das entscheide ich, nachdem du mir gesagt hast, was du in Archers Büro wolltest.«

»Eifersüchtig?«, fragte Morgan mit einem Lächeln.

»Weißt du was, vergiss es«, winkte Elle ab und machte auf dem Absatz kehrt, um zu gehen.

»Verdammt. Elle, warte. Hör mal, ich werde zur Zicke, wenn ich mit dem Rücken zur Wand stehe und … na ja, es tut mir leid, okay?«

Elle drehte sich zu ihr um. »Steckst du in Schwierigkeiten?«

»Nicht so, wie du denkst«, erwiderte Morgan seufzend.

»Sprich weiter.«

»Ich bin trocken. Ich gehe aufs College. Ich arbeite daran, mein Leben wieder auf die Reihe zu bekommen. Ich bin auf der Suche nach einem richtigen Job und einer eigenen Wohnung, und dafür brauche ich Empfehlungsschreiben.«

»Die alte Leier«, sagte Elle. »Weißt du noch, wie wir damals von Mom abgehauen sind? Wir haben bei meinem Alter gelogen, damit ich den Mietvertrag unterschreiben kann. Das Gleiche mit den Kreditkarten, mit denen wir unseren Lebensunterhalt bezahlt haben. Wir mussten meinen Namen nehmen, weil deiner schon zu bekannt war. Und dann hast du mich sitzen lassen. Ich war sechzehn Jahre alt, und du bist einfach abgehauen und hast mich mit den zwölftausend Dollar Schulden zurückgelassen, die du angesammelt hattest. Und dann bist du zwei Jahre später wiedergekommen und hast das Gleiche gemacht. Gut, das war meine Schuld. Wer einmal lügt und so weiter. Ich hätte dir nicht noch einmal vertrauen sollen.«

Morgan schloss die Augen, und als sie sie wieder öffnete, glitzerten Tränen darin.

»Was willst du von mir, Elle? Ich würde mich ja bei dir für jede einzelne Sache entschuldigen, die ich dir angetan habe, aber dann wären wir heute Abend noch hier. Und ich bin mir nicht sicher, ob du mir am Ende überhaupt glauben würdest.« Sie machte eine Pause und seufzte. »Aber es tut mir leid, weißt du? Wirklich. Ich war eine grauenhafte Schwester, und ich wünschte, ich könnte alles ungeschehen machen. Aber das kann ich nicht.«

»Sag mir nur, was du wirklich willst.«

»Ist es so schwer zu glauben, dass ich mich diesmal wirklich geändert habe?«, rief Morgan frustriert. »Hast du dein eigenes Leben so perfekt eingerichtet, dass du es dir erlauben kannst, auf mich herabzuschauen? Gibt es nichts, wofür du dich schämst?«

Natürlich hatte sie ihr Leben nicht perfekt eingerichtet. Und sie hatte mehr Fehler gemacht, als ihr lieb war. Aber ob sie sich für etwas schämte? Nein. Das tat sie nicht.

Außer vielleicht dafür, dass sie Morgan diese Nummer hier nicht abnahm. Sie konnte es nicht, denn wenn sie das tat, musste sie sich zugleich eingestehen, dass sie ihre Schwester aufgegeben hatte, obwohl sie es nicht hätte tun sollen.

»Hör zu«, fing Morgan mit leiser Stimme an. »Ich kann dir auf jeden Fall sagen, was ich *nicht* will, und das ist, mit dir zu streiten.«

»Wieso warst du bei Archer?«

»Weil du mich weggeschickt hast und ich Hilfe brauche.«

Schuldgefühle stiegen in ihr hoch. Allerdings auch Wut. »Du hättest nicht zu ihm gehen dürfen. Er hat schon mehr als genug für uns getan.«

»Kann sein. Aber falls du es noch nicht bemerkt hast, für so einen großen, harten Kerl hat er ein ganz schön weiches Herz.«

Mit diesen Worten drehte Morgan sich um, überquerte den Innenhof und trat durch das schmiedeeiserne Tor hinaus auf die Straße. Elle musste jetzt erst einmal den Kopf frei bekommen, also beschloss sie, nach oben in ihr Büro zu gehen und sich in die Arbeit zu stürzen, bis sie wieder etwas klarer denken konnte. Sie verzichtete sogar darauf, mit dem Fahrstuhl zu fahren, weil sie dachte, dass sie vielleicht einen Teil ihrer Wut loswerden konnte, indem sie die Treppen nahm.

Aber es half nichts. Am Ende der Treppe angekommen, stand sie schwer atmend da … und war immer noch stinksauer. Sauer genug, um ihr Archer-Embargo zu vergessen und zu seinem Büro zu gehen.

Mollie lächelte sie an, als sie den Empfangstresen erreichte. »Hey. Tolles Kleid. Aber ist dir nicht ein bisschen kalt?«

Elle sah an sich hinab. Sie trug ein ärmelloses blaues Wickelkleid und darüber einen kurzen Pullover mit Spitzensaum, der einfach zu schön war, um nur in ihrem Kleiderschrank zu hängen. »Ehrlich gesagt bin ich kurz davor zu erfrieren«, gab sie zu. »Aber ich habe die Sachen im Sonderangebot gekauft und konnte nicht mehr so lange warten.«

»Wer schön sein will, muss leiden, richtig?«, sagte Mollie lachend.

Genau das dachte Elle auch.

»Also, was gibt's?«, fragte Mollie. »Wie kann ich dir helfen?«

»Ich brauche nur einen kurzen Moment mit Archer, um ihn zu erwürgen, ich meine, um mit ihm zu reden.«

»Oh, bitte entscheide dich fürs Erwürgen. Einen freien Tag könnte ich jetzt gut gebrauchen.«

Elle lächelte grimmig und ging nach hinten zu Archers Büro. Die Tür war geschlossen, aber das hielt sie nicht auf, und sie trat ein. Archer war mitten in einer Besprechung mit Joe, Max und Trev, und die vier standen, über einen Haufen Grundrisse gebeugt, um den Tisch herum. Carl lag inmitten des Büros auf dem Boden und nahm fast den ganzen freien Raum ein. Als sie sich an ihm vorbeizwängte, hob der Dobermann den Kopf, sprang auf und sah sie hoffnungsvoll an.

Lächelnd tätschelte Elle ihm den Kopf. Archer hatte gerade Joe zugehört, sah aber auf, als er aus den Augenwinkeln die Bewegung bemerkte, und ihre Blicke trafen sich. Elles Herz begann, heftig zu klopfen, als die Bilder von Freitagnacht vor ihrem inneren Auge auftauchten.

Und Archers Miene verriet, dass es ihm ähnlich ging.

»Lasst uns allein«, befahl er.

»Komm schon, Mann«, protestierte Max. »Gerade dann, wenn es spannend wird.«

Trev verpasste ihm einen Klaps auf den Hinterkopf.

Währenddessen rollte Joe die Zeichnungen zusammen und folgte Trev nach draußen. Auf dem Weg grinste er Elle an. »Was soll denn das lange Gesicht?«

»Leck mich, Joe.«

»Das würde ich ja, aber der Boss hätte sicher was dagegen«, entgegnete er frech und zwinkerte ihr zu.

»Raus«, wiederholte Archer in einem Tonfall, der keinen Widerspruch duldete.

Max schnippte mit den Fingern, und Carl, der schon wieder schnarchend auf dem Boden lag, stand auf, furzte und trottete dann zur Tür hinüber.

»Tut mir leid«, sagte Max und wedelte mit der Hand vor seinem Gesicht. »Er hat Mollies Egg McMuffin gefressen, und der ist ihm wohl nicht gut bekommen.«

»Was du nicht sagst.« Joe hustete und würgte ein wenig.

Elle rümpfte die Nase. »Ist er ein Hund oder ein verdammter Elefant?«

Daraufhin grinste Max nur und ging hinaus.

Nun waren Archer und Elle allein, was für Archer kein gutes Ende nehmen würde. Ein Umstand, der ihn erstaunlich wenig zu kümmern schien. Betont locker ging er um seinen Schreibtisch herum und lehnte sich lässig gegen ihn, als sie auf ihn zukam.

Wie eine lauernde Raubkatze.

Er trug ausgewaschene Jeans und ein schwarzes T-Shirt, das sich über seiner breiten Brust spannte. Sie stand dicht genug bei ihm, um es wieder zu spüren: diese ungreifbare und doch fesselnde Anziehungskraft. Es war nahezu unmöglich, ihm zu widerstehen. Vorsichtshalber trat sie einen Schritt zurück, um den Bann zu brechen, bevor sie ihm noch um den Hals fiel. Und zwar nicht, um ihn zu erwürgen.

»Ich setze mein ›Halt dich von mir fern!‹ mal für einen Moment außer Kraft, damit ich dich anschreien kann, und danach ist dann wieder alles beim Alten.«

»Das glaube ich eher nicht«, sagte er, und in seinen Augen blitzte etwas auf, das sie nicht zuordnen konnte. Entschlossenheit vielleicht, aber das ergab keinen Sinn.

»War Morgan bei dir?«

»Ja«, antwortete er, ohne zu zögern, was ihr, zumindest teilweise, den Wind aus den Segeln nahm.

»Du gibst es also zu.«

»Habe ich dich jemals angelogen?«

»Du hast die Wahrheit verdreht, so viel ist sicher.«

Sie sah in seinem Gesicht, dass er anderer Meinung war. »Sie hat mich um Hilfe gebeten. Und sie hat gesagt, dass sie zuerst bei dir war, daher kann es dich ja nicht überraschen, dass sie hier ist.«

»Aber ich bin überrascht. Es überrascht mich, dass du eben der Person helfen willst, die unser beider Leben zerstört hat.«

Er blickte sie schweigend an. Dann stieß er sich vom Tisch ab, ging an ihr vorbei, um die Tür zu schließen, und drehte sich wieder zu ihr um. »Wir müssen reden.«

Elle verschränkte die Arme. Sie wusste, dass sie das verriet, aber sie konnte nicht anders. »Ich habe dir doch gesagt, es gibt nichts zu bereden.«

»Ich denke schon.«

»Was da zwischen uns passiert ist … das hat nie stattgefunden«, stellte sie klar.

»Das sehe ich etwas anders, aber dazu kommen wir später. Morgan hat mein Leben nicht zerstört, Elle.«

»Gut. Dann war ich es eben.«

»Nein.«

»Du warst ein junger Cop mit den besten Voraussetzungen für eine erfolgreiche Polizeilaufbahn. Dein Dad war der Captain, und du warst bei einem Einsatz, der deine Karriere bestimmen sollte. Und ich war nur ein dummer Teenager mit den besten Voraussetzungen für … für gar nichts. Ich habe nicht nur die ganze Operation gefährdet, sondern auch noch dafür gesorgt, dass du gefeuert wurdest.«

Nachdenklich sah er ihr einen Moment lang in die Augen. »Ich wurde nicht gefeuert«, sagte er schließlich. »Ich habe gekündigt.«

Elle schnappte nach Luft. Nach seiner Ankündigung, dass sie reden müssten, hatte sie mit allem gerechnet. Nur nicht damit. »Was?«

»Du hast recht. Ich war jung. In dieser Nacht war ich zum ersten Mal Teil einer Sondereinheit. Ich hätte gar nicht da sein sollen, aber mein Dad hat seine Beziehungen spielen lassen. Er war immer sehr … bedacht auf meine Karriere.«

Das wusste sie bereits. Sein Vater war sein ganzes Leben lang Polizist gewesen. Er war mit Leib und Seele dabei gewesen und hatte sich das Gleiche für seinen Sohn gewünscht.

»Der Einsatz war von vorn bis hinten durchgeplant«, fuhr er fort. »Ohne Raum für Fehler, ohne Raum für unbekannte Faktoren. Ich hatte exakte Anweisung, nur zuzusehen und nicht im Weg zu stehen, obwohl das ganze Team sicher war, dass alles glattlaufen würde, wie nach Lehrbuch.«

»Und dann bin ich aufgetaucht«, sagte Elle leise und dachte mit einem Schaudern an jene Nacht zurück.

»Ja, dann bist du aufgetaucht, mittendrin in einer Sache, die viel zu groß für dich war. Jung, verängstigt. Und ich wusste, dass du direkt in den Einsatz hineingeraten würdest. Was ich nicht wusste, war, ob es irgendjemanden kümmern würde, dass du unschuldig warst, oder ob du einfach als Kollateralschaden betrachtet werden würdest.« Als er sie ansah, wusste sie genau, dass er sie so sah wie in jener Nacht – in einem zerlumpten Top und Shorts, die Hände und Knie blutig von dem Sturz und mit einem blauen Fleck im Gesicht, wo Lars sie geschlagen hatte.

Sie hasste es noch immer, dass Archer sie in diesem Zustand gesehen hatte. Aus tiefstem Herzen. Sie hatte so hart gearbeitet, um der Mensch zu werden, der sie heute war. Der Mensch, der sein Leben im Griff hatte und es auch immer im Griff haben würde.

Aber sie wusste: Egal, wie weit sie vor ihrer Vergangenheit geflohen war, egal, wie sehr sie sich verändert hatte, erwachsen geworden war – Archer würde in ihr immer *dieses* Mädchen sehen. Eine Demütigung, die sie nur schwer ertragen konnte. »Kommen wir wieder zu dem Teil, bei dem du nicht gefeuert wurdest, sondern gekündigt hast.«

»Ich habe Befehle missachtet. Ich habe das Protokoll verletzt und Regeln gebrochen. Und ich habe die Autorität meines Vaters untergraben.«

»Richtig«, sagte sie. »Meinetwegen.«

»Nein«, widersprach er nachdrücklich. »Ich hätte es für jeden getan, der in der Situation gewesen wäre und den ich für unschuldig gehalten hätte. Und ich hätte gefeuert werden *müssen*. Das wusste jeder, aber es wusste auch jeder, dass mein Dad das nicht tun würde. Stattdessen suspendierte er mich.«

»Du wurdest also nur suspendiert?«

»Ja. Aber ich konnte einfach nicht wieder zurück.«

Sie starrte ihn an. »Also hast du gekündigt?«

»*Ja!* Und du musst begreifen, dass es das Beste war, was ich je gemacht habe. Wenn du dir also irgendwelche Vorwürfe machst, dann hör auf damit. Dafür gibt es keinen Grund.«

Wenn es etwas gab, was Elle über Archer wusste, dann, dass er immer das tat, was er für richtig hielt, und nicht das, was das Einfachste war. Er hatte ihr Leben gerettet, und auch wenn er dafür nicht gefeuert worden war, war sie trotzdem dafür verantwortlich, dass sein Leben eine völlig neue Richtung eingeschlagen hatte. Egal, was er gerade gesagt hatte.

Er hatte so viel für sie aufgegeben.

Sie könnte nicht damit leben, wenn er noch mehr aufgeben müsste. Und jetzt war Morgan zurück, was bedeutete, dass es nur eine Frage der Zeit war, bis sie sein Leben zum zweiten Mal zerstörten. »Du kannst ihr nicht trauen, Archer«, sagte sie. »Ich verstehe nicht, wieso du das nicht begreifst.«

»Ich traue ihr nicht. Aber das heißt nicht, dass ich nicht wissen will, was sie vorhat«, antwortete er.

»Schön. Es ist deine Entscheidung, aber …«

»Aber du wirst mir trotzdem sagen, was ich tun soll?«, fragte er lächelnd.

Sein belustigter Tonfall ließ sie zurückzucken. »Na ja, ich werde ganz bestimmt nicht still danebenstehen und nur zusehen.«

»Das ist mir nicht entgangen«, erwiderte er trocken. »Und nur fürs Protokoll: Ich will nie, dass du still bist, Elle.«

Sie spürte, wie sie rot anlief. Sie wussten beide, welche Art von Geräuschen er ihr in dieser Nacht entlockt hatte. »Ich habe dir doch gesagt, dass ich nicht darüber reden will. Weil es nie stattgefunden hat.«

»Weißt du, was ich denke?«

»Dass ich recht habe?«, fragte sie gespielt unschuldig.

Er schnaubte. »Ja, Elle, du hast immer recht. Es ist deine Welt, und wir alle leben bloß in ihr.«

Jetzt war sie es, die verächtlich schnaubte.

»Ich glaube, du weichst ein wenig von deinem Vorhaben ab, mich anzuschreien.«

Das stimmte. Und obwohl sie wirklich hergekommen war, um das zu tun, standen sie auf einmal da und lächelten sich an. Und sie standen nah beieinander.

Sehr nah.

Ihr Blick fiel auf seine Lippen, und sie erinnerte sich daran, wie er damit ihre Haut berührt und ihr Versprechungen ins Ohr geflüstert hatte, während seine Finger sie direkt ins Paradies hatten fahren lassen.

Zwei Mal. Okay, drei Mal, aber wer zählte schon mit?

Jetzt umspielte ein Lächeln diese Lippen. »Willst du mich nicht noch ein bisschen anschreien?«, flüsterte er.

Das wollte sie. Aber im Moment konnte sie nur daran denken, was sie darüber hinaus noch wollte – sich die Kleidung vom Leib reißen und auf ihn stürzen.

»Ich lasse mich nicht immer von meinen Gefühlen überwältigen«, sagte sie scharf. »Zum Beispiel würde ich jetzt auch gern die Finger um deinen Hals legen und kräftig zudrücken, aber ich tue es nicht. Sehr beeindruckend, oder?«

Sein Lächeln wurde breiter, und er kam noch näher auf sie zu, sodass seine Brust ihre berührte. »Mach doch«, wisperte er.

14. Kapitel

#NimmZwei

Archer sah sie an, wie immer fasziniert und hypnotisiert von der Energie, die Elle ausstrahlte. Ihre Wangen waren gerötet, und ihre Augen funkelten, als sie eine Hand auf seine Brust legte und den Mund öffnete, zweifellos, um ihm die Meinung zu sagen. Da konnte er nicht mehr anders.

Er küsste sie.

Vielleicht war es, um sie zum Schweigen zu bringen, aber hauptsächlich, um sie wieder zu schmecken, was er mehr brauchte als alles andere auf der Welt.

Elle stockte einen Augenblick lang, und dann erwiderte sie den Kuss, schlang ihre Arme um seinen Hals und stöhnte leise.

Sie brachte ihn um den Verstand. Er umklammerte sie fest und wollte sie am liebsten nie wieder loslassen. Ihr warmer Atem streifte über sein Gesicht, als sie sich von ihm löste und ihm in die Augen sah, die Lippen noch feucht.

Unfähig, sich zu bewegen, sahen sie sich wortlos an, bevor er seine Hände ihre Schenkel entlanggleiten ließ.

»Warte«, japste sie.

Archer hielt inne. »Warten? Oder aufhören?«

Sie zögerte und ließ die Stirn auf seine Schulter sinken. »Okay, die Sache ist die …«

Ah, perfekt. Da gab es noch eine Sache …

»Ich bin immer noch wirklich wütend auf dich.«

»Verstanden«, sagte er, denn ihm war gerade ganz und gar nicht nach Streit zumute.

»Ich meine, wirklich, *wirklich* wütend«, wiederholte sie. »Aber jetzt mischen sich da noch jede Menge andere Gefühle ein.«

»Und welche?«

»Ich will dich«, sagte sie, und allein diese Worte aus ihrem Mund zu hören, versetzte sein Inneres in Aufruhr. »Aber«, fuhr sie fort, als er gerade etwas erwidern wollte, »ich will dich zu meinen Bedingungen.«

»Ich höre.« Was auch immer sie jetzt sagen würde – er würde tun, was immer sie von ihm wollte.

»Wir machen das hier«, begann sie. »Aber nur in dem Bewusstsein, dass wir uns gerade eine Auszeit nehmen.«

»Eine Auszeit davon, dass ich mich – wie hast du es ausgedrückt – ›verdammt noch mal von dir fernhalte‹?«

»Genau«, bestätigte sie. »Ist das okay für dich?«

Nein. Nicht mal ansatzweise. Aber darüber würde er sich später Gedanken machen. Er fuhr ihr mit einer Hand durchs Haar und zog sanft daran, sodass sie ihm ins Gesicht sah.

»Archer? Du hörst mir doch zu, oder? Das hier passiert in einem anderen Raum-Zeit-Kontinuum.«

»Ich höre dir zu.« Aber das hieß nicht, dass er ihr auch zustimmte. Stattdessen beugte er sich hinunter, um sie zu küssen, aber wieder bremste sie ihn.

»Noch eine Regel?«, fragte er.

»Das Licht ist an.«

»Ja …«

»Aber es ist schon längst hell, und das hier sind Neonröhren. Niemand sieht in Neonlicht gut aus, Archer.«

»Du schon. Du siehst immer gut aus.« Er grinste sie an. »Besonders unter mir.« Wieder beugte er sich vor, um es ihr zu beweisen, aber ihre Hand auf seiner Brust stoppte ihn erneut.

»Ich meine es ernst.«

»Ich weiß«, murmelte er beruhigend, während sein Mund sich ihr Schlüsselbein entlang zu ihrem Hals vorarbeitete. Je schneller er sie aus ihrer Kleidung herausbekam, desto schneller würde sie wieder alles um sich herum vergessen, dachte er bei sich.

»Hör zu, ich weiß, dass ich dieses ganze Eiskönigin-Gehabe echt gut draufhabe« – ihr entfuhr ein Stöhnen, als er ihren Hals küsste – »und dass du mich wahrscheinlich für perfekt hältst und so weiter, aber …«

Sie boxte ihm gegen die Brust, als er sie einfach weiter küsste. Er ergriff ihre Hand und legte sie flach auf seine Brust, als sie versuchte, sich aus seinem Griff zu winden.

»Elle«, sagte er. »Für mich siehst du immer perfekt aus.«

»Aber das will ich doch damit sagen! Das ist eine Illusion. Die Magie schöner Kleidung.« In ihren Augen sah er, dass es ihr ernst war. »Verstehst du, was ich damit meine?«

»Nein.«

Sie seufzte. »Ich will nur nicht, dass du …«

Zärtlich nahm er ihr Gesicht in beide Hände. »Dass ich was?«

»Dass du wieder dieses Mädchen vor dir siehst, das ich früher war«, wisperte sie.

Er runzelte die Stirn. Damit hatte er nicht gerechnet. Er hatte gedacht, dass das nur ein Spiel war, aber das war es nicht. »Wovon redest du?«

»Das Mädchen, das aus dem Nichts kam, nichts hatte und nicht wusste, wo es hinwill«, sagte sie. »Ich will nicht, dass du immer noch *dieses* Mädchen siehst, wenn ich vor dir stehe.«

Archer war wie versteinert. »Elle, *dieses* Mädchen war der mutigste Mensch, den ich je gesehen habe. Es war bereit, alles zu tun, um seine Schwester zu schützen und sie zu retten, egal, wie schlecht die Chancen standen.«

Sie hielt die Luft an, so als ob sie ihm unbedingt glauben wollte, es aber nicht konnte. »Ich bin nicht mehr dieses Mädchen.«

»Doch, das bist du. Unter all der Fassade, dem Make-up, den schicken Kleidern und den sexy Schuhen bist du genau die, die du immer warst. Du brauchst nur jemanden, der dich daran erinnert.« Dann zog er ihr den Pullover von den Schultern und warf ihn auf seinen Schreibtisch. »Zeig es mir«, sagte er sanft.

»Dir was zeigen?«

»Zeig mir, wer du unter all der Kleidung bist.«

Sie lachte. »Was? Soll ich jetzt für dich einen Striptease hinlegen?«

»Du sollst dich öffnen«, korrigierte er sie. »Dein wahres Ich zeigen.«

Elle verschränkte die Arme. »Und warum sollte ich das tun?«

»Weil ich das Gleiche tun werde.« Er schloss seine Tür ab und drückte einen Knopf an der Telefonanlage auf dem Schreibtisch.

»Ja?«, ertönte Mollies Stimme aus dem Lautsprecher. Sie klang besonders süß, wohlwissend, dass sie Elle hineingeschickt hatte, ohne ihn zu warnen.

»Ich stehe nicht zur Verfügung, bis ich wieder Bescheid gebe«, sagte er.

»Was, wenn einer der Jungs dich braucht?«

»Wenn ihnen ihre Jobs lieb sind, dann werden sie mich nicht brauchen.«

»Aber du hast ein Meeting in fünfzehn Minuten …«

»Ich stehe nicht zur Verfügung, Mollie!«

Elle starrte ihn an, bis er den Anruf beendet hatte, und ließ die Arme wieder sinken.

Archer tat indes sein Bestes, ihr den Eindruck zu vermitteln, dass sie ohne ihn nicht leben konnte. Und anscheinend funktionierte es, denn sie sagte: »Du siehst aus wie ein Mann, der etwas im Schilde führt.«

»Jetzt habe ich dich für mich.« Endlich. »Und ich führe etwas im Schilde. Etwas Großes.« Dich dazu zu bringen, dass du bei mir bleibst …

»Du … flirtest mit mir.« Sie klang überrascht, als sie das sagte.

»Ich habe es lange geleugnet, aber ja, ich flirte mit dir.«

Sie starrte ihn weiter an und schien eine Entscheidung getroffen zu haben, denn plötzlich trat sie einen Schritt zurück und öffnete den Verschluss ihres Kleides.

Es fiel zu Boden.

Und mit ihm auch seine Kinnlade, denn sie sah atemberaubend aus, wie sie da in hautfarbener Spitzenunterwäsche und schwarzen High Heels vor ihm stand.

Dann kam sie langsam auf ihn zu, stellte sich auf die Zehenspitzen und küsste ihn. Sanft. Und lange.

Er hätte sich am liebsten auf sie gestürzt und jeden Zentimeter ihres Körpers mit den Lippen erkundet, aber sie ließ ihn schmoren und bremste ihn immer wieder. Dann presste sie ihre Hüfte an seine und schnurrte zufrieden, als sie seine Erektion spürte.

Ein Stöhnen entwich seiner Kehle, als sie sich weiter an ihm rieb, und er hörte an ihrem schneller werdenden Ein- und Ausatmen, dass auch sie es kaum noch aushielt.

Ihre Hände glitten seinen Rücken hinauf und zogen sein Shirt mit sich. »Weg damit«, sagte sie.

Was immer die Lady wollte. Er riss sich das Shirt vom Leib, und kaum hatte er es in die Ecke geschleudert, da beugte sie sich vor und küsste die Messernarbe an seinem Arm. Dann legten sich ihre Finger um seinen Nacken und strichen durch sein Haar, während sie ihn wieder auf den Mund küsste.

Archer schlang die Arme um sie und zwang sich, sich zu zügeln – sie gab das Tempo vor. Das war aber alles andere als einfach mit ihrer Zunge in seinem Mund und ihrem Körper, der sich an seinen schmiegte. Als sie sich schließlich wieder voneinander lösten, bedeutete sie ihm mit einer Geste, sich weiter auszuziehen.

Während sie ihn keine Sekunde aus den Augen ließ, stieg er aus seinen Schuhen und zog seine Socken aus, bevor er sich aufrichtete und sie ansah. »Du bist dran.«

Sie sog den Anblick seiner muskulösen Brust und seiner definierten Bauchmuskeln in sich auf, und er war sich ziemlich sicher, dass ihr Herzschlag sich merklich beschleunigte, als sie sich hinunterbeugte, um die Schuhe auszuziehen.

»Behalt sie an.«

Mit hochgezogenen Brauen richtete sie sich wieder auf. »Wirklich?«

»Oh ja.«

»Dann bist du wohl wieder an der Reihe«, bemerkte sie.

Gehorsam öffnete er langsam seine Gürtelschnalle, dann den Reißverschluss und ließ seine Hose zu Boden sinken, sodass er nur noch in schwarzen Boxershorts vor ihr stand, die nicht verbergen konnten, was er von ihrem Anblick hielt.

Elles Blick wanderte zu diesem eindeutigen Beweis, und sie fuhr sich mit der Zunge über die Lippen. Damit löste sich auch das letzte bisschen Selbstbeherrschung in Archer auf, und er ging auf sie zu. Seine Hände glitten über ihren Oberkörper, und sie schnappte nach Luft, als er ihren BH öffnete.

»Wunderschön«, flüsterte er und spürte, wie ihr Körper unter seinen Händen bebte. »Du bist so wunderschön, dass du mir den Atem raubst.«

»Bring es zu Ende«, befahl sie leise, und er musste lächeln. Selbst in diesem Moment noch war sie ganz sie selbst. Sie wollte, dass er sich zuerst vollständig auszog. Und er befolgte ihren Befehl nur zu gern.

Er hörte, wie sie tief einatmete und ihr ein leises Stöhnen entfuhr.

»Jetzt bist du aber overdressed«, flüsterte er, sein Mund direkt an ihrem Ohr, und schob seine Finger unter den Hauch von Nichts um ihre Hüften. Dann ging er langsam vor ihr in die Hocke und zog ihr Höschen nach unten, lehnte sich vor und küsste sie auf ihren linken Oberschenkel. Dann auf den rechten. Dann auf die Hüfte. Den Bauchnabel.

Und dann wanderten seine Lippen weiter nach unten.

»Archer«, japste sie und vergrub die Hände in seinen Haaren.

»Hier bin ich«, sagte er und küsste sie erneut, diesmal mit etwas mehr Zunge. Ihrem Körper schien zu gefallen, was er tat, denn ihre Finger klammerten sich immer fester in sein Haar, und sie krümmte sich vor Lust.

Er machte so lange weiter, bis er spürte, dass sie kam. Archer liebte es, wie sie seinen Namen hauchte, und als Elles Knie nachgaben, fing Archer sie auf und hob sie mühelos auf seinen Schreibtisch. Mit den Händen drückte er sanft ihre Oberschenkel auseinander. »Irgendwann schaffen wir es bestimmt noch in ein richtiges Bett.«

»Das könnte schwierig werden, weil wir uns danach wieder, verdammt noch mal, voneinander fernhalten.« Sie biss ihn spielerisch in die Unterlippe und küsste ihn dann zärtlich, was ein Prickeln von den Haarspitzen bis in die Zehen hinunter in ihm auslöste.

»Kondom?«, wisperte sie.

Archer erstarrte, und für einen Moment kam in ihm die Frage hoch, wie Elle wohl reagieren würde, wenn ein erwachsener Mann vor ihr in Tränen ausbrach. »Ich habe keins – verdammt!« Hatte er wirklich zum ersten Mal in seinem Leben kein Kondom dabei? »Wir haben meinen Notfallvorrat beim letzten Mal aufgebraucht.«

»Verstehe.« Sie zögerte und sah ihm in die Augen. »Davor hatte ich zwei Jahre keinen Sex. Und ich nehme die Pille.«

»Zwei Jahre?«, fragte Archer mit klopfendem Herzen und nahm ihr Gesicht in beide Hände. »Wieso?«

Ihre Lider flatterten. »Willst du jetzt wirklich darüber reden oder weitermachen?«

Guter Einwand. »Ich habe es nicht mehr ohne Kondom gemacht seit … seit immer.«

Sie rutschte näher an ihn heran und zog ihn an sich. Er stützte sich mit den Händen auf dem Schreibtisch ab und zögerte, bis sie schließlich stöhnend ihre Beine um ihn schlang.

»Worauf wartest du?«, fragte sie ungeduldig.

Wieder eine gute Frage. Er beugte sich vor und drang in sie ein.

Ihrer beider Keuchen vermischte sich und erfüllte den Raum. Archer war sicher, dass er für einen Moment lang das Bewusstsein verloren hatte. »Oh Scheiße, Elle«, flüsterte er und spürte kaum ihre Fingernägel, die sich in seine Schultern bohrten. Elle klammerte sich an ihn, den Kopf in den Nacken geworfen, sodass er ihr Haar über seine Unterarme streicheln spürte. Sie atmete in kurzen Stößen, und ihre Beine wanden sich immer enger um ihn.

Oh Gott. Er konnte sich kaum noch daran erinnern, wie er vor ihr gelebt hatte. Er hatte eigentlich gedacht, dass sein Leben perfekt war. Bis dann diese atemberaubend schöne, leidenschaftliche Frau, von der er auf einmal nicht genug bekommen konnte, in dieses Leben getreten war.

Damit war es dann wohl offiziell. Er war ihr voll und ganz verfallen. »Du bist wunderschön, Elle«, sagte er und presste sich an sie. »Das Schönste, was ich je gesehen habe.«

Archer spürte, wie sie am ganzen Körper zitterte, als sie kam, und von da an konnte auch er sich nicht mehr zurückhalten. Wenn sie zusammen waren wie in diesem Augenblick, dann fand er zu sich selbst, daran gab es keinen Zweifel. Und das machte ihm Angst.

15. Kapitel

#UndDafürHabeIchMirDieBeineRasiert?

Während sie noch immer ineinander verschlungen waren, versuchte Elle, diesen Moment in ihrem Gedächtnis zu speichern. Wie seine Arme sie fest umklammerten, die eine Hand um ihren Hinterkopf gelegt, die andere besitzergreifend auf ihrem Hintern.

Sie wusste, dass das nicht gut gehen würde, aber irgendwie vergaß sie das, sobald er sie berührte. Ihre Beziehung war unglaublich kompliziert. Aber das hier nicht. Das hier war ganz einfach.

Und sie wusste nicht, was sie damit anfangen sollte.

Sie glitt von Archers Schreibtisch hinunter, sammelte ihre Kleidung vom Boden auf und verschwand im Badezimmer, das direkt an sein Büro angrenzte.

Dort betrachtete sie sich selbst im Spiegel. Ihr Haar war völlig zerzaust, und ihre Mascara war auch verlaufen. Von ihrem Lippenstift war nichts mehr zu sehen, aber ihr Lächeln war das einer Frau, die voll und ganz befriedigt worden war. Mission erfüllt.

Archer schien ihren Körper besser zu kennen als sie selbst, und sie wusste nicht, ob sie fasziniert oder verstört sein sollte.

Sie beschloss, ein bisschen von beidem zu sein, während sie wieder in ihre Kleidung schlüpfte und sich noch ein wenig im Spiegel betrachtete. Wow. Sex war offenbar gut für ihre Haut – sie strahlte förmlich.

Das änderte allerdings nichts daran, dass sie eigentlich entschieden hatte, die Kontrolle über ihr Leben wieder selbst zu übernehmen. Und sie hatte sich auch vorgenommen, Archer zu vergessen, und trotzdem war sie jetzt wieder bei ihm. *Was stimmte bloß nicht mit ihr?*

Ein kurzer Blick in den Spiegel verriet ihr, was mit ihr nicht stimmte: Sie belog sich selbst.

Und sie hasste es, wenn das passierte.

Aber sie war schon in schlimmeren Situationen gewesen, in viel schlimmeren, und hatte es immer geschafft, sie zu meistern. Diese hier würde keine Ausnahme sein. Ja, sie hatte einen Fehler gemacht, aber sie würde daraus lernen.

So wie sie es sah, hatte sie jetzt nur eine Möglichkeit, wenn sie ihr letztes bisschen Würde retten wollte. Sie würde ihm ein umwerfendes Lächeln schenken und zur Tür hinausgehen, als wäre nichts geschehen, so wie er es immer tat.

Schon bei dem Gedanken daran begann ihr Puls zu rasen, doch sie ignorierte es, richtete ihr Haar und wischte mit dem Finger die verlaufene Mascara unter ihren Augen weg. Für ihre ungeschminkten Lippen konnte sie ohne ihre Handtasche nichts tun, und auf einmal fühlte sie sich nackter als noch vor wenigen Augenblicken, als sie nichts an sich gehabt hatte als Archers Körper.

Rasch verwarf sie diesen Gedanken, der ihre Schenkel beben ließ, wandte sich vom Spiegel ab und stolzierte aus dem Badezimmer hinaus in Archers Büro, wo sie direkt die Tür anpeilte.

Er war schon angezogen und wieder ganz der unergründliche Archer, den sie kannte.

»Hey«, sagte er lächelnd und hob sein Handy in die Höhe. »Ich bestelle uns etwas zu essen. Worauf hast du Lust?«

Wenn sie das nur wüsste. »Ich kann nicht«, erwiderte sie knapp.

Sein Lächeln verblasste. »Lauf jetzt nicht weg, Elle. Gib dem hier eine Chance. Gib uns eine Chance.«

»Uns?«, fragte sie verblüfft. Fast blieb ihr das Herz stehen. »Es gibt kein ›uns‹. Es gibt dich, und es gibt mich. Und ja, manchmal verlieren wir kurzzeitig die Beherrschung, und dann gibt es auch ein vorübergehendes ›uns‹, aber das ist nicht echt.«

»Es könnte echt sein«, antwortete er.

Elle starrte ihn an. »Du hast mir ein ganzes Jahr lang die kalte Schulter gezeigt.«

»Das war ein Fehler.«

Sie schüttelte den Kopf, unfähig, zu begreifen, was er wollte. »Was jetzt? ›Und sie lebten glücklich bis ans Ende ihrer Tage‹?«

»Das kommt auf dich an. Was willst du?«

Was sie wollte? Hatte er den Verstand verloren? »Okay«, begann sie zögernd. »Am Anfang dachte ich, dass du scherzt, aber jetzt machst du mir Angst, denn ich glaube langsam, dass du es ernst meinst.«

»Das tue ich.«

Wer war dieser Mann, und was hatte er mit Archer gemacht? »Sagst du das, weil du hoffst, dass wir dann weiter diese Auszeiten nehmen?«

»Oh Gott, ja, und wie!« Er schaffte es gerade noch, sie am Arm zu packen, als sie herumwirbelte und zur Tür stürmen wollte. »Elle, warte. Ich meine es wirklich ernst.«

Sie sah ihm in die Augen. »Ich soll dir also glauben, dass sich jetzt auf einmal deine Gefühle komplett geändert haben?«

»Na ja, nicht von jetzt auf gleich.« Er grinste. »Du hast mich mürbe gemacht.«

»Das ist nicht lustig, Archer.«

»Das stimmt, es ist nicht lustig. Du brauchst Zeit, und wir haben Zeit. Nimm dir, soviel du willst. Hast du heute Abend schon etwas vor?«

»Nein.«

»Ich hole dich ab«, sagte er. »Wir probieren mal diese Date-Sache aus.«

In diesem Moment klingelte ihr Telefon. Es war der Hausmeister, und ihr fiel ein, dass sie eigentlich einen Termin mit ihm hatte. »Da muss ich rangehen.«

»Ist schon gut.« Archer beugte sich vor und küsste sie zärtlich. »Nach der Arbeit, Elle«, flüsterte er und verließ sein Büro, um sie in Ruhe telefonieren zu lassen.

Kurz darauf war Elle zurück in ihrem eigenen Büro, wo sie die Tür abschloss und sich bemühte, wieder einen klaren Kopf zu bekommen. Sie tigerte auf und ab, während sie herauszufinden versuchte, wie sie sich fühlte. Das Fazit: panisch und geschockt. Und weil sie so nicht arbeiten konnte, kümmerte sie sich um ihr zweites großes Problem und schickte eine SMS an Morgan.

Wir treffen uns im O'Riley's in 15 Minuten.

Archer konnte warten. Und auch die Tatsache, dass er sie besser kannte als jeder andere. Und all die unfassbaren Orgasmen, die er ihr beschert hatte. Sie musste all das vergessen und zur Ruhe kommen, zumindest für kurze Zeit.

Also würde sie sich auf ihre Schwester konzentrieren. Wenn irgendjemand Morgan helfen würde, dann sie. Entschlossen verließ sie ihr Büro in Richtung Pub.

»Hungrig?«, fragte Finn, als er sie sah.

»Am Verhungern.«

»Was willst du?«

»Alles, was auf der Karte steht«, antwortete sie, während sie auf den Stuhl neben Morgan, die schon auf sie gewartet hatte, rutschte.

»Du hast heute wohl schwer geschuftet, hm?«, fragte Finn.

Wenn er wüsste …

Morgan lachte. »Wie früher. Sie war einfach immer hungrig. Es war, als wäre sie komplett hohl.«

Das stimmte. In ihrem alten Leben waren drei Mahlzeiten pro Tag eher die Ausnahme gewesen. Oft hatten sie von Äpfeln, Erdnussbutter und mit etwas Glück Instant-Nudeln gelebt.

Plötzlich war ihr Hunger verschwunden. »Vielleicht nehme ich doch erst mal nur einen Tee.« Sie drehte sich zu Morgan um. »Okay, reden wir Klartext. Was brauchst du wirklich?«

»Das habe ich dir doch schon gesagt. Ich wollte dich sehen.«

»Und außerdem?«

»Und außerdem ... hatte ich gehofft, dass du mir vielleicht ein Empfehlungsschreiben geben und mir helfen könntest, eine eigene Wohnung zu finden«, gab sie widerwillig zu. »Aber als du nicht wolltest, war Archer mein Plan B.«

»Archer ist nicht dein Plan B«, sagte Elle bestimmt. »Du musst ihn hier raushalten.«

Morgan antwortete nicht. Stattdessen griff sie nach ihrem Drink und nahm einen Schluck. »Ist es nicht faszinierend, dass man aus Kartoffeln Chips, Pommes frites *und* Wodka macht? Dagegen stinkt jedes andere Gemüse ab.«

Elles Augen verengten sich zu Schlitzen, als sie Morgans Handgelenk packte und das Glas an ihre Nase hielt, um daran zu riechen.

»Das ist Limonade auf Eis«, sagte Morgan.

Jetzt fühlte Elle sich schlecht. Sie ließ los und nickte. »Tut mir leid. Das war unnötig.«

»Nein, du hast ja recht.« Ihre Schwester sah ihr in die Augen. »Du hast jeden Grund, misstrauisch zu sein, was mich betrifft. Ich verstehe das, Elle. Wirklich. Aber Menschen ändern sich. Sieh nur dich selbst an – die Familie hat dir einmal alles bedeutet. Früher hättest du einfach alles getan, um uns zusammenzuhalten.«

»Du warst nie eine richtige Familie.«

»Ja«, sagte Morgan und erhob sich. »Ich weiß. Ich will damit nur sagen, dass Menschen sich ändern, dich eingeschlossen.

Um genau zu sein, hast du dich sehr verändert.« Sie warf einen Geldschein auf den Tresen und ging.

»Morgan«, rief Elle ihr hinterher. »Warte.«

Doch sie wartete nicht. Elle atmete tief ein, während sie ihr hinterhersah, und noch bevor sie wieder ausatmen konnte, ließ Spence sich auf den Stuhl fallen, auf dem eben noch Morgan gesessen hatte.

»Verliere ich den Verstand, oder habe ich hier gerade dich und deine Doppelgängerin zusammensitzen sehen?«

»Das war meine Schwester.«

Er zog eine Braue hoch. »Die legendäre Morgan Wheaton?«

»Die einzig wahre. Lange Geschichte.«

»Ich liebe lange Geschichten.«

Also gut. Elle erzählte ihm, was Morgen von ihr wollte, wobei sie den größten Teil ihrer unschönen Vergangenheit ausließ. Sie liebte Spence genauso, wie sie all ihre Freunde liebte, aber keiner von ihnen kannte die ganze Geschichte. Keiner – außer Archer.

Spence schwieg einen Moment lang. »Denkst du nicht, dass sie es vielleicht dieses Mal ernst meint?«

Sie zögerte und schüttelte dann den Kopf. »Ich weiß es nicht.«

»Vermutlich hast du in der Vergangenheit schon schlechte Erfahrungen damit gemacht«, sagte Spence und nickte verständnisvoll.

Elle hob eine Schulter.

»Ja, das hast du. Und ich vermute außerdem, dass du dich jetzt fragst, ob es dieses Mal nicht doch anders ist.«

»Ja«, bestätigte sie.

Spence legte einen Arm um ihre Schultern und gab ihr einen Kuss auf die Stirn. »Was sagt dein Bauchgefühl?«

»Dass ich ein Miststück bin.« Elle widerstand dem Drang, einfach alles in sich hineinzufressen und so zu tun, als wäre ihr Leben gerade nicht das reinste Chaos. Sie wünschte sich ihr altes, ruhiges Leben zurück. Trotzdem rang sie sich ein Lächeln ab. »Ich mache eben das, was ich am besten kann.«

Er lächelte zurück, aber sie sah ihm an, dass er sie durchschaute. »Ich weiß nicht, Elle. Wenn du wirklich so ein Miststück wärst, dann würdest du nicht deine Zeit damit verschwenden. Aber dennoch sitzt du hier und hoffst, dass sie dich eines Besseren belehrt.«

»Du denkst, das ist es, was ich hier tue?«

»Etwa nicht?«

Doch, eigentlich war das genau das, was sie hier tat. Sie vertraute Menschen nicht so leicht, und Morgan wäre wahrscheinlich die Erste, die ihr sagen würde, wie klug das war. Verdammt, sie hatte ein ganzes Jahr gebraucht, um Vertrauen zu Archer aufzubauen.

Und was hast du jetzt davon?

»Ich weiß, dass du mich nur eingestellt hast, weil Archer dich darum gebeten hat«, sagte sie und verzog das Gesicht. Sie hatte eigentlich vorgehabt, dieses Thema etwas geschickter anzugehen, aber dafür war es jetzt zu spät.

Spence sah verwirrt aus. »Was redest du da? Archer hat mich nicht gebeten, dich einzustellen.«

»Und wie kamst du dann ausgerechnet auf mich?«

»Ich habe zuerst eine Personalvermittlung beauftragt«, fing er an. »Dein Lebenslauf war einer von Hunderten, die ich bekommen habe. Ich bin fast durchgedreht, als ich mich auf die besten zehn festlegen musste. Archer hat mir dabei geholfen.« Er machte eine Pause und sah sie erwartungsvoll an. »Ja, er hat dich empfohlen, aber am Ende habe ich die Entscheidung getroffen. In dem Moment, in dem ich dich getroffen hatte, wusste ich, dass ich nur dich für den Job haben will.«

Okay, das klang bei Weitem nicht so schlimm, wie sie es sich vorgestellt hatte.

Finn unterbrach sie, als er einen Teller mit Pommes frites

und Mini-Hamburgern vor sie stellte. Die nächsten Minuten herrschte gefräßiges Schweigen, bis Spence eine SMS bekam. Er schnaubte belustigt, antwortete darauf und steckte sein Telefon wieder in die Tasche.

»Was?«, fragte sie.

Er sah sie vielsagend an und aß weiter.

Männer. *»Was?«*

»Caleb will wissen, ob er es noch einmal bei dir versuchen soll.«

»Und was hast du gesagt?«, fragte sie, obwohl sie nicht sicher war, ob sie die Antwort hören wollte.

»Ich habe gesagt, dass wir nicht mehr in der Highschool sind und dass er das schon selbst herausfinden muss. Obwohl ich ihm eigentlich hätte sagen sollen, dass er dich lieber vergessen sollte, so durchgedreht, wie du bist.«

»Wow, danke.«

»Das bist du wirklich.«

»Fang gar nicht erst damit an«, warnte sie ihn.

»Dann fang du auch nicht an«, erwiderte er in ernstem Tonfall und legte den Hamburger, den er gerade hatte essen wollen, zurück auf den Teller – er meinte es wohl wirklich ernst. Spence seufzte, nuschelte irgendetwas davon, wie sehr er es hasste, wenn er gezwungen wurde, über Gefühle zu reden, und sah sie dann an. »Okay, ich meine damit, dass du dein Herz wieder in irgendeinem Kellerverlies einsperren und weiter diese Mauer aus Eis um dich herum tragen wirst. Der arme Archer weiß wahrscheinlich gar nicht, wie ihm geschieht.«

»Der arme Archer?«, fragte sie ungläubig. »Der arme Archer ist schon ein großer Junge.« Ein *sehr* großer Junge … »Er spielt stets nach seinen eigenen Regeln, und keiner von uns beiden kennt diese Regeln. Also glaub mir, Spence, wenn einer verletzt wird, ist es nicht Archer. Wahrscheinlich stehen sie bei ihm eh schon Schlange.«

»Redest du von anderen Frauen?«

»Nein, ich rede von Einhörnern«, sagte sie sarkastisch. »Ja, ich rede von anderen Frauen!«

Spence blinzelte, überrascht von ihrem ungewöhnlich nachdrücklichen Tonfall. »Elle, er hatte schon seit Ewigkeiten keine andere Frau mehr. Seit einem Jahr, um genau zu sein.«

Sie sah ihn prüfend an. »Hat er dir gesagt, dass du mir das erzählen sollst?«

»Ja, direkt nachdem wir darüber geredet haben, was wir zum Abschlussball anziehen«, rief Spence lachend. »Gott. Nein. Wir reden nicht über solchen Kram, zum Glück.«

Elle seufzte. »Er hat gesagt, dass er … mehr will.«

»Mehr … Zum Beispiel ein Date?«

Jetzt musste auch sie lachen. »Ich glaube, er meinte mehr als ein Date. Ich glaube, er meinte eine Beziehung. Nicht dass das einen Unterschied machen würde.«

»Lass mich raten«, erwiderte Spence. »Weil du ihm ohnehin nicht glaubst.«

»Er wollte nichts von mir, bis ich angefangen habe, mich mit anderen Männern zu treffen.«

Erneut begann Spence zu lachen. »Wenn du das wirklich glaubst, dann kann ich dir auch nicht mehr helfen. Die Wahrheit ist, dass du ihm einfach nicht vertraust. Du vertraust *niemandem*, wenn es um Gefühle geht. Und verdammt noch mal …« Er schob mit angewidertem Gesichtsausdruck das Essen von sich. »Du hast mich nicht nur ausgetrickst und in ein Gespräch über Beziehungen verwickelt, sondern mich auch noch dazu gebracht, über Gefühle zu reden. Ich hasse dich in diesem Moment wirklich zutiefst, aber eine Sache muss ich noch loswerden, bevor meine Lippen versiegelt sind. Ich glaube, dass du nur zwanghaft nach einem Grund suchst, um es nicht zu versuchen. So.« Er warf die Hände in die Luft und stand auf. »Ich habe heute mehr als genug Dr. Sommer gespielt.

Und hoffentlich nicht nur heute, sondern für das ganze Jahr.« Dann zeigte er auf sie. »Und wenn du irgendjemandem davon erzählst, dass wir diese Unterhaltung hatten, dann wirst du es bereuen.«

Damit ließ er Elle allein zurück, und sie dachte darüber nach, was er gesagt hatte.

Du suchst nur zwanghaft nach einem Grund, um es nicht zu versuchen.

Hatte er damit recht? Nein. Nein, das war ausgeschlossen. Es ging hier um Archer und darum, wie kaputt er war. Nicht um sie. Das wiederholte sie den ganzen Abend lang, während sie vergeblich auf Archer wartete, der sie nicht, wie versprochen, abholte. Und sie würde es wiederholen, wann immer sie es hören musste.

16. Kapitel

#WollenSieNochEinGetränkDazu?

Später an diesem Abend streifte Archer ruhelos durch das Wartezimmer der Notaufnahme, bis Mollie schließlich seine Hand nahm.

»Archer«, sagte sie sanft. »Setz dich hin. Bitte.«

Er tat es. Für sie. Joe war auf einem Überwachungseinsatz gewesen. Reine Routine, bis jemand ihn angegriffen hatte. Er war von einem Baseballschläger am Kopf getroffen worden und hatte das Bewusstsein noch nicht zurückerlangt. Archer, seine Männer und die in Tränen aufgelöste Mollie warteten schon seit über einer Stunde im Wartezimmer, als Elle ankam und neben Archer Platz nahm.

»Wisst ihr schon etwas?«, fragte sie leise.

Archer fragte sie gar nicht erst, woher sie von dem Zwischenfall wusste. Vielleicht hatte Mollie ihr eine Nachricht geschrieben. Oder Spence, mit dem er vor wenigen Minuten telefoniert hatte, hatte es ihr gesagt. Archer konnte sich jetzt auf nichts anderes konzentrieren als auf Joe. Er saß einfach schweigend da, in den Sitz gelehnt, und starrte mit leeren Augen an die Decke. »Nein, nichts.«

Er spürte, wie sie ihm mit einer Hand über den Arm strich und dann ihre Finger mit seinen verschränkte.

Keine leeren Versprechungen, kein »Es wird alles wieder gut« oder »Mach dir keine Sorgen«, denn sie wusste besser als die meisten anderen, dass in dieser Welt manche Dinge nicht wieder gut wurden.

Sie hielt einfach seine Hand.

Und das bedeutete ihm mehr als alles andere, was sie hätte tun können. Er schloss die Augen, und nach einigen Minuten ließ sie den Kopf auf seine Schulter sinken.

Eine Strähne ihres seidigen blonden Haars verfing sich in den Bartstoppeln an seinem Kinn. Er sog ihren Duft in sich auf – ein undefinierbarer Mix weiblicher Magie. Vielleicht war es grenzenlose Erschöpfung, die ihn dazu brachte, den Kopf zu ihr zu drehen und das Gesicht in ihren Haaren zu vergraben. »Das mit heute Abend tut mir leid.«

»Muss es nicht.«

Archer wusste, dass ihr die Worte so leicht über die Lippen kamen, weil sie nicht an sie beide glaubte. Er hingegen glaubte in diesem Moment fest genug für zwei daran, dass sie eine Chance hatten. Und so saßen sie einfach schweigend da und fanden Trost in der Anwesenheit des anderen – zumindest er tat das –, als der Arzt auftauchte.

Sofort standen alle auf, auch Elle, doch sie hielt sich im Hintergrund, während Archer und Mollie mit dem Arzt sprachen.

Es klang übel, jedoch bei Weitem nicht so übel, wie es hätte sein können. Gehirnerschütterung, Blutergüsse, aber sein Zustand verbesserte sich, und er war inzwischen mehrmals zu Bewusstsein gekommen, bevor er eingeschlafen war. Erleichtert ließ Mollie sich gegen Archers Brust sinken, und er umarmte sie fest.

»Ich werde nach ihm sehen«, sagte sie und folgte der Krankenschwester.

Die Stimmung im Wartezimmer lockerte sich nach dieser Nachricht merklich auf, und Archer atmete mehrmals tief ein und aus, während er beobachtete, wie Elle im Geschenkeladen verschwand. Fünf Minuten später kam sie mit einer großen Tüte Jelly Beans wieder heraus.

»Die mag er am liebsten«, sagte sie, und wieder fragte Archer nicht nach, woher sie das wusste.

Sie war magisch.

Joe schlief weiter, und sie leisteten ihm dabei Gesellschaft. Archer saß auf einem Stuhl neben dem Bett, und Elle hatte auf der anderen Seite Platz genommen, wo sie in einer alten Ausgabe der *Cosmo* blätterte, deren Titelblatt verkündete, dass Männer alle fünf Sekunden an Sex dachten.

»Stimmt das?«, fragte er sie.

»Ich weiß es nicht«, antwortete sie und blätterte eine Seite weiter, ohne den Blick zu heben. »Sag du's mir.«

Für einen Moment dachte er darüber nach. »Also, ich denke schon oft daran, aber ich denke auch noch an andere Dinge.«

Das schien ihre Aufmerksamkeit geweckt zu haben, denn sie ließ die Zeitschrift sinken und sah ihn an. »Wie zum Beispiel …?«

»Dich«, antwortete er unumwunden.

Sie legte den Kopf schräg. »Inwiefern?«

»Nackt.«

Elle zog eine Braue hoch. »Immer nackt?«

»Das kommt darauf an.«

»Worauf?«

»Ob ich Lust habe oder nicht.«

Sie schnaubte und wandte sich wieder ihrem Magazin zu. Aber sie lächelte, und er fühlte sich, als hätte er gerade im Lotto gewonnen.

Archer blieb die ganze Nacht bei Mollie und Joe. Elle ebenso. Das musste doch etwas bedeuten, sagte er sich. Im Morgengrauen wachte Joe schließlich auf. Er versicherte ihnen, dass er nicht im Sterben lag und dass sie wie Zombies aussahen und eine Runde schlafen sollten.

Erleichtert fuhr Archer Elle nach Hause.

»Du kommst aber nicht mit hinein«, sagte sie, als er vor ihrer Tür parkte. »Lauf mir nicht hinterher.« Dann stieg sie aus, seufzte und drehte sich noch einmal zu ihm um. »Aber danke, dass du mich hergefahren hast.«

Er lächelte, denn er wusste, wie schwer es ihr fiel, etwas Nettes zu sagen, während sie ihn am liebsten umbringen würde. Aber irgendwie brachte sie es fertig, dabei auch noch unheimlich liebenswert auszusehen. »Ich werde dir hinterherlaufen, Elle.«

»Nein, das wirst du nicht. Ich habe mir viele Gedanken gemacht, und mir ist etwas klar geworden: Du hast mir diesen Job genau in dem Moment besorgt, als ich ihn dringend gebraucht habe. Das heißt, du musst mich schon länger beobachtet haben als nur das letzte Jahr über. Du hast mich elf Jahre lang überwacht, und ich hatte keine Ahnung. Ich brauche jetzt Zeit, um darüber nachzudenken.« Sie zeigte mit dem Finger auf ihn. »Und du wirst sie mir geben.«

Ja, das würde er. Er musste. Das war er ihr schuldig. »Ruh dich aus«, sagte er leise.

»Ich habe nur kurz Zeit, um duschen zu gehen, ich muss noch Aufgaben für meinen Kurs erledigen.«

»Dann lass mich wenigstens mitkommen und dir Frühstück machen, während du duschst.«

Sie sah ihn prüfend an. »Keine dummen Sprüche, dass du mir helfen könntest, mich einzuseifen?«

»Tja, ich gebe ja nicht gern an«, sagte er gespielt großspurig, um die Atmosphäre aufzulockern, »aber ich bin ziemlich gut unter der Dusche.«

Sie schnaubte verächtlich.

»Gib's zu«, sagte er lächelnd. »Du bist schon ein wenig versucht.«

»Vielleicht«, räumte sie ein, und ihr Blick wanderte zu seinen Lippen hinunter. »Vielleicht nicht nur ein wenig. Aber ich bin auch wütend und verwirrt. Und das muss ich irgendwie ändern, Archer.«

»Dabei könnte ich dir auch helfen.«

»Ich lasse es dich wissen, wenn ich deine Hilfe brauche.«

Das war inzwischen zwei Tage her. Joe war bereits aus dem Krankenhaus entlassen worden und zu Hause, wo er im Bett lag und wütend war, weil Archer ihn nicht arbeiten lassen wollte, bis der Arzt ihm grünes Licht gab. Auch Mollie arbeitete nicht, weil sie sich um Joe kümmern wollte, sodass ihm auch gleich noch seine Empfangsdame fehlte. Daher musste jeder von ihnen einen Teil des Papierkrams erledigen – was sie alle verabscheuten.

Archer war nicht klar gewesen, wie viel Mollie wirklich arbeitete, bis sie auf einmal nicht mehr da war. Weil jeder von ihnen es gleichermaßen hasste, Telefonanrufe entgegenzunehmen und Terminkalender zu organisieren, gab es ständig Streit darum, wer für Mollie einspringen musste.

Gestern war dann völlig unerwartet Morgan aufgetaucht und hatte angeboten, sich um die Anrufe zu kümmern, und Archer war verzweifelt genug gewesen, um einzuwilligen. Mittlerweile zweifelte er an seinem Entschluss, denn er hatte niemals eine Gruppe erwachsener Männer so viel meckern und jammern sehen wie in den letzten 24 Stunden.

Morgans Kopf erschien im Türrahmen. »Ich habe dir die neuesten Rechercheergebnisse per E-Mail geschickt«, teilte sie ihm mit.

Zu seiner Arbeit gehörte auch eine Menge Nachforschungen, die er und sein Team ebenso hassten wie die Büroarbeit. Sie waren langweilig, unspektakulär, und keiner übernahm sie freiwillig, also beschloss er, dass nichts passieren konnte, wenn Morgan das erledigte. Außerdem wäre sie dann zu beschäftigt, um sich in Schwierigkeiten zu bringen, und er hatte Zeit, herauszufinden, ob sie in Schwierigkeiten steckte.

Das Ergebnis seiner eigenen Recherche war, dass Morgan bis vor etwa einem halben Jahr bis über beide Ohren in diversen krummen Geschäften gesteckt, sich seitdem aber aus allem herausgehalten hatte. Dennoch hatte sie ihm nicht die ganze Wahrheit erzählt. »Danke«, sagte er.

Sie nickte, blieb aber stehen und wippte von einem Fuß auf den anderen. Elle wäre nie so leicht zu durchschauen gewesen, aber Morgan war anders.

»Was gibt's?«, fragte Archer.

»Ich weiß, dass es erst zwei Tage sind und dass ich noch nicht wirklich viel gemacht habe«, fing sie an. »Aber ich möchte mich gern bei dir bedanken, dass du mir eine Chance gibst, zu beweisen, dass ich mich wirklich geändert habe.«

»Das musst du nicht mir beweisen.«

»Aber meiner Schwester.«

Er lehnte sich zurück und sah sie an. »Ich bin mir nicht sicher, ob deine Arbeit hier dafür ausreicht.«

»Ich hoffe, dass sie ihre Meinung über mich ändert, wenn sie sieht, dass ich hier mit dir zusammenarbeite.«

»So viel Einfluss habe ich nicht auf sie«, antwortete er. *Niemand* hatte so viel Einfluss auf sie.

»Da unterschätzt du dich aber. Du könntest sie schon davon überzeugen, dass sie mich wieder als ihre Schwester sieht. Du musst es nur versuchen.«

Archer lachte leise, denn er bezweifelte, dass er Elle von irgendetwas überzeugen konnte, was sie nicht ohnehin wollte.

»Ich weiß, dass es viel verlangt ist, aber würdest du zumindest darüber nachdenken?«, fragte sie. »Mir zu helfen, mich wieder mit Elle zu versöhnen?«

Er sah ihr in die hellblauen Augen, die denen von Elle so sehr ähnelten, und seufzte resigniert, denn ihm war klar, dass er es versuchen würde. Nicht für Morgan.

Sondern für Elle.

Weil sie es verdient hatte. Sie hatte eine echte Familie verdient. Und sie hatte noch so viel mehr verdient. Er wusste nicht, ob es daran lag, dass er stolz auf sie war – für das, was sie heute war und was sie alles erreicht hatte –, oder an dem, was er mit ihr gemacht hatte und von dem er befürchtete, es nie wieder tun zu dürfen. Aber was auch immer es war, er wusste, dass er alles dafür tun würde, dass es ihr gut ging.

Am nächsten Abend schaffte er es, sie abzufangen, als sie gerade aus ihrem Büro kam.

»Du verfolgst mich also immer noch?«, fragte sie betont freundlich.

»Vielleicht habe ich dich ja vermisst«, entgegnete er, als er mit ihr zusammen in den Fahrstuhl stieg.

»Dafür müsstest du Gefühle haben, Archer.«

»Du denkst, dass ich keine Gefühle habe?«

Elle seufzte. »Ich weiß, dass du welche hast. Ich denke nur nicht, dass dir das gefällt.«

»Reden wir hier gerade von mir oder von dir?«

Sie verdrehte die Augen, während sie den Innenhof in Richtung Straße verließen. Sie bewegte sich mit einer Geschwindigkeit, die angesichts ihrer hohen Absätze beeindruckend war.

»Willst du etwa den ganzen Weg nach Hause laufen?«, fragte er.

»Die Mädels und ich haben Pizza und Brownies zu Mittag gegessen. Ich muss heute noch 2000 Kalorien verbrennen.«

Er hielt mit ihr Schritt, bis sie ihn streng ansah. »Bist du jetzt mein Leibwächter?«

»Du bist doch die mit dem Messer.«

Sie schnaubte. »Du hast wahrscheinlich allein heute mehr Abenteuer erlebt als ich in meinem ganzen Leben.«

»Elle, du bist ein größeres Abenteuer als alles, was mir je passiert ist.«

Sie ignorierte ihn, marschierte weiter und erledigte ihre Besorgungen. Sie kaufte Blumen, einen frischen Laib Brot beim Bäcker und dann noch eine Flasche Wein. Archer folgte ihr die ganze Zeit und fragte sich, ob sie sich wohl auf ein Date vorbereitete. Er hoffte, dass es nicht so war, denn falls doch, müsste er den anderen Mann vermutlich umbringen.

»Macht es dir Spaß?«, fragte sie trocken.

»Ja.«

Elle lachte. »Lügner. Du hast nie Spaß.«

»Ich habe so meine Momente.«

Sie lief rot an und sah bezaubernd aus, erholte sich aber schnell davon.

»Mhm«, grübelte sie. »Das wundert mich. Nachdem du zwei Dates in Folge ruiniert hast, hätte ich gedacht, dass du eine ziemliche Spaßbremse bist.«

»Elle, ich wollte dich nicht davon abhalten, Spaß zu haben. Denkst du, mir ist nicht klar, wie lange es her ist, dass du dein Leben genossen hast?«

Sie wurde wieder rot und wandte sich hastig von ihm ab.

Sanft drehte er ihr Gesicht wieder zu sich. »Aber zu sehen, wie du mit anderen Männern ausgehst, wenn wir …«

»Sag schon«, forderte sie ihn auf und zog eine Braue hoch.

Verdammt. Er war geradewegs ins Fettnäpfchen getreten. »Ich werde mich nicht dafür entschuldigen, was ich getan habe.«

»Welch ein Schock«, antwortete sie lakonisch.

»Ich werde mich nicht dafür entschuldigen«, wiederholte er, »weil ich es jederzeit wieder tun würde, um dich zu beschützen.«

»Du scheinst es nicht zu bemerken, Archer. Ich bin nicht in Gefahr. Und du musst mich nicht beschützen. Ich komme gut allein zurecht.«

»Ich weiß. Ich hab's kapiert«, antwortete er. »Du bist klug

und stark. Du hast alles im Griff. Und ja, ich hätte dir vielleicht erzählen sollen, dass ich Spence geraten habe, dich einzustellen.«

»Ach, meinst du wirklich?«

»Hör mal, ich mache Fehler, okay? Verdammt viele, um genau zu sein, aber …«

»Lass dich nicht aufhalten, aber *was*?«

Aber … Elle war die wichtigste Person in seinem Leben. Seit er seine Familie verloren hatte, war sie gewissermaßen seine beste Freundin, auch wenn sie manchmal lange keinen Kontakt hatten. Aber das konnte er ihr nicht sagen, ohne sich verletzlich zu machen.

Elle stolzierte mit erhobenem Kinn an ihm vorbei.

Er folgte ihr die Treppen hinauf, bis sie sich vor ihrer Wohnungstür zu ihm umdrehte und ihm in die Augen sah. »Du musst nicht unter meinem Bett nach Monstern suchen, danke.«

»Lass es mich doch trotzdem machen.«

»Ich glaube, ich habe dich schon genug machen lassen.« Sie wollte gerade die Tür aufschließen, als sie erstarrte.

Archer spähte an ihr vorbei, um zu sehen, weshalb sie zögerte, und sah, dass die Tür offen stand.

Jemand war bei ihr eingebrochen.

17. Kapitel

#KrummeGeschäfte

Elle stand regungslos und wie in Trance vor ihrer aufgebrochenen Tür, als Archer ihr eine Hand auf die Hüfte legte und sie hinter sich schob, wo seine breiten Schultern ihr die Sicht in die Wohnung versperrten. Sie hatte allerdings hervorragende Sicht auf die Pistole, die er auf einmal in der Hand hielt.

Sie spürte, wie er sie sanft, aber bestimmt mit dem Rücken an die Wand neben ihrer Tür schob. »Bleib hier stehen«, sagte er und verschwand in der Wohnung.

Sie blieb stehen, hin- und hergerissen, ob sie ihm folgen oder auf seinen Rat hören sollte. Am Ende entschied sie, dass ihm zu folgen sie zu dem dummen Mädchen machen würde, das in jedem Horrorfilm zuerst umgebracht wurde.

Jemand war in ihre Wohnung eingebrochen!

Es war schon lange her, dass Angst sie überwältigt hatte, aber jetzt schlich sie sich hartnäckig an sie heran, und es kam ihr vor, als wäre es erst gestern gewesen, dass sie ein ständig verängstigtes Kind gewesen war.

Genauso leise, wie er verschwunden war, tauchte Archer wieder auf und steckte seine Waffe weg. »Soweit ich das beurteilen kann, fehlt nichts, aber du solltest selbst noch einmal nachsehen, um auf Nummer sicher zu gehen.«

Sie nickte wortlos, und er sah sie mit durchdringendem Blick an, bevor er ihre Hand nahm. »Hey«, sagte er und zog sie an sich. »Du zitterst ja.«

»Nein, das tue ich nicht.«

»Okay«, beschwichtigte er sie. »Dann bin das wohl ich.«

Elle zwang sich zu einem Lächeln und folgte ihm in die Wohnung, wobei sie sich noch immer an ihn klammerte. Ihr Laptop stand noch auf dem Tisch. Der Fernseher war auch noch da. Und auch alle anderen Sachen waren unversehrt, soweit sie es auf den ersten Blick erkennen konnte. »Ich habe nichts offen gelassen«, sagte sie.

»Ich weiß.«

»Tust du?«

Er kniff sie kurz in die Seite, und sie stellte fest, dass er sie noch immer im Arm hielt. »Du hast noch nie etwas offen gelassen. Auch nicht die Hintertür.«

Seine vulgäre Anspielung brachte sie dieses Mal wirklich zum Lachen, wenn auch nur kurz, und sie sah an seinem Lächeln, dass er genau das erreichen wollte. »Soll ich die Polizei rufen?«

»Habe ich schon gemacht.«

Eine Stunde später, nachdem zwei Polizisten da gewesen waren, lief Archer durch ihre Wohnung, überprüfte die Fenster und schnappte sich ihre Handtasche. »Gut, gehen wir.«

»Gehen? Wohin?«, fragte Elle.

»Ins Bett. Du bist total erledigt.«

»Ich brauche meine Handtasche nicht, um den Flur hinunter und in mein Bett zu gehen.«

»Du gehst aber nicht in dein Bett.«

Sie brauchte einen Moment, bis sie antworten konnte, weil ihr Körper und ihr Verstand zwei völlig widersprüchliche Reaktionen auf den Gedanken, wieder mit Archer zu schlafen, zeigten. Ihr Körper machte Freudensprünge, während ihr Verstand aufschrie, dass Archer für sie eine größere Gefahr war als alles und jeder andere.

Zumindest für ihr Herz …

»Das ist eine sehr schlechte Idee«, sagte sie.

»Wieso?«

»Weil du mich mit deinem Aufreißer-Lächeln anschmachten wirst und meine Kleidung innerhalb von Sekunden wieder auf dem Fußboden liegen wird.«

Er grinste sie verwegen an. »Und?«

»Und wir wollten das eigentlich nicht mehr machen.«

Schweigend sah er sie an. Ihre Handtasche wirkte in seinen Pranken geradezu winzig, als er sie ihr wortlos entgegenstreckte.

»Also gut.« Sie riss ihm die Tasche aus der Hand. Jemand war in ihre Wohnung eingebrochen, hatte ihre Sachen angefasst. Und sie hatte keine Ahnung, wieso und wonach die Person gesucht hatte. Sie würde es niemals zugeben, aber ihre Knie zitterten noch immer, und sie wollte nicht allein sein. »Ich schlafe auf deiner Couch.«

»Wo immer du möchtest«, antwortete Archer und folgte ihr hinaus. Dann fuhren sie durch die Nacht. Wortlos. Wachsam.

»Vielleicht war es Morgan«, brach Elle schließlich das Schweigen.

Archer schüttelte langsam den Kopf. »Ich habe sie angerufen. Sie war es nicht.«

Fassungslos starrte Elle ihn an. Sie konnte ihn nur dann richtig sehen, wenn sie eine Straßenlaterne passierten und ein Lichtschimmer über sein Gesicht wanderte. »Wie bitte? Du hast sie angerufen? Meine Schwester und du ruft einander an?«

Er parkte vor seiner Haustür und drehte sich zu ihr um. »Vielleicht solltest du noch etwas wissen, da du gerade so gut drauf und dazu noch stinksauer auf mich bist.«

»Großartig. Was kommt jetzt? Nein, warte«, sagte sie. »Lass mich raten. Du hast, wie über alles andere in meinem Leben, auch darüber Buch geführt, wann meine Periode kommt, und weißt, dass ich einen Tag überfällig bin.«

Archer erstarrte. Blinzelte einmal. Abgesehen davon wirkte er wie versteinert. Nach einer gefühlten Ewigkeit – während der sie sich mehrmals dafür verfluchte, dass sie ihre große Klappe nicht halten konnte – fragte er schließlich gezwungen ruhig: »Du bist überfällig?«

Was stimmte bloß nicht mit ihr? Sie hatte nicht vorgehabt, das zu sagen. Nicht ein Wort davon. Sie hatte es erst heute Morgen bemerkt und war sich zu hundert Prozent sicher, dass es Stress war. Oder wenigstens zu fünfundneunzig Prozent …

»Du weißt wohl doch nicht alles, was?«

Ein Muskel zuckte an seinem Kiefer, und sie sah, wie er sich bemühte, sich zu sammeln. Es war faszinierend, welche Kontrolle er über seine Emotionen hatte. Sie selbst hielt sich schon für ziemlich gut darin, aber Archer war der Meister.

Er brachte sie ins Haus und setzte in der Küche Wasser auf, wahrscheinlich für ihren Abendtee. Es war nur eine kleine Geste, aber sie berührte Elle dennoch.

Verdammt. Er wusste einfach genau, was sie brauchte. Immer.

Na ja, fast immer. Denn was sie in diesem Moment wirklich wollte, war eine Umarmung.

Für einen Augenblick dachte sie, er hätte ihre Gedanken gelesen, denn er kam geradewegs auf sie zu, doch dann nahm er ihr bloß die Jacke ab und hängte sie über die Lehne eines Stuhls. Auch ihre Tasche nahm er und hängte sie zur Jacke, bevor er ihr die Hände auf die Schultern legte und ihr sanft über die Arme streichelte. Er musste sich ein wenig bücken, um ihr in die Augen zu sehen. »Darf ich dich bitten, dich zu setzen, ohne dass gleich ein Streit ausbricht?«

Sie zuckte mit den Schultern. »Bitten darfst du immer.«

Vielleicht war es nur Einbildung, aber sie dachte, dass ein winziges Lächeln seine Lippen umspielte. »Würdest du dich bitte hinsetzen?«

Erneut zuckte sie mit den Schultern, drehte sich dann aber um und ging zu dem großen Sofa im Wohnzimmer, wo sie sich in die Kissen sinken ließ. Es war das bequemste Sofa, auf dem sie je gesessen hatte. Die Kissen schienen sie zu umarmen, und so ließ sie den Kopf gegen die Rückenlehne sinken und schloss die Augen. Jetzt erst merkte sie, wie erschöpft sie wirklich war.

Archer ließ sie in Ruhe dort sitzen, während er in der Küche hantierte, und Elle musste grinsen. Die Vorstellung, wie der draufgängerische, hartgesottene Archer in einer Schürze am Herd stand, war einfach zu absurd.

»Was ist so witzig?«

Verdammt, der Mann bewegte sich auf Samtpfoten. Sie zuckte zusammen, als sie seine Stimme ganz nah bei sich hörte, und als sie die Augen öffnete, stand er über den Tisch vor ihr gebeugt und stellte eine dampfende Tasse Tee darauf ab.

»Du trägst ja gar keine Schürze«, murmelte sie.

Archer runzelte die Stirn und legte ihr eine Hand auf die Stirn, um ihre Temperatur zu fühlen.

»Ich habe kein Fieber«, sagte sie lachend und stieß seine Hand weg. Die Hand, die sich auf ihrer Haut so viel besser anfühlte, als ihr lieb war.

Er sah sie prüfend an. »Rede mit mir, Elle.«

»Ich bin noch nicht bereit dafür, mit dir zu reden«, sagte sie und atmete tief durch. Dann griff sie nach der Fernbedienung, die auf dem Tisch lag, und richtete sie auf den größten Flachbildschirm, den sie je gesehen hatte.

Sofort ging er an, die Lautstärke voll aufgedreht, und wechselte so schnell durch die Kanäle, dass ihr schwindlig davon wurde. »Ich glaube, ich habe gerade einen Satelliten gestartet, aber ich bin mir nicht sicher.«

Archer nahm ihr die Fernbedienung aus der Hand und stellte den Fernseher wieder aus. »Du bist total erschöpft. Du brauchst dringend Schlaf, aber den wirst du nicht bekommen, solange du so aufgebracht bist. Lass alles raus, Elle. Du bist also … überfällig?«

»Nur einen Tag. Das hat nichts zu bedeuten.«

Sein Blick ruhte noch immer auf ihr. »Also warst du schon mal überfällig?«

»Nein«, gab sie zu. Normalerweise konnte sie fast schon die Uhr danach stellen. »Es liegt wahrscheinlich einfach am Stress.«

»Aber vielleicht auch nicht.«

»Ich nehme die Pille«, erinnerte sie ihn.

»Die ist nicht absolut sicher.«

»Es ist noch zu früh, um sich Sorgen zu machen«, sagte sie. »Es ist äußerst unwahrscheinlich, dass ich …« Sie konnte es nicht einmal aussprechen.

Archer nahm ihre Hand und verschränkte seine Finger mit ihren. »Was auch immer passiert, wir werden damit schon fertig.«

Wir. Dieses eine Wort reichte, um ihr die Kehle zuzuschnüren. Kein *Du.* Und kein *Ich.* Sie waren ein *Wir.* Sie hielten es kaum im selben Raum aus, ohne sich gegenseitig an die Gurgel zu gehen. Er war herrisch, manipulativ und ein Kontrollfreak. Und er machte sie wahnsinnig.

Aber dieses *Wir* – damit hatte er sie eiskalt erwischt.

»Du hörst doch, was ich sage, oder? Egal, wie dickköpfig und stur du bist, du bist hiermit nicht allein, Elle.«

Sie brachte kein Wort hervor. Sie war am Ende.

Archer ließ ihr Zeit. Vielleicht brauchte er auch selbst Zeit.

Schließlich fand sie ihre Stimme doch noch wieder. »Ich bin nicht schwanger.«

»Du meinst, du willst nicht, dass du schwanger bist.«

Richtig. Das hatte sie gemeint.

18. Kapitel

#DafürGibtEsKeinEmoji

Archer sah zu, wie Elle aufstand und in seinem Wohnzimmer auf und ab tigerte, wobei sie gedankenverloren ständig die Worte »Du«, »Ich« und »Wir« murmelte. Er hatte zwar keine Ahnung, was sie damit meinte, war aber klug genug, um nicht nachzufragen. Was ihm nicht schwerfiel, denn seine Gedanken kreisten in diesem Moment ohnehin nur um ein einziges Thema.

Sie war möglicherweise schwanger. Mit seinem Kind. Er verspürte das dringende Bedürfnis, sich hinzusetzen und darüber nachzudenken, aber stattdessen blieb er stehen und wartete, dass Elle sich wieder beruhigte.

Endlich hielt sie inne und drehte sich zu ihm um. »Wie hast du das gemeint, dass wir damit fertigwerden? Du willst doch genauso wenig Kinder haben wie ich.«

»Die Dinge ändern sich.«

Sie starrte ihn an, und dann begann sie von Neuem damit, durch das Zimmer zu rotieren. Plötzlich stoppte sie wieder und erstarrte inmitten der Bewegung. Mit ihrem aufwändig frisierten blonden Haar und der angespannten Körperhaltung sah sie aus wie eine antike Göttin.

Eine verdammt genervte antike Göttin, die er sich gut als Mutter seines Kindes vorstellen konnte.

»Willst du damit wirklich sagen, dass du Kinder haben willst?«, fragte sie ihn ungläubig. »Und überleg dir gut, was du sagst, Archer, denn du hast dir ziemlich gründlich das Image eines unzugänglichen, knallharten Typen aufgebaut. Du bist wie eine Insel, vom Rest der Welt abgeschottet, und du brauchst niemanden. Das hast du noch nie. Um genau zu sein, hat es nach meinen Berechnungen elf Jahre gedauert, bis du gemerkt hast, dass du …«

»Eine Beziehung willst«, beendete er den Satz.

»Ja. Genau. Elf Jahre, Archer. Deshalb bin ich mir nicht sicher, ob ich mir dich in einem Einfamilienhaus mit einem schönen weißen Gartenzaun vorstellen kann, jede Nacht dieselbe Frau und …« Sie schien zu überlegen, was noch schlimmer wäre, als ein Einfamilienhaus und jede Nacht dieselbe Frau zu haben. »Einem Dreirad im Vorgarten!«, rief sie schließlich triumphierend. »Ganz ehrlich, das passt nicht zu dir.«

Er wusste, er musste jetzt auf sie zugehen, wenn er wollte, dass sie ihm vertraute. »Du hast recht«, gab er zu. »Ich habe immer nur das getan, was ich selbst wollte, und das war ziemlich egoistisch. Da war nicht viel Platz für eine Beziehung.«

»Das kam dir sicher sehr gelegen.«

Archer pflichtete ihr bei. »Ja, das tat es. Als ich von der Polizei wegging, wusste ich, dass ich mich in Zukunft auf einem schmalen Grat zwischen ›richtig‹ und ›legal‹ bewegen würde. Und ich wusste auch, dass ich damit alle Brücken zu meiner Familie abbreche, die niemals verstehen würde, was ich tue, und vor allem, warum. Mir war klar, dass ich allein sein würde, denn ich kann von niemandem verlangen, all das mitzumachen. Und das hatte ich akzeptiert.«

Sie sah ihn ernst an. »Aber …? Ich spüre, dass es da ein großes ›Aber‹ gibt.«

»Aber«, fuhr er fort, »obwohl ich hätte schwören können, dass ich alles habe, was ich wollte und wie ich es wollte … fehlt mir etwas.«

Während er geredet hatte, hatte Elle kein einziges Mal geblinzelt. Er war sich noch nicht einmal sicher, ob sie überhaupt atmete. »Ich bin noch nicht bereit für so ein Gespräch. Aber ich bin immer noch wütend auf dich. Wenn du *darüber* sprechen willst, dann bin ich dabei.«

»Okay, dann los«, antwortete er.

»Du hast dich all diese Jahre in mein Leben eingemischt und mir hinterherspioniert.«

»Diese College-Sache zählt nicht.«

Sie stockte, und die Raumtemperatur fiel um mindestens zwanzig Grad. »Was?«, fragte sie mit leiser Stimme.

Oh, verdammt. »Was?«, wiederholte er und trat einen Schritt zurück. Körperlich und mental. »Weißt du was? Es ist schon spät. Du bist müde. Ich bin auch müde. Verschieben wir das hier einfach, ja?«

Blitzschnell packte Elle eins der Sofakissen und schleuderte es ihm mit gefährlicher Präzision an den Kopf.

Daran war er selbst schuld. Er hatte mit ihr das ganze letzte Jahr lang im Pub Darts gespielt, und sie lernte schnell.

»Du hast mir meinen Job *und* meinen Platz am College besorgt?«, fragte sie. Diesmal mit ziemlich lauter Stimme.

Archer beschloss, in Zukunft nie wieder als Erster zu sprechen. »Ich habe nur einen Brief geschrieben und dich empfohlen«, sagte er. »Mehr nicht. Ich kenne jemanden im Zulassungskomitee.«

Eine volle Minute lang starrte sie ihn wortlos an, dann ging sie wieder zum Sofa und setzte sich. Als sie nach einem weiteren Kissen griff, lehnte Archer sich vor, um den nächsten Wurf abzuwehren, aber sie warf es nicht. Stattdessen umarmte sie es nur fest und saß schweigend da.

Seufzend ließ er sich neben ihr in die Polster sinken. »Du hattest nur so eine schwere Kindheit, und das hat mir leidgetan. Mit allem, was ich getan habe, wollte ich dir nur helfen.«

»Wenn du mir hättest helfen wollen, hättest du mich anrufen und fragen können, ob ich deine Unterstützung haben will«, sagte sie. »Aber du hast mit mir gespielt wie mit einer Marionette, mein ganzes Leben bestimmt. Das macht mich krank, Archer.«

Er nahm ihr das Kissen aus den Händen und legte zwei Finger an ihr Kinn, bis sie ihn ansah. »Du bist keine Marionette. Und ich habe dein Leben nicht bestimmt. Ich habe nur …« Er suchte nach den richtigen Worten. »Ein klein wenig nachgeholfen, wenn du in der Klemme gesteckt hast.«

»Was ich von dir wollte, war aber nicht, dass du mir hilfst. Ich wollte …«

»Was?«, fragte er, als sie verstummte. »Was wolltest du von mir?« Sag es … Aber sie schüttelte nur den Kopf und schwieg.

Er seufzte. »Hör mal, du hast meine Hilfe nicht gebraucht. Aber du hattest sonst niemanden. Ich wollte nur dafür sorgen, dass du sicher bist. Beschützt.«

»Denn das kannst du ja am besten, richtig?«, fragte sie. »Dafür sorgen, dass Menschen sicher und beschützt sind.«

»Na ja, ja«, erwiderte er, unsicher, wohin diese Frage führen sollte.

Elle schüttelte ein weiteres Mal den Kopf. »Siehst du? Ich bin wie eine Klientin für dich. Und das ist genau das, was ich nie sein wollte, Archer.«

Er stand auf und zog sie auf die Füße. »Du musst mir jetzt genau zuhören«, sagte er. »Geht das?«

»Das kommt darauf an, welchen Schwachsinn du mir erzählen willst.«

Ein heiseres Lachen entwischte ihm, und er ließ seine Stirn gegen ihre sinken. Er deutete es als gutes Zeichen, dass sie daraufhin nicht versuchte, ihm die Augen auszukratzen, oder ihm das Knie in die Weichteile rammte.

»Kein Schwachsinn«, versicherte er mit leiser Stimme, denn er wollte, dass sie ihm wirklich zuhörte. Er zog sie noch fester an sich, denn ihm war klar, dass im Moment außer ihrer körperlichen Harmonie nicht viel für ihn sprach. Und er war kaltblütig genug, um das auszunutzen, wenn er musste. Er würde alles nutzen, damit sie hörte, was er ihr zu sagen hatte. Er wartete, bis sie den Kopf hob und ihn mit ihren tiefblauen Augen ansah.

»In dieser Nacht damals«, fing er an, »da hattest du irgendetwas Besonderes an dir. Du bist auf meinem Radar aufgetaucht und … auch dort geblieben. Ich habe mir Sorgen gemacht, ob du in Sicherheit sein würdest. Ich habe keinen allzu starken Nestbautrieb, Elle, aber du hast das wenige, was da war, hervorgeholt. Ich wollte dich unter die Dusche schicken, dich danach in ein weiches Handtuch wickeln und dir etwas zu essen geben.« Er lächelte matt. »Und dann wollte ich, dass du friedlich einschläfst, während ich auf dich aufpasse.«

»Das alles hast du auch getan«, erinnerte sie ihn. »Du hast mich zum Arzt gebracht und mich danach mit nach Hause genommen, als wäre ich ein Welpe, den du vor dem Ertrinken gerettet hast. Du hast mir etwas zu essen gegeben und mich dann ins Bett gelegt. Allein«, fügte sie hinzu. »Obwohl ich dich gefragt habe, ob du im Gegenzug Sex erwartest, dafür.« Sie schüttelte den Kopf. »Du hast gelacht. Es war mein voller Ernst, und du hast mich ausgelacht.«

»Elle, du hast aus mehreren Wunden geblutet, warst völlig durchnässt vom Regen und hattest nicht einmal Schuhe. Glaub mir, ich habe dich nicht ausgelacht. Ich war stinkwütend darüber, was für ein Leben du führen musstest. Du hast Dinge gesehen, die du niemals hättest sehen sollen. Und Dinge getan, zu denen du niemals hättest gezwungen werden dürfen. Ich hätte am liebsten irgendjemanden dafür verprügelt. Das würde ich immer noch.«

Vielleicht bildete er es sich nur ein, aber sie kam ihm etwas weniger gereizt vor als vorher. »Am nächsten Morgen hast du mir wieder zu essen gemacht«, sagte sie. »Rührei, Würstchen und Toast.«

»Das Einzige, was ich kochen kann«, entgegnete Archer, und der Anflug eines Lächelns trat auf sein Gesicht, als er sich wieder an jede einzelne Minute dieser Nacht erinnerte. Wie er dagesessen und sie bewacht hatte. Wie er zu verstehen versucht hatte, wieso er nur daran denken konnte, dass sie in Sicherheit war, obwohl gerade seine ganze Welt in sich zusammengebrochen war.

»Und nach dem Frühstück …« Sie schloss die Augen, eindeutig beschämt von der Erinnerung. »… habe ich versucht, dich zu küssen, und du hast mich wieder zurückgewiesen. Du hast mir nur einen Pullover gegeben. Mit Geld in der Tasche.«

»Ich wollte nicht, dass du da draußen ohne einen einzigen Cent dastehst.«

»Zuerst dachte ich, das wäre ein Test«, gab sie zu. »Aber das war es nicht.«

»Nein«, sagte er und sah wieder vor sich, wie sie versucht hatte, ihm das Geld wiederzugeben.

»Du hast mir gesagt, dass ich meinen Instinkten folgen und mich von niemandem davon abbringen lassen soll«, fuhr Elle fort. »Du hast mir gesagt, dass es das Richtige gibt – und das Falsche, und eine Grauzone dazwischen, und dass das okay wäre, solange ich mich nur so nah wie möglich am Richtigen bewege. Dann bin ich gegangen und habe dich nie wiedergesehen.«

Er schob die Tasse Tee zu ihr hinüber und sah ihr zu, wie sie trank.

Sie ließ sich Zeit und nippte noch mehrmals, bevor sie die Tasse wieder beiseitestellte. »Aber du warst trotzdem immer da. Und hast auf mich aufgepasst. Oder nicht?«

»Ja.«

»Erklär mir, wieso ich das nicht bemerken durfte. Wieso hast du mir nicht einfach gesagt, dass du auf mich aufpasst und jeden meiner Schritte beobachtest.«

»Ich habe nicht jeden deiner Schritte beobachtet«, widersprach er. »Das habe ich nie.«

»Du willst damit also sagen, dass du niemals in meine Privatsphäre eingedrungen bist?«

Diese Frage wahrheitsgemäß zu beantworten, ohne sie wieder wütend zu machen, war nicht so einfach. Ebenso wenig wie die Frage, auf die sie wirklich hinauswollte – wieso hatte er sie zurückgewiesen?

Sie sah ihn nachdenklich an. »Okay, sehen wir mal, ob ich dich richtig verstanden habe. Du wolltest nicht mit mir zusammen sein, nicht einmal als Freunde, aber trotzdem warst du im Hintergrund immer so aktiv, dass du mir sogar einen Platz am College und einen Job beschafft hast.«

»An dem College, auf das du unbedingt gehen wolltest«, betonte er. »Und einen Job, den du liebst.«

Ihre Augen verengten sich zu Schlitzen. »Du wolltest nicht mit mir zusammen sein«, wiederholte sie. »Also hast du mir stattdessen nachspioniert.«

»Nicht spioniert«, widersprach er. »Ich habe dich beschützt.«

»Aber das wollte ich nicht von dir. Ich wollte ...« Sie verstummte und drehte sich von ihm weg. »Hör zu«, begann sie von Neuem, und er hörte, dass sie sich zwang, geduldig zu sein. »Ich verstehe ja, dass du nur für mich da sein wolltest. Und das warst du mehr als irgendjemand anders ... jemals. Aber die Art, *wie* du für mich da warst ...«

»Du warst minderjährig.«

Sie drehte sich wieder um und starrte ihn an. »Was?«

Was soll's. »Du warst sechzehn, Elle. Und ich war zweiundzwanzig. Wir konnten nicht. Ich konnte nicht.« Er atmete tief ein. »Und nachdem du gegangen bist, hast du so hart gearbeitet, um dein Leben umzukrempeln. Mich zu sehen hätte dich an all das Schlechte von früher erinnert. Das wollte ich nicht, also habe ich mich von dir ferngehalten.«

Noch immer starrte sie ihn an und sah dabei nicht so verständnisvoll aus, wie er gehofft hatte. »Ich treffe meine eigenen Entscheidungen«, sagte sie schließlich. »Ich brauche niemanden, der sie mir abnimmt.«

»Ich verstehe. Und da du ohnehin gerade wütend auf mich bist, würde ich der Liste meiner Fehler gern noch etwas hinzufügen.«

»Ist das dein Ernst?«

»Ich habe deine Schwester übergangsweise eingestellt«, sagte er. »Morgan macht ein paar Hintergrund-Checks und nimmt Anrufe entgegen, bis Mollie wieder da ist.«

Ihr klappte die Kinnlade hinunter. »Also abgesehen davon, dass du meine einzigen beiden Dates seit Ewigkeiten ruiniert und mir die letzten zehn Jahre hinterhergeschnüffelt hast, hast du jetzt auch noch eine bekannte Betrügerin, die dazu noch meine Schwester ist, die ich nicht wiedersehen will, eingestellt?«

»Na ja, also wenn man es genau nimmt, ist das hier doch auch ein Date, und abgesehen von dieser Einbruch-Sache läuft es doch ganz gut, oder?«

Nachdem sie einen Moment lang sprachlos gewesen war, brach Elle in Gelächter aus.

»Und Morgan ist … na ja, Morgan«, fuhr er fort. »Aber sie ist auch deine Schwester. Deine Familie. Und die Familie steht über allem.«

»Wieso hast du dich dann nicht mit deinem Dad versöhnt?«

»Daran arbeite ich noch.«

Elle seufzte. »Ich wünschte, das könnte ich auch behaupten«, räumte sie ein. »Aber ich weiß nicht, ob Morgan und ich das jemals schaffen werden. Ich habe nicht gerade viele gute Erfahrungen mit meiner Familie gemacht. Und mit Beziehungen auch nicht. Die wichtigsten Menschen in meinem Leben sind meine Freunde. Trotz all der dämlichen Sachen, die du angestellt hast – und das waren verdammt viele –«, sie zögerte, »bist du einer davon.«

Das löste gemischte Gefühle in ihm aus. Einerseits eine Wärme, die sich großartig anfühlte. Andererseits hatte sie ihn gerade in die Freundschafts-Zone abgeschoben.

Und das fühlte sich ganz und gar nicht großartig an.

Elle duschte lange und ausgiebig. Zuerst stand sie einfach nur da, genoss das heiße Wasser, das auf ihre Schultern prasselte, und versuchte, auch all ihre Sorgen wegspülen zu lassen.

Doch dann stieg ihr der Duft von Archers Seife in die Nase und erinnerte sie an den Mann, in dessen Dusche sie gerade stand, und daran, was er sie fühlen ließ. Sich hier mit seiner Seife einzureiben, erweckte das Verlangen wieder zum Leben, das sie so mühevoll unterdrückt hatte. Als sie die Dusche verließ, war ihr Körper in Alarmbereitschaft.

Bleib standhaft, befahl sie sich selbst, während sie sich in eins von Archers Badetüchern wickelte.

»Du riechst wie ich«, murmelte er, als sie aus dem Badezimmer kam.

Sie ignorierte das Lechzen ihres Körpers und nahm ein T-Shirt entgegen, das er ihr hinhielt.

»Schlafanzug«, sagte er.

»Danke.« Sie drehte ihm den Rücken zu und zog sich das Shirt über den Kopf, sodass es ihren Körper bedeckte, bevor sie vorsichtig darunter griff, um das Handtuch abzulegen.

Sie hörte ihn nach Luft schnappen und vermutete, dass sie wohl nicht ganz so erfolgreich gewesen war wie geplant. Doch als sie sich zu ihm umdrehte, um ihn wütend anzufunkeln, war sein Gesichtsausdruck völlig entspannt.

Elle hatte keine Ahnung, wie er es anstellte, sich von nichts aus der Fassung bringen zu lassen. Aber von nun an würde sie so tun, als könne sie das auch.

Wenn du es nicht kannst, dann tu so lange so, bis du es kannst – das war ihr Motto.

»Schlaf mit in meinem Bett, Elle. Es ist breit genug und sehr bequem.«

Sagte der große böse Wolf zu Rotkäppchen. »Ich nehme die Couch«, sagte sie kopfschüttelnd.

»Komm schon, jeder bekommt eine Hälfte. Ich habe mich unter Kontrolle, wenn du dich auch beherrschst. Freunde, richtig?«

Ihr Blick fiel auf das riesige Bett mit den einladenden, weichen Decken, und sie schluckte. Sie wusste, dass er sich unter Kontrolle hatte. Was sie nicht wusste, war, ob sie dasselbe von sich selbst behaupten konnte.

Sein Grinsen verriet ihr, dass er genau wusste, was in ihrem Kopf vorging, und trotzig marschierte sie zur Couch hinüber. Er brachte ihr ein Kissen und eine Decke und ging dann einmal durch die Wohnung, wobei er überall die Lichter ausschaltete und die Fenster und Türen kontrollierte. Währenddessen lag sie wie eine Statue da und tat so, als würde sie unter der Decke nicht vor Anspannung beben.

»Kommst du zurecht?«, fragte er leise.

»Immer.«

Er zögerte einen Augenblick, als wolle er noch etwas sagen, doch dann drehte er sich wortlos um und verschwand im Schlafzimmer.

Im Nachhinein war Elle überrascht, wie schnell sie einschlief, doch genauso schnell wachte sie auch wieder auf – und dann kam der Schlaf nicht mehr zurück. Sie fragte sich noch immer, wer in ihre Wohnung eingebrochen war – und sie war aufgebracht, dass Archer in den letzten elf Jahren ihr Leben fremdgesteuert hatte. Außerdem machte sie sich Sorgen um ihre Schwester … und dann war da natürlich noch diese eine, gewaltige Sache in ihrem Kopf: Was, wenn sie wirklich schwanger war? Würde sie eine bessere Mutter sein als ihre eigene? Gott, das hoffte sie, aber sie erschauderte bei dem Gedanken, dass sie es möglicherweise nicht wäre.

Kopfschüttelnd zwang sie sich, an etwas anderes zu denken und sich zu entspannen, aber das Gerede über ihre Vergangenheit hatte all die Erinnerungen wieder hochgeholt, die sie so sorgfältig im hintersten Winkel ihres Gedächtnisses vergraben hatte. Sie verfolgten sie bis in ihre halbwachen Träume. Zum Beispiel die Erinnerung daran, wie ihre Mom verschwunden war, als sie erst fünf Jahre alt gewesen war. Sie und Morgan waren drei Tage lang allein zu Hause gewesen, bevor das Jugendamt sie fand und zu Pflegeeltern brachte. Dort blieben sie, bis ihre Mom zurückkam und auch ihre Töchter zurückforderte. Das passierte noch zwei weitere Male, bis Elle und Morgan schließlich lernten, dem Jugendamt auszuweichen. Abwechselnd schweißgebadet und zitternd vor Kälte, wälzte Elle sich unruhig hin und her, von der Flut der schlechten Erinnerungen überwältigt.

»Elle, rutsch rüber.«

Sie schreckte hoch und sah die Umrisse von Archers hünenhaftem Körper über sich.

»Schhh«, machte er beruhigend und beugte sich zu ihr herunter. »Ich bin's nur. Rutsch rüber.«

»Wieso?«

»Weil du einen Albtraum hast. Ich passe auf dich auf.«

»Wie?«

»Ich halte dich fest und lasse keine schlimmen Erinnerungen an dich heran.«

Das klang erschreckend gut. »Ich will nicht, dass du mich noch weiter beschützt«, sagte sie. »Das habe ich doch schon gesagt.«

»Nur bis morgen früh. Dieses eine Mal noch«, sagte er sanft und strich ihr das feuchte Haar aus der Stirn. »Für mich.«

Sie schnaubte. »Na, wenn es für dich ist …«

»Komm zu mir, Elle.«

Oh, wie gern sie das tun würde.

»Archer?«, wisperte sie.

»Ja?«

»Schlafen Freunde manchmal miteinander?«

Er schob sie ein Stück zur Seite und legte sich neben sie, sodass ihr Rücken an seiner Brust lag. »Wenn diese Freunde du und ich sind, dann ja. Was immer du brauchst, Elle. Immer.«

Das schnürte ihr die Kehle zu, denn obwohl er sie wahnsinnig machte, wusste sie, dass er es ernst meinte.

Archer zog sie näher zu sich heran, und als seine starken Arme sie umschlossen, ließ sie schließlich los und schlief ein.

19. Kapitel

#HastDuMilch?

Als Elle aufwachte, lag sie auf Archers Couch und spürte, dass sie und er sich noch immer eng umschlungen hielten. Er lag flach auf dem Rücken, und sein ruhiger, gleichmäßiger Atem sagte ihr, dass er noch tief schlief.

Also öffnete sie langsam die Augen und beobachtete ihn. Oder besser gesagt, den Teil von ihm, den sie sehen konnte, was kaum mehr als sein stoppliges Kinn war, denn irgendwann im Laufe der Nacht musste sie sich gedreht haben, sodass ihr Gesicht an seinen Hals gepresst war. Sie lag direkt an seiner Seite in seinem Arm, ein Bein über ihn gelegt, als würde er ihr gehören, und ihr linker Arm auf seiner Brust.

Sein rechter Arm baumelte von dem Sofa hinunter, und den anderen hatte er um sie gelegt, die Hand auf ihrem Hintern.

Wieder spürte sie Verlangen in sich aufsteigen und unterdrückte es. Nicht dass sie etwas dagegen hätte, ihren Spaß mit einem Mann zu haben, aber mit Archer war das inzwischen schon öfter passiert, als es sollte. Und sie wusste genau, dass es ein böses Ende für sie nehmen würde, wenn sie sich nicht langsam in den Griff bekam.

Vorsichtig befreite sie sich aus seiner Umklammerung, um ihn besser sehen zu können. Er trug keinen Verband mehr um den verwundeten Arm, und obwohl die Verletzung gut verheilte, zuckte sie beim Anblick der geschwollenen roten Narbe leicht zusammen.

Er war wirklich nicht der Richtige, wenn man nach Sicherheit strebte.

Auch wenn sie gestehen musste, dass sie selbst nicht viel besser war.

Seine Hand auf ihrem Hintern stellte ihre Widerstandsfähigkeit auf eine harte Probe, denn sie gefiel ihr etwas zu gut. Sie beschloss, sich auf etwas anderes zu konzentrieren, und studierte aufmerksam sein Gesicht. Wann bekam man schon mal die Chance, ihn aus nächster Nähe zu betrachten, ohne dass er einen mit seiner Ausstrahlung um den Verstand brachte? Er sah so entspannt aus, so unbekümmert. Und nicht zu vergessen: so unglaublich sexy, obwohl er absolut nichts dafür tun musste. Männer hatten es einfach viel zu gut, was das anging. Und sie wussten es nicht einmal. Sie hingegen brauchte mindestens eine Stunde im Bad, bevor sie sich in der Öffentlichkeit blicken ließ. Mit diesen Gedanken im Hinterkopf rutschte sie Stück für Stück von dem Mann ab, der die ganze Nacht lang ihre Albträume von ihr ferngehalten hatte.

Doch kaum hatte sie damit begonnen, veränderte sich seine Atmung, und sie wusste, dass er aufgewacht war. Kurz darauf öffnete er die Augen und sah sie an.

»Geht's dir gut?«

Sie hatte bereits seine Mitten-in-der-Nacht-Stimme für atemberaubend gehalten, aber sie musste feststellen, dass diese nichts im Vergleich zu seiner Morgen-Stimme war.

»Ja, danke.«

Ihre Blicke trafen sich, und als würde eine unsichtbare Kraft sie dazu zwingen, näherten sie sich langsam, bis …

Sein Telefon irgendwo über ihrem Kopf vibrierte.

»Die Pflicht ruft«, wisperte sie.

Er ließ sie keinen Moment aus den Augen, während er an ihr vorbei nach seinem Telefon griff. Rettung in letzter Sekunde!

Doch dann sah sie, wie er die Stirn runzelte, als er die Nachricht las.

»Was ist los?«, wollte sie wissen.

»Deine Schwester will uns sehen.«

Archer nahm sie mit ins Büro, wo er gespannt beobachtete, wie die beiden Schwestern miteinander umgingen … beziehungsweise wie sie nicht miteinander umgingen.

Obwohl sie direkt nebeneinandersaßen, hätten sie genauso gut Kilometer voneinander entfernt sein können. Er konnte Morgans Schweigen nicht wirklich deuten, aber Elles sprach Bände. Sie versuchte mit aller Macht, sich zurückzuhalten und nicht loszuschreien. Das sah er in ihren Augen, als ihre Blicke sich für einen kurzen Moment begegneten.

»Ich habe ein paar Probleme«, begann Morgan. »Zwei Männer folgen mir. Sie haben die Wohnungen, in denen ich in den letzten Jahren gewohnt habe, abgeklappert und gefragt, wo ich jetzt bin. Und ich weiß nicht, wieso. Ich möchte euch bitten, dass ihr so tut, als wüsstet ihr nichts, falls euch jemand fragt.«

»Wer sind diese Männer?«, fragte Archer. »Und was könnten sie von dir wollen?«

»Ich weiß es nicht.« Sie zögerte. »Aber gestern Abend wurde es besonders schlimm. Einer von ihnen muss mir nach Hause gefolgt sein, denn als ich heute Morgen losgehen wollte, haben sie gerade meine Vermieterin befragt und zu Tode erschreckt. Sie haben ihr erzählt, dass ich in Schwierigkeiten stecke, die schnell zu *ihren* Schwierigkeiten werden könnten, wenn sie nicht aufpasst.«

»Ist sie verletzt?«, fragte Elle.

»Nein.« Morgan klang ein wenig amüsiert, als sie fortfuhr. »Sie hat die geliebten Golfschläger ihres Mannes im Flur stehen, also hat sie sich ein Neuner-Eisen geschnappt und damit herumgefuchtelt wie mit einem Baseballschläger. Als die beiden sie nicht ernst genommen haben, hat sie nach einem von ihnen geschlagen und ihn auch erwischt. Er ist bis in ihr Schuhregal geflogen.« Sie zog ein Mobiltelefon hervor und legte es auf den Tisch. »Das hier hat er verloren, bevor er weggerannt ist.«

Archer holte ein Beweistütchen hervor, schob mit einem Stift das Mobiltelefon hinein und rief nach Trev, der sofort ins Büro geplatzt kam.

Archer reichte ihm die Tüte. »Zieh alles runter, was du kriegen kannst.«

Trev salutierte scherzhaft, zwinkerte Elle zu und ging wieder.

»Du kannst nicht weiter dort wohnen«, sagte Elle zu Morgan. »Du darfst nicht riskieren, dass deine Vermieterin verletzt wird, nur weil deine Vergangenheit dich einholt.«

»Denkst du, das weiß ich nicht?«, fragte Morgan bissig. Sie wies mit dem Kopf auf eine Reisetasche, die auf dem Boden stand. »Ich bin schon längst weg.«

»*Keine* von euch kann in ihrer Wohnung bleiben«, schaltete Archer sich ein. »Bei Elle wurde eingebrochen«, erklärte er Morgan.

Morgan blinzelte überrascht, und die Wut war aus ihren Augen verschwunden, als sie sich zu Elle umdrehte. »Ist dir etwas passiert?«, flüsterte sie.

»Ich war nicht zu Hause.« Elle seufzte und fuhr mit deutlich weicherer Stimme fort: »Wir hatten beide Glück. Aber, Morgan, dieses Glück wird nicht ewig anhalten. Nicht, solange du noch mit einem Bein in irgendwelchen fragwürdigen Geschäften steckst.«

»Das tue ich nicht.«

Elle sah sie vielsagend an.

»Tue ich nicht«, wiederholte Morgan. »Aber es tut mir trotzdem leid. Ich bin nicht hergekommen, um euch Probleme zu machen. Ich dachte, ich hätte all das hinter mir gelassen.«

»So etwas lässt man nie ganz hinter sich«, erwiderte Elle

mit einer Eindringlichkeit, die Archer aufblicken ließ. In ihren Augen sah er mehr Reue und Schmerz, als er erwartet hatte. Er hatte nicht gewusst, wie sehr ihre Vergangenheit noch an ihr nagte und wie schuldig sie sich fühlte.

»Neuer Plan«, schlug er vor. »Ihr wohnt beide bei mir, bis wir diese Sache geregelt haben.«

»Befehl vom Boss?«, fragte Morgan trocken.

Elles Mundwinkel zuckten. »Er denkt übrigens wirklich, dass das eine nett formulierte Frage war und kein Befehl.«

»Mhm. Süß«, sagte Morgan.

Elle grinste.

»Schön zu sehen, dass ihr wieder miteinander redet«, unterbrach Archer sie. »Aber lasst uns dieses Problem jetzt ein für alle Mal aus der Welt schaffen.«

Er beobachtete, wie Elle und Morgan Blicke austauschten, und vermutete, dass sie irgendeine Art lautloser Schwester-zu-Schwester-Kommunikation hatten. Dann stand Morgan auf.

»Ich lasse euch mal kurz allein«, verkündete sie und ging zur Tür, wo sie sich noch einmal umdrehte. »Und glaubt mir bitte, dass ich euch das nicht noch einmal antun wollte. Keinem von euch.« Dann war sie verschwunden.

Elle stand auf, um ihr zu folgen, aber Archer war schneller und hielt die Tür mit der Hand zu, bevor sie sie öffnen konnte.

Erschöpft ließ Elle die Stirn gegen die Tür sinken, und Archer konnte nicht mehr widerstehen. Er atmete tief durch, drückte sich von hinten an sie, strich ihr das Haar aus dem Nacken und küsste sie sanft auf den Hals. »Gib nicht dir die Schuld daran«, murmelte er. »Du kannst nichts dafür.«

»Kann sein«, wisperte sie. »Aber ich habe sie weggeschickt, als sie mich gebraucht hat. Deshalb kann ich mich selbst gerade nicht besonders gut leiden.«

Er drehte sie zu sich um, schlang einen Arm um ihre Taille, fuhr mit der anderen Hand ihren Kiefer entlang bis zu ihrem

Hinterkopf und küsste sie zärtlich. »Das ist okay, Elle. Ich kann dich gut genug für uns beide leiden.«

Sie verdrehte die Augen. »Du magst mich, weil ich mit dir schlafen wollte.«

»Das ist nur ein Grund.« Er lächelte. »Und schon möglich, dass du im Lexikon unter *dickköpfig* und *stur* stehst, aber du stehst auch unter *widerstandsfähig*, *einfallsreich* und *einfach unglaublich*.«

Als sie zu ihm aufsah, wirkte sie überrascht und weniger misstrauisch. Zu dumm, dass er das mit dem, was er als Nächstes sagen würde, vermutlich sofort wieder ruinieren würde.

»Also, wir machen Folgendes«, begann er. »Du lässt mich dir helfen. Und im Gegenzug lasse ich dich auch mir helfen, wenn ich Hilfe brauche. Und das werde ich, Elle. So läuft es zwischen uns beiden – geben und nehmen. Also überspringen wir einfach den Teil, in dem du durchdrehst, weil du denkst, dass du immer nur nimmst, denn das tust du nicht. Das würdest du nie tun. Verstehst du mich?«

Sie sagte kein Wort.

»Du musst es sagen, Elle.«

»Du bist verrückt.«

»Ich weiß. Und jetzt sag es. Sag, dass du mich dir helfen lässt.«

Sie seufzte resigniert. »Ich lasse dich mir helfen. Zufrieden?«

»Bist du jetzt wütend?« Archer grinste verschmitzt. »Der Sex mit dir ist nämlich fantastisch, wenn du wütend bist.«

Drohend hob sie einen Finger und zeigte auf ihn.

Wieder lächelte er nur.

Elle verdrehte die Augen und zwängte sich an ihm vorbei. »Und denk ja nicht, dass ich nicht bemerkt habe, wie du mich und Morgan dazu gebracht hast, bei dir zu wohnen«, sagte sie. »Dadurch sind sie und ich nach sehr langer Zeit wieder unter demselben Dach. Dafür schuldest du mir etwas.«

»Sex oder Schokolade?«, fragte er herausfordernd, und zu seiner Überraschung schien sie ernsthaft darüber nachzudenken.

»Welche Art von Schokolade?«, wollte sie wissen.

Archer grinste. »Ist die bessere Frage nicht ›Welche Art von Sex‹?«

Sie packte ihn am Kragen seines T-Shirts. »Vielleicht will ich ja beides.« Und dann machte sie ihn sprachlos, indem sie ihn unvermittelt und heftig küsste und danach einfach verschwand.

Kurz darauf kam Trev wieder herein. »Du bestichst Frauen mit Schokolade?«

»Und Sex«, ergänzte Archer mit ernstem Gesichtsausdruck. »Vergiss den Sex nicht.«

20. Kapitel

#MachsAufDeineArt

Als sie am Abend wieder in Archers Wohnung waren, beobachtete Elle, wie Morgan sich auf einer Seite von Archers riesigem Ecksofa ausbreitete, und warf ihr ein Kissen und eine Decke hin.

»Er ist schon ein ziemlich guter Fang, nicht?«, sagte Morgan. »Das mit euch beiden könnte wirklich funktionieren, wenn ihr es wollt.«

»Woher willst du denn wissen, was überhaupt einer von uns will?«

Morgan warf ihr einen Blick zu, der eigentlich alles sagte. »Ich habe Augen im Kopf, weißt du? Dieser Mann ist verrückt nach dir.«

»Zu einer Beziehung gehört mehr als nur Sex«, erwiderte Elle.

»Sicher«, fuhr Morgan unbeeindruckt fort. »Aber wenn ein Kerl mich so ansehen würde wie er dich, dann würde ich es versuchen. Weißt du, was du für ein Glück hast?«

Elle wusste nicht, was sie darauf antworten sollte.

»Oh, komm schon«, sagte ihre Schwester und verdrehte die Augen. »Wenn du – wie lange? – acht Jahre an den Weihnachtsmann glaubst, dann kannst du ja wohl auch mal für fünf Sekunden an dich selbst glauben. Du packst das, Elle.«

»Hey«, sagte Elle. »Ich hätte noch wesentlich länger an den Weihnachtsmann geglaubt, wenn du mich nicht gezwungen hättest, mit dir aufzubleiben, nur um Mom dabei zu beobachten, wie sie unserem ahnungslosen Nachbarn die Geschenke für seine Töchter unter dem Baum wegstibitzt. Die hat sie dann unter unseren Baum gelegt – der nebenbei bemerkt eine Marihuana-Pflanze war.«

Das brachte Morgan zum Lachen. »Siehst du? Ich habe dir eine Menge beigebracht.«

»Ich gehe mal Tee kochen«, sagte Elle, ohne darauf einzugehen. *Anstatt mich mit dir zu streiten …*

»Du und dein Tee.«

»Willst du welchen oder nicht?«

Morgan grinste. Sie hatte Elles kleine Gewohnheiten schon immer witzig gefunden: Tee. Die Decke, die sie überall mit hingenommen hatte. Der Gedichtband, der angeblich ihrem Vater gehört hatte. Elle hatte keine Ahnung, ob das stimmte, aber ihre Mutter hatte es geschworen, also hatte sie beschlossen, dass es irgendetwas geben musste, an das sie glaubte.

»Gut«, sagte sie schließlich. »Ich hätte sehr gern einen Tee. Wirklich«, fügte sie hinzu, als sie Elles zweifelnden Blick sah. »Und, Elle?«

»Ja?«

Ihr Lächeln verblasste. »Danke dafür, dass du mich nicht hasst.«

Elle seufzte. »Ich hasse dich nicht, Morgan. Und ich will nicht, dass dir irgendetwas passiert.« Sie zögerte kurz. »Na ja … außer vielleicht etwas Nerviges, nicht Lebensgefährliches. Zum Beispiel, dass du keinen Toast machen kannst, ohne dass er schwarz wird.«

Morgan lächelte freudlos. »Tut mir leid, dass ich immer wieder dein Leben zerstöre.«

»Das tust du nicht«, entgegnete Elle, deren Schuldgefühle wieder hochkochten.

»Du musst jetzt nicht nett sein. Wir beide wissen, dass ich genau das getan habe. Und mein eigenes Leben zerstöre ich auch immer wieder. Ich bin so weit von meinem Plan A abgekommen ...«

»Hey, nach dem ›A‹ kommen noch eine Menge anderer Buchstaben.«

»Das stimmt«, sagte Morgan, zögerte aber.

»Was ist denn?«

»Es ist irgendwie schön, mit dieser Sache nicht mehr allein zu sein.«

Elle hatte sich fest vorgenommen, ihre Schwester nicht zu nah an sich heranzulassen, aber es wurde immer schwerer, dabei zu bleiben, denn sie verstand langsam, wie einsam Morgan gewesen sein musste. Sie hatte sich selbst auch für einsam gehalten, musste nun aber zugeben, dass das nicht stimmte – sie hatte Spence, Willa, Pru und all die anderen, die immer für sie da waren.

Und trotz allem, was er vor ihr geheim gehalten hatte, wurde ihr klar, dass sie auch noch Archer hatte. Sie wusste, dass er sich zurückhielt und ihr den Freiraum ließ, damit sie es selbst schaffte. Aber sie wusste auch, dass niemand besser darin war, ihr den Rücken freizuhalten, als er.

»Was meinst du, kriegen wir wieder so eine richtige Geschwisterbeziehung hin?«, wollte Morgan wissen und lächelte hoffnungsvoll.

Aber ihr Lächeln verblasste, als Elle nicht darauf antwortete. »Oh, richtig. Wir sind keine echten Schwestern mehr.«

»Vielleicht können wir das ja ändern«, sagte Elle sanft und war selbst überrascht davon, dass sie es auch so meinte.

Überrascht sah Morgan sie an. »Ja?«

Elle nickte. »Ja.«

Morgans Lächeln war zaghaft, aber aufrichtig, und versetzte Elle einen Stich. Um einen Moment für sich zu haben, ging sie in die Küche und kochte Tee.

Archer stand unter der Dusche. Sie konnte das fließende

Wasser hören. Dieses Wissen regte ihre Fantasie an, und ihre Fantasie regte wiederum ihren Körper an, der anscheinend nicht wahrhaben wollte, dass heute Nacht nichts passieren würde.

Guten Sex hatte sie immer zu schätzen gewusst, aber auch, danach ohne große Komplikationen gehen zu können. Bis jetzt. Denn von Archer konnte sie nicht ohne Komplikationen weggehen. Sie hatte ihn nicht nur in ihren Körper gelassen, sondern, so ihre Befürchtung, auch in ihr Herz. Und das war ein Problem. Denn plötzlich war sie sich nicht mehr sicher, auf dem richtigen Weg zu sein. Alles stand kopf, und sie wusste nicht, wo oben und wo unten war.

Sie füllte drei Becher mit Tee und stellte einen auf Archers Nachttisch ab. Dabei fiel ihr Blick auf sein Bett – es schien nach ihr zu rufen, doch sie konnte widerstehen und ging zurück ins Wohnzimmer. Morgan schnarchte bereits leise, *sie* schien keine Schwierigkeiten mit dem Einschlafen zu haben.

Einige Minuten später, als Elle schon auf ihrer Seite der Couch lag, spürte sie ein wohlbekanntes Prickeln auf ihrer Haut und öffnete die Augen. Archer beugte sich über sie.

Sie hatte ihn nicht kommen hören.

Er hockte sich neben sie, legte eine Hand auf ihren Bauch und flüsterte in ihr Ohr: »Wieso liegst du hier auf meiner Couch und nicht in meinem Bett?«

Sie erbebte, als sein warmer Atem über ihr Gesicht strich, und spürte trotz der Dunkelheit, dass er lächelte.

Er wusste ganz genau, welche Wirkung er auf sie hatte.

»Ich komme nicht zu dir ins Bett, wenn meine Schwester im Zimmer nebenan liegt«, zischte sie.

»Aber du kannst hier nicht schlafen, schon vergessen? Du brauchst meinen Körper. Dringend.«

Er hielt sich wohl für besonders witzig. »Ich werde schon klarkommen«, antwortete sie kühl.

Aber dann kam er näher, und seine Lippen streiften ihren Mund, und sie merkte, dass das gelogen war.

»Ich warte auf dich, Elle.«

»Da kannst du lange warten.«

Er lachte leise, und wieder spürte sie seinen Atem in ihrem Gesicht. »Das glaube ich nicht«, flüsterte er.

Unverbesserlich.

Unmöglich.

Trotzig kehrte sie ihm den Rücken zu, was ihn nur wieder zum Lachen brachte, während er aufstand und ging.

»Um Gottes willen«, hörte sie Morgans schläfrige Stimme. »Würdest du jetzt bitte diesem heißen Typen hinterhergehen?«

»Ruhe auf den billigen Plätzen«, nuschelte Elle in die Kissen.

»Ich sag ja nur«, entgegnete Morgan. »Ich wäre hier in einer Minute weg, wenn ich die Möglichkeit hätte, Sex zu haben.«

»Ich werde sicher keinen Sex haben, während du hier draußen bist und weißt, was ich gerade tue!«

»Selbst schuld.«

»Oh mein Gott«, sagte Elle. »Hör auf zu reden!«

Obwohl das Sofa sehr bequem war, fand sie keine komfortable Schlafposition, und trotz der angenehmen Raumtemperatur war sie, wie schon in der Nacht zuvor, mal schweißgebadet, und mal zitterte sie vor Kälte.

Morgan hingegen war innerhalb von Sekunden wieder eingeschlafen, und Elle zwang sich, still zu liegen. Sie wusste rückblickend nicht mehr, wann aus ihren Fantasien Träume geworden waren – Träume von Archer, dessen Hände über ihren Körper wanderten und dessen Lippen ihre Haut liebkosten, während er ihr verboten heiße Dinge ins Ohr flüsterte.

Irgendwann musste sie jedoch eingeschlafen sein, denn das Nächste, was sie wahrnahm, war das gedämpfte Licht, das durch die Vorhänge ins Schlafzimmer fiel. Moment – was?

Ruckartig setzte sie sich auf und starrte hinüber zu Archer. Er lag mit geschlossenen Augen da und sah ziemlich entspannt aus.

Und halb nackt.

Vorsichtig spähte sie unter die Decke und sah, dass er noch eine Boxershorts trug.

»Wenn du mich nackt sehen willst, dann musst du doch nur fragen«, hörte sie ihn auf einmal mit rauer Stimme sagen.

»Wieso bin ich in deinem Bett? Wie bin ich hierhergekommen?«, wollte sie wissen.

»Du hast dich wie wild hin und her gewälzt und vor dich hin gemurmelt, sodass du keinen richtigen Schlaf bekommen hast. Was bedeutet, dass ich auch keinen richtigen Schlaf bekommen habe, also habe ich dich hierhergetragen.«

Wo sie offenbar geschlafen hatte wie ein Stein.

»Und das habe ich nicht gemacht, um dich zu retten«, beeilte er sich klarzustellen, »oder um mich in dein Leben einzumischen. Ich habe nur Morgan einen Gefallen getan, weil du sie auch wach gehalten hast.«

In seinem Blick sah sie keine Belustigung oder Verärgerung, nur Wärme und Besorgtheit. Um sie. Sie stand offensichtlich kurz vor einem Nervenzusammenbruch und war darüber hinaus womöglich auch noch schwanger …

»Geht es dir gut, Elle?«, fragte er sanft.

»Ja.« Das war ihre Standardantwort auf diese Frage, aber dieses Mal zögerte sie und atmete tief durch. »Vielleicht.« Schweigen. »Archer?«

»Ja?«

»Wenn ich, nur dieses eine Mal, zugebe, dass es mir nicht gut geht, dann bist du für mich da, oder?«

»Ja, Süße. Ich bin für dich da.« Er rutschte zu ihr hinüber, zog sie in seine Arme, und sie schmiegte sich an ihn und schloss die Augen.

»Was ist das mit uns?«, murmelte sie.

Er lachte leise.

»Was ist an der Frage so witzig?«

»Es ist witzig, weil ich eigentlich immer genau weiß, was ich tue«, antwortete er. »Aber jetzt lasse ich mich einfach treiben. Ich habe keine Ahnung, was genau wir machen, Elle, aber eines weiß ich mit Sicherheit: Ich werde dich nicht allein lassen. Nie wieder.«

Sie erwartete, dass ihr Puls anstieg und ihr Inneres heftig protestierte, aber es geschah nicht. Sie geriet nicht in Panik. Bekam keine Angst. Sie fühlte sich nur – sicher. Geborgen.

»Das ist hier auch nur eine Auszeit von ›Halt dich, verdammt noch mal, von mir fern‹«, sagte sie. »Vergiss das nicht.«

»Ich doch nicht.«

Archer konnte sich kaum eine bessere Art aufzuwachen vorstellen als mit Elle an seiner Seite. Es war der zweite Morgen, an dem er so erwachte, und er spürte eine Vertrautheit zwischen ihnen, die weit über körperliches Verlangen hinausging. Er hätte nichts dagegen, sein Bett auch weiterhin mit ihr zu teilen.

Alles, was er tun musste, war, sie davon zu überzeugen, dass er es ernst meinte. Ein Plan, den er Stück für Stück umsetzte.

Dieser Morgen öffnete ihm auch in anderer Hinsicht die Augen: Es zeigte sich, dass es eine prägende Erfahrung sein konnte, sich ein Badezimmer mit zwei Frauen zu teilen.

Oder eher, *nicht* zu teilen.

Sie verbrachten gut und gerne fünfundvierzig Minuten dort drin. Jede von ihnen. Als sie endlich so weit waren, ihm das Bad zu überlassen, war es allerdings zu spät: Zum ersten Mal in seinem Leben kam er zu spät zur Mitarbeiterbesprechung.

Als er schließlich ins Büro stürzte, war der Einzige, der es wagte, einen Kommentar dazu abzugeben, Joe. Er hatte sich geweigert, noch länger zu Hause zu bleiben, und erledigte den

Papierkram. »Weiß zufällig jemand, wie spät es ist?«, fragte er grinsend.

»Willst du mir irgendetwas sagen?«, entgegnete Archer.

»Nichts, was du hören willst.«

»Wie wäre es denn mit ›Ich würde mich liebend gern noch ein paar Wochen lang um den Papierkram kümmern‹? Würdest du das gern sagen?«

Joe fluchte leise.

Max lachte, woraufhin Joe aufsprang und ihn gegen die Wand drückte. Das brachte Carl dazu, aufzuspringen und laut zu bellen, in der Hoffnung auf eine Rangelei. Carl liebte Rangeleien. Und es sah auch so aus, als würde sein Wunsch in Erfüllung gehen, als Max sich losriss und Joe in den Schwitzkasten nahm.

»Hey«, schrie Mollie aus der Eingangshalle. »Wir haben die Wand gerade erst neu machen lassen, nachdem ihr sie bei eurem letzten Streit kaputt gemacht habt. Schluss damit!«

Archer drehte sich kopfschüttelnd zu Trev um. »Konntest du auf dem Telefon irgendetwas finden?«

»Es ist ein Wegwerfhandy, aber wir arbeiten daran.«

»Arbeitet schneller.«

»Ja, Sir.«

Der Rest des Meetings verlief ohne Zwischenfälle und Rangeleien.

Obwohl mit Joe auch Mollie zurückgekommen war, blieb Morgan noch da, um ihr dabei zu helfen, die liegen gebliebenen Dinge abzuarbeiten. Und da sie nun mal alle keine Bürohengste waren, hatte sich da einiges angesammelt. So kam es, dass Morgan am Abend sogar anbot, länger zu bleiben, und da Max und Carl ebenfalls länger arbeiteten, erlaubte Archer es. Er gab Max die Anweisung, Morgan später zu seiner Wohnung zu bringen.

Dadurch musste er sich vorerst nur um eine der Wheaton-Schwestern kümmern. Er ging den Flur entlang und sammelte Elle bei ihrem Büro ein.

»Wir müssen noch kurz zu meiner Wohnung fahren«, teilte sie ihm mit.

»Weshalb?«

»Noch ein paar Sachen holen …«

Er hatte eigentlich gedacht, dass die gewaltige Reisetasche, die sie vor zwei Tagen mitgenommen hatte, ausreichen würde, kam aber zu dem Schluss, dass es nur ein unnötiges Gesundheitsrisiko darstellen würde, nachzufragen.

Als sie bei ihrer Wohnung ankamen, begleitete er sie hinein.

»Ich glaube, die größte Gefahr, die hier für mich besteht, bist du«, bemerkte sie, wartete aber auf der Türschwelle, bis er alle Zimmer überprüft hatte.

Er fand zwar keine Hinweise auf ein erneutes Eindringen, wiederholte die Prozedur aber trotzdem, als sie bei ihm zu Hause ankamen.

»Vertreibst du all die fürchterlichen Monster?«, rief sie vom Flur aus.

»Alle bis auf eins.« Er zog sie an sich und bemerkte zufrieden, wie sich ihre Atmung beschleunigte.

»Was machst du da?«, fragte sie.

Archer war der Meinung, dass es ziemlich offensichtlich war, als er sie sanft gegen die Wand drückte.

Sie wehrte sich nicht und grinste ihn breit an. »Du hältst dich also für Furcht einflößend, Archer?«

Gott, er liebte es, wie sie seinen Namen sagte. Sie schaffte es, sowohl Verärgerung als auch Belustigung, Wut, Freude und – das war ihm am liebsten – Erregung hineinzulegen. Er schmiegte sich noch enger an sie und küsste sie. So lange, bis es nur noch eins gab, was sie beide fühlten.

»Elle?«

»Ja?«

»Ist das hier gerade wieder eine Auszeit von deiner Wut auf mich?«

Sie sah ihm in die Augen. »Nein.« Dann wartete sie, bis er fast verrückt wurde. »Aber wie du schon gesagt hast, hatten wir den besten Sex, als ich wütend auf dich war.«

Das Verlangen übermannte ihn. Er hob sie hoch, um sie ins Schlafzimmer zu tragen. Elle schlang die Arme um seinen Hals und griff ihm ins Haar, während sie ihn weiter küsste.

Im Gehen ließ er seine Finger zwischen ihre Beine gleiten und hörte sie nach Luft schnappen. Seine Lippen lösten sich von ihren, und er suchte ihren Blick. »Elle …«

In dem Moment ertönte ein lautes Klopfen an der Haustür, und sie zuckten zusammen. »Hey«, hörten sie Morgans Stimme von draußen. »Max ist hier, und er hat es ziemlich eilig, nach Hause zu seiner Freundin zu kommen. Lasst ihr mich hinein, oder treibt ihr es gerade?«

»Das ist deine Schuld«, sagte Elle zu Archer, der sie widerstrebend auf dem Boden abstellte. Dann verschwand sie im Bad, um zu duschen, und überließ es Archer, ihrer Schwester die Tür zu öffnen.

»Also?«, wollte Morgan sofort wissen, als Elle wieder aus der Dusche kam. »Habt ihr es getrieben wie die Karnickel?«

»Nein!«, antwortete Elle energisch.

Und zu Archers Enttäuschung trieben sie es auch in der Nacht nicht wie die Karnickel, denn Elle blieb stur und übernachtete auf der Couch.

Den Nachmittag des nächsten Tages verbrachte Elle hauptsächlich damit, potenziellen neuen Mietern das leer stehende Geschäft zwischen dem Café und der Tischlerei zu zeigen. Sie planten, dort eine Bäckerei aufzumachen, und Elle, die von jeder Art Backen begeistert war, bei der sie nicht selbst in der Küche stehen musste, war der Meinung, dass sie damit gut in die Gemeinschaft passen würden.

Als die Besichtigung vorüber war, verspürte sie das dringende Verlangen nach einer Tasse Tee, also machte sie sich auf den Weg in Spence' Penthouse, wo sie einen Geheimvorrat gebunkert hatte. Sie fand Spence in seinem gigantischen Wohnzimmer vor, wo er an irgendetwas tüftelte. Obwohl überall Teile herumlagen, hatte Elle nicht die geringste Ahnung, was das werden sollte. Spence konnte so gut wie alles auseinanderbauen und wieder zusammensetzen. Er konnte auch fast alles, was er sich vorstellte, bauen – ohne vorher einen Plan zu zeichnen.

»Woran arbeitest du da?«, fragte sie.

Er antwortete ihr zwar, aber das einzige Wort, das sie verstand, war »Prototyp«.

»Trudy wird nicht begeistert sein, wenn sie das Chaos hier sieht«, sagte sie.

Spence war ganz und gar in seine Arbeit versunken. Was auch immer das auf seinem Tisch war – es sah aus, als könnte es bis zum Mars und wieder zurück fliegen. »Ich habe ihr gesagt, dass sie diese Woche nicht aufräumen muss«, erwiderte er beiläufig.

»Willst du ihr etwa das Herz brechen? Du weißt doch, wie sehr sie es liebt, für dich aufzuräumen.«

»Ja, aber gestern ist sie hereingekommen, ohne zu klopfen, und …«

»Hat dich mit einer Frau erwischt?«, vollendete Elle seinen Satz hoffnungsvoll.

Er schnaubte. »Schön wär's, aber nein. Ich habe gerade die Fernsteuerung für meine Drohne ausprobiert, und die wäre ihr um ein Haar direkt ins Gesicht geflogen. Sie ist panisch weggelaufen und hat irgendetwas von einer Zombie-Apokalypse geschrien.«

Elle grinste und ging in die Küche, wo sie die Dose mit dem Tee hervorholte, den Spence extra für sie in England bestellt hatte, und zwei Tassen aufbrühte. »Das mit Archer macht mich total fertig«, sagte sie, als sie zurück ins Wohnzimmer ging und eine Tasse vor Spence abstellte. »Emotional.«

Misstrauisch schnüffelte er an dem Tee, als könnte sie versuchen, ihn zu vergiften. »Wieso kommt ihr mit solchen Problemen denn immer zu mir?«

»Weil du so liebevoll und einfühlsam bist?«, fragte sie trocken.

»Eben, ich bin keins von beidem. Warum also macht es euch so viel Spaß, mit mir über euer Liebesleben zu reden?« Er stürzte den Tee hinunter und verzog das Gesicht, als er merkte, dass kein Zucker darin gewesen war. Dann machte er sich kopfschüttelnd wieder an die Arbeit.

»Na gut, entschuldige bitte«, sagte sie. »Nächstes Mal komme ich nur, wenn ich etwas Wichtiges zu bereden habe, zum Beispiel, wer von uns den größeren Schwanz hat.«

Sie hörte ihn hinter sich lachen, als sie wieder ging und an ihren Schreibtisch zurückkehrte.

Eine Stunde später war sie in ihre Arbeit vertieft, als auf einmal zwei Männer in ihr Büro kamen – große, gefährlich aussehende Männer. Stumpfe Schlägertypen.

»Wir suchen nach deiner Schwester«, sagte Ding eins ausdruckslos, die mächtigen Pranken zu Fäusten geballt.

»Ich habe keine Schwester«, erwiderte Elle.

Die beiden Männer sahen einander an und schienen sich telepathisch zu beraten, was sie als Nächstes tun sollten. Ding eins ging hinüber zu ihrem Fenster und sah hinaus, während Ding zwei sich zwischen sie und die Tür stellte.

Okay, sie waren vermutlich nicht wegen der freien Wohnungen im Gebäude hier …

Elle versuchte, sich unbemerkt aus ihrem Stuhl zu erheben, aber Ding eins drehte sich zu ihr um und schüttelte stumm den Kopf: *Denk nicht einmal dran!*

Also gut. Ihr Laptop war noch an und stand direkt neben ihr. Sie könnte eine SOS-E-Mail abschicken, vielleicht sogar eine

Nachricht schreiben. Doch noch bevor ihre Finger die Tastatur berührten, sprang Ding eins vor und knallte den Laptop zu.

Dann griff sie nach ihrem Handy, aber diesmal war Ding zwei zur Stelle und stieß sie grob zurück, als er ihr das Telefon aus der Hand riss und auf den Boden warf.

Sie verlor das Gleichgewicht, stolperte zurück und prallte gegen die Anrichte hinter ihrem Schreibtisch. Unglücklicherweise hatte sie eine der Schubladen offen gelassen und stieß mit dem Kopf dagegen, als sie zu Boden fiel.

Sie begriff, dass sie in ernsthaften Schwierigkeiten steckte. Doch dann sah sie ihr Handy vor sich auf dem Boden liegen und reagierte blitzschnell. Mit den Fingerspitzen schaffte sie es gerade noch, Archers Nummer aus dem Kurzwahlspeicher zu wählen, als ein Paar riesiger Stiefel in ihrem Sichtfeld auftauchte. Sie tastete mit einer Hand vorsichtig ihre pochende Schläfe ab und betete, dass die Männer das Handy nicht sahen.

»Fangen wir noch einmal von vorne an«, schlug Ding eins vor und zog sie ruppig auf die Füße. »Wir suchen nach deiner Schwester.«

»Ich habe doch schon gesagt, ich habe keine Schwester.«

Lässig schob der Mann die Hände in die Hosentaschen, wobei er, sicher nicht unbeabsichtigt, die Pistole an seiner Hüfte entblößte. »Nächster Versuch.«

Oh Gott.

»Hör zu, wir haben kein Problem mit dir«, fing er an. Er war offensichtlich der Wortführer, denn Ding zwei hatte noch nichts getan, außer zustimmend zu grunzen. »Sag uns einfach, wo Morgan ist, und wir lassen dich in Ruhe.«

Wenn diese Kerle wirklich wussten, wie Morgan hieß und wo Elle arbeitete, dann hatte sie wesentlich größere Probleme, als sie gedacht hatte. »Was wollt ihr von ihr?«, fragte sie und hoffte inständig, dass Archer alles mithörte und auf dem Weg zu ihr war.

»Sie hat uns ein Geschäft versaut, und unser Boss ist nicht besonders erfreut darüber«, erklärte Ding eins. »Er will mit ihr sprechen.«

»Und wer ist ›er‹?«

»Lars Maddox.«

Elle spürte einen leichten Schwindel aufkommen und stützte sich mit den Händen auf ihrem Schreibtisch ab, eine Hand direkt neben ihrem Tacker. Lars war vor Ewigkeiten Morgans Freund gewesen – und er war kein netter Kerl. Er war sogar das Gegenteil davon. Damals, als sie und Morgan noch Teenager gewesen waren, hatte er Morgan dazu gebracht, ihm bei einigen Jobs zu helfen. Er war es gewesen, zu dem Elle die gestohlenen Antiquitäten hatte zurückbringen wollen. In dieser Nacht, die ihrer aller Leben verändert und in der Archer sie gerettet hatte. Wenn Lars noch immer ein Teil ihres Lebens war, dann hatte Morgan sie angelogen.

»Ich verliere langsam die Geduld«, sagte Ding eins drohend. »Wo zum Teufel ist sie?«

»Unter meinem Schreibtisch«, entgegnete Elle, und Ding eins lachte.

Als sie ihn stumm ansah, seufzte er. »Verdammt. Du bist so verrückt, dass ich dir das sogar glaube.« Er schob sich an ihr vorbei, und als er den Blick einen Moment lang von ihr abwandte, um unter den Schreibtisch zu sehen, packte Elle den schweren Tacker und schlug ihm damit so fest sie konnte auf den Kopf.

Sie hörte ein dumpfes Geräusch und dann noch eines, als der Mann zu Boden fiel wie ein Stein.

Ding zwei kniff zornig die Augen zusammen. »Hey! Das wird dir noch leidtun.«

Sie hob die Hand mit dem Tacker, als der Mann mit grimmigem Gesichtsausdruck auf sie zukam. Plötzlich flog ihre Bürotür mit so viel Wucht auf, dass sie gegen die Wand krachte und der Türgriff darin stecken blieb. Das würde teuer werden.

Das Nächste, was sie sah, war, wie Archer hereinstürmte und Ding zwei einen so heftigen Fußtritt verpasste, dass der Mann drei Meter weit gegen die nächste Wand flog, wo er benommen zu Boden glitt.

»Liegen bleiben!«, befahl Archer ihm und wandte sich Ding eins zu. Seine Augen funkelten kalt und unerbittlich, als er ihm mit den Fingern bedeutete, zu ihm zu kommen.

Der Schläger knurrte wütend und stürmte auf ihn zu, aber Archer stieß blitzschnell mit dem Ellenbogen zu, und seinem Gegner blieb die Luft weg, bevor er umkippte wie ein gefällter Baum.

Er stand nicht wieder auf.

Dann drehte Archer sich wieder zu Ding zwei um und trat ihm in die Seite, damit er sich umdrehte. Er stemmte ihm ein Knie ins Kreuz und fesselte ihn mit Handschellen, die er aus einer seiner Taschen hervorzog.

Der andere bekam die gleiche Behandlung, dann stand Archer auf und sah Elle prüfend an. »Geht es dir gut?«

Es ging ihr immer gut, und sie hatte immer alles unter Kontrolle. Oder zumindest fast immer, denn obwohl sie das Ganze relativ unbeschadet überstanden hatte, schnürten Archers Worte ihr die Kehle zu.

Mit der gleichen Auffassungsgabe, mit der er die Situation in ihrem Büro überblickt hatte, sah er jetzt, dass es ihr alles andere als gut ging. Er zog sie an sich und schloss sie in seine schützenden Arme.

Sie war eine selbstständige, starke Frau, die auf eigenen Füßen stand, ihre Kämpfe selbst austrug und sie meistens auch gewann. Aber manchmal war die Eigenständigkeit nicht ganz so großartig wie gedacht. Sie krallte ihre Finger in sein Shirt und vergrub das Gesicht an seinem Hals.

21. Kapitel

#GroßeMädchenWeinenNicht

Es dauerte nicht lange, bis die Polizei da war, die beiden Männer verhaftete und die Aussagen aller Anwesenden aufnahm. Die Geschichte der beiden war gelinde gesagt fragwürdig und beantwortete keine ihrer Fragen.

Inmitten des Chaos zog Archer sie zur Seite und sah ihr in die Augen. »Brauchst du einen Arzt?«

»Das haben die Polizisten mich auch schon gefragt, aber es geht schon.«

»Elle.« Er legte behutsam eine Hand auf ihren Bauch. »Ich frage dich jetzt noch einmal: Brauchst du einen Arzt?«

»Nein. Nein«, wiederholte sie, als er sie argwöhnisch ansah. »Ich bin wirklich okay.« Möglicherweise schwanger, aber okay. Zumindest körperlich. Eigentlich versuchte sie, gar nicht erst darüber nachzudenken, weshalb sie einige Tage überfällig war. Noch nicht.

Wenig später schaffte sie es, sich, ohne viel Aufsehen zu erregen, davonzuschleichen, und ging die Treppe hinunter zum Innenhof. Sie hoffte, dort einige Minuten für sich allein zu haben, bevor sie Morgan ausfindig machen und zur Rede stellen würde.

Um den Springbrunnen herum, dessen Wasser im Sonnenlicht glitzerte, standen zahlreiche Leute. Darunter auch ein junges Pärchen, und der Mann hielt demonstrativ eine Münze hoch.

»Bist du sicher, dass du schon bereit für die wahre Liebe bist?«, fragte die Frau ihn.

Er grinste sie albern an.

Elle versuchte sich vorzustellen, wie sie Archer dieselbe Frage stellte und er sie ebenso albern angrinste, konnte es aber nicht.

Und auf einmal stand der echte Archer hinter ihr, nahm sie bei den Schultern und drehte sie zu sich um. Das gleißende Licht spiegelte sich in den Gläsern seiner Sonnenbrille. »Wo willst du denn hin?«, fragte er und sah sie prüfend an. Die Wunde an ihrer Schläfe, die die Schublade hinterlassen hatte, pochte wie verrückt. »Ich wollte noch die Wunde reinigen und dir einen Eisbeutel geben.«

»Das hatte ich auch gerade vor.« Und das würde sie auch. Sobald sie sich gesammelt und den Kopf frei bekommen hatte. Tinas Muffins könnten dabei helfen, dachte sie.

Archer strich ihr das Haar aus dem Gesicht. »Ist dir schwindelig? Fühlst du dich krank? Wie viele Versionen von mir siehst du hier vor dir stehen?«

»Nein und nein, und die eine Version von dir, die ich sehe, ist schon mehr, als ich im Moment gebrauchen kann«, sagte sie und stieß seine Hand weg. »Und hör auf, mich anzusehen, als wolltest du mich über die Schulter werfen und zurück in deine Höhle tragen.«

»Ich würde dich wahrscheinlich eher übers Knie legen«, antwortete er belustigt.

Eine ältere Frau, die nicht allzu weit entfernt neben ihnen stand, schnappte entsetzt nach Luft und funkelte Archer entrüstet an.

Elle fiel wieder ein, wie ihr Gesicht aussah, und sie begriff, dass die Frau wahrscheinlich vermutete, dass Archer sie geschlagen hatte. Das entlockte ihr trotz der grauenhaften Erlebnisse ein Lächeln.

Archer hingegen war kein bisschen zum Lächeln zumute. »Wir machen nur Witze«, beruhigte er die Frau.

»Männer in Ihrem Alter haben einfach keine Manieren mehr«, zeterte sie. »Zu meiner Zeit wurden Frauen noch mit Blumen und handgeschriebenen Liebesbriefen umworben. Heute dreht sich alles nur noch um Peitschen, Handschellen und Leder.« Sie zeigte mit einem ihrer knochigen Finger auf Archer. »Ihr Männer wärt bestimmt nicht so begeistert von dieser ganzen Sadomaso-Sache, wenn wir Frauen die Peitschen in der Hand hätten!«

Mit diesen Worten stolzierte sie davon.

»Sie dachte wirklich, dass ich dich schlagen würde«, sagte er und klang aufrichtig schockiert. »Ein Blick auf mich – und ihr Urteil stand fest.«

Elle lachte. »Ach, wisch dir die Tränen aus den Augen und komm darüber hinweg.«

Er schüttelte den Kopf. »Und was ist mit dir? Du kriegst ein ordentliches Veilchen, und trotzdem lachst du. Wieso bist du nicht wütend?«

»Das bin ich. Aber ich habe mich verteidigt, und das fühlt sich gut an.« Sie lächelte ihn an. »Danke für den Tacker-trifft-Kopf-Tipp.«

Jetzt musste auch er lächeln. »Du bist wirklich unglaublich, weißt du das?«

»Unglaublich genug, dass du mir Muffins kaufst?«

»Bitte sag mir, dass du noch mehr von mir willst als bloß Muffins.«

Eben hatten sie noch gescherzt, aber sie sah, dass er es jetzt absolut ernst meinte, und ihr Lächeln verblasste. »Können wir erst mal mit den Muffins anfangen, bitte?«

Archer sah sie einen Moment lang an, dann nickte er, nahm zu ihrer großen Überraschung wortlos ihre Hand und zog sie mit sich zu Tinas Café.

Tina begrüßte sie wie immer mit einem offenen, herzlichen Lächeln, das schnell erstarb, als sie Elles Gesicht sah. »Hinsetzen«, befahl sie und zeigte auf einen freien Tisch. »Du setzt dich sofort dahin und bleibst da.«

Nicht einmal eine Minute später stand Tina vor Elle, mit einem Kühlkissen, einem Körbchen voller Muffins und einer dampfenden Tasse Tee.

»Ich liebe dich«, sagte Elle gerührt.

»Das beruht auf Gegenseitigkeit«, antwortete Tina und wandte sich dann an Archer. »Braucht ihr sonst noch etwas? Geht aufs Haus.«

»Für mich nur einen Kaffee«, sagte Archer. »Vielen Dank.«

Tina machte allerdings keinerlei Anstalten zu gehen, sondern stemmte die Hände in die Hüften und starrte ihn durchdringend an. »Du kümmerst dich darum, oder?«

Archers Blick wanderte hinüber zu Elle und dann wieder zurück zu Tina. »Mache ich.«

»Brauchst du noch Hilfe dabei, Namen herauszufinden und ein paar Leute aufzumischen?«

»Wenn ja, dann sage ich dir Bescheid«, antwortete Archer, dem die Ernsthaftigkeit in Tinas Tonfall nicht entgangen war.

Sie nickte knapp, berührte Elle an der Schulter und ging zurück zur Theke, um Archers Kaffee zu machen, den sie kurz darauf brachte.

Er bedankte sich und griff dann über den Tisch nach dem Kühlpack auf Elles Gesicht, um die Wunde anzusehen, bevor er es sanft wieder anlegte.

»Werde ich es überleben?«, fragte sie scherzhaft, um die Stimmung aufzulockern.

»Ja, aber ich vielleicht nicht.« Er schüttelte fassungslos den Kopf, und seine Mundwinkel zuckten. »Meine Güte, Elle, du hast wirklich einen Mann, der doppelt so groß und doppelt so schwer ist wie du, mit einem Tacker geschlagen. Mir ist fast das Herz stehen geblieben, als du mir davon erzählt hast.«

»Mit einem *sehr schweren* Tacker«, korrigierte sie ihn. »Genau so, wie du es mir beigebracht hast.«

Er lachte leise.

»Ich habe ihn ziemlich gut erwischt«, sagte sie nicht ohne Stolz.

»Das hast du, du Schlägerin«, bestätigte er nicht minder stolz. »Du hättest mich gar nicht gebraucht, um mit den beiden fertigzuwerden.«

»Vielleicht«, sagte sie. »Aber ich war noch nie so froh, dich zu sehen. Der Anruf hat dich also erreicht.«

»Hat er. Aber trotzdem sind wir jetzt nicht schlauer als vorher.«

Da war wieder dieses *Wir*. Aber sie nickte, ohne weiter darauf einzugehen. »Ich weiß. Und Morgan geht nicht an ihr Handy.«

»Ich dachte, so etwas bespricht man lieber persönlich«, ertönte Morgans Stimme. Wie aus dem Nichts war sie neben ihrem Tisch aufgetaucht. Sie sah blass und verängstigt aus. »Ich muss euch etwas sagen.«

Damit war Elle klar, dass die beiden Männer die Wahrheit gesagt hatten. Morgan hatte getan, was sie immer tat – sie angelogen.

Jeden angelogen.

Archer schob ihr einen Stuhl hin. »Ich glaube, du musst uns mehr als nur eine Sache erklären«, erwiderte er ruhig.

»Ja.« Morgan sank auf den Stuhl, als wären ihre Beine plötzlich zu schwach, um sie zu tragen, und vergrub ihr Gesicht in den Händen.

»Lass das Theater und sag uns, was los ist«, sagte Elle in einem Tonfall, den sie für bemerkenswert gelassen hielt. »Erzähl uns endlich, was du bisher wohl vergessen haben musst zu erwähnen. Du hast noch immer etwas mit Lars zu tun. Oder zumindest denkt er das.«

»Woher weißt du das?«, fragte Morgan mit gedämpfter Stimme.

»Ich weiß alles.« Elle wünschte, das wäre wahr. Dann wüsste sie zum Beispiel auch schon, wie ihre Noten in diesem Semester aussehen würden. Oder ob ihre Steuerrückerstattung hoch genug ausfallen würde, um sich ein neues Paar Stiefel zu kaufen. Oder auch, ob sie tatsächlich das tat, was sie nie tun wollte: Archer vertrauen.

Ihr Blick traf seinen, und sie versuchte, sich nichts anmerken zu lassen. Aber als sie ihn dort sitzen sah, die Kleidung noch unordentlich vom Kampf und die Augen voller Wut darüber, dass sie verletzt worden war, spürte sie das Verlangen in sich aufsteigen, also wandte sie eilig den Blick ab. »Rede«, sagte sie zu Morgan.

Archer beobachtete still, wie Morgan, kreidebleich, den Blick hob und sich einen Muffin aus dem Körbchen nahm, an das Elle sich klammerte, als wäre es ein Topf voll Gold.

Nicht einmal er war so dumm, Essen von Elle zu mopsen. Da kam ihm der Gedanke, dass es womöglich ein böses Ende nähme, falls sie wirklich schwanger war und er es auf einmal mit zweien von ihrer Sorte zu tun bekäme.

Morgan seufzte und nahm einen gewaltigen Bissen von dem Muffin. Nachdenklich kaute sie darauf herum, dann schluckte sie mit sichtlicher Mühe und begann zu reden. »Ich habe euch ja erzählt, dass ich ein paar Mal in der Entzugsklinik war, und das stimmt auch. Was ich euch nicht erzählt habe, ist, dass ich zwischendurch ein paar Durststrecken hatte, in denen ich … na ja, dem Familiengeschäft treu geblieben bin und mich durch Betrügereien über Wasser gehalten habe.«

»Hey«, warf Elle ein. »Nicht jeder in der Familie ist ein Betrüger.«

»Gut«, sagte Morgan. »Ich bin das einzige schwarze Schaf.

Aber es ist auch die Wahrheit, dass das alles letztes Jahr passiert ist. Seitdem habe ich hart gearbeitet und jeden Job angenommen, den ich kriegen konnte, aber ich wurde einfach nicht gut genug bezahlt, um davon leben zu können. Ich schaffe es nicht allein. Ich brauche eine Familie. Ich brauche *meine* Familie …« Sie sah Elle an.

Doch diese schüttelte den Kopf. »Weißt du«, begann sie, »gestern hätte ich dir vielleicht noch geglaubt. Also spuck es endlich aus: Wieso bist du hier, Morgan? Was willst du von mir? Es geht hier offensichtlich um mehr als nur ein Empfehlungsschreiben.«

Morgan ließ die Schultern sinken. »Lars hat mich angerufen und um Hilfe gebeten. Noch ein letztes Mal.«

»Worauf du mit ›Wenn die Hölle zufriert‹ geantwortet hast, richtig?«

Verlegen biss Morgan sich auf die Unterlippe.

»Richtig?«, wiederholte Elle drohend.

Schließlich seufzte Morgan resigniert.

»Oh mein Gott, Morgan.« Elle warf entgeistert die Hände in die Luft. »Ist das dein Ernst?«

»Ich konnte nicht klar denken, okay? Ich konnte meine Miete nicht bezahlen. Ich habe keine Freunde, auf die ich mich verlassen kann, und du …«

»Ich was?«, fragte Elle mit zusammengekniffenen Augen.

»Du hast mich im Stich gelassen.«

Es war nicht einfach, Elle zu überrumpeln, das wusste Archer, aber da er vermutete, dass sie nach dem Kampf heute noch einen erheblichen Adrenalinüberschuss hatte, legte er vorsichtshalber eine Hand auf ihren Arm, um sie zu beruhigen. Nicht dass er sie davon abhalten würde, sich auf Morgan zu stürzen, oh nein – er würde ihr sogar dabei helfen, ihre Leiche zu verscharren, falls sie es von ihm verlangte –, aber sie sollte zumindest noch einmal darüber nachdenken.

»Ich habe dich nicht im Stich gelassen«, presste Elle durch ihre zusammengebissenen Zähne hervor. »*Du* hast *mich* im Stich gelassen, weißt du noch?«

»Ich habe versucht, dich zu beschützen«, sagte Morgan, wobei ihr Blick wieder zu den Muffins wanderte.

»Keine Muffins mehr, bis du die ganze Geschichte erzählt hast«, sagte Elle streng. »Sag mir endlich, was du gemacht hast, und ich kaufe dir einen ganzen verdammten Berg Muffins.«

Morgan zögerte immer noch.

»Ich habe gerade einen Mann mit einem Tacker niedergeschlagen«, warnte Elle sie. »Also fang an zu reden – oder ich mache das Gleiche mit dir.«

Archer zog eine Braue hoch.

»Was?«, fragte sie ihn. »Sie ist meine Schwester. Ich darf so mit ihr reden.«

Morgan erstarrte, und ihre Augen wurden verdächtig feucht.

Elle sah sie misstrauisch an. »Was ist denn jetzt los?«

»Du hast mich gerade deine Schwester genannt«, flüsterte Morgan, und ihre Lippen bebten.

Archer sah, wie Elle versuchte, weiter wütend zu sein, und dabei auf ganzer Linie versagte. Sie konnte eiskalt sein, wenn es sein musste, aber im Grunde hatte sie ein Herz aus Gold. Er hatte das immer für eine Schwäche gehalten, aber jetzt sah er, dass es das genaue Gegenteil war. Es war eine Stärke – und die machte sie zu einem viel besseren Menschen, als er jemals sein könnte.

Elle streckte einen Arm aus und nahm Morgans Hand. »Du bist meine Schwester«, sagte sie grimmig. »Und du wirst immer meine Schwester sein. Und wenn du irgendetwas von dem, was du mir bei unserem ersten Treffen hier gesagt hast, ernst gemeint hast …«

»Das habe ich«, unterbrach Morgan sie entschlossen.

»Dann erzähl mir alles«, sagte Elle. »Von Anfang an, Morgan, sonst werde ich …«

»Ich weiß, ich weiß, mich mit einem Tacker niederschlagen.« Morgan nickte. »Okay, also, du weißt ja, dass Mom und Lars früher einmal zusammengearbeitet haben. Sie hat ihm bei Jobs geholfen, die mehr Geld gebracht haben als die, die sie alleine machen konnte. Sie hat sich oft als eine russische Landstreicherin ausgegeben, die die Zukunft vorhersagen konnte. Dann ist sie umhergezogen, hat Familienflüche aufgedeckt und versprochen, diese zu brechen. Es waren immer verfluchte Gegenstände – und natürlich waren es stets die wertvollen, über Generationen hinweg vererbten Schmuckstücke der Familie. Manchmal musste ich für sie so tun, als wäre ich eine Expertin für Flüche, wenn sie mich angerufen hat.«

Elle erschauderte. »Wieso hast du dich da bloß mit hineinziehen lassen?«

»Das war Lars. Ich musste ja nicht viel mehr machen, als zu einem bestimmten Zeitpunkt anzurufen. Und wie gesagt, das ist schon Jahre her. Aber wie wir wissen, ist einer ihrer Schwindel aufgeflogen. Die Polizei hat sich eingeschaltet, aber Mom hat es geschafft, alle Beweise, die gegen sie sprachen, verschwinden zu lassen, um nicht ins Gefängnis zu kommen. Lars hatte weniger Glück: Er war am Anfang noch gegen Kaution frei, und die Verhandlung wurde einige Male vertagt, aber schließlich ist er für mehrere Jahre ins Gefängnis gekommen. Als er wieder draußen war, hat er sofort gegen seine Bewährungsauflagen verstoßen und noch ein paar Jahre abgesessen. Jetzt ist er gerade wieder draußen und denkt aus irgendeinem Grund, dass ich noch immer den Piratenschatz habe: den Koffer voller Juwelen vom letzten Coup.«

»Was du aber nicht hast«, sagte Elle. »Denn alles, was du hattest, war eine Brosche, und die habe ich in der Nacht zurückgebracht, in der wir geschnappt wurden.«

Diese eine schicksalhafte Nacht, die Archer immer als eine Tragödie betrachtet hatte. Aber das stimmte nicht. Diese Nacht hatte Elle in sein Leben gebracht.

»Du hast nichts mehr von der Beute«, wiederholte Elle. »Richtig?«

Wieder biss Morgan sich auf die Unterlippe. »Nun ja …« Sie verzog das Gesicht. »Ich habe noch eine Taschenuhr aus dem neunzehnten Jahrhundert, die angeblich einem russischen Adligen gehört hat.«

Verdammt, dachte Archer. Jetzt war alles klar.

Elle starrte sie fassungslos an. »Wieso?«

»Das würdest du nicht verstehen.«

»Lass es darauf ankommen«, sagte Elle scharf.

»Du lässt nicht zu, dass deine Gefühle dich kontrollieren«, fuhr Morgan fort. »Du lässt nicht zu, dass du tiefere Gefühle für jemanden entwickelst, und ich wünschte ehrlich gesagt, ich wäre mehr wie du.«

Für den Bruchteil einer Sekunde sah Elle aus, als hätte ihr jemand eine Ohrfeige verpasst, aber sie erholte sich schnell davon. »Erzähl mir von der Uhr, Morgan.«

Morgan zuckte mit den Schultern. »Er hat mich betrogen. Das erste Mal vor langer Zeit, als wir noch zusammenarbeiteten, und dann noch einmal, als er auf Bewährung draußen war. Ich war wütend und habe mich hintergangen gefühlt. Und ich wollte, dass er sich auch so fühlt. Also ja, ich habe die Uhr genommen. Ich bin nicht besonders stolz darauf, und ich hab es auch nicht getan, um sie hinter seinem Rücken zu verkaufen oder so – auch wenn ich darüber nachgedacht habe. Es war mehr eine Art … Trophäe. Er wollte mich nicht, er hat mich einfach weggeworfen. Mom hat gesagt, ich sollte es als Lohn für meine Arbeit betrachten.«

Elle starrte sie an. »Wenn es etwas gibt, was Mom uns beigebracht hat, dann, dass wir an nichts und niemandem festhalten sollen. Nicht aus Sentimentalität, nicht aus Liebe, nicht aus Gier. Am Ende wäre es nur eine Schwachstelle.«

»Es war nicht aus Gier«, sagte Morgan und schloss die Augen. »Sondern – aus Sentimentalität.«

»Was soll das bedeuten?«, fragte Elle.

Ihre Schwester öffnete die Augen wieder und sah sie an. »Ich habe die Uhr behalten, weil sie mich an dich erinnert.«

»An mich?«

»Weil sie mit dieser einen Nacht verbunden ist«, sagte Archer leise. Er verstand Morgan besser, als er es erwartet hätte.

»Die Uhr gehört zu der Brosche, die du zurückgebracht hast«, erklärte sie. »Und jetzt ist Lars hinter dir her, weil er denkt, dass ich noch mehr habe. Ich habe dein Vertrauen missbraucht und alles verbockt.«

Elle seufzte. »Das ist nicht allein deine Schuld. Mom ist mitschuldig.«

»Aber ich auch. Ich habe die Uhr genommen«, sagte Morgan. »Und ich werde das auch wieder in Ordnung bringen.«

»Nein«, schaltete Archer sich erneut ein. »Ich werde das tun.«

Die beiden drehten sich zu ihm um, überraschenderweise vereint in ihrer Meinung. »Das hier ist unser Problem«, sagte Morgan. »*Mein* Problem.«

»Sie hat recht.« Elle sah ihm in die Augen. »Ich werde nicht zulassen, dass du wieder dort hineingezogen wirst, Archer. Nicht schon wieder. Gott weiß, wie wir dieses Mal dein Leben zerstören würden.«

Er nahm ihre Hand, damit sie ihm zuhörte. »Das hier ist genau mein Metier, Elle. Lass mich und die Jungs das übernehmen.«

»Aber nur, wenn ich dabei bin«, sagte sie. »Ich lasse euch das nicht ohne mich machen.«

»Ohne mich auch nicht«, fügte Morgan ebenso stur hinzu.

Tja. Das bot die besten Voraussetzungen für ein völliges Desaster, aber er saß zwei Frauen gegenüber, die ihm vertrauten und nichts weiter von ihm verlangten, als dasselbe zu tun.

»Aber wir machen es auf meine Art«, warnte er sie. »Was bedeutet, dass ihr beide vorerst weiter bei mir wohnt.« Er sah Morgan an. »Keine unangekündigten Ausflüge mehr. Wenn du das Gebäude verlassen willst, dann gehst du mit Elle oder fragst einen meiner Männer.«

»Kann ich den mit den Tattoos fragen?«, wollte Morgan wissen.

»Reyes? Auf keinen Fall.«

»Wieso nicht?«

»Weil du ihn mit Haut und Haar verschlingen würdest.«

»Allerdings würde ich das«, antwortete Morgan lachend. »Aber ich garantiere dir, dass es ihm gefallen würde.«

Elle verdrehte die Augen.

Den Blick immer noch auf Archer gerichtet, nickte Morgan in ihre Richtung. »Du scheinst irgendetwas falsch zu machen, wenn sie davon genervt ist. Brauchst du ein paar Tipps?«

Einen Moment lang zweifelte Archer an seiner Entscheidung, Morgan nicht zu erwürgen, aber sie stand schon auf.

»Okay, ich gehe mal wieder nach oben und tue etwas für mein Geld.« Sie machte eine kurze Pause. »Aber ich will noch einmal sagen: Es tut mir leid. Ich weiß, dass das nicht ausreicht und dass ich euch früher hätte vertrauen sollen, aber es tut mir wirklich leid.«

Dann war sie verschwunden.

»Du machst zu viel für mich. Ich will eigentlich nicht, dass du das hier auch noch für mich tust«, sagte Elle.

»Du tust auch viel für mich.«

»Was zum Beispiel?«, fragte sie.

»Du hilfst mir, ein Mensch zu bleiben.«

Verblüfft sah sie ihn an. Und Archer konnte nicht abstreiten, dass auch er selbst überrascht war. Er stand auf, warf etwas Geld in Tinas Trinkgelddose auf dem Tresen und zog Elle mit sich aus dem Café und über den Innenhof hinweg in die Seitengasse. Erfreulicherweise war sie dieses Mal leer.

Sanft drückte er Elle gegen die Backsteinmauer und küsste sie. Er hatte diesem Verlangen, das durch seine Sorge um ihre Sicherheit und dieses merkwürdige Gefühl in seiner Brust befeuert wurde, nicht länger widerstehen können.

Offenbar war er damit nicht allein, denn Elle schlang die Arme um ihn und erwiderte seinen Kuss. Als ihre Zungen sich berührten, war es, als würde sie geradewegs in seinen Verstand eindringen und die Kontrolle über ihn an sich reißen.

Schließlich löste sie sich atemlos von ihm und schüttelte den Kopf, als wolle sie den Moment abschütteln. Ein Hauch von Belustigung blitzte in ihren blauen Augen auf. »Hoffst du, dass ich dadurch vernünftiger werde und mir helfen lasse?«, fragte sie, die Finger noch immer in seinem Haar.

»Ich hoffe, dass *ich* dadurch vernünftiger werde. Du machst mich fertig. Du willst doch, dass ich in Sicherheit bin, richtig?«

»Natürlich«, antwortete Elle.

»Dann kannst du doch zumindest versuchen zu verstehen, dass ich das gleiche Bedürfnis bei dir habe, oder?«

Sie sah ihn eindringlich an und nickte langsam. »Ja.«

Er fuhr mit einem Finger ihre Wange entlang, strich über ihre Lippen, an ihrem Hals hinunter und spürte, wie sie bei der Berührung erbebte. »Heißt das: ›Ja, ich lasse zu, dass du mich beschützt‹?«

»Das heißt ›Ja, ich werde versuchen, dich nicht umzubringen, während du es tust‹.«

Für sie war das ein Scherz, aber nicht für ihn. Wenn es um ihre Sicherheit ging, verstand er überhaupt keinen Spaß. Er legte eine Hand an ihre Wange. »Sag mir, dass du verstehst, worauf ich hinauswill.«

Noch immer etwas außer Atem, nickte sie bestätigend. »Das tue ich. Genauso, wie du verstehen musst, dass du mir ein neues Kleid schuldest, wenn ich jetzt Dreck von dieser Wand am Rücken habe.«

Später am Abend stand Elle in Archers Wohnzimmer und starrte das Sofa an. Es war bequem, aber wenn sie ehrlich war, war es Zeitverschwendung, so zu tun, als würde sie darauf schlafen.

Wie am Tag zuvor stand Archer gerade unter der Dusche, und Morgan saß auf dem Sofa, ein wissendes Grinsen im Gesicht.

»Kein Wort«, sagte Elle und stolzierte in Archers Schlafzimmer, wobei sie die Tür hinter sich etwas energischer schloss als unbedingt nötig.

Mit einem wohligen Gefühl schlüpfte sie unter die warme Decke, zog Archers Kissen zu sich und sog seinen Duft in sich auf. Er roch fantastisch. Wenn sie ein Parfüm daraus machen könnte, wäre sie wahrscheinlich innerhalb kürzester Zeit Millionärin. Sie wusste nicht, wie lange sie dort lag und in Gedanken versunken war, bevor sie merkte, dass sie nicht mehr allein im Zimmer war, aber angesichts der Reaktion ihres Körpers wusste sie sofort, wer die andere Person war.

22. Kapitel

#HashtagFlachgelegtWerden

Archer hielt inne, als er Elle in seinem Bett liegen sah, die allem Anschein nach versuchte, sein Kissen zu inhalieren. Sie erstarrte und drehte sich auf den Rücken, als hätte sie seine Anwesenheit gespürt.

»Dein Bett ist sehr bequem«, sagte sie.

»Danke, Goldlöckchen.« Lächelnd ging er zu ihr hinüber und genoss ihren Anblick. »Hast du gerade an meinem Kissen geschnüffelt?«

»Nein.« Sie seufzte. »Vielleicht ein bisschen. Du riechst immer so gut.« Dann setzte sie sich auf, und die Decke rutschte bis zu ihren Hüften hinunter. Sie trug eines seiner T-Shirts und – wie er hoffte – nichts darunter.

»Müde?«, fragte sie.

»Kein bisschen«, erwiderte Archer, kletterte zu ihr ins Bett und stützte sich mit den Händen links und rechts von ihr ab.

Sie zog ihn an sich, und er ließ zu, dass sie ihn auf den Rücken drehte und in die Matratze presste. In ihren Augen sah er eine solche Entschlossenheit, dass er es nicht wagte, sich zu wehren, als sie seine Hände oberhalb seines Kopfes festhielt und sich langsam zu ihm herunterbeugte.

»Ich wollte dich überraschen«, sagte sie und schüttelte dabei den Kopf, als könne sie es selbst nicht glauben. »Dabei mag ich Überraschungen nicht mal.«

Er grinste. »Aber du magst mich.«

»Unglaublich, aber wahr.« Wieder schüttelte sie den Kopf.

Seine Finger umklammerten ihre Hände, aber er ließ sich noch immer von ihr festhalten. »Du scheinst einen Plan zu verfolgen.«

»Ich verfolge immer einen Plan. Aber der hier setzt voraus, dass wir« – sie wackelte ein wenig auf ihm hin und her, und er unterdrückte ein Ächzen – »sehr leise sind.« Dann ließ sie ihre Hüfte kreisen, wobei ihr Shirt Stück für Stück nach oben rutschte und ihm einen Einblick ins Paradies gewährte. »Kannst du sehr leise sein, Archer?«, wisperte sie, als sie sich über ihn beugte und ihre Lippen seinen Kiefer entlangstreiften.

»Ich wurde schon leise geboren.« Er befreite seine Hände aus ihrem Griff und ließ sie unter das Shirt auf ihren nackten Hintern gleiten, was ihr ein befriedigendes Stöhnen entlockte. »Ich denke, die Frage ist eher, ob *du* leise sein kannst.«

Sie biss sich auf die Unterlippe, denn sie erinnerte sich nur zu gut daran, wie laut sie gewesen war, als er sie das letzte Mal berührt hatte. Er grinste bestätigend. »Weg mit dem Shirt, Elle.«

»*Meine* Überraschung, schon vergessen?« Dann griff sie nach seinen Händen und führte sie unter ihr Shirt an ihre Brüste. »Du musst nichts weiter tun, als dazuliegen und hübsch auszusehen.«

Er lachte, was in ein weiteres Ächzen überging, als sie das Shirt langsam über ihren Kopf zog und ihre samtig weiche Haut entblößte.

»Du bist wunderschön«, sagte er beinahe ehrfürchtig. »Das Beste, was mir je passiert ist.« Ihre Blicke trafen sich. »Ich habe noch nie etwas so sehr gewollt wie dich.«

Sie geriet kurz ins Stocken, als hätte er sie mit diesem Bekenntnis aus dem Konzept gebracht. »Morgan hat gesagt, dass ich mich nicht von meinen Gefühlen kontrollieren lasse«, sagte sie. »Und sie hat recht.«

»Nein, hat sie nicht.«

»Doch«, beharrte Elle. »Aber wenn ich mit dir zusammen

bin, Archer, dann fühle ich mich … hungrig. Mir läuft im wahrsten Sinne des Wortes das Wasser im Mund zusammen.« Erneut beugte sie sich zu ihm herunter und flüsterte ihm etwas ins Ohr. »Und ich habe vor, jeden … einzelnen … Zentimeter von dir zu kosten.«

Er schnappte nach Luft, als sie mit der Zunge an seinem Ohrläppchen entlangfuhr. Sie begann auch sofort damit, ihr Versprechen wahr zu machen, und erforschte mit den Lippen jeden Winkel seines Körpers, sparte sich den Teil, der am meisten danach verlangte, bis zuletzt auf.

In dem Moment, in dem sie ihn schließlich erreichte, war Archer nicht länger Herr seiner Sinne. Und während seine Welt aus den Angeln gehoben wurde, wurde ihm klar, dass sie nicht nur seinen Körper beherrschte, sondern auch sein Herz.

Am nächsten Morgen erwachte Elle und setzte sich ruckartig auf. Archer stand splitterfasernackt vor seinem Kleiderschrank und wühlte in den Schubladen. Er zog schwarze Boxershorts, eine Cargo-Hose und ein schwarzes T-Shirt hervor und zog sich an. Dann ging er hinüber zu einem Wandsafe und begann, sich zu bewaffnen: eine Glock an der Hüfte, ein Messer in einer seiner Taschen. In einer anderen noch das Handy, dazu ein schwarzes Baseballcap, das er verkehrt herum aufsetzte, und eine Schutzweste.

Elle konnte vor Begierde kaum atmen, so heiß sah er aus.

Als er voll ausgerüstet war, drehte er sich um und bemerkte, dass sie ihn anstarrte. Er kannte sie gut, denn seine Augen begannen zu glühen, als wüsste er, was ihr durch den Kopf ging.

»Ein Wort von dir – und ich bin sofort wieder nackt«, sagte er. »Du kommst sicher zu spät zu deinem Kurs, aber ich würde schon dafür sorgen, dass es sich lohnt.«

Sie spürte, wie sie förmlich dahinschmolz, und musste sich auf die Zunge beißen, um nicht laut »Oh ja, bitte« zu schreien.

Doch obwohl sie nichts gesagt hatte, machte Archer einen langsamen Schritt vor, ein entschlossenes Funkeln in den Augen. Er hatte gerade das Bett erreicht, als ein heftiges Klopfen an der Tür sie zusammenzucken ließ.

»Beeilt euch, ihr Penner«, ertönte Morgans Stimme. »Ich muss ins Bad.«

Archer stöhnte frustriert und ließ die Stirn gegen Elles Schulter sinken.

»Du hättest mich nicht davon abhalten sollen, sie umzubringen«, sagte Elle.

Es war schon spät am Abend, doch Elle war noch immer im Büro, als ihr Handy vibrierte.

Morgan: Ich bleibe heute hier und komme nicht mit zu Archer. Ich habe etwas vor.
Elle: Was hast du vor?
Morgan: Die Jungs veranstalten nachher eine Pokerrunde.
Elle: Nein. Auf keinen Fall. Du wirst nicht meinen Freunden das Geld aus der Tasche ziehen.
Morgan: Ich werde nicht schummeln! Dieser sexy Nerd hat gesagt, dass er mich danach zu Archer fährt. Erlaubst du mir das, MOM?
Elle: Denk nicht mal daran, mit Spence zu schlafen.
Morgan: Oooh. Machst du dir etwa Sorgen um mich?
Elle: Ich mache mir Sorgen um IHN.

Morgan antwortete mit einem Mittelfinger-Emoji. Elle verdrehte die Augen und stand auf, um zu gehen, als ihr Telefon erneut vibrierte. Diesmal war es ein Anruf.

»Alles klar bei dir?«, fragte Archer.

Seine Erschöpfung war sogar durchs Telefon zu hören. »Besser als bei dir, so wie du klingst. Wie wär's mit Abendessen?«

»Kochst du?« Seine Stimme war so hoffnungsvoll, dass sie völlig überrumpelt war.

»Ja«, sagte sie und zuckte entsetzt zusammen. *Ja?* War sie verrückt geworden? »Ich gehe jetzt los.«

»Mit Morgan?«

»Nein, sie bleibt noch, wegen dieser Pokerrunde heute Abend.«

»Dann begleitet Joe dich«, sagte Archer. »Er ist in fünf Minuten bei dir.«

»Nein, nicht nötig.«

»Irgendwo da draußen läuft so ein Dreckskerl herum, der dir und deiner Schwester seine Schlägertypen auf den Hals hetzt. Joe begleitet dich!«

Drei Minuten später stand Joe vor ihrer Tür. »Ich muss aber unterwegs noch schnell in den Supermarkt«, warnte Elle ihn. Sie machten sich auf den Weg, und nach einer Weile hatte Elle eine Idee. Sie sah Joe prüfend an. »Du kannst nicht zufällig kochen, oder?«

»Oh, ich kann sogar verdammt gut kochen«, antwortete er. »Das kommt bestens bei den Frauen an.«

Elle verdrehte die Augen und zog ihn mit sich in den Supermarkt. »Dann gib mir einen Tipp: Was ist leicht zu kochen, macht aber trotzdem Eindruck?«

Er grinste. »Du willst heute Abend wohl den Boss verführen?«

»Das geht dich nichts an. Hilfst du mir jetzt oder nicht?«

Zusammen kauften sie Steaks, Kartoffeln und einen fertigen Salat. »Es gibt nichts Besseres als ein paar saftige gegrillte Steaks mit Kartoffeln und ein wenig Grünzeug, um sich gesund zu fühlen«, sagte Joe.

»Ich weiß nicht, wie man grillt«, gab Elle etwas beschämt zu.

»Du drehst an einem Regler, schmeißt die Schätzchen hier auf den Grill, wartest ein paar Minuten, und dann wendest du sie. Glaub mir, dieser Mann wird dir aus der Hand fressen.« Er grinste. »Oder von wo auch immer du willst …«

Sie sah ihn tadelnd an.

Was ihn allerdings nicht im Geringsten störte. »Ruf mich einfach an, wenn du noch irgendwelche Fragen hast«, sagte er, nachdem er sie zu Archers Wohnung gebracht und jedes Zimmer auf Eindringlinge überprüft hatte. Dann ließ er sie allein.

Elle trat durch eine der großen Glastüren im Wohnzimmer nach draußen auf die Terrasse und starrte den größten Grill an, den sie je gesehen hatte. Tatsächlich sah sie einen Drehregler – und dazu noch eine Kurzanleitung, die auf der Seite eingraviert war. Das Gas aufdrehen. Mit dem Drehregler die gewünschte Flamme einstellen. Grillen.

»Klingt machbar«, sagte sie laut zu sich selbst. Dann schaltete sie das Gas ein und hörte, wie es zischend austrat. Ermutigt drehte sie den Regler und –

Wusch.

Eine gewaltige Stichflamme fauchte unter dem Rost hervor und versengte ihr beinahe die Augenbrauen. »Ach du Scheiße«, japste sie, sprang instinktiv rückwärts und stolperte über einen Liegestuhl, sodass sie sich schließlich auf dem Boden sitzend wiederfand. Panisch tastete sie ihre Augenbrauen und Wimpern ab.

Alles unversehrt.

Erleichtert stand sie auf und drehte die Flamme runter. Fünf Minuten später lagen die Steaks und die Kartoffeln auf dem Grill.

»Sieh gut hin, Chefkoch«, murmelte sie, während sie sich in der Küche großzügig Wein einschenkte. Mit dem Glas in der Hand kehrte sie auf die Terrasse zurück und sah hinunter auf die belebten Straßen, den Hafen dahinter und die atemberaubend schöne Bucht. Sie seufzte. Wenn sie so eine Aussicht von ihrer Wohnung aus hätte, würde sie sie wohl niemals verlassen. Sie würde ihre Schuhe ausziehen, es sich in einem der Liegestühle gemütlich machen und die Welt an sich vorbeiziehen lassen.

Was sie schließlich auch tat.

Sie schlüpfte aus ihren Schuhen, rollte sich auf dem Liegestuhl zusammen und genoss den Ausblick, während sie an ihrem Wein nippte. Es fühlte sich verdammt gut an, einfach die Seele baumeln zu lassen, nachdem sie mit eigenen Händen ein Essen zubereitet hatte, für den Mann, den sie … tja. Das war etwas kompliziert. Sie mochte ihn. Sehr sogar. Sie bewunderte seine Stärke, sowohl körperlich als auch mental. Er war klug, eigenständig und, wenn er wollte, ziemlich witzig.

Und ja, möglicherweise, vielleicht, wahrscheinlich liebte sie ihn.

Sie lehnte sich zurück und schloss die Augen, während ihr dieser erschreckende Gedanke durch den Kopf schoss. Und mit ihm auch die Bilder aus ihrer Erinnerung: Archer, der sie heute Morgen auf diese Art angelächelt hatte, die ihr sagte, dass er sie verstand. Und er verstand sie wirklich, besser als irgendjemand es je zuvor getan hatte. Archer, der nach ihrem kleinen Ablenkungsmanöver im Pub noch mit ihr tanzte, obwohl er wütend war, und sie in seine starken Arme schloss. Archer, der in ihr Büro stürmte, bereit, sein Leben zu riskieren, um ihres zu retten – immer und ohne darüber nachzudenken. Niemand konnte sie so verrückt machen wie er – und niemand konnte sie mehr fühlen lassen als er.

Das Einzige, was sie noch mehr schockierte als diese Erkenntnis, war das Wissen, dass es ihr genauso ging …

Sie hatte keine Ahnung, wie viele Minuten vergangen waren, als sie erschrocken hochfuhr. Zuerst bemerkte sie den Geruch: verkohltes Fleisch. Dann sah sie den Qualm, und als sie sich umdrehte, loderten bereits Flammen auf dem Grill.

Sie sprang auf, hechtete hinüber und schmetterte die Abdeckung zu, wobei sie sich schmerzhaft den Fuß stieß. Als sie das Gas abdrehte, erloschen die Flammen sofort ... und mit ihnen auch das Fleisch und die Kartoffeln, die nun nur noch als schwarze Klumpen auf dem Rost lagen.

Tot. Sie hatte das Essen getötet. Vorsichtig streckte sie den Arm nach einem der unförmigen Brocken aus und verbrannte sich die Finger. Seufzend strich sie sich das Haar aus dem Gesicht – die Hitze, die der Grill ausstrahlte, würde ihr wahrscheinlich einen stattlichen Sonnenbrand verpassen – und zog ihr Telefon hervor. »Du kannst mich mal«, sagte sie zu Joe, als er den Anruf annahm.

»Nur wenn du nett fragst«, antwortete er.

Argh! »Ich habe alles verbrannt!«

»Hast du den Fettrand abgeschnitten?«, wollte er wissen. »Die Flamme auf Medium gestellt? Die Steaks nach drei bis vier Minuten gewendet? Und dann sofort vom Grill genommen?«

Nein, nein, nein und definitiv nein. Sie legte wortlos auf und stemmte die Hände in die Hüften, während sie das Elend betrachtete. Dann beschloss sie zu handeln, zog ihr Telefon hervor und rief ihren Lieblingsitaliener an, der zum Glück auch lieferte. Sie kündigte an, das Trinkgeld zu verdoppeln, wenn sie sich mit der Lieferung beeilten.

Tatsächlich war sie gerade damit fertig geworden, das Chaos zu beseitigen und die Beweise ihrer Kochkunst verschwinden zu lassen, als der Lieferjunge ankam. Er hatte ein zuvorkommendes Lächeln im Gesicht, das bei Elles Anblick allerdings verblasste. Doch sie hatte keine Zeit, sich darüber Gedanken zu machen, also bezahlte sie ihn und hastete in die Küche, um das Essen auf Teller zu verteilen und den Tisch zu decken.

Archer kam genau in dem Moment herein, als sie die letzte Gabel bereitlegte. Er warf seine Schlüssel auf die Kommode im Flur und ging direkt auf sie zu. Seine Nasenflügel bebten. »Wonach riecht es denn hier?«

Nervös sah sie sich um. »Ähm …« Sie hatte die beiden einzigen Kerzen angezündet, die sie hatte finden können, und sofort die Terrassentür geschlossen. Zumindest fast sofort, nachdem sie noch kurz im Wohnzimmer mit einer Zeitschrift durch die Luft gewedelt hatte, um den Geruch zu vertreiben.

»Italienisch«, sagte er, erfreut lächelnd, und betrachtete den gedeckten Tisch. »Wusste ich's doch. Hähnchen Parmesan? Sieht fantastisch aus.«

Erleichtert atmete Elle ein und schenkte ihm ein strahlendes Lächeln.

»Ich wusste gar nicht, dass du kochen kannst«, sagte er.

»Ach, also, ich …«, sie schnappte nach Luft, als er einen Arm um ihre Hüfte schlang und sie an sich zog.

Er gab ihr einen schmatzenden Kuss auf die Lippen und sah sie dann aufmerksam an.

»Was ist?«, fragte sie.

»Der Stil gefällt mir.«

Sie befreite sich aus seiner Umarmung und drehte sich zum Kühlschrank, um ihr Spiegelbild in dessen Tür zu betrachten. Mit Mühe und Not unterdrückte sie ein entsetztes Keuchen. Ihr Haar war völlig zerzaust, und auf ihren Wangen und ihrer Stirn waren Spuren von etwas, das verdächtig nach Holzkohle aussah.

Archer trat von hinten an sie heran und schlang die Arme um sie, seine Wange an ihre geschmiegt. Er musste sich dafür herunterbeugen, denn ihre Schuhe waren noch immer draußen auf der Terrasse.

Zusammen mit ihrem Gehirn, wie es schien.

»Barfuß in meiner Küche«, murmelte er direkt neben ihrem Ohr.

Und möglicherweise schwanger. Sie dachte an den Test, den

sie in ihrer Handtasche herumtrug. Sie würde ihn in den nächsten Tagen machen … bald.

»Gewöhn dich lieber nicht dran«, warnte sie ihn.

»Daran, dass du barfuß bist?«

»Daran, dass ich so aussehe.«

Er drehte sie zu sich um und legte eine Hand an ihre Wange. »Ich warte schon so lange darauf, dass du deinen Schutzpanzer ablegst, Elle. Weis mich jetzt nicht zurück.«

Damit hatte sie nicht gerechnet. Sie war sprachlos.

Archer lächelte erneut, sichtlich zufrieden mit sich selbst. »Können wir jetzt essen? Ich bin am Verhungern, und dein Essen sieht wirklich toll aus.«

Sie sah zu, wie er zum Tisch hinüberging, sich auf einen Stuhl fallen ließ und begann, das Essen zu verschlingen. Schuldgefühle stiegen in ihr hoch. »Also, was das Essen betrifft …«

»Warte kurz«, sagte er, nahm einen großen Bissen und lehnte sich mit geschlossenen Augen zurück. »Ich muss das genießen.«

»Aber …«

»Ich habe nichts zu Mittag gegessen«, unterbrach er sie erneut. »Und das hier ist fast so gut wie ein Orgasmus. Nur fast, denn – seien wir mal ehrlich – nichts ist so gut wie ein Orgasmus.«

»Ich habe das nicht gekocht«, platzte es aus ihr heraus.

Er grinste. »Ich weiß.«

Sie starrte ihn fassungslos an. »Du wusstest es die ganze Zeit?«

»Ja, schon.« Er bestrich ein Stück Brot mit genug Butter für einen sofortigen Herzinfarkt und schaufelte sich anschließend eine weitere Portion Hähnchen Parmesan auf seinen Teller. Es war Elle ein Rätsel, wie er so viel essen und trotzdem so gut in Form sein konnte.

Mistkerl! »Woher?«, wollte sie wissen. »Woher weißt du das?«

Er sah sie belustigt an. »Mein Grill raucht immer noch, und es riecht, als hättest du hier ein Lagerfeuer veranstaltet. Du hast Ruß im Gesicht und an den Füßen. Der Mülleimer ist nicht ganz zu, und ich kann sogar von hier aus die Kartons sehen, in denen das Essen geliefert wurde.«

»Musst du immer so ein Detektiv sein?«, fragte sie vorwurfsvoll.

»Wie sollte ich sonst mit dir mithalten?« Einer seiner Arme schnellte hervor und zog sie auf seinen Schoß. »Aber du hast alles getan, damit ich etwas zu essen bekomme. Das reicht mir. Und das macht mich fast genauso heiß wie du barfuß in meiner Küche. Barfuß und ...«

Mit einem Finger auf seinen Lippen brachte sie ihn zum Schweigen. »Sag es nicht.« Sie wollte nicht, dass er das Wort »schwanger« aussprach. Sie spürte, wie sich sein Mund zu einem Grinsen verzog. »Du bist ein sehr merkwürdiger Mann«, bemerkte sie.

»Hast du einen Schwangerschaftstest gemacht?«, nuschelte er an ihrem Finger vorbei.

»Noch nicht.«

»Mach den Test, Elle. Wir müssen Gewissheit haben.«

Aber es würde alles verändern, dachte sie, und ihre Eingeweide zogen sich zusammen. Er würde sich noch mehr verpflichtet fühlen, mit ihr zusammen zu sein, und ...

»Stopp.« Als hätte er ihre Gedanken gelesen, hob er mit einer Hand ihr Kinn, um ihr in die Augen sehen zu können. »Was auch immer wir herausfinden«, begann er, »ich bin für dich da. Für dich allein oder für dich *und* unser Baby. Immer. Aber es ist nun mal so, dass es für dich die größere Belastung bedeutet.«

Sie schüttelte den Kopf. »Das stimmt nicht.«

Er biss sanft in ihren Finger, mit dem sie ihm noch immer den Mund zuhielt.

»Wirklich ein merkwürdiger Mann«, wiederholte sie mit weicher Stimme.

Damit schien sie ihn nicht beleidigt zu haben, denn er lächelte, befreite seine Lippen von ihrem Finger und zog eine Spur aus Küssen ihre Kehle entlang über ihren Kiefer bis hoch zu ihrem Ohr.

»Hier, Archer?«, fragte sie kurzatmig und sah prüfend den Tisch an, während sie den Kopf zur Seite neigte, um es ihm leichter zu machen.

»Nicht auf dem Tisch. Ich träume schon lange davon, was ich alles mit dir anstellen möchte, und ich will dabei nicht unterbrochen werden.«

»Da gibt es … noch mehr?«, fragte sie.

»Oh ja.«

Der Gedanke daran ließ sie erbeben, und ehe sie noch etwas dazu anmerken konnte, stand er auf, hob sie hoch und trug sie hinüber ins Schlafzimmer, wo er mit einem Fußtritt die Tür hinter sich schloss, bevor er sie auf sein Bett fallen ließ.

Elle hatte damit gerechnet, dass er ihr sofort die Kleider vom Leib reißen würde. Stattdessen beugte er sich über sie und sah ihr ins Gesicht. »Ich will ein Teil deines Lebens sein, Elle. Ein wichtiger Teil.«

»Tja, wenn mich nicht alles täuscht …«, sie hob leicht die Hüfte und spürte seine Erektion, »dann bist du kurz davor, ein ziemlich wichtiger Teil von mir zu werden.«

Aber er war nicht zu Scherzen aufgelegt. »Du weißt, was ich meine. Ich versuche ja, dir Zeit zu geben, aber ich brauche einen Hinweis, in welche Richtung das hier geht.«

»Der Umstand, dass ich hier, auf halbem Weg zum Orgasmus, in deinem Bett liege, sollte ein ziemlich deutlicher Hinweis sein, oder?«

Er lächelte. »Auf halbem Weg zum Orgasmus, ja? Verdammt, ich bin echt gut.«

»Das bist du«, bestätigte Elle und küsste ihn zärtlich. Danach legte sie eine Hand an seine Wange. »Wirst du dann aufhören, mich zu manipulieren?«

Archer seufzte. »Ich manipuliere jeden.«

»Ja, aber ich bin nicht jeder.«

Ihre Blicke trafen sich, und einen Moment lang schwiegen sie.

»Bleib bei mir.« Es klang vielleicht wie ein Befehl, aber er sagte es in zärtlichem Tonfall. Das war wahrscheinlich so nah an einer Frage, wie es ihm möglich war, dachte Elle. Ihr Herz raste. Würde sie das hier wirklich tun – sich in ihn verlieben und ihm mehr Macht über sich geben, als sie je jemandem zuvor eingeräumt hatte? »Wie wär's, wenn wir erst mal nur an heute Nacht denken?«

»Hört sich gut an«, flüsterte Archer und küsste sie.

23. Kapitel

#ZumErstenZumZweitenZumDritten

Am nächsten Morgen ging Elle, gefolgt von Archer in voller Montur, in die Küche. Er ging sofort zum Ofen, stellte ihn an und legte einen Bagel auf das Backblech. Fragend sah er Elle an, doch sie schüttelte den Kopf.

Kohlenhydrate waren böse.

Sie ging stattdessen hinüber zur Kaffeemaschine und füllte zwei Becher mit frisch aufgebrühtem Kaffee, von denen sie einen an den großen, schweigsamen Draufgänger weiterreichte, der da am Tresen lehnte und auf seinen Bagel wartete. Im Gegenzug schenkte er ihr ein Lächeln von der Art, die ihre Knie weich werden ließ.

Morgan kam herein und sah die beiden an. »Gemütlich«, sagte sie.

Elle ging nicht darauf ein und durchsuchte den Kühlschrank. Sie fand eine Orange, die sie umgehend für sich beanspruchte.

»Ernsthaft«, sagte Morgan. »Der große, böse Kerl lächelt sogar.« Sie wandte sich an Elle. »Gut gemacht.«

Bis auf ein Augenrollen antwortete Elle auch dieses Mal nicht. »Ich muss zu meinem Kurs«, sagte sie und schnappte sich ihre Handtasche.

»Ich fahre dich.« Archer sah Morgan an. »Und dich.«

»Ich kann mir ein Taxi rufen.«

Aber Archer schüttelte den Kopf. »Trev hat mich angerufen. Sie haben es geschafft, die letzten Anrufe von dem Wegwerfhandy bis in den Tenderloin District zurückzuverfolgen. Wir müssen heute Morgen noch einen Job erledigen, den wir nicht verschieben können, aber danach versuchen wir, Lars ausfindig zu machen. Und bis dahin will ich, dass ihr beide im *Pacific Pier Building* bleibt!«

Während der Fahrt sagte niemand ein Wort, jeder war in seine eigenen Gedanken versunken. In Elles Fall sprangen sie wild hin und her zwischen der Gefahr, die Morgan an ihre Türschwelle gebracht hatte, ihrer möglichen Schwangerschaft und ihren Gefühlen für Archer.

Als sie nach ihrer Ankunft über den Innenhof hinweg auf das Gebäude zugingen, drehte Morgan sich zu Elle und flüsterte ihr zu: »Ich finde es wirklich nicht gut, dass ihr alle euch in Gefahr bringt, um mir zu helfen.«

»Das verstehe ich«, antwortete sie. »Aber ich sehe gerade keine andere Möglichkeit. Die Jungs werden die Sache bald geklärt haben.«

»Wie?«

»Sie werden Lars finden.«

Morgan sah sie besorgt an. »Er wird sie verletzen.« Sie packte Elles Hand. »Können wir reden? Allein?«, fügte sie mit einem Blick auf Archer, der vor ihnen ging, hinzu.

Auf einmal stieg eine böse Vorahnung in Elle hoch. »Ja, aber ich habe gleich einen Kurs und dann noch zwei Meetings. Kann es so lange warten?«

»Ich komme zum Mittag zu dir.«

Elle nickte und griff nach Morgans Hand, in der sie ihr Handy hielt. »Du vertraust mir doch, oder?«

Morgan blinzelte überrascht. »Ähm … ja?«

»Wenn das wirklich so ist, würdest du dann die Freunde-App auf deinem Handy installieren, sodass wir gegenseitig immer sehen können, wo wir sind?«

Immerhin zögerte Morgan nur für Sekundenbruchteile, bevor sie Elle ihr Handy gab, damit sie die App installieren konnte. Elle beschloss, das als großen Schritt auf dem Weg zu gegenseitigem Vertrauen zu werten.

Bis Morgan dann nicht zum Mittagessen auftauchte.

Gegen halb eins rief Elle bei Mollie an, um nachzufragen, ob ihre Schwester womöglich durch die Arbeit gefesselt war. Sie hatte vor einigen Stunden eine Nachricht von Archer bekommen, in der er ihr mitgeteilt hatte, dass er und die Jungs das Gebäude verlassen hatten, und sie bat, nicht allein rauszugehen.

Mollie erzählte ihr, dass Morgan vor etwa einer halben Stunde wortlos verschwunden war. Da man für den Weg von Archers Büro zu ihrem eigenen nur ungefähr zwei Minuten brauchte, waren das keine guten Nachrichten. Was dachte Morgan sich? Dachte sie etwa, dass sie Lars allein zur Strecke bringen konnte?

Oh, verdammt! Das war genau das, was sie dachte. Elle öffnete die Freunde-App und starrte mit klopfendem Herz auf den Bildschirm, während die App Morgans Standort ermittelte.

Der Tenderloin District.

Sie versuchte, Archer zu erreichen, wurde aber direkt an die Mailbox weitergeleitet. Danach rief sie Spence an. »Ich habe ein Problem«, sagte sie.

»Deine Probleme sind auch meine«, antwortete er, ohne zu zögern.

Darauf hatte sie gehofft. »Es geht um Morgan.«

»Okay.«

»Du musst mir helfen, sie davon abzuhalten, etwas sehr Dummes zu tun.«

»Wir treffen uns in fünf Minuten an der Straße.«

Als sie wenig später unten stand, fuhr Spence in einem alten, heruntergekommenen Ford-Pick-up vor. Er beugte sich über den Beifahrersitz und stieß die Tür auf.

Elle brauchte einen Moment, bevor sie wusste, wie sie auf den Sitz klettern konnte, ohne der ganzen Welt ungewollt tiefe

Einblicke zu geben, und als sie es schließlich geschafft hatte, sah sie den alten Eddie auf der Rückbank liegen.

»Das ist sein Wagen«, erklärte Spence. »Er darf nicht mehr fahren, seit ihm in den Siebzigern der Führerschein entzogen wurde.«

»Und er läuft immer noch?«, fragte sie verwundert.

Spence grinste vielsagend. »Sagen wir einfach, ich habe hier und dort etwas Arbeit reingesteckt, wenn ich Zeit hatte.«

»Keine falsche Bescheidenheit, mein Junge«, schnaubte Eddie von hinten. »Du hast das ganze Ding komplett auseinandergenommen und wieder zusammengesetzt. Das Schätzchen ist jetzt besser in Schuss als damals, als es noch neu war. Es ist jetzt *bionisch*.« Er sah Spence an. »Bionisch ist doch immer noch gut, oder, du kleines Genie?«

»Sicher«, pflichtete Spence ihm bei. »Aber es ist nur innen bionisch.« An Elle gewandt fuhr er fort: »Eddie wollte nicht, dass ich irgendetwas am Äußeren verändere.«

»Natürlich nicht«, rief Eddie und streichelte über die Sitzpolster. »Das Schätzchen hier fällt nicht gern auf.«

»Und um deine nächste Frage zu beantworten«, mischte Spence sich wieder ein und sah Elle an, »es ist fast legal.«

»Ich stelle nie Fragen, wenn es um einen Gefallen geht.« Elle suchte nach einem Sicherheitsgurt, fand aber nur einen Zweipunktgurt für die Hüfte. Der würde wohl reichen müssen. »Aber wir haben es ziemlich eilig. Kann das Schätzchen sich auch beeilen?«

Spence lachte nur und ließ den Motor aufheulen, der eher nach einem Formel-1-Wagen als nach einem alten Pick-up klang.

Elle zog ihr Handy hervor. »Ich hinterlasse Archer noch eine Nachricht, damit er weiß, was wir vorhaben.«

»Gute Idee«, bestätigte Spence. »Deshalb hab ich es auch schon getan.«

Sie warf ihm einen Blick zu, bei dem die meisten Männer so schnell wie möglich das Weite gesucht hätten. »Du traust mir nicht zu, die richtige Entscheidung zu treffen?«

»Bruder vor Luder«, warf Eddie von der Rückbank aus ein.

»Er hat versucht, dich zurückzurufen«, verteidigte sich Spence. »Aber du bist nicht drangegangen.«

Sie starrte auf das Display. Tatsächlich. Ein verpasster Anruf.

»Schreib ihm eine SMS, wohin wir fahren«, sagte Spence. »Wir treffen uns dann da mit ihm. Und beeil dich bitte, bevor er uns beide umbringt.«

»Ich habe Morgans ungefähren Standort, aber ich will noch einmal versuchen, sie zu erreichen.« Elle wäre vor Erleichterung fast zusammengebrochen, als ihre Schwester putzmunter ans Telefon ging.

»Yo.«

»Selber yo«, antwortete sie. »Wo zum Teufel steckst du?«

»Das wird dir nicht gefallen.«

»Lass es darauf ankommen.«

»Ich bin auf dem Weg zu Lars.«

»Nein.«

»Ich will nicht, dass du oder Archer verletzt werdet. Ich muss das selbst machen, Elle. Ich will reinen Tisch machen und neu anfangen, ohne irgendwelche Altlasten. Dann kann ich vielleicht ein Leben haben wie du, mit einem tollen Job, einem tollen Mann …«

»Morgan …«

»Und ich werde mich stellen«, fuhr sie entschlossen fort. »Ich gehe mit der Taschenuhr zur Polizei. Dann bekommt der rechtmäßige Besitzer sie zurück, und wenn das alles vorbei ist, bin ich frei und habe die Chance auf einen Neuanfang.«

Elle sackte der Magen in die Kniekehlen. »Morgan, ich habe keine Ahnung, wie hoch die Strafen für gestohlene Antiquitäten sind. Du könntest ins Gefängnis kommen.«

»Ich habe sie gestohlen, Elle«, sagte Morgan sanft. »Ich habe es getan, und ich werde die Konsequenzen tragen, aber zuerst muss ich noch ein paar Dinge klären. Es tut mir leid, dass ich so viele Gefahren und Probleme in dein Leben gebracht habe, und ich bin wütend auf Lars. Ich muss ihn sehen.«

»Nein«, widersprach Elle vehement. »Auf keinen Fall.«

»Ich werde ihm sagen, dass ich die Taschenuhr an einem sicheren Ort versteckt habe und sie ihm nur zurückgebe, wenn er verspricht, uns in Ruhe zu lassen.«

Elles Angst wuchs immer weiter. »Darauf wird er sich niemals einlassen. Und das weißt du ganz genau, so naiv bist du nicht.«

»Natürlich weiß ich das«, antwortete Morgan. »Aber du weißt doch auch, wie selbstverliebt er ist und wie gern er über sich selbst redet. Ich werde alles aufnehmen und hoffen, dass er sich selbst belastet. Wenn ich ins Gefängnis komme, nehme ich ihn mit. Und das Beste ist, dass er es nicht kommen sehen wird. Er rechnet nicht damit, dass eine Betrügerin wie ich zur Polizei geht. Aber genau das werde ich tun.«

»Du weißt doch nicht einmal, ob er zu Hause ist.«

»Wenn er nicht da ist, dann suche ich im Haus nach der Brosche und bringe die auch zurück zur Polizei. Lars hat von seiner Großmutter ein Haus im Tenderloin District geerbt, als er noch im Gefängnis saß. Es ist nur eine Bruchbude, aber er lebt dort.«

Elle wollte ihre Schwester unbedingt beschützen, doch sie wusste nicht, wie. »Das ist total verrückt. Das weißt du, oder?«

»Er ist wahrscheinlich nicht mal zu Hause, und in dem Fall wird dies mein letzter Einbruch sein.« Morgan lachte kurz, aber es klang nicht freudig. »Du wirst doch keine Spielverderberin sein und mir das letzte bisschen Spaß nehmen, oder? Es könnte mein letzter für eine lange Zeit sein.«

»Also gut, aber warte auf mich, okay?« Sie hatte erkannt, dass Morgan sich nicht umstimmen lassen würde. »Nur noch ein paar Minuten. Ich bin auf dem Weg und bringe die Kavallerie mit.«

Doch Morgan hatte schon aufgelegt.

»Hast du das gehört?« Eddie tippte Spence aufgeregt auf die Schulter. »Wir sind die Kavallerie!«

Bevor Elle sich korrigieren konnte, vibrierte ihr Handy erneut.

Archer.

»Morgan will es ohne uns machen«, sagte sie sofort. »Ich bin auf dem Weg, um sie aufzuhalten.«

»Adresse.« Archers Stimme klang so ruhig und gelassen wie immer, aber Elle konnte die Anspannung sogar durchs Telefon spüren, während sie ihm die Adresse gab.

»Wir treffen uns dort«, sagte er. »Wartet auf mich.«

»Auf jeden Fall.«

»Ich meine es ernst, Elle. Der Kerl ist ein Irrer.«

»Das weiß ich«, sagte sie, aber auch Archer hatte bereits aufgelegt. Wieso hatten alle Leute, die sie liebte, so furchtbare Telefonmanieren? Verärgert schob sie ihr Handy zurück in die Tasche. »Wisst ihr, was noch schlimmer ist als die Tatsache, dass er immer recht hat? Dass er das verdammt gut weiß.«

Vom Rücksitz aus tätschelte Eddie ihr mitfühlend den Arm. »Mir wurde einmal gesagt, das wäre eine Erbkrankheit bei Männern.«

Erst irgendwo hinzueilen und dann dort zu warten, machte einen großen Teil von Archers Arbeit aus. Etwa neunzig Prozent der Jobs waren Routineaufträge, bei denen wenig schiefgehen konnte, wenn er und seine Jungs sich gut vorbereiteten.

Trotzdem gab es immer diese winzige Chance, dass etwas Unvorhergesehenes passierte und alles total aus dem Ruder lief. Archer war dafür ausgebildet, sodass er nur noch selten angespannt war, wenn er zu einem Einsatz fuhr.

Doch diesmal war er es.

Gemeinsam mit Lucas und Reyes erreichte er die Adresse, die Elle ihm genannt hatte, und parkte hinter Eddies uraltem Pick-up. Er war erleichtert, als er Elle auf dem Beifahrersitz warten sah, und konnte zum ersten Mal, seit Spence ihn angerufen hatte, wieder durchatmen.

Es hatte ihn schon etwas beruhigt, dass sie ihn selbst angerufen hatte, aber erst jetzt, da er sie angespannt und besorgt dort sitzen sah, wurde ihm klar, was er wirklich fühlte.

Erleichterung zuerst, aber darüber hinaus noch viel, viel mehr. Er ging geradewegs auf den Wagen zu, öffnete die Tür und zog sie an sich.

»Was?«, fragte sie erstaunt. »Was ist los?«

Archer umklammerte sie noch etwas fester, gab für einen Moment seine Unnahbarkeit auf und genoss ihre Berührung. »Du hast gewartet.«

»Du hast mich ja darum gebeten«, sagte sie ungehalten.

Er hatte sich antrainiert, sich niemals verletzbar zu machen, und war darin auch ziemlich gut, aber gegen diese Frau hatte er keine Chance. »Wie ist der Stand?«

»Ich glaube, Morgan ist schon drin. Ihr Plan war, Lars mit der russischen Taschenuhr zu ködern. Sie wollte ihm erzählen, dass sie sie an einem sicheren Ort versteckt hat und ihm geben würde, wenn er im Gegenzug verspricht, uns nicht mehr zu verfolgen.«

Archer gab einen abfälligen Laut von sich.

»Sie ist nicht dumm. Sie weiß, dass er ein selbstverliebter Dreckskerl ist«, fuhr sie fort. »Ein selbstverliebter Dreckskerl, der nur zu gern mit seinen Taten angeben wird. Sie will ihm ein Geständnis entlocken und dann ihn und sich selbst der Polizei ausliefern.«

Er sah sie an. »Und dein Plan war, ihr hinterherzulaufen.«

»Nein, du hast mir ja gesagt, dass ich warten soll. Und übrigens: Du bist noch immer grottenschlecht darin, um etwas zu bitten.«

Auf der Rückbank wackelte Eddie mit dem Kopf. »Mädels lieben es, wenn man sie um etwas bittet. Das ist so ein Feministen-Ding.«

»Das ist ein Menschliches-Wesen-Ding«, verbesserte Elle ihn. »Du wolltest, dass ich hier warte, und das habe ich getan. Ich sehe kein Auto in der Einfahrt, also ist Lars wahrscheinlich nicht einmal zu Hause. Wir können einfach reingehen und Morgan da rausholen.«

»Es gibt bei dieser Sache kein ›Wir‹«, widersprach Archer.

»Nein?«

»Nein, ganz sicher nicht.« Er sah Spence an. »Pass auf sie auf.« Dann drehte er sich zu Reyes und Lucas um. »Ihr bewacht die Vorderseite, ich gehe durch den Hintereingang rein.«

Sofort setzten die Jungs sich in Bewegung und bezogen vor dem Haus Stellung. Archer verschwand in Richtung Rückseite.

Elle hörte Spence fluchen, als sie Archer, ohne zu zögern, folgte.

Als Archer ihre Schritte hörte und sich umdrehte, sah er sie verärgert an, nickte Spence dann aber zu. »Behalt die Straße im Blick.«

Der Weg, den sie entlanggingen, war schmal und von hohen Gartenzäunen umgeben. Sie zählten die Häuser, um zu sehen, welches das richtige Tor war. Archer sah sie an. »Ich bin schneller drinnen und wieder draußen, wenn ich alleine gehe.«

»Aber nur ich kann Morgan daran hindern, etwas Dummes zu tun«, erwiderte sie.

Auch wenn ihm das nicht gefiel, er tat nichts, um sie zurückzuhalten. Als sie das richtige Haus erreicht hatten und Elle den Türknauf drehte, bemerkte sie, dass die Hintertür des Hauses nicht abgeschlossen war. Erstaunt sah sie Archer an.

Mit grimmigem Gesichtsausdruck hielt er sie fest und schob sie hinter sich. »Bleib zurück«, forderte er sie auf.

Noch bevor sie seiner Anweisung folgen konnte, dröhnten Schüsse aus dem Haus. Elle stand da wie versteinert, während Archer sich blitzschnell umdrehte und auf sie zuhechtete. Er riss sie mit sich die Stufen hinunter und zerrte sie über den Rasen hinter einen Baum, wo er sie auf den Boden drückte.

Sie griff nach seinen Schultern. Morgan. Morgan war da drin! »Archer, wir müssen sie da rausholen.«

»Ich weiß. Aber du bleibst hier«, befahl er, und dann war er verschwunden.

Dagegen hatte sie absolut nichts einzuwenden. Entsetzt starrte sie ihre zitternden Hände an und schnappte nach Luft.

Eine von ihnen war voller Blut. Blut, das nicht ihres war.

»Elle!« Spence kam zu ihr gelaufen und kniete sich neben sie.

Sie sah zu ihm hoch. »Archer wurde angeschossen.«

24. Kapitel

#Grillen

Elles Puls raste, und sie versuchte, sich zu beruhigen, aber sie konnte nicht. Spence kniete noch immer neben ihr und hielt ihre Hand, vermutlich weniger, um sie zu beruhigen, als vielmehr, um sie daran zu hindern, Archer hinterherzurennen. Sie konnten von ihrer Position aus nicht viel erkennen, aber es fielen keine Schüsse mehr, und die merkwürdige Stille machte ihr sogar noch mehr Angst als der Lärm zuvor. Sie zog das Messer hervor, das Archer ihr vor so vielen Jahren gegeben hatte und das sie aus Gewohnheit jeden Morgen in ihre Tasche steckte, und spähte vorsichtig an dem Baum vorbei.

»Oh, verdammt, Elle«, sagte Spence und starrte mit weit aufgerissenen Augen das Messer an.

In dem Moment platzten Reyes und Lucas mit gezogenen Waffen durch die Hintertür aus dem Haus. Zwischen ihnen lief Morgan. Sie sah unverletzt aus. Die drei entdeckten Elle sofort, sie hatte sich also entweder nicht besonders gut versteckt, oder Archer hatte ihnen gesagt, wo sie war.

»Gott sei Dank«, flüsterte Elle, als sie Morgan fest in die Arme schloss. Dann wandte sie sich an Reyes. »Archer?«, fragte sie und war dabei so aufgewühlt, dass sie sich in seinem T-Shirt festkrallte. »Wo ist Archer?«

Sein Blick wanderte zu dem Messer in ihrer anderen Hand, und er zog eine Braue hoch. »Er ist direkt hinter uns gewesen.«

»Er wurde angeschossen«, presste Elle hervor, ihre Kehle war wie zugeschnürt.

»Scheiße«, fluchte Reyes und drehte sich gerade wieder zum Haus um, als Archer herauskam. Er schob Lars vor sich her.

Reyes und Lucas eilten auf ihn zu, um den Mistkerl in Gewahrsam zu nehmen. Von der Straße her näherten sich bereits Sirenen.

Kaum hatte Archer seinen Gefangenen übergeben, taumelte er ein wenig und fiel dann auf die Knie.

Sofort eilte Elle an seine Seite und stützte ihn, als er im Begriff war, umzukippen. »Ich habe dich«, sagte sie und zog ihn an sich. Sie hatte ihn, und sie würde ihn nicht gehen lassen, egal, was sein sturer Kopf davon hielt. Sie zog sein Shirt hoch, um zu sehen, wie schlimm es war.

»Du hast schon wieder mein Messer dabei.«

»Immer noch«, berichtigte sie ihn.

Er rang sich ein Grinsen ab. »Besser als jeder Ring.«

Als Elle ihn weiter untersuchte, sah sie, dass die Kugel ihn direkt zwischen Brust und Schulter erwischt hatte und dass er viel zu schnell viel zu viel Blut verlor. Die Welt verschwamm vor ihren Augen, als sie in sein blasses, verschwitztes Gesicht sah. Langsam ließ sie ihn zu Boden gleiten und bettete seinen Kopf sanft in ihrem Schoß, damit sie die Wunde abdrücken und versuchen konnte, die Blutung zu stoppen.

Die Sanitäter waren bereits eingetroffen, stürmten auf sie zu und begannen sofort, sein Shirt aufzuschneiden.

»Elle«, stieß Archer hervor und sah sie durchdringend an. »Geht es dir …«

»Gut«, versicherte sie ihm und versuchte, ein Schluchzen zu unterdrücken, als er die Augen schloss. Sie konnte kaum atmen. »Archer …«

Seine Augenlider flatterten, bevor er sie wieder öffnete. »Du bist so wunderschön, Elle.«

Einer der Sanitäter war damit beschäftigt, die Blutung zu unterbinden, während der andere Archers Puls fühlte und in ein

Handy sprach. Spence hockte sich neben sie. »Mach dir keine Sorgen. Sie machen einen Verband drum – und schon ist er wieder ganz der Alte.«

Archer fand noch die Kraft, mit einer vulgären Geste darauf zu antworten, und griff dann nach Elles Hand. »Geht es dir wirklich gut?«

»Ja.« Sie wich den Sanitätern aus, die Archer hektisch behandelten, und zog seine Hand an ihre Brust. Trotz des Chaos um sie herum fühlte es sich auf merkwürdige Weise so an, als wären sie ganz allein. »Und dir wird es, verdammt noch mal, auch wieder gut gehen«, sagte sie bestimmt.

Seine Mundwinkel zuckten. »Selbst wenn ich hier halb tot auf dem Boden liege, schreist du mich noch an.« Dann fielen ihm die Augen wieder zu, und er murmelte etwas, was verdächtig nach »Gott, ich liebe dich …« klang.

Die Worte durchzuckten sie wie ein Blitzschlag und erschütterten sie bis ins Mark. »Was?«, flüsterte sie. »Was hast du gerade gesagt?«

Er antwortete nicht. Er lag einfach nur regungslos da. Sie wirbelte zu Spence herum. »Was hat er gerade gesagt?«

Spence, der den Sanitätern bei der Arbeit zugesehen hatte, sah sie besorgt an. »Ich habe nichts gehört.«

»Aber er hat etwas gesagt. Er hat gesagt …« Sie drehte sich wieder zu Archer um und beugte sich über ihn. »Sag es noch mal!«

»Es tut mir leid«, sagte einer der Sanitäter zu ihr. »Er ist bewusstlos.«

Elles Gesicht schwebte nur Zentimeter über dem von Archer, als sie ihm zuraunte: »Falls das so eine Art Abschied sein sollte, Archer Hunt, dann schwöre ich dir, dass ich dir höchstpersönlich folgen und dich zurückholen werde. Hast du gehört?«

»Lady, die Menschen in China haben sie gehört«, sagte der

Sanitäter. »Außerirdische im Weltall haben sie gehört. Jeder hat sie gehört, bis auf ihn. Und jetzt muss ich Sie leider bitten, zurückzutreten und Platz zu machen.«

Spence zog Elle von Archer weg. »Ganz ruhig, Tiger. Hier sind überall Polizisten. Du willst doch nicht auch noch verhaftet werden, oder? Ich meine, ich würde natürlich die Kaution zahlen, aber du müsstest dich sicher auf einige Stunden Knast und einen orangefarbenen Overall einstellen. Und ich weiß ja, wie du zum Thema Orange stehst.«

»Er wurde angeschossen.« Himmel Herrgott. Angeschossen. Ihretwegen. »Er muss es einfach schaffen, Spence.«

»Das wird er, glaub mir. Unkraut vergeht nicht.«

Unzählige Menschen schwirrten um sie herum. Reyes und Lucas wurden getrennt voneinander von der Polizei befragt. Genau wie Morgan. Elle schnappte nach Luft, als sie sah, dass sie Handschellen trug. Eilig rannte sie zu ihr.

»Ich zahle die Kaution«, versprach sie ihr.

Morgan lächelte sie an. »Kümmere dich erst um Archer. Lass ihn nicht meinetwegen allein.«

»Morgan …«

»Ich kann warten«, unterbrach ihre Schwester sie mit ruhiger Stimme. Aber ihre Augen sagten etwas anderes.

Elle umarmte sie. »Ich bin so stolz auf dich.«

Morgans Augen füllten sich mit Tränen, und auch Elle entwich ein leises Schluchzen. »Ich auch auf dich, Schwesterherz. Aber ganz im Ernst, ich habe bisher noch jeden meiner Ausrutscher überlebt – und wir wissen beide, dass ich einige ziemlich spektakuläre hatte. Ich schaffe das schon.«

Elle umarmte sie noch einmal, bevor die Polizisten sie schließlich mitnahmen. Sie drehte sich zu Spence um. »Ich muss einen Anwalt für sie finden …«

»Wir rufen gleich meinen Anwalt an. Auf der Fahrt ins Krankenhaus.«

Die Sanitäter waren noch immer dabei, Archer zu versorgen. Sie hatten einen Tropf gelegt und die Blutung weitestgehend gestoppt. Als er stabil war, holten sie die Trage und brachten ihn zum Rettungswagen, der an der Straße stand.

»Wir fahren ihnen hinterher«, sagte Elle zu Spence.

Der hatte schon die Schlüssel in der Hand. »Jep.«

Dieses Mal verlief die Fahrt wortlos. Selbst Eddie schwieg die ganze Zeit über. Spence gab Elle sein Telefon, damit sie seinen Anwalt anrufen konnte, während er fuhr.

Als sie im Krankenhaus ankamen, erfuhren sie, dass Archer gerade operiert wurde, und während sie nervös in einem Wartesaal saßen, rief Elle Willa an, die die Nachricht schneller verbreitete als jedes Buschfeuer. Sie rief die anderen an, und innerhalb einer Stunde war der Wartesaal voll mit Menschen: Pru und Finn, Willa und ihr Freund Keane, Haley, noch in ihrem Optikerkittel, und Kylie, die ein Sweatshirt voller Sägemehl trug, in dessen Tasche eine Beule war, die von der Größe her verdächtig an den Welpen Vinnie erinnerte.

Natürlich waren auch Archers Männer und Mollie da.

»Ich hätte nicht gedacht, so schnell wieder ein Krankenhaus von innen zu sehen«, bemerkte Joe.

Kurze Zeit später rief Spence' Anwalt zurück und berichtete, dass Morgans Kautionsanhörung gleich für den nächsten Morgen angesetzt war. Mehr konnte er noch nicht sagen, ging jedoch davon aus, dass sie mit einer Geldstrafe davonkommen würde. Ohne Haftstrafe.

Elle wusste, dass Morgan gerade nichts wichtiger war, als einen Neuanfang zu machen, weshalb sie hoffte, dass der Anwalt recht behalten würde. Sie dankte ihm und legte auf.

»Wir müssen Archers Dad anrufen«, sagte sie dann.

Spence atmete geräuschvoll ein, Böses ahnend. »Ich bin nicht sicher, ob Archer das wollen würde.«

Elle ließ den Blick über die anderen schweifen.

Joe schüttelte den Kopf. »Er wäre echt sauer.«

»Extrem sauer«, pflichtete Finn ihm bei.

»Aber er muss es trotzdem erfahren, oder etwa nicht?«, fragte Elle.

Niemand antwortete.

Damit blieb der Anruf wohl an ihr hängen. Sie hatte ihr Leben lang schwierige und unangenehme Entscheidungen treffen müssen, was für einen Unterschied machte da schon eine mehr? Sie hatte seine Nummer zwar nicht, aber sie wusste, auf welchem Revier er zuletzt gearbeitet hatte. So könnte sie ihm zumindest eine Nachricht zukommen lassen.

Spence war ihr wie immer einen Schritt voraus und reichte ihr ein weiteres Mal sein Telefon. Er hatte die Nummer von Archers Dad. Also rief Elle an und hinterließ eine Nachricht auf der Mailbox.

Erst danach bemerkte sie, wie voll der Wartesaal war. Für jemanden, der sich so unnahbar gab, hatte Archer ohne Frage ziemlich viele Freunde, die sich um sein Wohl sorgten. Sie hoffte, dass er das auch wusste.

»Setz dich hin, Schätzchen«, sagte Willa und klopfte auf einen Stuhl zwischen sich und Pru.

Gott, ich liebe dich … Archers Worte hallten noch immer in ihrem Kopf nach. Zumindest hoffte sie, dass das tatsächlich seine Worte gewesen waren.

»Wie macht ihr das?«, fragte sie Pru, die von allen am längsten mit ihrem Partner zusammen war. »Wie kommt ihr mit all diesen überwältigenden Gefühlen klar? Und vor allem – wieso?«

Pru lächelte. »Wenn du jemanden findest, der weiß, dass du nicht perfekt bist, dich aber trotzdem so behandelt, und der sich nichts Schlimmeres vorstellen kann, als dich zu verlieren, dann ist das jedes Hindernis, das man überwinden muss, wert.« Sie sah Finn an, der auf der anderen Seite neben ihr saß. »Und wenn dieser Mensch jemand ist, neben dem du jeden Morgen aufwachen kannst und es dir nichts ausmacht, ihn hinter das Make-up und all die anderen Masken sehen zu lassen, hinter denen du dich vor der Welt versteckst – tja, dann hältst du ihn lieber verdammt gut fest, denn wenn du ihn gehen lässt, dann gibt es keine Hoffnung mehr für dich.«

Finn zog sie an sich. »Ich werde dich niemals gehen lassen«, flüsterte er.

Elles Herz setzte einen Schlag aus. Sie wollte nicht, dass Archer sie gehen ließ.

Etwa zwei Stunden später erschien ein Mann in einem OP-Kittel mit einem Klemmbrett in der Hand im Türrahmen und sah sich im Wartesaal um. »Archer Hunts Familie?«

Elle sprang sofort auf – und mit ihr auch alle anderen.

Der Arzt blinzelte überrascht und sah Spence und Elle erleichtert an, als sie vortraten.

»Er ist jetzt aus dem OP raus und erholt sich noch«, berichtete er ihnen. »Wir werden ihn bald in ein Einzelzimmer verlegen, dann können Sie ihn besuchen. Aber immer nur wenige auf einmal. Sein Schlüsselbein ist gebrochen, und er hat leichte Gewebeschäden. Er hat eine Menge Blut verloren und eine Transfusion benötigt, aber er wird es überstehen.«

Einige Stunden später stand Elle zusammen mit Joe in Archers abgedunkeltem Zimmer. Spence war losgegangen, um ihnen Kaffee zu besorgen, und die anderen hatten sie erst mal nach Hause geschickt.

Im gedämpften Licht, das durch den Türspalt in den Raum fiel, betrachtete Elle Archer, der einen dicken Verband um die Schulter trug und offenbar noch narkotisiert war. Er atmete durch einen Schlauch und hing noch immer an einem Tropf mit Kochsalzlösung. Die Krankenschwester hatte ihnen gesagt, dass er jetzt vor allem Ruhe brauchte, um zu schlafen und sich zu erholen, und dass sie ihn möglichst lange schlafen lassen sollten, denn er würde sich alles andere als gut fühlen, wenn er aufwachte.

Elle setzte sich an sein Bett und strich ihm sanft das Haar aus der Stirn. »Das war wohl genug Abenteuer für den Rest meines Lebens«, murmelte sie. »Aber das Wichtigste ist, dass es dir wieder gut geht.«

»Es geht mir nicht gut. Es geht mir beschissen.« Seine Augen waren noch immer geschlossen, und wenn Elle ihn nicht gerade angesehen hätte, hätte sie ihn wahrscheinlich gar nicht gehört. Aber so zuckten sie und Joe überrascht zusammen.

»Du bist wach?« Sofort füllten sich ihre Augen mit Tränen, und ihre Kehle war wie zugeschnürt. Sie konnte sich nicht erinnern, jemals so aufgewühlt gewesen zu sein wie in diesem Moment, als sie sich über sein Bett beugte und ihn küsste.

Archer machte Anstalten, einen Arm um sie zu legen, verzog aber das Gesicht und stöhnte qualvoll, als der Schmerz ihn durchzuckte. »Was. Zum. Teufel.«

»Nicht bewegen.« Sie legte die Hände auf seine Brust. »Du musst dich schonen. Du bist im Krankenhaus. Kannst du dich daran erinnern, was passiert ist?«

Archer zögerte kurz. »Du hättest dich fast erschießen lassen.«

»Du bist vor mich gesprungen und hast die Kugel abgefangen.«

»Weil ich nicht derjenige bin, der unser Kind in sich trägt.«

Joe stand auf. »Vielleicht sollte ich mal … irgendwo anders hingehen, egal wo.« Er zeigte nervös lächelnd in Richtung Tür und stürzte dann beinahe hinaus.

Erschöpft ließ Elle sich zurück in den Stuhl sinken.

Offensichtlich war Archer schon bei viel klarerem Verstand, als sie erwartet hatte. Und nachdem sie vor einer Stunde den Beweis erhalten hatte, dass sie nicht schwanger war, konnte sie ihm zumindest diese Sorge nehmen. »Ich auch nicht«, sagte sie, genau in dem Moment, als eine Krankenschwester ins Zimmer gewuselt kam, dicht gefolgt von Spence.

»Guten Abend!«, rief sie munter. »Oder sollte ich eher sagen, guten Fast-Morgen?« Sie grinste, ging schnurstracks zum Tropf und drehte daran herum. »Schön, Sie wieder wach zu sehen, Mr. Hunt. Der ganze Wartesaal war voll von Leuten, die sich Sorgen um Sie gemacht haben. Wie geht es Ihnen?«

»Gut«, antwortete er, den Blick noch immer auf Elle gerichtet. »Ich würde jetzt gerne gehen.«

Die Schwester lächelte und tätschelte ihm den Arm. »Bald«, sagte sie und warf Spence und Elle einen Blick zu, der verriet, dass sie mehr als genug Erfahrung mit schwierigen Patienten hatte. Sie drückte Archer einen kleinen Plastikschalter in die Hand, von dem ein Kabel zum Tropf führte. »Drücken Sie einfach hier drauf, wenn Sie mehr Schmerzmittel haben wollen«, sagte sie. »Und machen Sie sich keine Sorgen – egal, wie oft Sie drücken, Sie können keine Überdosis bekommen.«

»Gut zu wissen«, erwiderte Archer und drückte mehrmals auf den Knopf. Er ließ Elle keinen Moment aus den Augen.

»Ich bin nicht schwanger«, wiederholte sie.

Spence riss die Augen auf. »Was?«

Archer starrte Elle wortlos an, das Gesicht so ausdruckslos wie immer. »Bist du sicher?«

»Ja.«

»*Sicher* sicher?«

»Ja.«

Sie hätte schwören können, einen Funken Enttäuschung in seinen Augen zu sehen, als er sie weiter anstarrte. Himmel, vielleicht brauchte sie auch ein paar Medikamente. Dann begann er, sich mühsam aufzusetzen, und murmelte etwas von verschiedenen Möglichkeiten und davon, wie dumm er gewesen war, sie nicht einzuschränken.

»Was machst du da?«, rief sie. *»Stopp.«* Sie sprang auf und drückte ihn zurück aufs Bett. »Du musst dich schonen. Was willst du denn?«

»Dass du nicht mit Caleb oder Mike schläfst. Oder mit sonst irgendeinem Mann.«

»Tja, das schränkt es definitiv ein«, bemerkte Spence.

Elle warf einen Blick auf Archers Finger, der noch immer auf dem Schmerzmittel-Knopf lag. »Das muss ja echt guter Stoff sein.«

»Es liegt nicht an den verdammten Medikamenten«, widersprach er.

»Lass mich sichergehen, dass ich dich richtig verstanden habe, okay? Nur Männer sind raus? Frauen wären also in Ordnung? Willst du mir das sagen?«

Archer blinzelte. »Vielleicht könnten wir eine einmalige Ausnahme machen«, fing er an. »Wenn ich zusehen darf …« Seine Worte wurden immer undeutlicher. Er schloss die Augen und legte eine Hand an seinen Kopf. »Verfluchte Schmerzmittel.«

Sie drehte sich zu Spence um.

»Ja, es liegt an den Medikamenten«, sagte der belustigt. »Er ist ein ziemliches Weichei, was Schmerzmittel betrifft. Er hasst sie und nimmt nie welche. Aber ich schätze mal, dass sie ihm diesmal keine Wahl gelassen haben, immerhin war er bewusstlos. Sobald er wieder klar denken kann, wird er richtig sauer sein.«

»Das ist mein Ernst«, mischte Archer sich erneut ein und hob seinen unverletzten Arm, um auf Elle zu zeigen. Er verfehlte sie um gut einen Meter. »Ich werde dich nicht teilen, mit niemandem, nicht einmal mit Spence.«

»Schon verstanden«, beruhigte Spence ihn und hob beschwichtigend die Hände. »Sie gehört ganz dir, Mann.«

»Verzeihung?«, schritt Elle ein. »Ich gehöre niemandem! Ich bin ein Mensch. Und hörst du mir überhaupt zu? Ich bin nicht schwanger!«

Spence ließ sich in einen Stuhl fallen. Er machte ein Gesicht, als wünschte er sich, er wäre ebenfalls angeschossen worden.

»Trotzdem gehörst du mir«, murmelte Archer, die Augen noch immer geschlossen.

Elle stieß ein Lachen aus. Oder einen Schrei, da war sie sich nicht ganz sicher. »Also, erstens bist du der einzige Mann, den ich kenne, der es fertigbringt, dass ich ihm sogar in seinem eigenen Krankenbett noch wehtun will. Und zweitens, wenn ich dir gehöre, dann gehörst du auch mir, Kumpel. Und ich teile auch nicht, also sag das besser all diesen Frauen, die kaum noch geradeaus laufen können, wenn du sie bloß anlächelst.«

Archer öffnete die Augen und sah sie unverwandt an, beinahe so, als hätte er Schwierigkeiten, sie klar zu sehen. »Dann können wir ja Nägel mit Köpfen machen und es offiziell machen. Sodass es keine Missverständnisse mehr gibt.«

»Offiziell?«, fragte sie verdattert nach.

»Ja«, bestätigte er. »Wir werden heiraten. Spence?«

»Was ist?«, fragte Spence misstrauisch.

»Buch zwei Flüge nach Vegas.«

Ohne weiter nachzufragen, zog Spence sein Telefon hervor.

Elle war zu nichts anderem in der Lage, als die beiden mit weit offenem Mund anzustarren.

»Du bist so schön, Elle. Ich würde dich am liebsten mit Haut und Haaren verschlingen«, grinste Archer.

Sie ging nicht darauf ein und drehte sich zu Spence um. »Er wird sich an nichts hiervon erinnern können, oder?«

»Schwer zu sagen. Morphium ist echt ein Teufelszeug.«

»Scheint so.« Sie betrachtete Archer. Seine Augen waren inzwischen wieder geschlossen, aber er lächelte noch immer. Nur Gott allein wusste, was ihn so glücklich machte. Sie war hin- und hergerissen zwischen der Chance, ihn zum Reden zu bringen, und der Möglichkeit, das Ganze einfach zu genießen. »Spence, lässt du uns für einen Moment allein?«

»Mit dem größten Vergnügen«, antwortete Spence erleichtert und verschwand.

Elle setzte sich wieder an Archers Seite und nahm seine Hand.

»Hast du das ernst gemeint?«, flüsterte sie. Sie musste unbedingt wissen, ob er sich an seine Worte erinnerte.

Seine Augen waren geschlossen, und er atmete tief und gleichmäßig. So atmete er, wenn er schlief, und sie war mehr als nur ein wenig enttäuscht. Als er auf einmal doch sprach, zuckte sie heftig zusammen.

»Alles, was ich je zu dir gesagt habe, war ernst gemeint«, sagte er ruhig und lag absolut regungslos da, als würde jeder einzelne Muskel schmerzen. »Ich werde jetzt wieder ohnmächtig«, kündigte er kurz danach an.

Sie starrte ihn fassungslos und mit wild pochendem Herzen an, während er langsam wegdriftete. So fand Spence sie vor, als er einige Minuten später zurückkam.

»Geht es dir gut?«

»Er hat viel Blut verloren«, murmelte sie.

»Er hat schon Schlimmeres überstanden.«

»Ich glaube, er steht noch unter Schock.«

Spence schnaubte. »Wahrscheinlich hat er Angst, dass du am Ende wirklich die Tickets nutzen willst, die ich gerade für euch gebucht habe. Ich würde jedenfalls unter Schock stehen.«

Nun war es Spence, den Elle fassungslos ansah. »Warte mal – du hast wirklich Flüge nach Vegas gebucht?«

»Hey, er klang, als meine er das wirklich ernst. Gott weiß, dass du ihm total den Kopf verdreht hast. Ich dachte, dass er vielleicht am Ende doch noch übergeschnappt ist.«

Elle musste laut lachen, denn sie fühlte sich, als wäre *sie selbst* übergeschnappt. Konnte man dagegen auch Morphium bekommen?

25. Kapitel

#TeamArcher

Das Erste, was Archer wahrnahm, war ein leises, gedämpftes Piepen, dann den Geruch von Desinfektionsmittel. Es war also doch nicht nur ein Albtraum gewesen. Woran er sich noch glasklar erinnern konnte, war, wie er durch die Hintertür in Lars' Haus eingedrungen war und gehört hatte, wie eine Waffe entsichert wurde. Auf einmal waren ihm die Kugeln um die Ohren geflogen, und er hatte nur Sekundenbruchteile gehabt, um eine Entscheidung zu treffen – und er hatte sich für Elle entschieden. Das hatte er schon immer, und er würde es auch immer tun. »Verdammt. Ich wurde angeschossen.«

Und dann hörte er eine Stimme, mit der er nicht einmal im Traum gerechnet hätte. »Das passiert nun mal, wenn man den Helden spielt.«

Archer zwang sich, die Augen zu öffnen, und sah seinen Vater am Fußende des Bettes stehen.

»Ich dachte eigentlich, damit hättest du aufgehört.«

Er hätte am liebsten die Augen verdreht, aber er wusste, dass es wehtun würde. Alles tat weh. »Was machst du denn hier?«

»Mein Sohn wurde angeschossen. Was denkst du denn, was ich hier mache? Und wieso, zum Teufel, hast du keine Schutzweste getragen? Hast du denn alles vergessen, was ich dir je beigebracht habe?«

»Hey, ich fühle mich fantastisch«, erwiderte Archer. »Wirklich. Danke der Nachfrage. Und vielen Dank auch, dass du mich zurückgerufen hast, nachdem ich dich – wie oft war es? – Dutzende Male angerufen habe.«

Sein Vater sah ihn einen Moment lang schweigend an, und Archer versuchte, den Blick möglichst grimmig zu halten, aber damit hatte er einige Probleme. Zum einen fühlte er sich, als hätte ihn jemand auf einen glühenden Pfahl gespießt. Zum anderen war er noch immer sagenhaft benommen von den Schmerzmitteln. Und das Wichtigste: Er konnte Elle nirgends sehen.

Wieso war Elle nicht da? »Hör mal, ich habe keine Ahnung, wer dich angerufen hat, aber …«

»Ich habe ihn angerufen.« Das war Elles Stimme. Sie erhob sich von einem Stuhl am anderen Ende des Raumes und trat in sein Blickfeld.

Er starrte sie an. »Wieso, zur Hölle?«

Jeder andere wäre jetzt vor ihm zurückgewichen. Aber nicht Elle. Elle wich vor nichts und niemandem zurück. Stattdessen hob sie das Kinn, und obwohl ihre Stimme ruhig und gelassen klang, sah er die Wut in ihren Augen aufblitzen.

»Du hast eine Menge Blut verloren. Und du hast ewig gebraucht, um aufzuwachen.« Sie machte eine Pause, und ihm wurde klar, wie betroffen sie war.

Auf einmal fühlte er sich wie der größte Vollidiot auf Erden. »Elle …«

»Also ja, ich habe ihn angerufen«, unterbrach sie ihn. »Sei wütend auf mich, nicht auf ihn.«

»Du hättest nicht anrufen sollen«, sagte er schließlich. Sie wusste doch, wie er sich fühlte und wie schlecht die Beziehung zu seinem Vater war. Und dass das nun wirklich das Letzte war, mit dem er sich hier und jetzt befassen wollte.

Spence trat an Elles Seite und sah auf ihn hinab. »Hey, Mann. Ich war es, der ihr geholfen hat, seine Nummer zu bekommen, also falls du noch jemandem die Schuld geben willst, dann bin ich der Richtige. Aber ich muss dich warnen, du bist ganz schön angeschlagen, also könnte ich es sicher mit dir aufnehmen.«

»Um Gottes willen«, ging sein Vater schließlich dazwischen. »Ist dieses ganze Drama wirklich unbedingt nötig?«

»Bring sie hier raus«, sagte Archer zu Spence. Jeder Atemzug ließ eine Woge des Schmerzes durch ihn hindurchfahren.

»Ich stehe direkt hier.« Elle funkelte ihn an. »Wenn du so dringend willst, dass ich gehe, dann sag es mir selbst.«

Auf gar keinen Fall wollte er, dass sie bei der Auseinandersetzung mit seinem Dad dabei war. Er lag ohnehin schon nahezu bewegungsunfähig auf dem Rücken, viel verwundbarer konnte ein Mann kaum sein. Also sah er ihr direkt in die Augen. »Ich will, dass du gehst.«

Sie atmete tief ein und drehte sich um. Spence nahm ihre Hand, und dann waren sie verschwunden. Nun war Archer allein mit dem Mann im Raum, der ihn ansah, als wäre er die größte Enttäuschung seines Lebens.

»Starke Leistung, mein Sohn«, bemerkte sein Vater. »Die Leute von dir zu stoßen, denen du so viel bedeutest. Darin bist du wirklich gut.«

»Ich habe eben vom Meister gelernt.«

Sein Dad schnaubte und schob einen Stuhl näher ans Bett. Er setzte sich und stützte die Ellenbogen auf die Knie. »Sie haben gesagt, dass du es überstehen wirst. Deine Schulter wird einiges an Training brauchen, aber du bist noch jung und gut in Form.«

Gut zu wissen.

»Ich werde dir jetzt ein paar Dinge sagen«, fuhr sein Vater fort, »und ich möchte, dass du gut zuhörst.«

»Ich weiß nicht, Dad, ich bin gerade ziemlich beschäftigt, also …«

»Klugscheißer. Das hast du von deiner Mutter.« Nach einer kurzen Pause sprach er weiter, diesmal war seine Stimme weicher. »Sie war eine gute Frau. Sie hat mich verstanden, Archer.

Ich meine, wirklich verstanden. Und sie hätte auch dich verstanden.«

Jetzt hatte er Archers volle Aufmerksamkeit. Sie redeten nicht viel über seine Mutter, sosehr er es sich auch wünschte. Er vermisste sie unglaublich.

»Sie wusste, wie sie mit uns beiden umgehen muss. Sie hätte auch gewusst, wie sie dich in der Familie halten kann« – er atmete langsam ein und aus –, »als ich dabei versagt habe.«

Solche Worte hatte er noch nie zuvor von dem Mann gehört, der ihn aufgezogen hatte. »Nimmst du wirklich gerade die Schuld auf dich?«, fragte er. »Ist etwa gerade die Hölle zugefroren?«

Ernüchtert schüttelte sein Vater den Kopf. »Du kannst nicht aus deiner Haut, oder? Nicht einmal, wenn jemand dir die Hand reichen will. Ich versuche hier gerade, mich zu entschuldigen, verdammt noch mal.«

Und wieder fühlte Archer sich schlagartig wie ein Idiot. Er versuchte, sich in seinem Bett aufzusetzen, denn er wollte diese Unterhaltung nicht auf dem Rücken liegend führen. Aber diese Schmerzen …

»Warte.« Sein Dad beugte sich vor und hantierte mit der Fernbedienung des Bettes. Er drückte einen Knopf, und mit einem Ruck klappte der untere Teil des Bettes hoch, was eine Reihe von Schmerzensschreien bei Archer auslöste.

»Mist«, fluchte sein Vater. »Moment …« Er drückte einen anderen Knopf, und nun klappte das Kopfteil des Bettes nach unten.

»Verdammter Dreck«, grummelte er und drückte willkürlich auf den Knöpfen herum, verzweifelt bemüht, seinen Fehler zu korrigieren.

Benommen und noch immer fluchend, riss Archer ihm die Fernbedienung aus der Hand, aber er zitterte und schwitzte so sehr, dass sie ihm durch die Finger glitt und auf den Boden fiel.

»Ich mache das schon!«, sagte sein Vater und ging auf die Knie. Dann drückte er weiter auf den Knöpfen herum, bis das Bett wieder gerade stand.

»Meine Güte.« Er wischte sich mit der Hand über die Stirn und ließ sich auf den Stuhl sinken. »Das war ja schwieriger als der Einstellungstest bei der Polizei.«

Archer lachte und ächzte dann, als ein stechender Schmerz ihn durchfuhr. »Bist du sicher, dass du nicht versuchst, mich umzubringen?«

Das Lächeln seines Vaters verblasste. »Mein Sohn.«

Es war schon verdammt lange her, dass Archer ihn dieses Wort in diesem Tonfall hatte sagen hören. Nicht im Polizei-Tonfall. Nicht im Boss-Tonfall. Im Dad-Tonfall.

Er musste gegen einen Kloß im Hals kämpfen und sah seinen Dad an.

»Als Elle mich angerufen hat, wäre mir fast das Herz stehen geblieben«, sagte dieser. »Die Frage ist also, wer hier wen umbringen will.«

Archer grinste. »Gib's zu, wir sind doch beide überrascht, dass wir uns nicht schon längst gegenseitig umgebracht haben.«

Sein Vater schnaubte und sah auf seine ineinander verschränkten Finger hinab, bevor er Archer wieder in die Augen sah. »Ich weiß, wieso du gegangen bist. Ich weiß sogar, wieso du nicht wiedergekommen bist. Aber was ich nicht weiß, ist, wieso wir das immer noch tun – einander wegstoßen. Ich will das nicht mehr. Ich bin ein alter Mann, Archer. Ich will nicht alleine sterben.«

»Dad, du bist zweiundfünfzig. Das ist gerade mal mittelalt, und du bist sowieso viel zu bösartig, um zu sterben.«

Er lachte. »Ja, das ist wahr. Und was auch wahr ist – ich vermisse dich und deinen Dickschädel.«

»Nein, das tust du nicht. Unmöglich, dass du diesen bockigen Jungen vermisst, der alles in Frage gestellt hat, was du gesagt hast. Den Jungen, der nicht nur jede Grenze überschritten hat, die du je gezogen hast, sondern sich mit jeder Autoritätsperson anlegen musste, die es gab. Ich wette, es war eine ziemliche Befreiung, diesen Jungen loszuwerden«, presste Archer hervor.

»Jetzt sei doch nicht so wie ich, verdammt noch mal. Nicht jetzt. Sag einfach, dass du mich auch vermisst.« Er lehnte sich vor und legte eine Hand auf Archers. »Ich habe es versaut, mehr als ein Mal. Und irgendwann werde ich deine Mutter wiedersehen, und der Teufel soll mich holen, wenn ihre ersten Worte sein werden: ›Du hast deinen einzigen Sohn verstoßen.‹ Als sie im Sterben lag …«

»Dad …«

»Nein, ich werde jetzt ausreden. Als sie im Sterben lag, musste ich ihr versprechen, dass ich … na ja, weniger wie ich bin. Ich musste ihr versprechen, zärtlich und fürsorglich zu sein und …«

Er verstummte, und seine Augen glänzten verräterisch. Dann räusperte er sich. »Was ich sagen will, ist, dass ich dachte, sie hätte unrecht. Ich dachte, dass die richtige Art, meinen Sohn zu erziehen, die Art war, auf die mein eigener Vater auch mit mir umgegangen war. Knallhart. Distanziert. Unnachgiebig. Um den Charakter zu formen.« Er schüttelte den Kopf. »Aber ich habe es ihr trotzdem versprochen, obwohl ich wusste, dass ich es nicht tun würde. Ich habe sie enttäuscht. Und ich habe dich enttäuscht.«

»Nein, das hast du nicht«, widersprach Archer und drückte seine Hand. »Mit Fürsorge und Zärtlichkeit wärst du bei mir nicht weit gekommen, und das weißt du. Ich war echt unausstehlich, Dad.«

»Ja.« Er lächelte. »Das warst du. Aber du warst auch clever, gerissen und wusstest immer, was du willst. Wie solltest du auch anders sein? Ich habe dich nie ein Kind sein lassen. Ich habe nicht zugehört.« Er beugte sich wieder vor und sah ihn ernst an. »Aber ich höre jetzt zu, Archer. Ich will, dass wir uns öfter sehen als nur an Feiertagen oder wenn einer von uns angeschossen wird.«

»Ja, wir sollten definitiv aufhören, uns zu treffen, wenn einer von uns angeschossen wurde.« Archer schloss die Augen.

»Also denkst du darüber nach?«

»Worüber?«

»Wieder mein Sohn zu sein.«

Erneut schnürte es ihm die Kehle zu, und er konnte kaum atmen. Er schlug die Augen wieder auf und sah seinen Vater an. »Das war ich immer.«

Daraufhin streckte sein Dad die Arme aus und umarmte ihn.

»Nicht drücken«, japste Archer.

»Verdammt. Richtig. Tut mir leid.« Er ließ ihn wieder los und wischte sich mit dem Ärmel über die Augen. »Ich muss irgendetwas ins Auge bekommen haben.«

»Oder du heulst.«

»Halt die Klappe.«

Archer brachte ein Lächeln zustande, aber es erstarb schnell, als er den Gesichtsausdruck seines Vaters sah. »Was ist denn?«

»Diese Frau, die du vorhin rausgeschmissen hast. Elle. Sie ist nicht von deiner Seite gewichen, seit du hier bist. Sie hat nicht geschlafen, und soweit ich weiß, mussten deine Freunde sie beinahe schon zwingen, damit sie wenigstens etwas isst. Es ist offensichtlich, dass sie dich sehr liebt. Und du wirst dich bei ihr entschuldigen müssen. Dich zu lieben wird nicht gerade einfach werden, glaub mir.«

»Sag mir etwas, was ich noch nicht weiß. Dad?«

»Ja.«

»Vielleicht kannst du sie ja dazu bringen, dass sie wieder herkommt. Aber du musst sie fragen, mit mindestens einem ›Bitte‹. Sie liebt das ›Bitte‹.«

»Das sollte ich hinkriegen.«

Eine Minute nachdem sein Vater gegangen war, kam Spence ins Zimmer. Allein.

»Wo ist Elle?«

»Gegangen«, antwortete er.

»Wohin?«

Spence antwortete nicht, und Archer nutzte die Gelegenheit, seinen besten Freund von Kopf bis Fuß zu betrachten. Sein Shirt war zerknittert, seine Haare standen in alle Richtungen ab, und unter seinen Augen lagen dunkle Schatten. »Du siehst aus, als wärst du geradewegs aus einem dieser Betten geflohen.«

»Bist du sicher, dass du mich jetzt beleidigen willst?«, fragte Spence. »Denn im Moment bin ich der Einzige, der dich vor den Frauen da draußen beschützt, die wissen wollen, was zum Teufel du Elle angetan hast. Und wo wir gerade beim Thema sind – du bist ein Idiot.«

»Wovon redest du?«

»Du hast ihr gestern gesagt, dass du sie liebst, weißt du das? Die Kugel hat eine Arterie verletzt, und es ging ziemlich schnell bergab mit dir. Wir dachten, du verblutest, und dann hast du ihr gesagt, dass du sie liebst. Als würdest du dich damit von ihr verabschieden. Und dann wachst du auf und sagst ihr, dass du sie nicht hier haben willst.«

»So meinte ich das nicht.«

»Ehrlich gesagt«, fuhr Spence fort, ohne auf ihn einzugehen, »jetzt, wo ich darüber nachdenke, bist du nicht nur ein Idiot, sondern auch ein Arschloch. Ein idiotisches Arschloch.«

Archer versuchte fieberhaft, sich daran zu erinnern, dass er Elle seine Liebe gestanden hatte. Vergeblich. Trotzdem, eines wusste er: »Ich habe es ernst gemeint.«

»Ich auch.« Spence zeigte mit dem Finger auf ihn. »Idiotisches Arschloch.«

»Nein, ich meine, als ich gesagt habe, dass ich sie liebe. Mist – gib mir ein Telefon.« Spence hatte sogar schon Elles Nummer gewählt, als er Archer sein Handy reichte.

Er landete direkt auf der Mailbox. Verdammt. Mühsam setzte er sich auf, und die Schmerzen ließen ihn nach Luft schnappen. »Ihr müsst mich hier rausholen.«

»Ich denke nicht, dass du schon so weit bist«, bemerkte Spence. Ach, tatsächlich? Archer war nicht mal ansatzweise so weit, aber Elle war irgendwo da draußen und zweifelte an seinen Gefühlen. Und das war allein seine Schuld. »Ich gehe gegen den ärztlichen Rat.«

»Das ist total bescheuert«, erwiderte Spence.

»Okay, dann Plan B: Du musst sie herholen. Bring sie wieder hierher zurück.«

»Nicht gegen ihren Willen«, lehnte Spence ab. »Dafür ist mir mein Leben zu wertvoll. Habe ich schon erwähnt, dass du ein idiotisches Arschloch bist?«

»Ja, vielen Dank noch mal. Das ist wirklich hilfreich.« Archer spürte, wie seine Lider schwer wurden. Er fühlte sich grauenhaft. Mit den Schmerzen kam er klar und auch mit den Nebenwirkungen der Medikamente. Aber er kam nicht damit klar, dass Elle dachte … er wusste nicht, was sie dachte. Er liebte sie wie verrückt, und das machte ihm Angst, allerdings nicht so sehr wie die Vorstellung, ohne sie leben zu müssen. »Hol sie wieder her.«

Spence sah ihn an, und Archer versuchte, so bedrohlich auszusehen, wie es eben ging, wenn man mit Schmerzmitteln vollgepumpt war. »Wo ist sie, Spence?«

»Schwer zu sagen. Wir wissen doch beide, dass sie sich ziemlich gut bedeckt halten kann, wenn sie will.«

»Hat sie dich um Urlaub gebeten?«

Keine Antwort.

»Oh Gott. Sie hat.«

»Hör zu«, sagte Spence und verzog das Gesicht. »Ich bin hier echt in der Zwickmühle, okay? Ihr beide seid meine besten Freunde und …«

»Hat sie dich um Urlaub gebeten – ja oder nein, Spence?«

Er seufzte resigniert. »Ja.«

Verflucht. Es war also wirklich zu spät.

26. Kapitel

#IchFühleMichLebendig

Es dauerte noch einen Tag, bis Archer endlich aus dem Krankenhaus entlassen wurde. Er hatte jeden Augenblick damit verbracht, all seine Freunde auf die Suche nach Elle zu schicken.

Aber sie konnte sich gut verstecken, wenn sie wollte.

Immerhin hatte er herausgefunden, dass Morgan auf Kaution freigekommen war, dank des Anwaltes, den Elle ihr besorgt hatte. Sie hatte auf Strafminderung und Schadensersatz plädiert. Lars hatte weniger Glück und würde wohl, nicht zuletzt wegen seiner zahlreichen Vorstrafen, für lange Zeit im Gefängnis sitzen.

Archer fühlte sich zehn Jahre älter, als endlich die Krankenschwester kam und ihm einen Stapel Rezepte samt Anweisungen gab.

»Dreimal täglich auf leeren Magen nehmen«, sagte sie.

Er hörte ein belustigtes Schnauben. Es kam von Pru, die auf einem der Stühle neben seinem Bett saß.

»Ich hatte seit dem Jahr 2001 keinen leeren Magen mehr«, sagte Archer.

Sein Vater lächelte. Er war geblieben. Sogar in ihrer Abwesenheit war es Elle irgendwie gelungen, Vater und Sohn wieder zu vereinen. Im Endeffekt hatte also sie ihn gerettet und nicht anders herum.

Und diese Pille war bitterer als alle anderen, die er hier im Krankenhaus hatte schlucken müssen. Dieses eine Mal war nicht er der Retter.

Er wollte ihr danken. Er wollte sie an sich ziehen und nie wieder loslassen. Das könnte sich allerdings als schwierig herausstellen, da er seine verletzte Schulter und den Arm bis auf Weiteres nicht bewegen durfte. Aber in diesem Moment würde es ihm sogar genügen, sie erst einmal nur anzusehen.

Doch sie antwortete noch immer nicht auf seine Anrufe, und falls irgendjemand von den anderen wusste, wo sie war, dann hatte dieser jemand ein verdammt gutes Pokerface.

Joe warf eine kleine Reisetasche auf das Bett. »Klamotten, Boss. Ich dachte, du willst vielleicht ein paar Unterhosen und Schuhe haben, die zu diesem wundervollen Krankenhauskittel passen.«

Archer zeigte ihm den Mittelfinger, schnappte sich den Beutel und taumelte ins Badezimmer. Als er sich umgezogen hatte und wieder herauskam, zitterte er wie ein Kleinkind. Verschwitzt ließ er sich langsam wieder auf das Bett sinken. »Ich fühle mich, als hätte mich ein verdammter Lkw erwischt.«

»Oder eine verdammte Kugel«, bemerkte Joe.

Archer bemühte sich, möglichst gelassen zu klingen, als er fragte: »Immer noch nichts von Elle?« Doch er täuschte niemanden. Die anderen sahen sich verlegen im Raum um. Angeblich hatte keiner von ihnen etwas von ihr gehört oder gesehen, aber das nahm er ihnen nicht ab. Sie waren wie eine Familie und hatten täglich Kontakt zueinander. Er vermutete, dass die Frauen wussten, wo Elle war. Das bedeutete, dass einige der Männer auch im Bilde waren, aber, zumindest im Fall von Finn und Keane, nicht das Risiko eingehen wollten, es sich mit ihnen zu verscherzen.

»Hört mal«, sagte er. »Ich habe es verbockt. Wir alle wissen das. Ich habe es mächtig verbockt, und das nicht nur ein Mal. Aber ich versuche, das wieder geradezubiegen. Ich muss sie davon überzeugen, dass ich der richtige Mann bin, um sie glücklich zu machen. Also muss einer von euch mir dabei helfen.« Er seufzte. »Bitte.«

Das »Bitte« schien sie zu überraschen. Sie waren es nicht gewohnt, ihn um etwas bitten zu hören, aber diese Sache lag ihm am Herzen. »Also?«

Schließlich trat Willa vor und setzte sich neben ihn. Sie stupste ihn mit der Schulter an. »Weißt du, was das Beste daran ist, eine unabhängige Frau zu lieben? Wenn sie sich endlich entscheidet, dir zu vertrauen und sich dir zu öffnen, dann ist es nicht, weil sie dich braucht. Wir alle wissen, dass Elle schon seit langer Zeit niemanden mehr braucht. Sie hat sich dir geöffnet, weil sie es wollte. Sie will dich, Archer, so wie du bist und mit allen Fehlern. Sie muss nur wissen, ob du das Gleiche willst – ob du sie auch so liebst, wie sie ist.«

»Das tue ich. Holt mich einfach hier raus, damit ich das wieder in Ordnung bringen kann!«

Wenig später wartete Spence in Archers Truck vor dem Krankenhaus, wie abgesprochen. Auf der Rückbank pressten sich drei Gesichter an die Scheibe. *Nicht* abgesprochen.

»Nein«, sagte Archer entschlossen.

Die Scheibe wurde heruntergelassen, und alle drei begannen gleichzeitig zu plappern.

»Wir können dir helfen«, sagte Pru.

»Vielleicht brauchst du unsere Unterstützung«, fügte Willa hinzu.

»Weil du so ein Macho bist«, mischte sich auch Kylie ein. »Machos sind schlecht darin, sich zu entschuldigen.«

»Und außerdem machen wir so etwas immer als Gruppe«, sagte Willa. »Das ist unser Ding.«

»Wie meinst du das?«, fragte Archer. »Wie kann so etwas euer Ding sein?«

»Weißt du noch, wie Finn sich oben auf dem Dach bei Pru entschuldigen musste?«, fragte sie. »Wir waren alle da. Und als

Willa zu Weihnachten bei Keane zu Hause war? Da waren wir auch. Siehst du? Es ist unser Ding.«

Archer war zu erschöpft, um noch weiter zu diskutieren, und ließ sich behutsam auf den Beifahrersitz sinken.

»Brauchst du vielleicht erst einen Mittagsschlaf, alter Mann?«, zog Spence ihn auf.

Schlafen konnte er, wenn er tot war. Er funkelte Spence an, und der grinste.

»Ich meine ja nur, du siehst etwas mitgenommen aus. Vielleicht willst du ja lieber warten, bis …«

»Nein«, schnitt Archer ihm das Wort ab. »Elle hat lange genug darauf gewartet, dass ich wieder zur Vernunft komme.«

Auf der Rückbank klatschte Willa in die Hände und hüpfte aufgeregt auf und ab. »Wirst du vor ihr auf dem Boden kriechen? Das wirst du, oder? Das muss ich unbedingt sehen!«

»Brauchst du noch irgendwelche Tipps?«, fragte Kylie.

Weil es ihm unerträgliche Schmerzen bereitete, den Kopf zu drehen, musste Archer sich darauf beschränken, ihnen im Rückspiegel wütende Blicke zuzuwerfen.

Kylie hob den schlafenden Vinnie hoch. »Guck mal«, sagte sie grinsend. »Ein Welpe.«

Willa lachte über diesen plumpen Versuch, ihn abzulenken, und nahm Vinnie auf den Schoß, um ihn zu streicheln.

»Wohin?«, fragte Spence.

Sie warfen einander Blicke zu, und Archer begriff, dass sie wirklich nicht wussten, wo Elle war.

»In ihrem Büro ist sie nicht«, sagte Spence.

»Zu Hause auch nicht«, ergänzte Kylie. »Da war ich schon.«

Archer lehnte sich zurück und schloss die Augen, um nachzudenken. Offensichtlich wollte sie allein sein. Wieso? Um in Ruhe ihre Wunden zu lecken. Sie hatte noch nie Gesellschaft gemocht, wenn es ihr schlecht ging oder sie sich besonders verwundbar fühlte. Er hatte keinerlei Zweifel daran, dass sie allein war, wo auch immer, und sich das Hirn zermarterte. Wahrscheinlich rief das Erinnerungen aus ihrer Vergangenheit wach, aus ihrer gemeinsamen Vergangenheit. Auf einmal wusste er genau, wo sie war.

»Ich weiß, wo sie ist«, sagte er und richtete sich in seinem Sitz auf. »Aber wir müssen einen kleinen Umweg machen.«

Eine halbe Stunde später, als die Sonne gerade unterging, dirigierte er Spence zu dem Park, in dem er Elle zum ersten Mal getroffen hatte. Damals, in dieser schicksalhaften Nacht.

»Da«, sagte Willa, kaum dass sie angehalten hatten, und deutete hinüber zu einem heruntergekommenen Spielplatz, auf dem ein Holzhäuschen mit einer Rutsche, Kletterstangen und ein paar Schaukeln standen. Das Gras war schon vor langer Zeit vertrocknet, falls es jemals welches gegeben hatte, und so blieb nur wild verstreutes Gestrüpp übrig.

Aber auf einer der Schaukeln sah er jemanden sitzen. Eine wunderschöne Frau, die viel zu gut angezogen war für diese Gegend. Vermutlich auch die erste Frau, die in High Heels auf einer dieser Schaukeln saß.

Heute musste er fast darüber lachen, dass er sich eingeredet hatte, sich nicht in sie verlieben zu dürfen, weil sein Leben zu gefährlich war. Dabei war ihr eigenes Leben zeitweise noch viel gefährlicher gewesen als seines.

Seit ihm klar geworden war, dass sie ihn verlassen hatte, wusste er nicht mehr, was er fühlen sollte, und auch jetzt wusste er es nicht. Sie hatte eine schlimme Kindheit gehabt, aber trotzdem – oder vielleicht auch gerade deswegen – war sie die faszinierendste Frau geworden, der er je begegnet war. Er hatte so oft versucht, sie sich aus dem Kopf zu schlagen, sich gesagt, dass sie jemand weitaus Besseren verdient hatte, und das alles stimmte noch immer.

Aber er wollte sie nicht mehr gehen lassen.

Er stieg aus dem Wagen und drehte sich um, als er hörte, wie seine Mitfahrer Anstalten machten, ihm zu folgen. »Ihr wartet hier«, sagte er.

Wie aus einem Mund protestierten die drei Frauen auf der Rückbank. »Aber …«

Er hob eine Hand. »Ich kriege das hin.«

»Bist du sicher?«, fragte Willa skeptisch.

Nein. Um genau zu sein, war er sich bei nichts in seinem Leben weniger sicher gewesen. »Ich muss das hier alleine machen.«

Widerstrebend nickten sie.

»Ich rufe euch an, wenn ich eine Mitfahrgelegenheit nach Hause brauche«, sagte er.

Willa lachte. »Süß, dass er denkt, wir würden wegfahren, oder?«

»Süß oder zurückgeblieben?«, fragte Spence.

Pru überlegte kurz. »Von beidem ein bisschen.«

Archer atmete tief ein, drehte sich um und ging durch den Sandkasten hindurch auf die Schaukeln zu.

Elle sah ihn kommen und bereitete sich auf das vor, was gleich passieren würde. Sie war hergekommen, um sich an früher zu erinnern. Um nachzudenken. Und um die Dinge in einem anderen Licht zu sehen. Doch obwohl sie schon eine ganze Weile hier saß, war sie bisher nicht sonderlich erfolgreich damit gewesen. Nicht, bis Archer mit der Kavallerie im Schlepptau aufgetaucht war. Der Kavallerie, der er anscheinend befohlen hatte, zurückzubleiben.

Und natürlich taten sie das.

Sie liebten ihn. Sie würden alles für ihn tun, einschließlich – dachte sie mit einem Anflug von Erbitterung – sie für ihn zu finden.

Aber sie konnte nicht wütend auf sie sein. Sie brauchte das hier, sie brauchte es, dass er nach ihr suchte.

Und sie musste gestehen, dass sie beeindruckt war, wie schnell er sie gefunden hatte. Andererseits kannte sie Archer und wusste, wie verbissen er war, wenn er etwas wirklich wollte. Und, so unwahrscheinlich es auch klang, er wollte sie. So viel wusste Elle. Genau wie sie wusste, dass sie davor weggelaufen war. Sie hatte an sich selbst gezweifelt. Sie hatte nicht sonderlich viel Erfahrung in puncto Beziehungen, und es machte ihr Angst, wie mächtig ihre Gefühle für Archer waren.

Er versuchte gar nicht erst, sich auf die Schaukel neben sie zu hieven, sondern setzte sich ihr gegenüber auf die Bank. Es versetzte ihr einen Stich, zu sehen, wie blass und zittrig er war.

»Geht es dir gut?«, fragte sie.

»Nein. Mein Arm und meine Schulter brennen wie die Hölle, und ich kann mich kaum auf den Beinen halten.« Er schwieg kurz und lachte leise. »Aber jetzt, da ich dich gesehen habe, kann ich endlich wieder normal atmen, das ist ja immerhin etwas. Würdest du dich zu mir setzen, Elle? Hörst du, ich habe gefragt, weil ich weiß, dass du lieber gefragt als aufgefordert wirst. Ich lerne dazu.«

Sie lächelte, er jedoch nicht. »Wir müssen miteinander reden, Elle.«

Augenblicklich verblasste ihr Lächeln wieder. Nach diesen Worten kam nie etwas Gutes. »Ich habe nichts zu sagen.«

»Das macht nichts, ich schon.« Er klopfte nachdrücklich neben sich auf die Bank.

Einen Moment lang zögerte sie, aber dann ging sie zu ihm hinüber. Aber nicht zu nah. Sie würde nicht klar denken können, wenn er sie berührte. Ihre Blicke trafen sich. Sein Atem ging unregelmäßig, und er kam ihr noch bleicher vor als bisher. »Du solltest nicht hier draußen sein, Archer. Du musst dich ausruhen.«

»Ich musste dich sehen.«

Sie schüttelte den Kopf, ihre Kehle war wie zugeschnürt.

»Du hast elf Jahre lang nach mir gesehen. Du hast deine Pflicht erfüllt.«

»Das hier hat nichts mit Pflicht zu tun, Elle. Alles, was ich zu dir gesagt habe, war ernst gemeint. Auch wenn mir nicht bewusst war, was ich sage. Als ich dich gebeten habe, das Krankenhauszimmer zu verlassen, wollte ich nur nicht, dass du den Streit zwischen meinem Dad und mir mitbekommst. Ich habe mich geschämt. Ich wollte nur, dass du das Zimmer verlässt, nicht mein Leben.«

»Das habe ich mir schon gedacht«, antwortete sie. »Mir ist klar geworden, wie nahe wir uns stehen und dass ich dir noch näher sein will. Das hat mir Angst gemacht. Ich bin mir immer noch nicht sicher, was du wirklich von mir willst.«

»Viel«, sagte er. »Aber für den Anfang verspreche ich dir, dass ich nie wieder so etwas Dummes zu dir sagen werde, wenn du dafür versprichst, all die dummen Dinge zu vergessen, die ich schon gesagt habe.«

Sie starrte ihn an. »Das sind verdammt viele.«

Er schnaubte und zuckte vor Schmerz zusammen. »Ja, ich weiß. Denkst du, du kriegst das hin?«

»Wusstest du, dass Spence wirklich Flüge nach Vegas für uns gebucht hat?«, platzte es aus ihr heraus.

»Ja«, antwortete er. »Auch das war mein voller Ernst.« Er legte den Kopf schräg und sah sie an. »Bist du deshalb weggelaufen?«

Sie ließ ihren Blick über den Park schweifen, und er blieb an Archers Wagen hängen. Pru hielt ein Stück Papier hoch, auf dem die Zahl Fünf stand. Willa hielt vier Finger in die Höhe und Spence sein iPad, auf dem eine große Zwei zu sehen war. »Was zum Teufel …?«

»Ich glaube, sie bewerten, wie gut ich mich bisher schlage. Anscheinend habe ich noch Luft nach oben. Also, was mein Versprechen angeht …«

»Wenn ich im Leben eins gelernt habe«, sagte sie, »dann, dass Versprechen nicht funktionieren.«

»Das tun sie, wenn sie nicht gebrochen werden. Und ich breche meine Versprechen nicht, Elle. Niemals.« Er rutschte näher an sie heran und biss die Zähne zusammen. Seine Schmerzen mussten beträchtlich sein. »Du hast mich gefragt, was ich will. Ganz ernsthaft, ich will zu dir gehören. Und ich will, dass du zu mir gehörst. Wir können nach Vegas fliegen oder zu mir nach Hause gehen, weil ich die schönere Dusche habe. Was auch immer du willst, solange wir es nur zusammen tun.«

»Aber wir treiben einander in den Wahnsinn.«

»Ja«, stimmte er zu, »aber mir ist klar geworden, dass ich jede Sekunde Wahnsinn mit dir genieße.«

Sie spürte, wie sich ihr Inneres zusammenzog, und rutschte ihrerseits näher zu ihm.

Aus dem Augenwinkel sah sie, wie die Scheibe des Trucks hinuntergelassen wurde und Kylie den Kopf nach draußen steckte. »Das liegt am Springbrunnen«, schrie sie. »Es funktioniert! Die Legende lebt! Dagegen kann man sich nicht wehren!«

Elle schüttelte den Kopf. »Auf den billigen Plätzen drehen mal wieder alle durch.«

»Das merkst du erst jetzt?« Archer nahm ihre Hand und zog sie an sich, doch sie wurden erneut unterbrochen, als nun Willa etwas rief: »Hey, können wir jetzt aus dem Auto kommen?«

»Nein!«, brüllte Archer über die Schulter zurück, bevor er wieder Elle ansah. »Vielleicht hat Kylie ja doch recht mit dem Springbrunnen und dieser Sache mit der wahren Liebe.«

Sie blinzelte verwundert. »Das ist nicht dein Ernst.«

»Ist es. Elle, ich will ein Leben mit dir. Ich will alles mit dir, auch ein …«

»Ohh«, unterbrach sie ihn eilig. »Du hast doch mitbekommen, dass ich nicht schwanger bin, oder? Und ich weiß nicht, ob ich jemals bereit sein werde für …«

»Einen Hund«, sagte er. »Ich will einen Hund mit dir, Elle.«

Sie lachte. Okay, er hatte sie also doch verstanden. »Aber was, wenn ich niemals ein großes Haus mit einem Kinderstuhl in der Küche haben will?«

In seinen Augen lag nichts als Ehrlichkeit und Zuneigung. »Ich bin mir noch nicht sicher, was Kinder angeht. Aber ich bin mir absolut sicher, was dich angeht. Schon vergessen? Ich liebe dich. *Dich*.«

»Nein, das habe ich nicht vergessen«, wisperte sie. »Aber ich dachte, du hättest es vielleicht vergessen. Oder dass es nur die Schmerzmittel waren, die aus dir gesprochen haben.«

Er verzog das Gesicht. »Ja, ich bin ein Weichei, wenn es um Schmerzmittel geht. Aber das ändert nichts an dieser einen Tatsache: Ich bin total in dich verliebt, Elle.«

Oh. Das war gut zu wissen. Sehr gut sogar. »Also hast du keine Angst, dich an mich zu binden?«

»Panische Angst«, sagte er. »Solche Angst, dass du mich dringend in den Arm nehmen musst, Elle.«

Jetzt musste sie wirklich lachen. »Du hast doch vor nichts Angst. Nicht einmal davor, dich für mich beinahe umbringen zu lassen.«

»Da irrst du dich«, widersprach er in ernstem Tonfall. »Ich habe vor vielen Dingen Angst. Und mehr als vor allem anderen davor, dich zu verlieren.« Sanft drückte er ihre Hand, die fest in seiner lag. »Du bist die eine für mich, Elle. Du warst es in dieser einen Nacht damals, als du mich angesehen hast, als wäre ich etwas ganz Besonderes für dich. Und du warst es, als du mich dafür fertiggemacht hast, dass die Eichhörnchen die Kabel im Gebäude gefressen haben. Und als du um jeden Preis deine Schwester beschützen wolltest, obwohl du wusstest, dass du dabei verletzt werden könntest. Du bist die Eine für mich, und du bist es schon immer gewesen. Nur du.«

Erst als sie langsam ausatmete, bemerkte sie, dass sie die ganze Zeit die Luft angehalten hatte. »Ich fühle Dinge für dich, von denen ich nicht einmal weiß, wie ich sie nennen soll.«

»Das höre ich gern.« Er zog sie wieder an sich, sehr langsam und vorsichtig. »Aber sag es trotzdem.«

Sie zögerte, und das Lächeln auf seinem Gesicht erstarb. Er wurde wieder ernst. Sehr ernst. Dann ließ er sie wieder los und schloss die Augen.

»Nein, nein, du verstehst nicht«, flüsterte sie und verschränkte ihre Finger mit seinen. »Es ist nur schwer, weil ich diese Worte … ich sage sie nicht leichtfertig.« Sie machte eine Pause. »Ich habe sie noch nie gesagt«, gab sie zu und sah, wie er die Augen wieder aufschlug. »Aber ich liebe dich wirklich, Archer. Das habe ich immer, und ich werde es immer tun.«

Einen Moment lang saßen sie schweigend da. Nach all der Zeit, die sie gewartet hatten, hatten sie einander endlich gestanden, was sie fühlten.

Elle war leichter ums Herz als jemals zuvor, als sie den Kopf hob, lächelnd in Archers ernstes Gesicht sah und beobachtete, wie sich auch sein Mund langsam zu einem Lächeln verzog, das schließlich seine Augen erreichte. Dann begann er auf einmal ungelenk, mit einer Hand seine Taschen nach etwas zu durchsuchen.

»Du verdienst etwas Besseres«, sagte er, »aber vorhin, bevor ich dich gefunden hatte, konnte ich an nichts anderes denken. Verflucht.« Er zeigte mit dem Kinn auf seine rechte Hosentasche, die er, wegen der Schlinge um seinen Arm, selbst nicht erreichen konnte. »Hol ihn für mich raus.«

»Machst du Witze? Wir haben Zuschauer.«

Er grinste. »Ich meine die Schachtel.«

Sie blinzelte überrascht. »Oh.« Dann griff sie in seine Tasche und zog eine kleine durchsichtige Plastikschachtel hervor. Mit einem Ring darin. Die Art Ring, die in Kaugummiautomaten steckte. Ihr Herz pochte wie wild, als sie den Ring anstarrte. »Ist das …«

»Ja«, sagte er. Der Ring war golden angemalt, und auf ihm prangte ein knallgrüner falscher Edelstein. Als Archer schwerfällig von der Bank rutschte und auf die Knie ging, wobei er fast umfiel, schnürte es ihr die Kehle zu. »Willst du mich heiraten, Elle?«

Sie schluckte. »Du hast zu viele Schmerzmittel genommen, oder?«

»Nein.« Er lachte leise. »Nun sag schon, Elle. Ja oder Nein?«

»Du meinst das wirklich ernst.«

»Absolut. Ich spüre meine Knie kaum noch.«

Langsam stand Elle auf, kniete sich vor ihn und sah ihm in seine warmen haselnussbraunen Augen. Dann küsste sie ihn und ließ ihre Stirn gegen seine sinken.

»Ja.« Ihre Augen füllten sich mit Tränen, als auf einmal all der Schrecken der letzten Tage und all die überwältigende Liebe, die sie für diesen Mann empfand, über sie hereinbrach. »Ja.«

Er legte ihr sanft eine Hand an die Wange. »Nicht weinen. Ich verspreche, dass ich dir einen schöneren Ring besorge. Ich habe nur keinen Juwelier gefunden, der noch geöffnet hatte.«

Jetzt weinte und lachte sie zugleich. »Der Ring ist perfekt. Du bist perfekt.« Sie fuhr mit den Fingern sein stoppeliges Kinn entlang. »Ich finde es toll, dass du nicht mehr warten konntest, bis die Geschäfte wieder öffnen. So weiß ich, wie sehr du das hier willst.«

»Du kannst mir ruhig vertrauen, ich will das hier mehr als alles andere. Wir haben wie verrückt dafür gekämpft. Also lass uns keine Zeit mehr verschwenden und sie uns lieber zusammen genießen.«

»Ja, unbedingt.«

»Großartig. Ich kann übrigens nicht aufstehen.«

Sie zog ihn lachend wieder hoch auf die Bank, wo sie sich an seine Brust schmiegte und den Arm ausstreckte, um den viel zu großen, viel zu bunten Ring an ihrer Hand zu bewundern. »Woher hast du den?«

»Es gibt einen Haufen Süßigkeitenautomaten bei der Pizzeria auf der *Divisadero*«, antwortete er. »Und glaub mir, es war nicht einfach: Ich habe fünfundzwanzig Dollar verbraucht, bis ich endlich den hatte, den ich wollte. Diese Teile sind echt gezinkt. Spence war schon kurz davor, einfach die ganzen Automaten zu kaufen, damit ich endlich Ruhe gebe. Pru und Willa haben sich fast totgelacht, und Kylie hat alles verpasst, weil sie mit irgendeinem Typen geflirtet hat, der da arbeitet.«

»Und du behauptest, nicht romantisch zu sein«, sagte sie, und er lächelte sie an.

»Na ja, du inspirierst mich eben«, antwortete er.

Epilog

#GlücklichBisAnsEndeIhrerTage

Zwei Wochen später erwachte Archer in seinem Bett. Noch vor Elle. Weil er noch immer nicht arbeiten konnte, musste er nicht wie sonst mit dem ersten Sonnenstrahl aufstehen, um zu trainieren, bevor er losfuhr. Wäre Elle nicht gewesen, wäre er wohl schon vor Tagen völlig durchgedreht. Sie hatte darauf bestanden, dass er, während er arbeitsunfähig war, jemanden brauchte, der auf ihn aufpasste. Und dann hatte sie das Kommando übernommen und ihm befohlen, sich auszuruhen und zu erholen, bis der Arzt etwas anderes sagte.

Es gab nicht viele Menschen, die Archer vorschreiben konnten, was er zu tun hatte. Um genau zu sein, hatte es noch nie jemanden gegeben.

Bis sie kam.

Ein Grund dafür, dass er es zuließ, war, dass ihre herrische Stimme und ihr strenger Blick ihn so sehr erregten, dass er sie manchmal absichtlich ärgerte, nur damit sie ihn zurechtwies. Sie hatten noch keinen Sex gehabt, seit er aus dem Krankenhaus entlassen wurde, obwohl sie beinahe jeden Tag von früh bis spät bei ihm war, um darauf zu achten, dass er sich schonte.

Ab und zu hatten sie es allerdings versucht. Seine körperlichen Einschränkungen erforderten etwas Kreativität, aber es stellte sich heraus, dass Elle nicht nur klug und umwerfend, sondern auch außerordentlich erfinderisch war.

Heute war der erste Tag, an dem er wieder ins Büro fahren würde. Normalerweise hätte er es kaum erwarten können, doch jetzt, wo er mit Elle im Arm dalag, hatte er es auf einmal gar nicht mehr so eilig, wieder in den Alltag zurückzukehren.

Unfähig, noch länger zu warten, bis sie aufwachte, presste er sich an sie. Sie begann sich zu rekeln und lächelte, als er sie sanft auf den Rücken drehte. Ihre Augen waren noch immer geschlossen, als er sich über sie beugte und mit seinen Lippen langsam ihren Hals hinab nach unten wanderte.

»Musst du nicht bald los?«, murmelte sie, bevor sie ihre tiefblauen Augen aufschlug und ihn ansah.

Er strich mit einer Hand ihre Hüfte entlang, bevor er das Gesicht in ihrem Haar vergrub. »Ich melde mich heute krank.«

Sie erstarrte, rappelte sich auf und versuchte, seine Hände festzuhalten, damit sie einen Blick auf seine Schulter werfen konnte. »Ich wusste es, du hast übertrieben und jetzt wieder Schmerzen.«

»Kein bisschen«, versicherte er ihr und ergriff ihre Hände. »Ich will dich nur noch einen weiteren Tag für mich haben.«

Ihre Blicke trafen sich, und sie schenkte ihm dieses Lächeln, das sein Herz immer wieder zum Rasen brachte.

»Schwebt dir etwas Bestimmtes vor?«

Allerdings! Er griff nach der Fernbedienung auf seinem Nachttisch, drückte auf einen Knopf, und sofort loderte ein Feuer im Kamin am Ende des Raumes auf.

»Das ist irgendwie geschummelt, findest du nicht?«, fragte Elle.

Über die Schulter hinweg sah er zum Kamin, in dem die Flammen tanzten, und dann wieder zu Elle. »Das ist ein Gaskamin.«

»Ich weiß. Aber ich hätte zu gern gesehen, wie du mit bloßen Händen ein Feuer entfachst.« Er sah die Belustigung in ihren Augen. »Oben ohne.«

Archer lachte. »Und ich vermute mal, das Holz hätte ich auch oben ohne hacken müssen?«

Sie stöhnte leise, und er grinste. »Oder?«, hakte er nach.

»Oh ja.«

»Tja, du bist die Chefin.«

Sie grinste und küsste ihn. Ein guter Kuss. Die Art, die den ganzen Körper und die Seele erfasst. »Sag das noch mal«, flüsterte sie.

Er drehte sich auf den Rücken und zog sie auf sich. »Du bist die Chefin.« Mit einem Grinsen fügte er hinzu: »Für diesen einen Tag.«

Sie lachte. »Nur für einen Tag? Das ist alles? Und dann bist du wieder dran?«

»Ja, dann bin ich wieder dran. Also sorg dafür, dass es sich lohnt, Elle.«

Oh ja, das tat sie. Sie küsste ihn so innig, dass er befürchtete, sein Herz würde aus seiner Brust springen. Er fuhr ihr mit den Fingern durch die Haare und zog sie an sich, um den Kuss zu erwidern, mit allem, was er hatte.

Elle lachte leise, als sie sich aufsetzte und sich an ihm rieb, bis er nicht mehr in der Lage war zu lachen. Gott, er war nicht mal mehr in der Lage zu atmen. Alles, was er tun konnte, war, sie festzuhalten und ihr mit seinem Körper zu zeigen, wie sehr er sie liebte. Er zog ein Kondom aus seiner Nachttischschublade. »Wir gehen lieber auf Nummer sicher, bis wir eine Antwort auf die Kinderstuhl-Frage gefunden haben«, sagte er und richtete sich auf, um sie direkt über dem Herzen zu küssen. Dann neigte er leicht den Kopf und küsste ihre Brust, bis er sie nach Luft schnappen hörte.

»Ich liebe dich, Archer«, wisperte sie und ließ sich auf ihn sinken, bis er schließlich in ihr war.

Überwältigt vor Verlangen, bäumte er sich unter ihr auf und umklammerte sie, fast unfähig zu glauben, dass sie endlich hier waren, an diesem Ort, und das taten, wovon er seit Jahren jede Nacht geträumt hatte. »Oh mein Gott, Elle.«

Mit einem halb erstickten Stöhnen hielt er ihren Kopf fest, sodass sie ihm in die Augen sah, während sie anfingen, sich in einem gemeinsamen Rhythmus zu bewegen. Er versank in ihr und küsste sie, übernahm die Kontrolle und ließ sie dahinschmelzen, während er immer wieder in sie eindrang. In ihren Augen sah er alles, was sie für ihn empfand, und als er stöhnend ihren Namen sagte, spürte er, wie der Orgasmus sie erbeben ließ. Sie zitterte noch immer, als er ein letztes Mal vorstieß und ihr dann folgte.

Als sie wieder zu Atem kam, hob sie langsam den Kopf, den sie an seinen Hals hatte sinken lassen. »Ich habe noch eine letzte Anweisung als Chefin.«

»Alles, was du willst«, sagte er und meinte es absolut ernst. In diesem Augenblick hätte er ihr alles gegeben, was er hatte, und alles, was er je haben würde.

»Liebe mich«, wisperte sie.

»Für immer, Elle.«

– ENDE –

Jill Shalvis

Lügen und andere Liebeserklärungen

Prus Welt ist in sich zusammengebrochen, seit ihre Eltern bei einem Autounfall ums Leben kamen. Trotzdem setzt sie alles daran, andere Menschen glücklich zu machen. Finn O'Rley ist der nächste auf ihrer Liste. Und plötzlich steckt Pru mittendrin in Finns Leben und ist nicht mehr sicher, ob sein Glück nicht auch das ihre bedeuten kann. Doch sie hat ein Geheimnis, und mit jedem gemeinsamen Tag mit Finn, wird des schwieriger, ihm die Wahrheit zu sagen ...

ISBN: 978-3-95649-694-3
9,99 € (D)

Petra Schier

Vier Pfoten am Strand

Ein Sommer Auszeit um an seinen Skulpturen zu arbeiten, mehr sucht Ben eigentlich nicht in dem kleinen Ort am Meer! Aber dann stolpert ihm der junge Rüde Boss über den Weg und Ben beschließt, ihn bei sich aufzunehmen. Der Hund stellt Bens Leben auf den Kopf und seine Geduld auf eine harte Probe. Niemals wird er es alleine schaffen, ihn zu bändigen. Zum Glück ist da noch Christina. Sie leitet die Hundeschule und scheint genau die Richtige für Boss zu sein. Und vielleicht auch für sein neues Herrchen ...

ISBN: 978-3-95649-793-3
9,99 € (D)

Deutsche Erstveröffentlichung

Anne Barns

Drei Schwestern am Meer

Eine Insel, drei Frauen, ein altes Familiengeheimnis

Das Weiß der Kreidefelsen und das Grün der Bäume spiegeln sich türkis im Meer – Rügen! Viel zu selten fährt Rina ihre Oma auf der Insel besuchen. Jetzt endlich liegen wieder einmal zwei ruhige Wochen voller Sonne, Strand und Karamellbonbons vor ihr. Doch dann bricht Oma bewusstlos zusammen und Rina muss sie ins Krankenhaus begleiten. Plötzlich scheint nichts mehr, wie es war, und Rinas ganzes Leben steht auf dem Kopf.

ISBN: 978-3-95649-792-6
9,99 € (D)

Tanja Janz

Strandrosensommer

ISBN: 978-3-95649-830-5
9,99 € (D)

Pfahlbauten, kilometerweiter weißer Sandstrand, blühende Strandrosen und das Rauschen vom Meer - nach über zehn Jahren hat Inga fast vergessen, wie schön es in St. Peter-Ording ist. Nachdem ihr Freund sich zur Selbstfindung nach Indien aus dem Staub gemacht hat, ist Inga ebenfalls reif für eine Auszeit. Sie besucht Tante Ditte, die auf einem wunderschönen alten Pferdehof an der nordfriesischen Küste lebt. Doch aus der geplanten Erholung wird nichts, denn der Hof steht kurz vor der Pleite. Der einzige Ausweg scheint eine zündende Geschäftsidee oder ein mittelgroßes finanzielles Wunder zu sein. Inga krempelt die Ärmel hoch - und das Glück ist mit den Fleißigen ...